Thanks for bringing this book back to any idAction library or aboard our van, or finding a new reader !

Merci de rapporter ce livre dans notre van ou nos bibliothèques idAction, ou de lui trouver un nouveau lecteur !

Une fois lu, partagez votre opinion dans ce livre ou autour de vous !

Please share your thoughts in the book and around you once you have read it !

TOUS SANS EXCEPTION

www.editions-jclattes.fr

Anna Quindlen

TOUS SANS EXCEPTION

Roman

*Traduit de l'anglais (États-Unis)
par Catherine Ludet*

JC Lattès

Titre de l'édition originale
EVERY LAST ONE
publiée par Random House, un département de Random House Publishing
Group, division de Random House, Inc., New York

Couverture : Bleu T
Photo : © Irene Lamprakou/Trevillion Images

Poème « Going », extrait de *The Less Deceived* de Philip Larkin
© 1955 by Philip Larkin

ISBN : 978-2-7096-3628-5

Copyright © 2010 by Anna Quindlen
Tous droits réservés
© 2012, éditions Jean-Claude Lattès pour la traduction française.
Première édition octobre 2012.

Pour mes enfants, qui m'ont sauvé la vie

Un soir s'approche à travers champs
Que jamais nous n'avons vu auparavant
Qui n'allume aucune lampe.

De loin, il paraît soyeux, pourtant
Une fois tiré sur les genoux et la poitrine,
Il n'apporte aucun réconfort.

Où est passé l'arbre, qui enchaînait
La terre au ciel ? Qu'ai-je sous les mains,
Qui ne me procure aucune sensation ?

Qu'est-ce qui pèse lourdement sur mes mains ?

Philip LARKIN

1

Telle est ma vie : le radio-réveil se déclenche à 5 h 30 sur les infos annonçant qu'il y a eu un coup d'État au Tchad, une tornade au Texas. Mon mari remue près de moi, se retourne, cligne des paupières, et se rendort pour une heure. J'attrape la robe de chambre posée au pied du lit – coton imprimé en été, chenille quand il fait froid. En bas, dans la cuisine, la cafetière électrique se met en route au moment où je sors de la salle de bains. Pieds nus, je descends, je range une paire de bottes qui traîne, puis je ramasse le journal sur le perron. Le choix des tommettes pour le sol de la cuisine a été une erreur : elles ne retiennent pas la chaleur. Une fois la chienne libérée de son abri, je verse des croquettes dans sa gamelle. Je hais le petit matin, l'animation suspendue du monde extérieur, ce voile dont le noir se mue peu à peu en un gris oppressant sur la ligne d'horizon dessinée par les collines,

Tous sans exception

au-delà de la porte-fenêtre. Toutefois, ce moment est le seul où je peux me détendre, réfléchir sans avoir de décision urgente à prendre, parler en entendant le son de ma propre voix. Pendant un peu moins d'une heure, en semaine, je ne suis l'objet d'aucune sollicitation.

Parfois, en longeant le couloir, j'entends les enfants respirer. Même lorsqu'ils sont endormis, leurs différences sont frappantes. Alex inspire et expire avec régularité comme s'il était confortablement enfoui sous le manteau du sommeil, bien qu'il repousse constamment ses couvertures, exposant une longue jambe aux cicatrices à demi effacées. De l'autre côté de la pièce, Max se retourne souvent, bredouille, marmonne, émet des grognements. À onze ans, il a eu des crises de somnambulisme pendant plus d'un an. Je le retrouvais en train de se laver les mains dans la salle de bains ou posté devant le frigo ouvert. Ces accès ont cessé dès son premier séjour en camp de vacances.

Ruby émet une note aiguë à chaque expiration. Lorsqu'elle était plus jeune, je craignais qu'elle ne soit asthmatique. Elle dort sur le dos la plupart du temps, les cheveux étalés sur l'oreiller, la couverture coincée sous les bras. En se glissant adroitement hors des draps, elle n'aurait qu'à les lisser pour faire son lit, mais elle n'en prend jamais la peine, sauf si je fais preuve d'autorité.

Assise devant mon café et le journal, je regarde distraitement par la fenêtre, laissant défiler mes pensées. À 6 h 30, la douche coule dans la salle de bains ; Glen se prépare pour aller travailler. À 6 h 45, je repousse la couette de Ruby, qui la tire de nouveau à elle en s'y recroquevillant en position fœtale.

Tous sans exception

À 7 heures, je me penche d'abord sur Alex, puis sur Max. J'enfouis mon nez dans leur cou, percevant déjà l'odeur légèrement âcre du mâle sous celle, sucrée, de l'enfant.

— D'accord, d'accord, abdique Alex, agacé.

Max sort du lit en silence, s'applique à enfiler un T-shirt trop grand et titube vers la salle de bains.

Une ligne de séparation divise en parties égales la chambre des garçons. Il y a deux ans, dans une période de désœuvrement, ils sont venus me voir pour exiger de pouvoir choisir les couleurs de leurs territoires respectifs. Distraitement, j'ai acquiescé. Avec grand soin, ils ont mesuré l'espace dont chacun disposait et, après avoir étalé tous deux une toile goudronnée sur le sol, Alex a peint son côté en bleu, Max, en vert anis.

« Tu ne vas pas croire ce que mon fils m'a raconté sur la chambre des jumeaux », me disent d'autres mères. Si je n'avais pas eu Ruby avant, peut-être aurais-je pensé moi aussi que cette idée était loufoque, mais ma fille m'a bien rodée : elle a érigé une tour de canettes de soda contre un des murs de sa chambre. Il s'agit soit d'une prise de position environnementale, soit d'une lubie de l'adolescence. Maintenant qu'elle a dix-sept ans, cette structure ne l'intéresse plus, elle l'a même pratiquement oubliée ; mais parce que j'ai commis l'erreur de manifester mon impatience en lui demandant quand elle allait la démonter, elle ne l'a jamais fait.

Bien que sa porte pivote en silence – elle a dû en huiler les gonds avec de l'huile pour bébé, de l'huile pour le bain ou un produit tout aussi inapproprié, afin que nous ne l'entendions pas grincer la nuit –, Ruby annonce :

Tous sans exception

— Je me lève !

J'attends sans bouger, car si je me laisse convaincre, elle se pelotonne de nouveau sous les draps et sombre dans le long tunnel de sommeil exclusivement peuplé par les jeunes, à mi-chemin entre le coma et l'éveil.

— M'man, je suis debout ! insiste-t-elle d'un ton agacé.

Repoussant draps et couvertures, elle rassemble ses longs cheveux ondulés au-dessus de sa tête.

— Est-ce qu'il serait possible, pour changer, d'avoir un peu de tranquillité le temps de m'habiller ? ajoute-t-elle.

On croirait que j'invite régulièrement une foule de spectateurs à assister, bouche bée, à son lever.

Seul Glen émerge avec un minimum d'entrain, sa veste sur le bras. Il laisse ses blouses au cabinet médical ; lavées dans une blanchisserie, elles dégagent l'odeur délicieuse du linge parfaitement propre et arborent la mention « Docteur Latham » brodée au niveau du cœur. De l'étage, j'entends les céréales se déverser dans son bol. Il mange la même chose tous les matins et part à la même heure, vêtu d'une chemise bleue ou jaune, agrémentée d'une cravate rayée ou imprimée d'un motif – celles que ses patients lui offrent de temps en temps sont ornées d'yeux, de petites lunettes ou de tableaux d'examen de la vue, que, malgré ses remerciements sincères, il ne porte jamais.

Bien que désordonné, Glen sait où tout se trouve : sur quelle chaise il a posé sa serviette, à quel endroit du comptoir de la cuisine il a négligemment jeté son portefeuille. Si les choses ne suivent pas le cours attendu – le chien monte sur un meuble, les enfants et leurs amis font trop de bruit à une heure tardive, les verres pour le vin

Tous sans exception

rouge on été rangés à la place de ceux réservés au vin blanc –, les coins de sa bouche se déforment d'une façon bien particulière. Cette antifossette est aujourd'hui devenue permanente.

« Pitié ! s'écrie généralement mon amie Nancy en levant les yeux au ciel. Si c'est tout ce que tu as à lui reprocher, ne te plains pas ! » Nancy affirme que son mari, Bill, un grand épouvantail dégingandé, laisse derrière lui, quand il se déshabille, une traînée de vêtements, tels les cailloux blancs du Petit Poucet. Un jour, il lui a demandé où se trouvait la machine à laver. « J'ai cru à un miracle, précise-t-elle quand elle raconte cette histoire, ce qui lui arrive souvent. En fait, le réparateur était à la porte et Bill ne savait même pas où était l'appareil. »

Nous, nous avons installé notre machine dans la buanderie, qui donne sur la cuisine. Une goulotte permet d'y envoyer le linge sale directement depuis l'étage. Au fil des années, nos enfants ont pris l'habitude de l'utiliser pour éviter d'avoir à porter leurs sacs à dos, leurs ballons de foot ou leurs baguettes de batterie. Blong. Blong. Blong.

— Ce conduit est réservé au linge ! Au linge ! je proteste en vain.

Lessive, repassage, cuisine, réunions à l'école, manifestations sportives et concerts occupent mon quotidien. Je choisis un cardigan que je pose sur la commode, au pied du lit. Nous sommes à la fin avril, c'est-à-dire au printemps, si l'on en croit le calendrier, mais en ce début de saison, qui se montre aussi changeant que l'humeur d'un adolescent, le temps passe du soleil aux nuages, des nuages aux averses, des averses aux tempêtes, puis de nouveau au soleil.

Tous sans exception

— Tu pues ! s'exclame Alex dans le couloir. Tu pues la merde, insiste-t-il devant le silence de Max.
— Surveillez votre langage ! interviens-je.
— Je n'ai rien dit ! hurle Ruby depuis sa chambre.

Les cintres qui cliquettent sur la tringle de son placard évoquent un instrument tribal, dont la musique est soudain entrecoupée de trois chocs sourds – des chaussures, j'imagine. Son domaine a toujours l'air d'avoir été saccagé. En passant devant la porte close, son père détourne la tête comme s'il visualisait ce qu'elle dérobe à son regard. Ruby a formellement interdit à ses frères de pénétrer sur son territoire, ce qui, en fait, leur est totalement égal. Des piles de livres, des vêtements dépareillés, un sac à bandoulière, même des collants en dentelle, du moment qu'ils appartiennent à leur sœur, les laissent indifférents. Je suis tolérée à l'intérieur de cet espace uniquement parce que j'y apporte du linge propre.

— Mets-le dans tes tiroirs, lui recommandé-je toujours, en pure perte.

J'aurais plus vite fait de le ranger moi-même, mais notre refus mutuel de céder, qui fait maintenant partie de notre relation, est à la fois ma façon de chercher à responsabiliser Ruby et sa façon de manifester son indépendance. Notre vie commune consiste la plupart du temps à nous accorder tant bien que mal, à formuler des phrases en sachant qu'elles seront ignorées, et à les répéter pourtant, créant ainsi une sorte de fond sonore.

Toutefois, l'adolescente qui émerge chaque matin du désordre de sa chambre se révèle toujours extrêmement originale : les cheveux entourés d'un ruban, elle est vêtue d'un chemisier à jabot que je mettais à l'université et d'un

Tous sans exception

vieux pantalon corsaire, le tout recouvert d'un long cardigan en cachemire légèrement mité. Elle ne ressemble à personne d'autre. J'admire sa personnalité qui m'intimide un peu, comme si je découvrais que nos groupes sanguins étaient incompatibles.

Alex et Max portent tous deux un T-shirt et un jean. En arrivant dans la cuisine, Max s'arrête pour caresser le ventre de la chienne, qui plisse les yeux d'extase. Virginia, aujourd'hui âgée de neuf ans, était un chiot quand nous l'avons adoptée. Les jumeaux avaient cinq ans et Ruby, huit. Sur la gamelle de terre que nous lui avons achetée à l'occasion de son premier Noël, son diminutif, « Ginger », est inscrit en lettres capitales. Mon fils lui grattouille la naissance de la queue.

— Maintenant, tu vas puer le chien, déclare Alex.

Le grille-pain claque avec le son d'un fusil en plastique. La porte du réfrigérateur se referme. Il me faudrait du dentifrice car Ruby a emprunté le mien.

— J'y vais ! crie ma fille sur le pas de la porte de derrière.

Elle n'a pas pris de petit déjeuner. Avec Rachel et Sarah, ses deux meilleures copines, elle va s'arrêter pour boire du café glacé et manger des beignets à la confiture. Sarah, qui participe à des compétitions de natation, peut avaler n'importe quoi.

« Elle a le métabolisme d'un colibri », en a conclu Nancy – sa mère et mon amie, ce qui est pratique pour nous deux.

Biologiste, Nancy enseigne à l'université ; je suppose donc qu'elle s'y connaît en métabolisme. Rachel, d'un an plus âgée que ses deux amies, les emmène à l'école en

17

voiture. Toutes trois jurent qu'elle conduit prudemment, mais je sais que c'est faux. Je l'imagine en train de geindre à propos d'un garçon qui lui plaît au lieu de surveiller la route. Une seule main sur le volant, un beignet dans l'autre, elle aborde les virages avec un grincement strident. Prudence et nourriture équilibrée sont des concepts d'adultes ; les jeunes se considèrent comme immortels.

— Le bus ! hurle Alex.

Max parle enfin. C'est l'un des grands moments de notre vie de famille : Max s'exprime.

— J'arrive, marmonne-t-il.

— Prenez un pull !

Soit ils ne m'entendent pas, soit ils s'en moquent. Je les vois monter dans le bus avec leur sac à dos, Alex devançant toujours son frère.

— Est-ce qu'il y a de la confiture ? demande Glen.

Il sait où se trouvent ses affaires, mais l'amnésie le frappe quand il s'agit des biens de la communauté.

— Toujours à la même place ; il suffit d'ouvrir les yeux.

Je prends deux pots dans la porte du réfrigérateur et les pose bruyamment sur la table. Le matin, j'ai tendance à traiter mon mari comme ma progéniture, ce qu'il ne semble même pas remarquer. Il aime ce moment où, tout à coup, les enfants se sont éclipsés.

— Ne lui donne rien, dis-je, comme tous les jours, quand les griffes de la chienne cliquettent sur le sol carrelé.

Quelques minutes plus tard, j'entends les mâchoires de Ginger broyer un muffin anglais croustillant. Elle fait le tour des pièces du rez-de-chaussée, puis s'affale lourdement à mes pieds.

Tous sans exception

Une fois le journal parcouru, Glen s'en va à son tour. Il consulte sur rendez-vous, un jour par semaine très tôt, et trois soirs très tard, afin de recevoir les enfants et les patients peu disponibles dans la journée. Son cabinet est constitué d'un petit bâtiment, à une rue de l'hôpital. Chaque matin, il sort sa voiture de l'allée et tourne à droite. Un jour, il a tourné à gauche ; je me suis précipitée pour l'avertir : en ouvrant la porte d'entrée, j'ai vu mon voisin goudronner son allée avec un rouleau compresseur qui bloquait la rue. L'homme m'a fait un signe de la main. « Désolé pour le dérangement », s'est-il écrié.

Vite, j'enfile un pantalon kaki, un chemisier blanc et des mocassins souples à semelle de caoutchouc.

— Ces vêtements sont tellement... toi, souligne parfois Ruby.

Cette remarque n'est pas forcément désobligeante. Je suis maigre et bronzée, à cause de mon travail ou de mes gènes. Ma mère, professeur d'anglais au lycée – métier peu physique –, est maigre et bronzée elle aussi. À soixante-dix ans, elle porte toujours des tenues sportives sans se poser de questions.

Dès 8 h 30, une fourgonnette entre dans l'allée. Sur son flanc, trois fleurs, bleue, rose et jaune – du genre de celles que les collégiennes dessinent aux feutres de couleur dans leur cahier de textes –, ornent la marque « Latham Paysagiste ». Autrefois éditrice indépendante, j'ai eu trois enfants, puis j'ai suivi une formation de jardinage, avant de créer mon entreprise, aujourd'hui prospère.

— Hello, Mary Beth ! s'écrie Rickie derrière le volant.

Son ventre proéminent tend la fermeture Éclair de son coupe-vent. Bien que le camion soit propre, je sais que la

Tous sans exception

boîte à gants est remplie de papiers de bonbons et autres papiers gras. Rickie s'occupe du maniement des appareils électriques ; il n'est plus capable d'utiliser une pelle ni de désherber. À quelques kilomètres d'ici, nous allons examiner un hêtre pourpre qui perd son écorce. Un champignon se propage lentement à travers les frondaisons, comme un rhume dans les classes de maternelle : un enfant est touché, un autre suit, puis une demi-douzaine. Quel dommage ! Cet arbre splendide, probablement centenaire, périra bientôt, malgré son aspect immuable.

Mon gagne-pain constitue une véritable leçon d'humilité. Il suffit de regarder un chêne des marais dans un jardin, ou des jonquilles plantées l'automne précédent, pour savoir que, dans un futur lointain, ce site ombragé ou coloré subsistera alors que nous ne serons plus là depuis longtemps. C'est au fond une pensée plutôt réconfortante, comme le fait pour une mère de dire à sa fille qu'un jour elle aura ses boucles d'oreilles en diamant, sans préciser ce que signifie « un jour ».

— On s'arrête pour prendre un café ? propose Rickie.

Le café sera accompagné d'un assortiment de beignets.

— Pourquoi pas ? dis-je en farfouillant dans mon sac. Attends, j'ai oublié mon téléphone une fois de plus. J'en ai pour une minute.

Des gelées nocturnes menacent encore, ce qui implique que nous ne pouvons pas faire grand-chose dans les jardins. L'année dernière, à la même époque, une dame nous avait commandé des centaines de pots de fleurs à l'occasion du mariage de sa fille. Le ciel lui était favorable : en cet après-midi de printemps, chaud et ensoleillé, les delphiniums, les lobélias et les pensées violettes

Tous sans exception

resplendissaient sur fond d'herbe verte, défiant – éclipsant, oserais-je dire – le bleu porcelaine de la tenue des demoiselles d'honneur. La nuit suivante, une forte gelée avait eu lieu. Les pensées, affaissées sur le sol, offraient le spectacle le plus triste qu'on pût imaginer.

— Nous avons eu un appel pour un gros chantier autour du tribunal, annonce Rickie. Le responsable de l'entretien veut un devis.

— Oh, Seigneur ! Quelle que soit ma proposition, il voudra des géraniums !

Un nid-de-poule déclenche un bruit de ferraille à l'arrière du camion. Je prends un mouchoir en papier dans mon sac et me mouche. Une femme que je reconnais vaguement nous salue de la main alors que nous attendons à un feu rouge. À quelques variations près – la neige, de petits maux, l'absence de journal sur le perron, un sac à dos égaré, une panne d'oreiller qui prive notre groupe matinal habituel d'un, de deux, voire de trois de ses membres –, chaque jour ressemble en gros à celui-ci. Ordinaire et sans histoire.

2

Sur un petit banc rembourré de L'Armoire de Molly, je contemple les rideaux de plastique des cabines d'essayage qui, tels d'authentiques rideaux de douche, s'ornent de fleurs pimpantes sans équivalent dans la nature. Mon siège est beaucoup trop bas, même pour une personne de taille moyenne en bonne santé. Victime à la fois des trois fléaux qui accablent les femmes de plus de quarante ans – le mal de dos, les fringales et l'envie récurrente d'aller aux toilettes –, je me console en reconnaissant qu'au moins je n'ai pas de crampes, contrairement à Ruby.

— Il me faut du chocolat, a-t-elle déclaré dans la voiture, au bord des larmes, ce qui excluait tout autre sujet de conversation.

Ma fille cherche une robe pour le bal de promotion du lycée. C'est devenu sa principale préoccupation, parallèlement à la publication de la nouvelle dont elle est l'auteur,

Tous sans exception

que je n'ai pas été autorisée à lire mais qui pourrait apparemment figurer en bonne place dans le magazine littéraire de son établissement. L'année prochaine, Ruby sera éditrice de cette parution. Actuellement, elle est présidente d'une association pour la libération du peuple tibétain, et membre du conseil des lycéens qui se réunit chaque semaine. « Ah, vous êtes la mère de Ruby Latham », s'exclament parfois les autres parents lorsque je me présente. Au lieu d'incarner ce que je désirais être à son âge, l'élève la plus populaire, elle est l'illustration de l'adolescente qui n'existait sans doute pas à mon époque, pleine d'assurance et donnant l'impression d'être tout à fait elle-même, ce qui n'est, étonnamment, qu'en partie faux.

— Quelle horreur ! l'entends-je grommeler de l'intérieur de la cabine.

Une robe de plus atterrit sur la tringle du rideau, qui évoque elle aussi une cabine de douche. Molly affirme que son mari, entrepreneur en bâtiment, a construit sa boutique au rabais. « Il m'a refilé tout ce qui ne convenait pas à ses autres chantiers », répète-t-elle, avec des accents d'irritation appuyée, révélant que ce n'est pas si grave à ses yeux.

— Est-ce que je peux voir ? dis-je.

— Je n'en vois pas l'utilité.

Il y a deux semaines, Ruby s'est rendue au dépôt-vente de la ville voisine, après avoir dessiné le genre de modèles que ma mère portait dans les grandes occasions lorsqu'elle était jeune : corsage bien ajusté, ceinture et jupe longue et ample. Quand j'étais enfant, il y avait dans la cave une malle portant le nom de mon père, qui renfermait non pas de vieux costumes et des livres, mais des vêtements de ma mère que mes copines et moi revêtions pour jouer à la princesse au vu et au su de leur propriétaire indifférente. Elle corrigeait des copies sur la table de la cuisine en buvant du thé et levait de temps en temps les yeux vers la lueur jaunâtre du tube fluorescent avant de les baisser de nouveau pour griffonner un commentaire dans la marge.

« Oh, Mary Beth, je n'ai aucune idée de ce que ces robes ont pu devenir ! » m'a-t-elle dit quand je l'ai appelée en Floride l'autre jour pour lui demander où elles se trouvaient.

Avec un petit air supérieur, Nancy m'a annoncé que Sarah avait acheté la deuxième tenue qu'elle avait essayée. Rachel, quant à elle, a déclaré avec tristesse la semaine dernière qu'elle avait commandé par correspondance un modèle qui ne lui plaisait qu'à moitié. Au contraire de ses amies, Ruby est incapable de se montrer désinvolte ou résignée. Je vois sous le rideau ses pieds aux ongles vernis de bleu et au petit orteil courbé depuis sa naissance. À cette époque, je travaillais en tant que correctrice freelance dans l'appartement de Chicago dont nous étions locataires, pendant que Glen terminait sa spécialisation d'ophtalmologie. Alors que je ne faisais rien d'autre que lire des manuscrits et y griffonner des remarques, je parcourais de la main gauche mon ventre bombé, palpant de minuscules orteils, tels de petits galets sous une couche de sable meuble. Parler à haute voix paraît beaucoup moins triste et ridicule quand on peut prétendre s'adresser au petit être qui grandit en nous.

Lorsque Ruby est rentrée du dépôt-vente, il y a deux semaines, avec dans les mains son grand sac en tapisserie

Tous sans exception

sinistrement plat, le son de ses pas dans l'escalier reflétait comme chaque fois son humeur.
— Elle a les boules ! a décrété Alex, assis à la table de la cuisine.
— Parle correctement, ai-je dit calmement en sortant le poulet du congélateur.
— Ce n'est pas un juron.
— C'est vulgaire.

Tandis que ma fille essaie deux autres robes, j'ai de plus en plus mal au dos. Elle ne trouvera rien ici. Les modèles sont jolis, mais d'un tissu ordinaire. Ruby aime le velours brillant, le taffetas moiré. Tout à coup, elle surgit dans une magnifique robe de satin couleur crème – l'une de celles que j'avais sélectionnées, ce qui me ravit.

— Essaie de la visualiser sans les manches et avec un décolleté carré. Je peux peut-être ajouter quelques incrustations. De la dentelle, pour créer un effet de transparence à certains endroits ? Est ce que c'est faisable ?

Je respire profondément afin de dissimuler un soupir. Si elle l'entend, elle s'écriera : « Rien ne t'obligeait à venir. » Pour Ruby, tout est blanc ou noir. Peut-être est-ce la clé de voûte de sa personnalité, à moins que cela ne soit lié à son âge. J'étais comme elle, selon ma mère, qui semble considérer l'essentiel de son expérience maternelle comme un calvaire, alors que nous n'avons jamais vraiment discuté de son propre calvaire : son veuvage.

« Cela a dû être très difficile pour toi, quand papa est mort », lui ai-je dit un soir, tandis que nous contemplions le coucher de soleil sur le terrain de golf, derrière la résidence où elle vit avec Stan. « C'est la vie, a-t-elle répondu,

Tous sans exception

éludant la question d'un geste de la main. Et tout est bien qui finit bien. »

Elle a agité de nouveau la main, cette fois en direction du quatorzième trou du green, où des jets d'arrosage plantés dans le gazon projetaient des pluies de diamants. Stan lavait la vaisselle du dîner. Quand elle rêvait d'un mari, peut-être ma mère imaginait-elle un homme comme Stan, non comme celui dont je ne me souviens que vaguement : de longues pattes devant les oreilles soulignant une mâchoire carrée, une odeur d'eau de Cologne citronnée, un baiser sec sur le sommet de mon crâne. Sans que je sache pourquoi, mon père m'avait affublée d'un de ces surnoms idiots que les parents savent inventer, « Mary Elizabeth À Jamais ». Ruby avait le sien : quand elle était petite, je l'avais baptisée « Ruby Tuesday[1] ». Elle fronçait les sourcils, et s'écriait : « Je ne m'appelle pas comme ça ! » J'avais réagi de même devant mon père, les mains sur les hanches, les sourcils froncés.

« Votre mère était très têtue ! » dit parfois leur grand-mère à mes enfants, en secouant la tête avec un regard complice.

Je me montre si conciliante aujourd'hui que cela semble impossible à croire. Pourtant, une telle transformation n'a rien d'illogique : la vie se charge d'émousser les arêtes acérées de la jeunesse – un rasoir sert un jour de couteau, puis de coupe-papier. Difficile de croire qu'il en sera de même pour mes propres enfants, en particulier pour ma fille.

— Je n'arrive pas à imaginer la robe transformée, mais ça vient sans doute de moi, dis-je.

---

1. Célèbre chanson des Rolling Stones (1967)

Tous sans exception

Ruby soupire bruyamment.
— J'hésite, articule-t-elle.
— As-tu essayé la bleue ?
— On dirait une tenue de mannequin !

À son âge, il m'arrivait de déchirer une photo dans une revue et de l'emporter dans les boutiques pour voir si je pouvais trouver un modèle approchant. Aux yeux de Ruby, tout ce qui sort d'un magazine pâtit de sa vulgarisation.

Le téléphone sonne. C'est ma grande amie Alice, qui partageait ma chambre à l'université et vit maintenant à New York.

— Comment reconnaît-on la varicelle ? me demande-t-elle sans se présenter ni dire bonjour.

Quand nous étions étudiantes, Alice divisait les hommes en trois catégories potentielles : petits amis, maris et pères. Depuis l'obtention de notre diplôme, il y a vingt-huit ans, elle a rencontré un grand nombre de spécimens de la première catégorie, et presque aucun des deux dernières. Son fils, Liam, âgé maintenant de trois ans, a été engendré par le donneur n° 236 : étudiant en médecine, cheveux blonds, haute taille, doué en mathématiques, organisé. En raison de notre véritable amitié, je ne lui ai jamais fait remarquer que cette description sommaire pourrait tout à fait s'appliquer à mon mari, qu'Alice avait baptisé « le gars le moins surprenant de la planète » jusqu'à ce qu'elle comprenne qu'il m'intéressait sérieusement. Parfois, il arrive qu'on aime une personne parce qu'on a appris à l'aimer il y a longtemps, parce que dès qu'on dit « Tu te rappelles la nuit où on s'est baignées nues dans la piscine du doyen ? » elle s'en souvient.

Tous sans exception

Alice et moi avons connu une période glaciaire quand mes enfants étaient petits. Nous n'échangions que des phrases vides – Comment va ton travail ? Où es-tu partie en vacances ? Comment vont tes parents ? « Tu t'es perdue », avait-elle conclu en fin de compte. C'était vrai, bien sûr. Maintenant, c'est son tour.

— Est-ce qu'il a beaucoup de boutons ?

Ruby tape impatiemment du pied en tortillant une longue boucle de cheveux.

— Il n'y en a qu'un, mais il est très rouge. Il a été grognon toute la matinée.

— Il n'y a jamais qu'un seul bouton. Il est probablement grognon parce qu'il a trois ans, je te rappelle. Ta filleule et moi faisons les magasins pour trouver une robe de bal.

— Rappelle-moi dès que tu as fini, insiste Alice avant de raccrocher.

« Je ne suis pas l'une de ces mères complètement gaga parce qu'elles ont eu un enfant sur le tard », déclare-t-elle souvent. Ne pas lui dire qu'elle l'est est une preuve de magnanimité de ma part, dans la mesure où elle m'avait traitée de femme aliénée quand, à tout juste vingt-six ans, je venais de découvrir que j'attendais Ruby.

« Il t'a convaincue de ne pas perdre de temps ! » s'était-elle exclamée à propos de Glen.

C'était faux. Ruby avait été conçue par accident. Lorsque nous avions appris ma grossesse, trois mois après notre mariage, nous avions été aussi abasourdis et accablés que des adolescents ayant séché les cours d'éducation sexuelle. Je n'ai jamais pu décider jusqu'à présent s'il fallait que j'en parle à Ruby. Le jour où elle sera mère, peut-

Tous sans exception

être. Ma première-née, ma petite fille, mon accident le plus heureux.

Molly tend une robe à taille haute constituée d'un vaporeux tissu corail à sa jeune cliente, qui refuse aimablement la proposition.

— Elle est très jolie mais cette couleur ne me va pas très bien à cause de mes cheveux. Merci beaucoup, madame Martin.

Ruby aime affirmer que sa chevelure est rousse, alors qu'elle se compose d'une masse de mèches brunes aux reflets auburn sur lesquelles elle tire quand elle réfléchit, élaborant ainsi un halo autour de son visage d'elfe au menton pointu. Ma fille se comporte différemment en société et à la maison — dans ce dernier cas, on pourrait même parler d'absence de manières, ce que reflètent parfois les mimiques de ses frères, qui ne disent rien mais n'en pensent pas moins : est-ce que Ruby va m'offrir un petit déjeuner dehors ou me hurler dessus parce que je n'ai pas bien fermé le robinet de la douche ?

À Glen seul elle manifeste la politesse et l'attention habituellement réservées aux personnes extérieures à la famille. L'année dernière, son mot favori était « authentique », qualificatif sans conteste mérité par son père et qui n'est probablement pas sans rapport avec les raisons pour lesquelles je l'ai épousé. Ou peut-être me sentais-je seule après l'université, alors qu'Alice avait trouvé une place à New York ? Je me souviens d'un week-end au cours duquel j'avais rendu visite à Glen à l'école de médecine. Nous avions dîné dans un restaurant italien et étions retournés, sous une pluie fine, à son appartement où nous avions fait l'amour, ainsi que le lendemain matin, avant

Tous sans exception

de manger des pancakes et du bacon. Je riais alors des petites secousses occasionnées par le passage régulier du métro aérien, qui étouffait nos paroles. « J'aimerais que chaque jour soit comme celui-ci, avais-je déclaré. – Cela ne dépend que de nous », avait-il répliqué.

Comme nous étions jeunes !

Notre expédition dans les magasins est un échec. Ruby remet ses propres vêtements – longue jupe fleurie, débardeur, pull à losanges. Quand elle enfile ce dernier, elle annonce, la voix étouffée par la laine :

— J'envisage de rompre avec Kiernan.

— Quoi ?

J'ai maladroitement haussé le ton sous l'effet de surprise.

— Rien. Oublie ça. Je savais que tu en ferais toute une histoire.

— J'ai simplement dit : « Quoi ? »

— Laisse tomber. Je ne veux pas en parler.

Il est difficile, presque impossible d'imaginer Ruby sans Kiernan. Non seulement parce qu'il est son petit ami depuis plus de deux ans, mais aussi parce qu'ils se connaissent depuis le jardin d'enfants. La mère de l'adolescent, Deborah, qui a été un certain temps mon amie la plus intime, vivait alors avec son mari et ses enfants dans une maison voisine de la nôtre.

— Est-ce qu'il arrive à Kiernan de rentrer chez lui ? s'exclame parfois mon mari du ton indulgent que les hommes emploient devant une source de tracas éventuelle qu'ils choisissent d'ignorer.

Pour l'anniversaire de Glen, Kiernan lui a acheté une paire de lunettes très anciennes au marché aux puces, et

Tous sans exception

même si nous avons tous trouvé qu'il s'agissait d'un cadeau plutôt étrange – voyant les garçons exprimer leur étonnement par une grimace, Ruby s'est exclamée avec conviction : « Ne sont-elles pas géniales ? » – Glen, après avoir passé beaucoup de temps à examiner les lentilles, la fabrication et les matériaux utilisés, a emporté le cadeau à son cabinet, où il décore le bureau.

J'aurais dû remarquer que quelque chose clochait ce matin : Kiernan était absent au petit déjeuner. Hier soir, Ruby et lui sont allés dans le jardin à 23 heures pour observer le passage d'une comète. Tandis que nous nous apprêtions à aller au lit, j'ai vu l'adolescent régler le télescope et rentrer dans la maison pour éteindre la lumière, afin de rendre l'obscurité plus profonde. Il a ensuite dit quelque chose à Ruby, étendue sur l'une de nos vieilles couettes, mais elle s'est détournée de lui. Quand un éclair argenté a traversé le rideau, je me suis demandé si la comète apparaissait ; en jetant un coup d'œil en bas, j'ai compris qu'il s'agissait du flash de l'appareil photo de Kiernan, qui prenait des clichés de ma fille.

— Arrête s'il te plaît ! s'est-elle exclamée.

Ce matin, dans la même position et recouverte d'une autre couette, elle était encore plongée dans le sommeil. Kiernan avait disparu.

« Il n'aime pas s'endormir », m'avait expliqué Ruby un jour où je lui annonçais que son petit ami était venu très tôt à la maison, avant que quiconque ne soit levé. « Il prétend que s'il reste éveillé toute la nuit, hier ne s'enfuit jamais. »

À l'époque, cette idée l'avait charmée. Aujourd'hui, au réveil, elle avait paru épuisée.

Tous sans exception

En sortant de la cabine, elle passe à toute allure devant moi, en prenant toutefois le temps d'adresser un sourire à Molly.

— Je suis incapable de me décider aujourd'hui, madame Martin, précise-t-elle d'une voix aimable.

— Est-ce que tu veux un thé et des muffins ? je lui propose, une fois dans la rue.

— Je n'ai pas faim. Je dois rentrer et travailler sur ma nouvelle.

Sur cette fin de non-recevoir, l'occasion d'en apprendre davantage est passée. Il me faudra patienter.

3

Je viens chercher Alex en voiture chez son ami Ben. La rue offre à mon regard un tableau impressionniste : *Azalées et rhododendrons en fleurs*. La plupart de nos clients ont tourné le dos à ces plantes, dont les buissons ornaient jadis le quartier de banlieue où j'ai grandi. Maintenant, on me réclame surtout des jardins à l'anglaise. Bien que la Nouvelle-Angleterre, notre région, n'ait rien à voir avec l'île qui lui a donné son nom, qui sait si un désir collectif ne pourrait faire surgir celle-ci, par la magie des viornes et des roses trémières ?

En accord avec tous les livres de référence sur les jumeaux, Alex a des amis différents de ceux de son frère. Il s'agit de membres du club de foot, de jeunes qui ont prévu d'entrer dans l'équipe de crosse du lycée, l'année prochaine, et d'anciens camarades de camps de vacances où, chaque été, il améliore ses performances sportives. En

Tous sans exception

juillet, il ira dans le Maine au bord d'un lac où tous les garçons, vêtus de polos bleus, rejoignent, une fois par semaine, les filles aux polos roses du camp situé juste en face.

De son côté, Max ira en Pennsylvanie, dans un lieu où il a appris à faire de la poterie, du batik, et à jouer de la batterie. Là-bas, on l'a surnommé Max le Muet, sans la méchanceté qui aurait suscité ce même surnom au collège. Certains de ses camarades de vacances l'appellent M&M. Ses deux copains d'école, Zachary et Ezra, sont tels qu'on pourrait les imaginer : brillants, certes, mais traînant les pieds, et dépourvus de grâce, avec le sentiment d'avoir atterri sur une planète étrangère. Dès qu'ils arrivent à la maison, ils vont jouer aux jeux vidéo dans la chambre de Max où ils s'appliquent à rester sur le secteur vert même quand Alex est absent. Tous deux fuient le moindre contact visuel. Ils font partie de ces jeunes qui, une fois adultes, peuvent se révéler des inventeurs étonnants, devenir enseignants dans une université prestigieuse, ou se consacrer à la recherche sur le cancer. En attendant, la vie leur paraît ingrate.

Alex mène une existence agréable. J'essaie de ne pas lui accorder moins d'attention pour cela. C'est étrange : Glen et moi sommes des gens conventionnels, sans fantaisie ni créativité, même s'il nous est arrivé de croire autrefois le contraire. Pourtant, c'est l'enfant le moins différent de nous qui a le sentiment d'être le coucou dans le nid, entre l'excentricité permanente de son frère et l'originalité flamboyante de sa sœur.

Ruby va suivre pendant l'été un atelier universitaire d'écriture réservé aux auteurs prometteurs. Elle partira dès

Tous sans exception

la fin des cours. Quand elle parle de ce séjour, sa voix s'étrangle bizarrement, comme sous l'effet d'une excitation mêlée de peur.

« Arrête de te la jouer ! » ai-je entendu Rachel s'exclamer, ce qui témoigne d'une erreur d'interprétation liée à ses propres anxiétés. Sarah et Ruby sont toutes deux d'excellentes étudiantes : la liste des universités auprès desquelles elles vont postuler et où elles ont une chance d'être admises a été établie dès qu'elles ont su lire au jardin d'enfants, alors que leurs camarades s'efforçaient encore de comprendre la différence entre le jaune et l'orange. Assise à notre table de cuisine, Rachel a lutté pour se maintenir à leur niveau, écoutant Sarah expliquer les équations du second degré et Ruby lire John Donne à haute voix.

— Je n'étais pas non plus très brillante, et cela ne m'a pas si mal réussi, affirme Sandy, sa mère.

Les parents de Rachel ont divorcé quand elle savait à peine marcher. Lorsqu'elle entend les entraîneurs de natation de Sarah exprimer leurs espoirs, ou feuillette les catalogues relatifs aux programmes d'écriture sur le bureau de ma fille, elle voit se profiler à l'horizon la dissolution de la petite cellule qui lui tient lieu de vraie famille. Elle surnomme Ruby « Opale », « Grenat », « Perle » ou « Améthyste », et m'appelle maman. Tard le soir, quand je cuisine pour leur petit groupe, il lui arrive de m'entourer la taille et de poser la tête sur mon épaule. Cette jeune fille plantureuse, à la large carrure et à la peau claire, qui rougit facilement et aime plaisanter, cache en réalité une grande tristesse, semblable à un œuf fragile qu'il lui faudrait transporter dans ses mains en forme de coupe, aux

Tous sans exception

ongles et cuticules rongés. Pour Ruby, voir Rachel si dépendante de son affection représente parfois un poids trop lourd.

La maison où vit Ben, l'ami d'Alex, se trouve sur une route sinueuse, dans une cuvette située entre une colline boisée et une butte couverte de chrysanthèmes rampants. Olivia, la mère de Ben, est une Britannique authentique, ce qui explique pourquoi elle ne m'a jamais demandé de créer un jardin à l'anglaise devant sa maison en pierre du Vermont. Entourée de plusieurs grands sapins, la demeure, qui s'orne simplement d'une haie d'amarantes, s'augmente, au bout de la pelouse, d'un petit garage ceint de vieux troènes. L'ensemble compose un tableau d'une harmonie naturelle. Nombre de mes clients souhaiteraient que leur jardin, à l'instar de leur salon, offre au regard un décor bien entretenu, aux couleurs assorties, dont l'ordonnance ne devrait surtout jamais être troublée.

— Ces garçons, je te jure ! s'écrie Olivia avec emphase en ouvrant la porte.

La prononciation claire de cette petite femme amplifie la clarté de sa voix. Avec ses cheveux d'un blond très clair, retenus par une barrette, et l'ample pull gris qu'elle a visiblement emprunté à son mari, elle ressemble elle-même à une enfant.

— Oh non ! Qu'est-ce qu'ils ont fait ?
— Rien. Ils sont absolument adorables mais débordants d'hormones mâles ! Impossible d'en tirer un mot. Comment ça se passe à l'école ? Bien. Comment va ta mère ? Bien. Quand part ta sœur ? Sais pas. Leurs paroles sont aussi rares que des larmes miraculeuses. Ils sont d'une autre espèce que nous, non ? Ma sœur dit que la

Tous sans exception

désapprobation permanente de sa fille la rend folle. Ruby a l'air de se comporter différemment, en tout cas.

Dans la maison d'Olivia, jolie et sans prétention, les accessoires de sport – casques, masques, ballons et battes – sont rangés dans des paniers disséminés dans l'entrée, la cuisine et le séjour. Ted, aussi typiquement américain que son épouse est anglaise, arbore un large sourire, une poignée de main ferme et se déplace à grands pas. Elle l'a rencontré à Oxford alors qu'elle était étudiante et qu'il bénéficiait d'une bourse pour étudier là-bas. Il fait toujours partie d'un club de foot en ville. Ben est l'aîné de quatre garçons qui, contrairement à mes enfants, semblent tous sortis du même moule.

« Dire qu'un jour il y aura ici cinq balourds autour d'une faible femme ! » s'est exclamée un jour Olivia.

Je ne sais pas pourquoi nous ne sommes pas amies. Mais c'est comme ça.

— Je t'offre un thé ? demande-t-elle.

— Ce serait avec plaisir, mais il faut que je rentre préparer le dîner.

C'est sans doute pour cette raison que nous ne sommes pas plus proches : nos emplois du temps sont incompatibles. L'amitié repose en grande partie sur le fait de se trouver au bon endroit au bon moment. Deborah, la mère de Kiernan, et moi nous sommes rencontrées grâce au synchronisme de deux jeunes mères submergées et un peu perdues. Alice est entrée dans ma vie quand j'étais jeune et peu sûre de moi, et j'ai connu Nancy quand j'avais besoin de quelqu'un de direct, de solide et de sain. Je ne suis pas sûre d'avoir maintenant de la place pour d'autres amies, même pour quelqu'un

Tous sans exception

d'aussi agréable qu'Olivia. Je le regrette vaguement chaque fois que je la vois.

À la maison, Ruby travaille sur sa robe de bal. Elle s'est soudain souvenue d'une photo de ma mère en robe longue imprimée de spirales psychédéliques aux couleurs vives, tenue que sa grand-mère a retrouvée et lui a envoyée. Ma fille a remplacé le décolleté en écharpe par une encolure arrondie et fabriqué une large ceinture à nœud de satin rose vif. « Inspirée de l'obi des geishas », répète-t-elle. Il y a quelques jours, cette entreprise était encore à l'état de projet : les morceaux de tissu s'étalaient sur le bureau et la chaise de Ruby, qui ne s'occupait plus de sa nouvelle. Maintenant, la robe annoncée commence à prendre forme.

— Ta fille a des goûts vraiment bizarres, déclare ma mère au téléphone. Elle devrait faire une école de stylisme.

Quand j'étais adolescente, elle affirmait que je devrais m'inscrire dans une école d'infirmières, pour mon bien, sans doute. « À quoi te servira un diplôme de littérature anglaise ? » avait-elle demandé, m'imaginant en professeur de lycée engagé dans un combat permanent pour joindre les deux bouts.

Elle n'avait pu cacher son bonheur quand Glen était devenu ophtalmologiste. Après avoir fait des études de philosophie, il avait décidé de passer le reste de sa vie à scruter les yeux de ses semblables. « Les fenêtres de l'âme », selon l'expression de ma mère.

— On se demande de quoi nous allons parler à table, avais-je répliqué.

— De quoi crois-tu que parlent les écrivains ? avait rétorqué ma mère avant que Glen n'ait pu dire un mot.

Tous sans exception

Ou les artistes ? Ils se demandent s'il faut racheter du lait ou si le sous-sol est inondé, ne te fais pas d'illusions.
Plus tard, Glen avait décrété avec un soupçon de rancœur :
— On peut être ophtalmo et lire quand même.
Il ne lit pas mais aime regarder les infos et les émissions historiques. Lorsqu'on explique la construction des pyramides, le bombardement d'Hiroshima, la construction du chemin de fer, il tend l'oreille avec intérêt.
— Venez voir ça ! crie-t-il aux enfants.
Bien qu'ils se rassemblent autour de la bergère où il est assis, il désigne l'écran du doigt et élabore sa propre narration : trois mille hommes, dix tonnes de dynamite, trois décennies, des milliers de morts. Chaque récit me paraît semblable au précédent, quels que soient la catastrophe naturelle, l'initiative gouvernementale ou le projet municipal décrits.
Il y a des années, après avoir passé la matinée à fixer les très beaux yeux vert clair de Deborah, la mère de Kiernan, je l'ai interrogé sur les diverses couleurs d'iris qu'il examinait chaque jour.
— Tu dois voir des yeux bleus étonnants.
— La couleur de l'œil n'a pas de signification clinique, m'avait-il répondu, penché sur son journal.
— Regarde ce que Kiernan m'a donné ! dit Alex alors que nous rentrons de chez Ben.
Il lève devant moi un porte-clés muni d'une grande boussole jaune.
— Tu l'as vu quand ?
— Il était chez Ben. Il fait du baby-sitting chez eux quelquefois – pas au sens propre, parce que Ben est trop

Tous sans exception

vieux, mais bon, il surveille un peu. Enfin, tu comprends. Ils l'ont connu au centre aéré.

L'été dernier, comme le précédent, Ruby et Kiernan ont travaillé comme animateurs au centre aéré municipal. Le soir, assis à la table de la cuisine, ils découpaient des étoiles ou des planètes en carton, choisissaient des livres pour l'heure du conte et décidaient quels jeux d'intérieur étaient le moins susceptibles de se terminer en crises de larmes. Kiernan se lançait dans de grandioses élaborations, vite recadrées par Ruby.

— K. ils ont cinq ou six ans ! avait-elle fait remarquer lorsqu'il avait voulu mettre en scène *Notre petite Ville*[1].

— Ils peuvent très bien comprendre, avait-il insisté. Tout le monde sous-estime les jeunes enfants.

Ruby avait proposé à la place une version théâtrale de *Jack et le haricot magique* – avec Aidan, le frère de Ben, dans le rôle de Jack. Kiernan avait fait la tête pendant toutes les répétitions.

— C'est ton petit ami ? avait demandé Aidan à Ruby d'un ton accusateur.

— Qu'en penses-tu ?

— Je crois que oui.

Il n'avait pas semblé heureux que ce soit le cas.

— Je crois bien que tu as raison, avait avoué Ruby avec un pauvre sourire.

Mes deux garçons aiment beaucoup Kiernan, mais j'aurais dû prêter attention à leurs propos ces derniers temps lorsqu'ils parlaient de lui. J'apprends la plus grande

---

1. Pièce célèbre de Thornton Wilder (1897-1975), dramaturge et romancier américain.

Tous sans exception

partie de ce que je sais à propos de mes enfants et de leurs amis au volant de ma voiture. Silencieuse, je deviens un simple chauffeur, totalement transparent. Il y a un mois environ, alors que les garçons étaient à l'arrière du véhicule, leurs sacs à dos posés entre eux, mes réflexions muettes sur la présence de laitue dans le frigo et sur la deuxième floraison des lis d'un jour ont soudain cédé la place aux murmures qui m'arrivaient aux oreilles.

— Je veux juste dire qu'il est parfois bizarre, disait Alex.

— Tu trouves tout le monde bizarre, avait répliqué Max de sa voix presque inaudible.

— Tu te souviens de la fois où il a écouté le même groupe pendant des mois et des mois ? Quand il retirait son casque, on entendait constamment la même chanson. Ce n'était même pas un bon groupe.

— C'était un groupe pas mal.

— D'accord, mais pas un groupe célèbre. À part Kiernan, personne ne le connaissait.

Ruby ne veut pas parler de son petit copain avec moi. Elle regrette de s'être laissée aller chez Molly.

— Tu fais une telle histoire à chaque fois ! répète-t-elle.

Quand elle vient dans la cuisine avec ses deux amies, dès que je fais allusion à Kiernan – que je considère, jusqu'à preuve du contraire, comme son cavalier pour le bal –, elle se met à couper son sandwich à la dinde d'un mouvement rageur. Cette année, elle n'est pas végétarienne. Sarah mange aussi de la dinde, alors que Rachel picore du jambon et du fromage. Cette dernière s'est fait faire une manucure : le vernis appliqué sur ses pauvres

Tous sans exception

ongles rongés les transforme en petites pierres fuchsia. Chaque fois qu'elle porte les mains à ses lèvres, elle les baisse aussitôt.

— Notre façon de sortir avec les garçons n'a rien à voir avec la vôtre quand vous étiez jeune, décrète Sarah.

Dans sa bouche, notre jeunesse fait penser à une émission de Glen sur la chaîne Histoire. La personnalité de Sarah se reflète dans le sport qu'elle pratique ; elle passe ses après-midi à effectuer des longueurs dans la piscine, le corps souple, les mouvements réguliers. Ses cheveux nettement coupés au carré sèchent sans avoir besoin d'être recoiffés. Elle sait remettre Ruby les pieds sur terre.

— Est-ce que j'en fais trop ? demande parfois ma fille.

— Oui, lui répond Sarah en souriant.

Comme dans la plupart des amitiés triangulaires, toutes deux se montrent très protectrices avec Rachel, qui n'est la meilleure amie ni de l'une ni de l'autre.

— Je comprends que nous ne sommes pas de la même génération, dis-je à Sarah. Mais chacune d'entre vous se rend au bal avec son propre cavalier, même si vous y allez tous ensemble.

Sarah sera accompagnée d'Eric, le garçon avec lequel elle sort depuis la classe de première. Je ne serais pas surprise, si je faisais dérouler le film de leur vie en accéléré, de les retrouver mariés et installés dans une maison située à une ou deux rues de leurs familles respectives. Sarah veut être infirmière.

« Tu pourrais être médecin, mon ange », lui a un jour suggéré Nancy. « Tu pourrais être doyenne de fac et non professeur, lui a rétorqué Sarah. Ce sont deux métiers entièrement différents. »

Tous sans exception

— Je me suis bien fait remettre à ma place ! a commenté Nancy en me racontant cette anecdote.

Sur ce film du futur, je ne sais pas ce que je verrais pour Ruby. Je crains que l'histoire ne réserve à Rachel que souffrance ou insatisfaction. Ma fille a un but et des désirs spécifiques. Rachel semble aspirer à quelque chose qui n'est pas qualifiable, et ne le sera peut-être jamais.

— Kiernan est obsédé par le bal, déclare cette dernière en ouvrant le frigo pour y prendre la moutarde. Tout simplement obsédé.

— Il a besoin de grandir, rétorque Ruby. Ce n'est qu'une soirée de danse. Tu parles d'un événement !

Sarah a la bouche pleine. Son entraîneur a un jour calculé qu'elle avait besoin de cinq mille calories par jour, rien que pour garder son poids habituel. Tout en mâchant son pain, elle intervient :

— Ce qui plaît surtout à Eric dans le bal, c'est le lac et le petit déjeuner. Bronzage et pain grillé. Très flatteur pour moi, n'est-ce pas ? Je trouve que tu devrais être plus sympa avec Kiernan, Rube, ajoute-t-elle, me regardant du coin de l'œil pour s'assurer qu'elle n'en dit pas trop.

— Je ne suis pas méchante avec lui.

Espérant qu'elles vont se montrer plus bavardes en mon absence, j'entreprends de plier des serviettes dans la buanderie adjacente, mais au lieu de cela elles entament une conversation capitale sur les couleurs de vernis qu'elles choisiront pour leurs orteils. Au dépôt-vente où Ruby avait cherché une robe, Kiernan a trouvé un smoking bleu ciel, accompagné d'une chemise à jabot, d'une ceinture et d'un énorme nœud papillon qui, selon ma fille, ressemble réellement à un insecte. Je sais exactement

Tous sans exception

l'allure qu'il aura – James McGhee, le garçon qui m'a emmenée à mon propre bal, portait exactement la même tenue. En retrouvant récemment une photo de nous deux, en train de poser devant des colonnes corinthiennes de polystyrène qui avaient été dressées dans le hall de la fac, je me suis dit qu'il était heureux que le smoking noir classique soit de nouveau en vogue et que la robe Empire soit passée de mode. Kiernan va arborer un smoking bleu ciel et les filles ont toutes choisi des robes Empire. Je m'efforce de ne rien prendre pour acquis.

4

Il pleut à verse. Dans la voiture garée au bord du trottoir, j'attends que Max ait terminé son cours de batterie. Épuisée, je suis incapable de dire si ma vision floue est due à la pluie, ou au manque de sommeil. À travers la fine brume projetée par l'eau qui frappe le capot, j'aperçois occasionnellement un mouvement fluide derrière la baie vitrée, au-dessus de la quincaillerie. Il y a plusieurs semaines, j'ai dû arrêter mon véhicule de l'autre côté de la rue, et de là, j'ai constaté que ce phénomène étrange était produit par la tête hirsute de Max. C'est pour cela qu'il ne veut pas se faire couper les cheveux. Il les secoue quand il joue, avec un petit sourire encadré de fossettes que j'ai rarement vu au cours de l'année dernière. Dès que sa voix a commencé à changer, son humeur a fait de même. Toutes deux sont maintenant au plus bas la plupart du temps. Les étudiants qui passent du collège au

Tous sans exception

lycée doivent remplir un questionnaire. L'une des questions posée est formulée ainsi : « Quel est le mot qui vous qualifie le mieux ? » D'après Ruby, Max a laissé l'espace réservé à la réponse en blanc.

— Peut-être ne pouvait-il pas se décrire en un seul mot, avais-je suggéré.

— Maman, sois réaliste, avait répliqué ma fille en secouant la tête.

« On dirait un SDF », déclare parfois Glen quand Max, une fois son assiette vidée et placée dans l'évier, sort de la cuisine pieds nus, à pas silencieux. « J'essaie de me montrer tolérant », ajoute-t-il.

Bien qu'il soit sincère, Glen a tendance à confondre silence réprobateur et tolérance. Alors qu'il recevait un jeune homme à son cabinet pour un entretien, en vue d'un emploi de comptable à temps partiel, il ne lui a pratiquement pas adressé la parole parce que celui-ci avait une comète tatouée sur le dos de la main. Ce garçon s'est révélé très travailleur, mais la plupart du temps, mon mari, quand il fait allusion à lui, ne peut s'empêcher de remarquer : « J'espère qu'il fait des économies, parce qu'il va lui falloir deux mille dollars le jour où il décidera de faire retirer ce machin. »

Un soir, Ruby a posé sa fourchette et est intervenue :

— Papa, il en a probablement d'autres. Tu ne les vois pas, c'est tout. La plupart des gens qui se font tatouer ont un principe : choisir des zones qui ne soient pas repérables.

— Que je ne te prenne pas à avoir ce genre de lubies, a décrété Glen, le menton pointé comme une flèche.

— Oh, papa ! s'est exclamée Ruby avec légèreté en enroulant ses spaghettis autour de sa fourchette. Mon corps est un sanctuaire.

Tous sans exception

Max et Alex se sont esclaffés, comme ils le faisaient étant enfants. Je me suis alors sentie heureuse de les voir ainsi réagir de la même façon un court moment. Ils n'ont jamais été semblables. Même petits. L'un était chauve, avec un visage tout rond, alors que l'autre avait des yeux qui lui dévoraient le visage et des jambes arquées. En fait, ils se complétaient : Max se passionnait pour les Lego qu'Alex lui tendait un par un ; Alex shootait dans le ballon de foot que Max allait récupérer dans le bois. Alex ne s'est montré agressif avec son frère que lorsque les autres garçons ont commencé à le faire. Tous regardaient les griffonnages extravagants sur la couverture du cahier de textes de Max en s'écriant : « Qu'est-ce que c'est censé être ? »

— C'est un organisme microscopique découvert dans l'eau sur Mars, répondait mon fils. Il brille dans le noir.

Les garçons que j'avais baptisés secrètement les Polos, parce qu'ils affectionnaient tous ce vêtement, faisaient alors la grimace. Les filles elles-mêmes ne quittaient pas les Polos ; et aujourd'hui, Alex fait partie de leur groupe.

— Les gens à l'école ne croient pas que moi et Max sommes des jumeaux, a un jour annoncé Alex.

— Max et moi, ai-je rectifié, avant d'ajouter : J'étais là, mon poussin. Vous l'êtes, sans le moindre doute.

— Nous avons simplement un lien fraternel, a-t-il rétorqué, comme si cela n'avait aucun rapport.

Je vois la chevelure de Max se balancer régulièrement d'avant en arrière, comme un champ de blé sous la tempête, au son de percussions lointaines. Je ne pense pas que mon fils soit déjà très performant, mais je ne sais pas non

Tous sans exception

plus comment reconnaître un bon batteur. S'il poursuit la pratique de cet instrument, nous lui insonoriserons la pièce au-dessus du garage et lui achèterons une batterie. Pour l'instant, il se contente de sortir ses baguettes et de jouer sur son lit, comme sur le plan de travail de la cuisine ou le tableau de bord de la voiture. Quand il s'exerce, il paraît moins triste, voire un peu plus heureux. Le reste du temps, il paraît absent, comme si son âme s'est envolée ailleurs en laissant le corps sur place.

— Ici la Terre, Max, réponds ! s'écrie parfois Alex pour attirer l'attention de son frère.

Au moins, soumis à la même phase de métamorphoses, ils s'acheminent ensemble vers la puberté. Les contours de leurs visages sont plus marqués et leurs jambes musclées se couvrent de poils. Ruby dit que je ne dois pas prêter attention aux photos porno affichées sur leurs ordinateurs.

— C'est l'équivalent des *Playboy* sous le lit, affirme-t-elle.

— Quand ma mère a trouvé les *Playboy* sous le lit de votre oncle Richard, il a été puni pendant une semaine.

— Ah bon ? Et tu trouves ça bien ? Est-ce qu'on doit en déduire que Nana est tout à coup promue au rang de mère parfaite ?

Parfois, je me demande s'il est opportun de se montrer trop honnête avec ses enfants, tout au moins avec sa fille. Il ne viendrait pas à l'idée de mes garçons de porter un jugement sur l'éducation que j'ai reçue, sauf si je leur disais que j'avais été enfermée dans une cave et battue. Mais Ruby, après avoir fait l'analyse de mes récits d'enfance, en a tiré le portrait plutôt juste d'une mère qui

Tous sans exception

considérait qu'il suffisait de nourrir et d'habiller sa progéniture pour l'aimer. Heureusement, contrairement au père de Glen, ma mère ne croyait pas aux châtiments corporels.

Dans la marge du plan d'un jardin en terrasse, posé sur mes genoux, j'écris le mot « Hysope », puis je l'efface. La tête en arrière, je ferme les yeux. Au bout de quelques minutes, je me force à les rouvrir. Je note alors « Mélisse ». Bon sang, comment puis-je élaborer un jardin pour une femme qui dit détester les abeilles ? me dis-je. Quand j'ai demandé à ma cliente si elle aimait les papillons, elle a secoué la main en déclarant : « Je ne suis pas portée sur les grosses bêtes qui montent. »

Ruby est partie tôt ce matin, expliquant qu'elle devait travailler sur le magazine littéraire. À mon avis, elle veut éviter de rester seule avec moi. Au milieu de la nuit de samedi, je me suis réveillée en entendant du bruit au rez-de-chaussée ; j'ai rapidement compris qu'il s'agissait du sifflement de la bouilloire. Ruby et Sarah s'agitaient en silence dans la cuisine, sortant le lait du frigo et le sucre du placard. Debout dans l'encadrement de la porte, je les observais. En m'apercevant, ma fille a eu un léger sursaut.

— Va te recoucher, a-t-elle chuchoté.

— Perle, a gémi une voix. Perle, je vais dégobiller !

— Oh, Seigneur ! s'est écriée Sarah, alors que je me précipitais dans le couloir.

Rachel était allongée sur le canapé, sous une couverture. Dans ses cheveux longs et sombres étaient coincées des brindilles et quelques feuilles que j'ai retirées aussitôt.

— Je me déteste, murmurait-elle. Je me déteste.

— Chut, ai-je dit.

Tous sans exception

Quand elle a ouvert les yeux et m'a vue penchée sur elle, elle a gémi de nouveau et s'est tournée sur le côté, pour enfouir son visage sans les coussins. Je voyais une traînée de terre sur son épaule et ce qui ressemblait à une contusion sur son cou. Cela m'a fait penser à l'époque de la fac : une nuit, Alice était rentrée à l'aube en titubant et s'était écroulée sur son lit, en face du mien.

— Alors qu'il y a tellement d'hommes et que la vie est si courte, il faut que je choisisse le pire pour aller au jardin botanique, avait-elle marmonné.

C'était la seule fois que je m'étais occupée d'elle, qui prenait toujours soin de moi.

— Je vous en plie, allez-vous-en ! s'est écriée Rachel en pleurant.

— Maman ! a soufflé Ruby de la cuisine.

— Où êtes-vous allées cette nuit ? ai-je demandé, me plantant devant la cuisinière, entre ma fille et Sarah.

— Chez Tony, a murmuré cette dernière, en soulevant un plateau avec du thé et quelques crackers.

Bien qu'il y ait près de chez nous un grill et une pizzeria, les enfants aiment aller chez Tony, un marchand de glaces situé à trois kilomètres de la maison. Sortant en mai devant sa boutique des tables qu'il rentre en octobre, il propose des snacks à réchauffer, en complément de sundaes servis dans des gobelets de papier paraffiné. Les jeunes s'asseyent directement sur les tables et se livrent à leurs commentaires croisés, faisant durer leur soda jusqu'à ce qu'il ne reste qu'un résidu boueux au fond du récipient. À tour de rôle, les filles attirent leurs copines jusque dans les toilettes sales des dames, derrière la réserve du magasin, pour papoter. « Ils ne sont plus ensemble. »

Tous sans exception

« Il est rentré de la fac. » « Ses règles n'arrivent pas. » « Il a été exclu pour quelques jours. » Nous, les mères, n'apprenons que plus tard certaines de ces nouvelles, au détour de conversations téléphoniques ou de propos échappés à table. Les enfants savent que nous ne dirons rien, non par preuve de tact, mais en raison d'un sentiment de honte. Loin d'ignorer que nos enfants ont des relations sexuelles, fument de l'herbe et boivent de la bière, nous trouvons plus commode de nous taire. « Ruby a bonne mine ! » m'ont dit quelques-unes des autres mères quand ma fille a recommencé à manger, ce qui était une manière de souligner qu'à une époque elle avait une mine épouvantable. Même quand nous sommes honnêtes les unes avec les autres, nous marchons sur des œufs ; suggérer que l'une d'entre nous est une mauvaise mère, ou que les enfants ont des problèmes, ce qui revient à la même chose, est le meilleur moyen de perdre une amie. (Bon, peut-être pas tout à fait le meilleur, celui-là n'a plus de secret pour moi.)

— Depuis quand Tony sert-il de la bière ? ai-je demandé à Ruby dans la cuisine.

— Maman, laisse-nous régler ça.

— Dis-lui de s'en aller ! a crié Rachel de l'autre pièce. Je ne veux pas qu'elle me voie comme ça.

Au son du murmure apaisant de Sarah, qui serait une bonne infirmière, j'ai senti mon inquiétude diminuer jusqu'à ce que Ruby se penche soudain vers moi et ferme les yeux. Nous avons tangué ensemble comme des danseurs de slow à une boum du lycée.

— Oh, maman, elle s'est mise dans une situation affreuse, a murmuré ma fille.

Tous sans exception

— Jusqu'à quel point ? Il faut prévenir la police ? Notre court moment de communication a pris fin. — Quoi ? a dit Ruby en frissonnant. Seigneur, non ! Elle prend simplement… de mauvaises décisions. De très mauvaises décisions. S'il te plaît, retourne te coucher, a-t-elle ajouté. Laisse-nous nous occuper de ça. Je te promets de t'appeler si nous avons besoin de toi.

De retour dans notre chambre, je suis restée allongée jusqu'à ce que le ciel s'éclaircisse. Le matin, Sarah et Rachel étaient parties et Ruby dormait tranquillement dans son lit. Seuls le mug sur le comptoir et la couverture sur le sol prouvaient qu'il ne s'agissait pas d'un cauchemar. Si elles avaient fait du café au lieu de thé, si je n'avais pas été réveillée par le sifflement de la bouilloire, je n'aurais probablement jamais été au courant de cet incident.

Je m'affale contre le dossier du siège et m'efforce de rester éveillée. Ce soir, je prendrai peut-être un somnifère, juste pour rattraper mon retard de sommeil. Sur le plan, j'écris « Buis ». Main Street est presque déserte, à la fois parce qu'il fait mauvais et qu'il est 18 heures passées. Malgré les réverbères de style ancien, judicieusement choisis, et le parking gratuit dans toute l'agglomération, personne ne reste en ville quand tombe la nuit. Dans le petit restaurant moyen-oriental qui a ouvert il y a deux ans, tenu par un couple d'immigrés dont les deux fils sont les premiers de leurs classes respectives, seules deux tables sont occupées les soirs de semaine.

Une femme vêtue d'un ciré jaune luisant glisse devant ma voiture. La tête couverte d'une capuche, un parapluie à la main, elle pourrait être n'importe quelle passante

Tous sans exception

pressée de faire une course. Je suis pourtant certaine qu'il s'agit de Deborah, la mère de Kiernan. Ayant conservé sa démarche caractéristique d'ancienne danseuse, elle semble avancer sur la pointe des pieds, les orteils tournés vers l'extérieur, même avec ses bottes en caoutchouc. Nous avons été des amies intimes. Sous l'averse, elle n'a probablement pas remarqué mon véhicule, berline sombre pareille à celle de la plupart des mères de la ville, mais il se peut aussi qu'elle m'ait vue et détourne volontairement les yeux. Il arrive assez régulièrement que Deborah me regarde sans me voir, ce qui me noue toujours l'estomac. L'année dernière, lors d'une garden-party pour les vingt ans de mariage des Lawrence, nous nous sommes retrouvées face à face. Sans un mot, elle s'est éclipsée, comme si sa silhouette n'avait été qu'un hologramme, projeté un instant et aussitôt évanoui.

« Embrasse ta mère pour moi », avais-je coutume de dire à Kiernan. Me voyant passer à « Mes amitiés à ta mère », puis à « Dis bonjour à ta mère de ma part », Ruby m'a un jour déclaré : « Maman, il est temps d'arrêter ça, tu deviens pathétique. »

Je me demande ce que va penser Deborah si Ruby rompt avec Kiernan. Je m'interroge même sur la possibilité de cette rupture. L'adolescent est amoureux de Ruby, cela ne fait aucun doute – on a parfois l'impression que ses yeux vont se mettre à vriller quand elle se déplace dans la pièce, répond au téléphone ou prend un magazine. Bien qu'elle ne soit pas du genre à se consacrer à lui, particulièrement en cette période de création littéraire, il semble se satisfaire de ses contacts avec les parents et les frères de sa dulcinée : il interroge Alex sur le foot, Max

Tous sans exception

sur un dessin animé qu'il a vu, Glen sur l'équipe de baseball locale, et moi sur le repas que j'ai sur le feu. En fait, Kiernan n'est pas simplement amoureux de Ruby, il est amoureux de notre famille.

Quand Max ouvre la porte de la voiture, il est 18 h 25. Malgré tous mes efforts, je somnole.

— Tu m'as fait peur, dis-je.

Sans répondre, il me tend un papier couvert des pattes de mouche de son professeur de batterie. « Pouvez-vous m'appeler s'il vous plaît ? »

— Est-ce que tout va bien ?

— C'est la mère de Kiernan ? s'enquiert mon fils.

En effet, sous la pluie transformée en crachin grisâtre, Deborah revient sur ses pas, un sac à la main. J'aperçois furtivement ses yeux immenses, si semblables à ceux de son fils. Elle porte ses cheveux sombres et ondulés très courts – deux centimètres tout au plus – comme pour nous empêcher d'éviter son regard. Son visage évoque une pièce sans rideaux ni stores. Avec brusquerie, elle baisse son parapluie qui la dissimule, tel un écran. Pourrait-elle mieux exprimer son désir de nous ignorer ?

— J'ai hâte de partir au camp de vacances, déclare Max en jouant de ses baguettes dans l'espace.

5

Accompagnés de John et Tony – chauffeur de la pelleteuse –, Rickie et moi parcourons des yeux le terrain de Winding Way.

— Quelle catastrophe ! s'exclame Rickie en se mordant furieusement la lèvre inférieure.

John secoue la tête, Tony va et vient en jurant dans sa barbe et j'essaie de ne pas fondre en larmes ; la patronne ne doit pas craquer.

Nous sommes à la veille d'un week-end férié : le Memorial Day, jour des morts au champ d'honneur. Avant-hier, nous avons terminé un gros chantier de plantations : six terrasses d'arbustes réunis en buissons, un petit taillis de pruniers et de poiriers, une longue haie de weigelas. Le jardin n'est plus qu'un champ de ruines. Quelques-uns des arbustes, jetés au pied d'une pente raide derrière la maison, gisent dans le ruisseau en contrebas, les

Tous sans exception

racines levées vers le ciel en une supplication muette. Je vous en prie, je vous en prie, sauvez-nous ! Rickie affirme qu'une partie des végétaux peut être récupérée, mais les arbres fruitiers et les buissons les plus importants ont disparu.

Il a déjà appelé la police. Quand une voiture de patrouille s'arrête près de nous, je reconnais l'agent qui sort du véhicule. Sa fille jouant dans la petite équipe de foot qui s'entraîne après celle d'Alex, il nous est arrivé d'échanger des remarques polies sur nos jeunes sportifs. Ce lien aggrave la situation. Si l'impact des parties de foot sur la communauté est positif, la situation présente a toutes les chances de produire l'effet inverse.

— Y avait-il vraiment des plantes dans tous ces trous ? demande le policier.

Mes hommes opinent du chef tandis que l'agent Jackson et moi nous serrons la main.

— Des plantes, façon de parler ! articule Rickie. Il y avait aussi des arbres. C'est plus que du vandalisme. Je dirais qu'il y avait vingt mille dollars de végétaux en tout, sans compter la main-d'œuvre.

— J'ai les factures au bureau. Où sont les gars ? dis-je.

C'est ainsi que je désigne les Mexicains qui travaillent pour moi du printemps à l'automne. Ils vivent dans un motel déclassé au bord d'une route qui constituait autrefois le meilleur chemin d'accès à notre région. Quand l'autoroute inter-États a été terminée, les établissements situés le long de l'ancienne voie ont fait faillite. Les gars mènent une existence précaire dans un logement de fortune, rectangle de parpaings aux fenêtres si petites qu'elles laissent difficilement passer l'air et la lumière. Ils prépa-

Tous sans exception

rent leur café sur une plaque électrique et se nourrissent de fast-food. Rickie affirme qu'ils vivent mieux ici que leur famille restée au Mexique, à laquelle ils envoient de l'argent chaque mois. J'ai décidé de le croire, bien que j'aie honte, non seulement du salaire que nous leur donnons, mais aussi du fait que je ne parviens à en identifier qu'un seul d'entre eux, un petit homme trapu nommé José – c'est tout au moins le nom qu'il m'a indiqué. Nancy affirme que les immigrés se choisissent des noms qui leur paraissent faciles à prononcer et à mémoriser pour les Blancs : José, Manuel, Juan. Notre José, fou de foot, m'a adressé la parole pour la première fois quand Alex, a été déposé, en tenue de sport par une autre mère sur le chantier. Il m'a montré des photos de ses enfants, deux petites filles en robe blanche, un œillet rose à la main.

— Tout notre personnel travaille à l'installation du gazon au club, répond Rickie. Pourquoi cette question ?

— Je veux que les dégâts soient réparés sans attendre. Nos clients seront de retour à la fin de la semaine prochaine. Je sais que ça a l'air idiot, mais je me sentirai mieux si à leur arrivée il n'y a plus de trace de ce qui s'est passé.

Je lève les yeux vers la maison. C'est une vaste demeure, peu esthétique, mais impressionnante. Il pourrait y avoir une pancarte au bout de l'allée : « A-coûté-une-petite-fortune. » Les propriétaires, nouveaux venus, font partie de ces couples qui me troublent – leur prospérité est inversement proportionnelle à leur âge, situé, selon moi, autour de la trentaine. En voyage dans le sud de la France, ils ont décidé que cette période était la plus favorable pour réorganiser leur jardin. On a maintenant l'impression que l'endroit a été dévasté par une tempête. Qui peut bien voler des arbres ?

— Je ne veux pas paraître hystérique, mais ça me terrifie, dis-je.

— Il n'y a rien d'hystérique là-dedans, répond le policier. C'est vraiment affreux.

— Je crois qu'ils ont des lumières fonctionnant sur la détection de mouvements, intervient Rickie. Si on les allume, ça dissuadera peut-être les coupables de recommencer.

— Tu crois que si on remet tout en place, ils risquent de revenir ?

Rickie hausse les épaules.

— Je peux organiser une patrouille qui passera une ou deux fois par nuit, déclare l'agent Jackson en prenant quelques notes. Votre assurance va couvrir le prix de ces plantes, non ?

— Est-ce que c'est vraiment la seule chose qui importe ? s'exclame Rickie. Des vandales viennent ici – plusieurs personnes, forcément car ce désastre représente un sacré travail – et détruisent ce que nous avons mis des jours à installer, uniquement pour jeter ce qu'ils ont volé, je parie. Sous cette chaleur, tout ce qui a été balancé dans un champ quelque part est en train de crever.

La température, anormale pour le mois de mai, dépasse les trente degrés. Deux auréoles sombres s'étalent, au niveau des aisselles, sur la chemise bleu marine du policier.

— Hé, je suis de votre côté ! réplique celui-ci. Cette histoire est navrante. Si l'un de mes gamins faisait quelque chose comme ça, il serait puni une année entière.

Tous sans exception

J'ai juste posé la question car si l'assurance couvre les dégâts, je donnerai rapidement à cette dame un procès-verbal afin qu'elle puisse se faire rembourser.

— Vous pensez que c'est l'œuvre de gamins ? dis-je.

Nous regardons tous les trois le sol ravagé. Les adolescents de la ville deviennent traditionnellement plus excités au moment des premières chaleurs.

Quand Ruby et les jumeaux étaient plus jeunes, mon entreprise n'avait pas encore pris forme. Je m'imaginais alors que pendant l'été, en l'absence de toute contrainte, je les emmènerais tous les trois randonner dans les collines et flâner à la kermesse du comté, ou que je les encouragerais à monter des tentes dans le jardin pour passer la nuit à admirer les étoiles. Mais, les histoires à propos de jeunes plus âgés qui fumaient de l'herbe ou faisaient des courses de voitures à l'extérieur de la ville me terrifiaient. Aussi, lorsque les jumeaux ont eu six ans, ils ont rejoint Ruby en camp de vacances où ils avaient appris à fabriquer des cendriers de mosaïque et à jouer au badminton. Max lançait ses longs bras autour de mes hanches et enfouissait son visage dans mon ventre, comme s'il aspirait à y retourner.

— Viens, disait Alex de la voix rassurante qu'il a un temps utilisée avec son jumeau. On va faire de la peinture.

C'était avant qu'il ne comprenne que le comportement de Max lui portait préjudice aux yeux des autres. Bizarrement, l'inverse ne s'est pas produit. Les facilités et les prouesses d'Alex n'ont jamais rejailli sur son frère.

— Je n'ai aucune idée de qui a pu faire ça, décrète l'agent. Bien sûr, nous avons des actes de vandalisme,

Tous sans exception

mais celui-ci est de bien plus grande envergure. Ça a dû être un sacré boulot de tout détruire. Peut-être pourriez-vous tirer des informations de vos enfants ?

— Ils n'ont rien à voir avec ça... J'imagine que c'est ce qu'on vous dit toujours, me suis-je empressée d'ajouter en soupirant. Je sais que c'est le cas. Il y a deux ans, à la fin de l'année scolaire, la moitié de l'équipe de base-ball, sous l'effet de flots de bière, a mis le feu à une vieille grange située à la limite de ce qui était autrefois une ferme laitière. Bien que deux garçons aient eu les mains méchamment brûlées, tous les parents clamaient l'innocence de leur progéniture, désignant deux sortes de coupables possibles : les ados de la ville voisine, particulièrement agressifs et destructeurs (lors de manifestations sportives, ils se comportaient pourtant exactement comme nos propres rejetons) ; et les Mexicains, toujours soupçonnés de menus larcins mais qui, d'après mon expérience, n'avaient jamais commis d'acte répréhensible, hormis quelques bagarres intestines.

Une entreprise de construction a alors produit la cassette de sa caméra de surveillance : huit jeunes avaient siphonné une partie de l'essence du 4 × 4 que l'un d'eux s'était vu offrir comme cadeau pour l'obtention de son diplôme, avant de la répandre autour de la grange. On a pu ainsi distinguer trois groupes de parents : ceux des observateurs de la scène, innocents à leurs yeux ; ceux des acteurs, coupables d'avoir récolté le carburant et d'avoir allumé le feu – qualifiés de « malavisés » par l'avocat du déprédateur le plus violent ; et enfin ceux – deux couples – qui, ayant le sens des responsabilités, ont imposé à leurs

Tous sans exception

enfants, avant même que le tribunal ne les condamne, des heures de travaux d'intérêt général pour la communauté.

— Ce ne sont pas des anges, poursuis-je, mais j'ai beaucoup d'affection pour leurs amis.

Je désigne la pancarte que nous avons plantée : *LATHAM a élaboré le lieu que vous contemplez*. « Tu n'as pas lésiné sur les allitérations ! » s'était exclamée Ruby en voyant le panneau publicitaire.

— J'entends bien, répond le policier, mais la nouvelle va se répandre. « Ah ah, devine ce que Jason et moi avons fait ! » Ce genre de choses.

— Je vais leur botter le derrière, affirme Rickie. Enfants ou adultes, ils vont le sentir passer.

S'ils étaient au courant, je ne suis pas certaine que les enfants m'en parleraient. Autrefois, ils me confiaient certains petits secrets – tel copain avait des préservatifs ou telle fille avait flirté en camp de vacances avec un garçon à l'insu de son petit copain habituel –, mais ils gardaient le plus important pour eux. Pendant six mois, lors de leur première année de lycée, Sarah et Rachel avaient gardé le silence sur Ruby, jusqu'à ce que j'entre dans sa chambre et que je découvre sur son dos décharné un xylophone de vertèbres et de côtes.

— Il vous a fallu longtemps pour comprendre, m'avait dit Rachel avec rancœur quand Ruby s'était remise à manger.

Ce matin même, je suis tombée sur sa mère en prenant un café. Sandy portait une robe bain de soleil et des sandales compensées, mettant en valeur ses orteils aux ongles rouge vif. Je sais qu'elle nous considère comme deux amies mais je ne l'ai jamais appréciée. Quand Rachel avait

Tous sans exception

douze ans, alors qu'elle était plutôt ronde, torturée par l'acné et affublée d'un énorme appareil dentaire, Sandy l'a envoyée dans un camp de jeunes obèses. Pis encore, elle a qualifié l'endroit de « colo de gros », devant les amies de sa fille.

— Comme vous pouvez le constater, elle ne tient pas de moi, avait-elle jugé bon de préciser.

— Est-ce que Ruby t'en fait baver ? m'a demandé Sandy aujourd'hui, la main sur mon avant-bras. Parce que Rachel me pourrit la vie.

— Elle traverse une période difficile. La perspective de la fac, les études. Ils subissent tous une grosse pression. La terminale est probablement l'année la plus ardue pour les jeunes.

— C'est tellement ça.

Quand Sandy s'exprime, je crois toujours entendre une réplique cruciale des *Feux de l'amour*.

— Cette situation est tellement pénible, poursuit-elle. Je ne sais pas si je vais pouvoir la supporter. Je passe mon temps à lui demander « Et Sarah ? Et Ruby ? Pourquoi n'ont-elles pas ces problèmes ? »

— Oh, elles en ont aussi.

— C'est à cause de mes fréquentations masculines. Elle devrait pourtant être assez grande pour comprendre.

Après avoir divorcé du père de Rachel, Sandy a épousé un agent immobilier, puis vécu avec le constructeur de piscines de la région. Maintenant, elle sort avec le vice-président de la banque locale.

— Ce n'est sans doute pas facile pour une adolescente.

— Je sais qu'elle veut me faire culpabiliser, mais je m'y refuse. La culpabilité est une émotion inutile. Les enfants

Tous sans exception

doivent comprendre que nous sommes en droit d'avoir notre propre vie.

Je me suis contentée de siroter mon café en silence, craignant de ne voir sortir de ma bouche que des crapauds et des serpents, me poussant à répondre : « Nous n'avons pas de vie. Nous avons eu des enfants à la place. Ta fille, qui est triste et manque de confiance en elle, traverse une période de bouleversements. Grandis ! Arrête de ne penser qu'à toi. Oublie les hommes et achète-toi des vêtements convenables ! »

Je suis lâche. Au lieu de ça, j'ai admis qu'il fallait absolument que nous déjeunions ensemble, un de ces jours.

Une fois le policier parti, je constate qu'Alice a laissé un message sur mon mobile. « Il me faut des conseils sur la mise au pot », dit-elle. J'ai une envie presque irrésistible de la rappeler pour la rassurer « Oh, bon sang ! La période préscolaire, les jeux, l'apprentissage du partage, la préparation à la lecture : tout ça ne fait aucune différence. » Je me souviens de Ruby et de Kiernan, tous deux âgés de cinq ans, jouant côte à côte dans l'herbe derrière la petite maison où nous vivions. Ils se chamaillaient, s'arrachaient mutuellement les jouets des mains et traitaient les jumeaux d'andouilles. Deborah craignait que Kiernan n'accepte pas le bébé qu'elle attendait. À l'époque, quelqu'un avait dit : « Petits enfants, petits soucis ; grands enfants, grands soucis. » Nous croyions tout savoir.

Ce soir, je dîne avec Nancy. Nos filles nous ont appris ce qu'elles qualifient de « précaution d'usage des petites villes » : avant de commencer à parler, même dans un restaurant qui se trouve à une demi-heure de l'agglomération, nous jetons un coup d'œil autour de nous pour être sûres qu'aucune oreille indiscrète n'est aux aguets.

— J'ai eu une journée infernale, dis-je.

— Tu ne peux même pas imaginer la mienne ! réplique Nancy en levant les yeux au ciel.

Fred, son fils aîné, qui est à la fac, s'est fait arracher les dents de sagesse, hier. En dribblant, Bob, le plus jeune, est tombé et s'est cassé la cheville.

— Si Sarah se fait un claquage musculaire en nageant, je m'enfuis de la maison, affirme-t-elle.

Les problèmes de Nancy paraissent toujours surpasser les miens, mais je lui parle tout de même des plantes volées et de ma rencontre avec la mère de Rachel.

— Selon Sandy, Rachel ne comprend pas qu'une mère doit avoir sa propre vie. Elle affirme que la culpabilité est un sentiment inutile.

— N'importe quoi ! s'écrie Nancy. Le sentiment de culpabilité est ce qui nous distingue de l'animal.

— Frites ou salade, en accompagnement ? s'enquiert la serveuse.

— Frites, dit Nancy.

— Moi aussi. Ras le bol des salades.

Nancy a eu Fred avant que je n'aie Ruby, et Bob avant que je n'aie les jumeaux. Lorsque nous avons fait connaissance, nous avons découvert que nos filles n'avaient que deux jours d'écart, et que notre opinion sur l'accouchement naturel était la même : c'était la plus grosse fumisterie de notre temps. (Sandy m'a avoué un jour qu'elle avait réclamé une césarienne pour garder toute sa tonicité « en bas ».) Je renseigne Nancy sur l'essentiel de ce qui concerne Sarah, comme j'apprends par elle l'essentiel de

Tous sans exception

ce qui concerne Ruby – les informations relatives à Sarah semblent toujours moins fournies.

— Je me sens totalement perdue dans cette situation avec Kiernan, dis-je alors que nos burgers arrivent. Il est toujours à la maison, ce qui ne nous a jamais gênés jusqu'à présent, sauf que maintenant, Ruby ne semble plus vouloir de lui.

Nancy, la bouche pleine, me fait signe qu'elle voudrait parler mais ne le peut pas. Elle mange toujours trop vite. Une fois, alors qu'elle s'étranglait dans un restaurant chinois, j'ai dû pratiquer sur elle la manœuvre de Heimlich.

— Je n'en ai entendu parler qu'en surprenant une conversation de ma fille, articule-t-elle enfin.

— Compris.

— Apparemment, il a acheté une bague à Ruby. Il veut qu'elle lui promette qu'ils resteront ensemble et qu'ils choisiront une fac l'un près de l'autre...

— Idée qu'il a dû emprunter à Sarah et Eric.

— Et qui me rend complètement folle, comme tu le sais. J'ai l'impression d'avoir été un mauvais modèle maternel pour elle, en me mariant si jeune. Tu sais, en fin de compte, je n'ai pas de regrets, mais l'idée qu'elle puisse s'engager avec quelqu'un qu'elle a connu à quatorze ans...

Nancy, qui a fini ses frites, mange à présent les miennes. Bill et elle se sont rencontrés en quatrième. Fred, à vingt ans, sort toujours avec sa petite amie du lycée et Bob, quinze ans, a la même copine depuis le collège. Ils ne remettent pas en question la mythologie familiale.

Tous sans exception

— Alors, que dois-je faire ? dis-je. Dans l'ordre naturel des choses, quand ta fille rompt avec son copain, tu ne le vois plus que de temps en temps, au hasard des rencontres. Mais Kiernan vit pratiquement à la maison depuis que les Donahue sont revenus, il y a quatre ans.

— Cinq. Ils ont emménagé la semaine où j'ai été nommée présidente du département.

Professeur de biologie à l'université située au nord de la ville, Nancy est apparemment considérée comme spécialiste d'un obscur organisme unicellulaire. Dans la mesure où nous sommes tous, en quelque sorte, des organismes unicellulaires, aucun être, aucun acte n'échappe à son expertise. Mes amitiés témoignent en ce moment d'une certaine symétrie : Alice me demande toujours des conseils, Nancy m'en donne régulièrement.

— Je ne sais pas quoi te dire. Si Kiernan était différent, le fait que Ruby et lui rompent ne l'empêcherait pas de continuer à traîner autour de chez vous. Mais s'il était différent, elle ne l'aurait jamais choisi. Elle évolue, et lui, pas. Le problème, c'est qu'elle est déjà très mûre.

— Ce qui ne signifie pas forcément que Sarah est immature parce qu'elle reste avec Eric. Ça a fonctionné pour Bill et toi.

— Je suppose que oui, lâche mon interlocutrice en avalant ma dernière frite.

L'année prochaine, son mari et elle fêteront en grande pompe leurs noces d'argent. Glen admire beaucoup Bill, qui dirige un cabinet d'assurances et que je qualifierais de sympathique. Nancy et moi évitons tacitement de trop parler de nos époux, pour éviter de nous montrer déloyales, et parce qu'ils sont amis. Une autre raison

Tous sans exception

motive notre attitude : il est important que l'infrastructure de notre vie reste aux yeux de l'autre relativement intacte.

— La rupture de Ruby et Kiernan soulagerait sans doute Glen, dis-je.

— Je croyais que Glen l'aimait bien. Il aime tout le monde.

— Il n'aime ni le père ni la mère de ce garçon, il ne les a jamais aimés.

— C'est vrai qu'ils ne sont pas son genre. Kevin Donahue est très hâbleur et coureur ; quant à Deborah, elle est complètement cinglée.

Je sens mon visage se figer.

— Tu détestes entendre ça, je le sais, poursuit mon interlocutrice, mais c'est la vérité. Je n'ai jamais compris comment tu avais pu être amie avec elle.

Je ne réponds rien. Il n'est pas question de soumettre Deborah au jugement péremptoire de Nancy, ni de dire pourquoi cette amitié a pris fin.

— Alors, qu'est-ce que je dois faire à propos de Kiernan ?

— Je n'en ai pas la moindre idée.

Moi non plus.

6

Alors que je suis dans la cuisine, en train de préparer le repas, Ruby m'appelle de sa chambre. Habituellement, cette manie m'agace, dans la mesure où je sais que, se considérant comme trop occupée, trop épuisée ou simplement trop supérieure à nous pour descendre une volée de marches, elle juge que sa mère, qui n'a aucune raison d'être débordée, peut bien monter un étage. Cela me fait toujours penser à la question qu'Alex nous a posée, quand il a rencontré une femme juge lors d'une de nos rares visites à mon frère Richard, dans les faubourgs de New York.

— Mais si elle n'a pas d'enfants, qu'est-ce qu'elle fait quand elle est chez elle ?

De l'avant de la voiture, son père et moi nous étions exclamés entre deux gloussements :

— Elle dort, va au cinéma, discute avec son mari !

Tous sans exception

Une fois nos sarcasmes taris, Ruby avait lancé d'un ton suave :
— Vous n'avez pas peur d'éclater, comme la grenouille qui voulait être aussi grosse que le bœuf ?

Aujourd'hui, je sais que ma fille ne veut pas descendre parce que Kiernan est assis dans la cuisine. Il vient d'apporter le dernier numéro de l'année du journal du lycée, sur lequel il a travaillé, et qui comporte un article où figurent les noms d'Alex et de Ben.

— « Avec le départ de cinq seniors, dont le gardien de but Chris Argento, lit Kiernan à haute voix, les Faucons sont confrontés à un avenir incertain. Mais Alex Latham et Ben Cooper, co-capitaines de l'équipe invaincue du collège, pourraient bien prendre brillamment la relève. »

— C'est toi qui l'as écrit, affirme Alex.

— Non, mec, déclare Kiernan, la main sur le cœur. Je ne m'occupe que des photos, de l'aspect purement visuel. C'est le responsable de la rubrique Sports qui l'a rédigé.

— Tu mens, c'est toi.

— Juré ! Je suis quasiment illettré.

— Maman, m'man ! hurle Ruby de sa chambre.

Kiernan lève la tête comme un chien au son d'un sifflet à ultrasons.

Je suis déterminée à surveiller jusqu'au bout la cuisson des poivrons dans la sauteuse.

— C'est super, Alex, dis-je. Il faut que tu montres ça à ton père dès qu'il arrive.

Mon fils baisse de nouveau les yeux sur l'article.

— Quand ils écrivent « pourraient bien prendre brillamment la relève », tu penses que ça signifie que Ben et moi serons acceptés dans l'équipe du lycée ?

Tous sans exception

— Mec ! implore son interlocuteur en levant les mains, paumes en l'air, pour signifier : « Qu'est-ce que ça voudrait dire d'autre ? »
Je lui jette un regard par-dessus la tête d'Alex.
— Oh, chéri, dis-je en remuant les poivrons. Ça dépend sans doute de qui joue dans l'équipe et des postes à pourvoir. N'oublie pas que, dans une équipe de deuxième catégorie, tu joues beaucoup plus souvent dès la première année.
— Ma-man ! hurle Ruby.
— La ferme, murmure Max.
Assis sous la fenêtre, il mange des cerises, plongé dans une bande dessinée.
— T'es un nase, s'emporte Alex. Le fait qu'on ne parle pas de toi dans le journal ne veut pas dire que tu dois te conduire comme un nase. Nase.
— Pardon ? fait Max.
— Mec, je pense qu'il faisait allusion aux cris d'orfraie de ta sœur.
— Qu'est-ce qu'il a dit ? marmonne Max.
Quand j'ai appelé le professeur de batterie de mon fils, celui-ci m'a annoncé qu'à son avis Max était gravement déprimé.
« Alors, non seulement ce type, qui n'arrive même pas à se tenir droit, serait musicien, mais il serait en plus psychanalyste ? » s'est exclamé Glen quand nous en avions parlé au lit.
Une lune blanche de juin projetait sur notre plafond quatre bandes de lumière obliques. La lumière, les senteurs diverses, la silhouette sinistre d'une branche d'arbre qui s'insinue dans mon champ visuel, voilà ce qui me per-

Tous sans exception

met de suivre le cours des saisons. Je ne peux pas expliquer pourquoi, mais quand je vois ces rectangles de lumière sur le plafond, j'ai l'impression que rien de néfaste ne peut nous arriver. « Nous devrions lui trouver un autre prof de musique », a conclu Glen.

Il se fait autant de souci que moi à propos de Max, dont deux professeurs laissent entendre qu'ils vont se désintéresser de lui en raison de son manque de participation. L'un d'eux affirme qu'il n'a jamais entendu le son de sa voix.

En haut, la maison sent l'huile d'olive et les chaussettes sales. Quand j'ouvre la porte de Ruby, une bouffée d'encens, soudain mêlée aux deux autre odeurs, m'étourdit un court instant. La chienne est allongée au pied du lit. Ma fille, assise en tailleur à l'autre bout de la pièce, tapote sur le clavier de son ordinateur.

— Je t'ai appelée au moins dix fois, me fait-elle remarquer sans lever les yeux.

— Je prépare le dîner en discutant avec tes frères. Et avec Kiernan, qui t'attend, je suppose.

Ruby détache ses cheveux et les enroule autour de sa main en un chignon qui semble identique à celui qu'elle vient juste de défaire. Sa robe de bal transformée est suspendue au dos de la porte de son placard. Magnifique, elle arbore un tourbillon de couleurs primaires, au-dessous d'un large décolleté arrondi et de manches Louis XV. Elle peut être certaine que personne n'aura de tenue semblable.

Au-dessus de son lit, est accrochée la photo de ses mains aux ongles ornés d'un vernis sombre ; l'une d'elles tient un stylo d'argent ornementé. Ruby écrit, et Kiernan

Tous sans exception

prend des photos. Nombre de raisons peuvent expliquer qu'ils sont devenus un couple, en dehors du fait qu'il a toujours été amoureux d'elle, de son allure et de sa personnalité.

« C'est tellement Ruby ! » s'exclame parfois Sarah à propos d'un film, d'un livre ou d'une robe.

Kiernan a fini par la conquérir à l'aide d'une série de clichés en noir et blanc. Elle venait de signer une nouvelle sur une lycéenne détruite par la page blanche. L'adolescent lui avait proposé une série d'illustrations pour l'histoire – un casier d'étudiant en gros plan, un tableau noir à demi effacé recouvert du résumé de l'intrigue d'*Anna Karénine*, les propres mains de Ruby en train d'écrire dans son journal intime. À la parution de cette dernière photo dans le magazine littéraire, au cœur de la nouvelle, les doigts de ma fille s'entremêlaient déjà étroitement à ceux de Kiernan, dans la rue, à la cafétéria, dans notre séjour, où ce qu'ils révélaient était démenti par le comportement décent des deux adolescents en public. Si Kiernan pense à l'aide d'images, Ruby pense à l'aide de récits : je peux l'imaginer maintenant en train d'en élaborer un, qui commence par : « Quand j'étais au lycée, j'avais un petit ami. »

— Est-ce que tu peux simplement lui dire que j'ai mes règles ? Il sait qu'il ne faut pas m'enquiquiner dans ces moments-là.

Ce manque de pudeur manifesté par ma fille et ses amies à propos de leurs menstruations m'étonne toujours. Ruby, Sarah et Rachel s'expriment comme s'il n'y avait aucune raison que le monde entier ne partage pas leurs sautes d'humeur, leurs crampes abdominales et leurs dou-

Tous sans exception

leurs en bas des reins. Un après-midi, à la table de la cuisine, Sarah s'est mise à pleurer à cause d'une critique plutôt légère d'Eric ; Ruby et Rachel l'ont entourée de leurs bras, comme elles avaient coutume de le faire, en s'écriant : « Oh, chérie ! Nous allons te faire un chocolat chaud. »
Elles se montrent à la fois ouvertes à la connaissance, et imperméables à la honte. L'autre jour, j'ai trouvé l'emballage d'un test de grossesse dans la salle de bains de Ruby. J'ai hésité, puis l'ai regardé de plus près, bouche bée. L'air semblait vibrer. N'est-il pas étrange que, selon les circonstances, la promesse d'un enfant puisse être accueillie avec bonheur, ou terriblement redoutée. Les yeux de Ruby se sont plissés.
« Rachel », m'a-t-elle lancé d'une voix sèche, avant d'ajouter : « C'est bon. » Je suis restée immobile dans l'encadrement de la porte, tenant le montant d'une main. « C'est bon », a-t-elle répété sans lever les yeux, d'une voix qui me signifiait que je n'en apprendrais pas davantage.
— Je n'ai pas à m'excuser pour toi, dis-je. Il arrive que Kiernan se contente uniquement de passer. Il a acheté le bulletin des Faucons à Alex parce qu'on y parle de lui.
— Il est toujours là, que je veuille le voir ou non.
— Tu es la seule qui puisse remédier à cela, chérie, dis-je en grattant Ginger à la naissance de la queue.
Rêveusement, la chienne lève une patte arrière qui s'agite en l'air, comme pour mimer le grattage, puis retombe lourdement sur le lit.
— Tu crois ? s'écrie ma fille d'un ton sec en arrangeant de nouveau ses cheveux. Sérieusement, tu t'imagines

Tous sans exception

que, quand nous partirons tous les trois pour l'été, il va s'arrêter de passer ?
— Il passera peut-être juste pour dire bonjour.
— Il prend les choses tellement à cœur, maman. Comme si rien n'était léger, sans importance. Avec lui, tout est si...
Elle cherche un mot et tape sur le clavier. Un soupir soulève son étroite poitrine, qui retombe aussitôt.
— Intense, conclut-elle.
Je ne réplique pas qu'elle aussi est intense. Sa vie est d'une telle richesse ! Elle a Sarah, Rachel, ses frères, son père, moi, son écriture, ses opinions politiques si peu structurées soient-elles. Kiernan ne voit plus beaucoup son père depuis le divorce de ses parents. J'ai appris – au détour d'une conversation, peut-être – qu'il ne parle pratiquement plus à sa mère. Sans frère ni sœur, il n'a que Ruby et tout ce qu'elle peut lui offrir : la confiance en soi, la gaieté, ses frères, ses parents.
— Tu vas venir dîner ? dis-je à ma fille.
— Je travaille sur ma nouvelle.
Il m'est venu à l'idée que l'histoire écrite par Ruby est moins un texte de fiction que le flotteur qui la maintient à la surface de l'eau et la fait dériver loin de nous.
De retour dans la cuisine, j'ajoute le poulet aux poivrons et mets à chauffer l'eau pour le riz. Kiernan raconte à Alex qu'une équipe de foot dans laquelle jouait son père a fait le tour de l'Europe. C'est peut-être vrai, mais ce peut être aussi une invention de Kevin Donahue. Le père de Kiernan fait partie de cette sorte d'hommes charmants, voire irrésistibles, qui sont toujours sur le point de vivre le grand moment, d'avoir l'idée géniale, d'obtenir le score

suprême. « Je sens déjà le goût du succès », avait-il coutume de dire à Glen quand un nouveau projet lui venait à l'esprit ; la désapprobation et le scepticisme de mon mari rafraîchissaient aussitôt l'atmosphère comme un brusque changement de température.

— K., tu dînes ici ? demande Alex.

Sans me retourner, j'imagine Kiernan en train de fixer mon dos. Je finis par dire :

— Il y en a pour tout le monde.

L'adolescent m'a entendue prononcer ces mots des centaines de fois, mais je crains qu'il n'y ait maintenant dans ma voix un soupçon de réticence.

— Non, mec, répond-il.

Sa chaise racle le sol.

— J'ai un tas de choses à faire, ajoute-t-il.

— Ruby travaille sur son histoire, interviens-je.

— Je sais. Je la verrai plus tard.

— Pourquoi Ruby traite-t-elle Kiernan aussi mal ? interroge Max pendant le dîner.

— Plus que mal, renchérit Alex.

— Tu l'aimes bien uniquement parce qu'il t'a apporté ce journal idiot, grommelle Max.

— Quoi ? Je l'aime bien. Je trouve simplement qu'il peut parfois se montrer bizarre.

— Qui ? marmonne Glen.

Rentré tard de son travail, il semble un peu distrait.

— Il arrive que ta sœur ait besoin d'être seule, fais-je remarquer.

Les poivrons, trop cuits, forment une bouillie kaki autour des morceaux de poulet. Personne ne le remarque.

Tous sans exception

Si, dans une heure, je leur demandais ce qu'ils ont mangé, ils ne s'en souviendraient pas, mais affirmeraient que c'était bon.

— Où est Ruby ? s'enquiert Glen.

— Là-haut. Elle travaille sur sa nouvelle. Elle dit qu'elle mangera un yaourt tout à l'heure.

Glen fait une grimace. Il se fait encore du souci sur la fréquence et la quantité de l'alimentation de sa fille.

Alex tend à Glen le journal du lycée, plié en carré autour de l'article.

— Ouah ! s'exclame Glen. Je suis impressionné, mon vieux.

— Vraiment ? Tu crois que ça veut dire que je serai pris dans l'équipe du lycée ?

— Maman ! crie Ruby d'en haut.

7

Il est tard lorsque je pénètre dans notre allée. Le soleil, dessinant des traînées roses et mauves à travers l'horizon, projette sur le sommet des collines des couleurs sirupeuses qui rendent plus pâle encore le ciel du jour déclinant. Après les heures ternes des mois d'hiver, la venue des jours plus longs et chauds m'épuise et me laisse souvent courbatue. Parfois, j'arrête la voiture avant d'atteindre le perron pour contempler notre demeure de style colonial hollandais, qui n'a rien d'exceptionnel : au-dessus de ses murs d'un bleu moyen, ornés de volets blancs, elle ne se distingue que par son toit très pentu, comportant trois hautes lucarnes. Les arbres qui l'entourent – deux grands chênes d'un côté, un épicéa prospère de l'autre, et un érable japonais d'un côté de la porte d'entrée – ont été plantés bien avant que je ne distingue un hêtre d'un orme. Des ifs artistiquement taillés entouraient les fondations :

Tous sans exception

je les ai abattus trois jours après la signature. Les enfants, alors petits, assis en tailleur sur la pelouse, avaient été aussi fascinés par cette manifestation inhabituelle de violence que par la tronçonneuse que j'avais empruntée. « Maman déteste vraiment ces arbres », avait expliqué avec sérieux Ruby à ses frères.

Je trouve que la maison a l'air heureux, sans doute parce que je veux le croire. Jamais elle ne m'est apparue plus radieuse qu'au crépuscule, dans le soir tiède, lorsque s'allument les lampes. Bien sûr, j'aime son aspect lorsqu'elle est recouverte d'une neige légère mise en valeur par la brume hivernale, mais le froid de ma voiture me pousse en général à courir vers le réconfort de notre bonne chaudière. Par une soirée douce comme celle-ci, je peux m'offrir le luxe de rester assise un moment et d'observer les rectangles dorés des fenêtres. La lumière qui se déverse à travers les carreaux m'appelle au sein de mon foyer. Quand les enfants étaient bébés, j'avais coutume, lorsque je les berçais ou les changeais, de leur chanter des chansons dépourvues de sens. Soudain, venue de nulle part, l'une d'elles me revient : « Sain et sauf, sain et sauf, tout alentour est sain et sauf. »

L'autre soir, quand Rickie m'a laissée devant chez nous, il a posé sur la maison un regard différent du mien.

— Peut-être pourrais-tu installer un de ces détecteurs de mouvement lumineux ? a-t-il suggéré, souillant ma vision avec les meilleures intentions du monde.

— Tu plaisantes !

— Ce flic a dit qu'il y avait des incidents en ce moment, des effractions, ce genre de choses. Et cette destruction des arbres... ça me laisse une sale impression.

Tous sans exception

Moi aussi, j'ai une sale impression. Qu'il s'agisse de vandalisme ou de vol, d'adolescents ou d'adultes. Je me suis contentée de tapoter le bras de Rickie et de le rassurer :

— Il y a toujours de la lumière dans la maison ; Glen se plaint constamment de la facture d'électricité.

Alors que j'observe le bâtiment, une lampe s'allume dans le séjour. Je me demande qui se trouve dans la pièce. Glen, avec les premières pages du journal ? Alex, avec la section Sports ? Max avec une lettre d'un de ses amis du camp de vacances ? Peut-être est-ce Ruby, qui a coutume de parcourir la maison et d'appuyer ici et là sur les interrupteurs, pour éclairer les coins sombres. J'ai l'impression d'examiner ma vie de l'extérieur. Pour faire cesser cette sensation, je sors de la voiture et franchis le perron.

Je m'arrête dans l'entrée pour accrocher mon grand sac de tissu sur l'une des patères. Dans la cuisine, les trois enfants s'appliquent à faire fondre des marshmallows, destinés à être placés entre deux crackers, avec du chocolat. Je vois Ruby de profil. Elle grignote lentement un carré brun, comme un petit animal, une souris, peut-être. La thérapeute nous a expliqué qu'elle mangerait probablement toujours ainsi. Je me débarrasse de mes sabots de caoutchouc, dont la semelle est lourdement chargée de boue, après une autre interminable journée passée à restaurer la propriété vandalisée. Les ouvriers mexicains étaient furieux de devoir recommencer un travail qu'ils avaient déjà accompli. Une fois celui-ci terminé, lorsqu'ils sont montés dans leur vieille camionnette pour retourner dans leur hôtel miteux, aucun d'entre eux n'a répondu à mon « Bonne soirée ! »

Tous sans exception

Je voudrais monter prendre une douche, mais j'aime observer mes enfants quand ils ne sont pas conscients de ma présence, convaincue qu'ils vont me révéler un aspect essentiel de leur personnalité. Ils se comportent très différemment quand ils ne sont qu'entre eux. « Trois personnes unies contre l'ennemi, voilà ce qu'ils sont », dit Nancy de sa progéniture. Ce n'est pas cela. Mon frère Richard et moi étions deux êtres liés par le sang, avec peu de choses en commun. Quand il est parti pour la fac, une ride légère a troublé la surface de l'étang familial, avant de laisser derrière elle une surface de nouveau étale. Notre cellule familiale s'est réduite de deux adultes et deux enfants à un adulte et un enfant, sans que le moindre état d'âme soit exprimé. Ensuite, je suis allée à la fac et ai abandonné ma mère, qui s'est remariée, puis m'a laissée à son tour. J'ai déménagé à l'est des États-Unis, et elle au sud. Nous nous téléphonons une fois par semaine. Régulièrement, elle m'envoie des coupures de presse et, à l'occasion, un livre que son club littéraire a apprécié. Je n'ai aucune idée de ce qu'elle a ressenti quand mon père est mort, ni ce qu'elle éprouve à mon égard, ni ce qui la terrifie ou l'émeut. Je passais la majeure partie de mes vacances scolaires dans la vieille demeure d'Alice, vaste et déroutante, à deux escaliers, où vivaient ses quatre frères et ses parents qui travaillaient ensemble dans l'immobilier. Ces derniers racontaient des histoires grivoises et buvaient des cocktails de whisky au citron. Le père d'Alice déclarait que, quand les enfants étaient absents, sa femme et lui prenaient des bains, nus dans le lac ; son épouse protestait, disant que ce n'était pas une chose à dire devant moi, que j'allais me faire une fausse opinion

Tous sans exception

de la famille. Les garçons se crachaient mutuellement de la bière à la figure à table tandis qu'Alice s'écriait : « Oh, il serait temps que vous grandissiez tous un peu ! »
Ils formaient un clan et ne se contentaient pas, comme ma propre famille, de partager un nom et un logement. À leur façon, mes enfants forment aussi un clan, même quand ils se montrent mesquins les uns envers les autres, même quand Ruby est agacée par les garçons, Max ignore Alex, ou Alex envoie des piques à Max. Je suis à la fois fascinée par leur perfection et terrifiée par leurs insuffisances. Il y a deux ans, je me faisais constamment du souci pour Ruby ; maintenant, c'est pour Max. Jamais ce ne sera pour Alex, je pense.

— Non, tu as raison, Mme Ruffino est dure, dit Ruby avec compassion, en posant sur la table son morceau de chocolat.

— Alors que mes notes sont bonnes dans toutes les autres matières, elle dit qu'elle va me mettre un C, déclare Alex. J'ai beau protester : « Et alors, madame Ruffino, qu'est-ce que j'ai ? Je fais tout ce qu'on me demande, je lis, je fais mes devoirs ! » Je crois qu'elle est toujours sur mon dos parce que je n'écris pas aussi bien que toi. C'est à cause de toi qu'elle me pénalise.

— Ah bon, c'est ma faute si tu es médiocre en anglais ? Quelle excuse lamentable ! décrète Ruby en se léchant les doigts.

— Tu vas finir ça ? demande Max.
Ruby pousse le reste de son chocolat vers lui.

— Je ne suis pas médiocre, insiste Alex.

— Un C... Les parents ne vont pas être contents.

— Pfff.

Tous sans exception

— Qu'est-ce que tu lis ? s'enquiert-elle.
— *La Lettre écarlate*, bredouille Max.
— Tu verrais Melinda Bernstein : « Oh, madame Ruffino, j'adore ce livre, il est excellent ! »
Alex a imité une voix de fille. Ruby s'esclaffe.
— Vous avez tous les deux Mme Ruffino ? Je croyais que maman s'était assurée que vous étiez dans des classes différentes ?
— Deux sections différentes, précise Max en ouvrant une deuxième petite tablette de chocolat.
— De toute manière, Max est avec les génies en maths, et moi avec les nuls, dit Alex.
— Ce ne sont pas des génies en maths, proteste Max.

Sa voix est devenue si indistincte que j'ai l'impression qu'elle va disparaître entièrement, et que nous serons condamnés à lire sur ses lèvres lors des rares occasions où il parlera.

— Quand nous serons au lycée, ce sera complètement bidon, parce que tous les profs d'anglais nous diront : vous êtes le frère de Ruby ?
— Mais non.
Max marmonne, un marshmallow dans la bouche.
— Quoi ? dit Alex.
— C'est toi qu'on préfère, répète Max.
— Moi ?
— Non, Ruby.
— Oh, ne sois pas idiot, s'écrie-t-elle sans conviction.
Elle baisse les yeux sur ses genoux, fronce les sourcils et gratte quelque chose sur son pantalon de toile, probablement une tache de chocolat.
— Merde ! s'écrie Alex.

Tous sans exception

— Fais gaffe qu'on ne t'entende pas parler comme ça.
— Tu dis merde tout le temps.
— Je ne le dis pas tout le temps, s'écrie Ruby. J'utilise rarement des gros mots, par rapport à la plupart des gens que je connais. Et j'ai trois ans de plus que toi.
— C'est parce que tu es une fille, intervient Max.
— Quelle réflexion sexiste ! dit Ruby du tac au tac. Pourquoi les femmes ne pourraient-elles pas jurer autant que les hommes ?
— Je ne parlais pas des jurons, mais du fait que tu es la chouchoute.
— C'est parce qu'elle est l'aînée, dit Alex.
— Ce n'est pas vrai, rétorque Ruby.

C'est pourtant vrai, en un sens. Je suis souvent perturbée par la particularité de mes sentiments pour Ruby. Peut-être est-ce parce qu'elle est mon premier enfant, que j'étais si jeune quand elle est née, et que j'ai découvert qui j'étais en apprenant à la connaître. J'ai découvert que je pouvais me passer de sommeil, de stimulant, qu'en me forçant un peu, je pouvais m'améliorer. Je me sentais fière d'avoir survécu à ses coliques, à sa chute du lit, à la fois où ses doigts minuscules s'étaient coincés dans la porte.

Parfois, je me dis que je n'ai jamais vraiment réussi à considérer les garçons comme deux personnes distinctes. J'ai su que j'attendais des jumeaux à l'extrême fin de ma grossesse. Ruby avait été un gros bébé – « quatre kilos », me suis-je un jour écriée devant sa thérapeute avec désespoir, quand son poids était descendu à quarante kilos, comme si cela prouvait qu'une erreur monstrueuse s'était produite –, ce qui avait justifié à mes yeux l'énorme

Tous sans exception

ventre ovoïde qui me précédait en tout lieu jusqu'à ce que le battement de deux cœurs devienne distinct.

Il est difficile de s'occuper de deux enfants à la fois – d'en prendre soin, de les réconforter, de s'assurer qu'on les connaît individuellement. J'ai prononcé le mot « Attends » si souvent ! Nancy dit que je me fais des idées, que jamais elle n'a consacré autant de temps à Sarah et Bob qu'à Fred, son premier-né, que je me serais comportée de la même façon si Alex et Max étaient nés à trois ans d'écart. Elle se trompe, en partie parce que je ne peux pas lui exprimer ce que j'éprouve vraiment : d'une certaine manière, un peu honteuse, je les considère comme deux moitiés d'un tout, comme s'ils étaient des siamois inextricablement liés par leurs différences. Peut-être est-ce la raison pour laquelle ils ont évolué vers les deux extrêmes de leur patrimoine génétique, devenant respectivement athlète et artiste, conventionnel et capricieux ; peut-être suis-je responsable de l'énergie presque fatigante d'Alex, et de la torpeur dans laquelle Max s'enfonce de plus en plus. Chacun occupe la place que l'autre a désertée.

— OK, lequel de nos parents préfères-tu ? demande Alex.

Ma gorge se serre.

— Oh, je t'en prie, s'écrie Ruby, excédée. C'est encore plus stupide comme réflexion !

Comme un petit enfant, je pense « Choisis-moi, choisis-moi ! » avant d'éprouver un sentiment de honte. Pauvre Glen qui, jour après jour, scrute le fond d'œil de retraités au visage ridé, demande à des gamins agités de lire la quatrième ligne du tableau et réconforte des adolescentes au bord des larmes car elles viennent d'apprendre qu'elles vont avoir besoin de lunettes en classe ! Ne mérite-t-il pas

Tous sans exception

mieux que la place de second, lui qui, sans jamais protester, a appris à ses enfants à faire du vélo, du roller et du patin à glace, alors que je me contentais de signes de la main encourageants ; qui a pleuré dans la salle d'accouchement ; qui a conduit prudemment plusieurs membres de sa famille jusqu'aux urgences, malgré le sang et les cris ? C'est un homme bien, un bon mari et un bon père, ce que je souligne régulièrement avec emphase au bénéfice de notre progéniture. Je m'exclame « Regardez votre père ! » en le voyant passer devant nous comme un bolide sur ses skis, le pouce en l'air. « C'est ton père qui l'a opérée », dis-je quand Ruby, en rentrant de l'école, nous parle d'une camarade de classe qui voit le tableau sans lunettes pour la première fois. Lorsque les enfants ne cessent de venir dans la cuisine avant le dîner, ouvrant et refermant le frigo dans l'espoir, sans doute, que le contenu se soit magiquement transformé au cours des trois dernières minutes, je m'écrie : « Nous mangerons dès que votre père sera rentré. » Ainsi, veillant à faire de lui le pivot central de leur existence, de leur bonheur, peut-être, j'agis probablement aussi pour mon propre compte. Il m'est impossible de me remémorer, voire d'évoquer, ce sentiment étrange et puissant qui me faisait souhaiter sa présence à chaque seconde de ma vie et m'incitait à croire que « jusqu'à ce que la mort nous sépare » était simplement une idée magnifique et non une longue, très longue succession de jours.

— Je veux dire, si la maison était en feu, est-ce que tu sauverais maman ou papa ? insiste Alex.

— Je sauverais Max, parce qu'il ne se rendrait même pas compte que quelque chose cloche, déclare Ruby en se léchant les doigts comme un chat.

Tous sans exception

Max bâille, ce qui fait rire les deux autres.

« Choisis-moi ! » crie de nouveau une voix au fond de moi, alors que tous les trois lèvent les yeux en même temps. Leur ressemblance m'apparaît évidente, dans leur chevelure brillante – courte pour Alex, trop longue pour Max –, et leurs yeux marron foncé – ceux de Ruby, légèrement en amande, lui donnent un air mutin, ainsi que sa façon de baisser la tête et de regarder à travers ses cils. Cette expression, qui a engendré bien des erreurs d'interprétation, a été la cause de nombre de colères enragées de Kiernan.

Ils sourient tous les trois – même les lèvres de Max s'incurvent légèrement – au moment où la porte d'entrée claque après avoir fait grincer les lourdes charnières.

— Est-ce que personne n'a remarqué ce pauvre chien à la porte ? s'écrie Glen.

Le son des griffes de Ginger sur le carrelage est suivi d'un lapement doux et régulier. Elle avait soif.

— Nous n'utilisons jamais la porte de devant, déclare Ruby. Ginger le sait.

— Elle n'a pas aboyé, intervient Alex. Il faut qu'elle aboie si elle veut qu'on la laisse entrer.

— Elle n'aboie jamais, hein, Ginger ? Elle ne veut repousser personne. C'est le chien le plus parfait, le plus parfait du monde, susurre Ruby de la voix aiguë qu'elle réserve aux animaux.

— Papa, demande Alex, lequel de nous préfères-tu ?

C'est une question pour la forme. Glen leur offre la même réponse depuis la première fois qu'ils ont posé la question, lors d'un voyage en famille chez leurs grands-parents paternels, alors que Ruby avait huit ans et les jumeaux, cinq.

Tous sans exception

— Ruby est ma préférée les lundis et vendredis, et vous êtes mes préférés les mardis et samedis.

Dans la pause qui suit, résonne le souffle court de Ginger, avant que la phrase rituelle ne soit articulée :

— Et le mercredi, je ne supporte aucun de vous.

— Ça date un peu tout ça ! s'exclame Alex, ravi.

Il est heureux de ne pas avoir eu à choisir entre nous. Un arbre, deux troncs. Voilà ce que nous sommes pour nos enfants et ce que je vais m'efforcer d'entretenir.

8

Dans la lumière d'un gris bleuté qui précède le lever du soleil, un gémissement retentit. Troublée par mon brusque réveil, je pense tout d'abord qu'il s'agit du chat de la maison voisine, mais le cri recèle une puissante émotion. Je me rends compte alors qu'il s'agit de quelqu'un qui répète « Non, non, non, non ! » d'une voix suraiguë, proprement effrayante.

— Bon sang, qu'est-ce qui se passe ? s'exclame Glen.

Je jette un coup d'œil en bas. Sur la pelouse, Kiernan, les cheveux décoiffés, le nœud papillon pendant lamentablement autour de son cou maigre, lève les yeux vers la fenêtre de Ruby. Comme poussé par le vent, il vacille, les paroles brouillées par les sanglots.

— C'est Kiernan, dis-je en saisissant mon peignoir au pied du lit.

— Que ce soit lui ou le président des États-Unis, si ce bruit ne cesse pas, j'appelle la police.

Tous sans exception

— Rendors-toi.
J'ai laissé Ruby et ses amis en bas à 2 heures du matin, quand leur groupe est venu à la maison après le bal pour prendre un petit déjeuner. Le cavalier de Rachel avait disparu. Les autres filles s'appliquaient à convaincre l'adolescente de ne pas l'appeler – j'ignore encore si elle désirait le supplier de revenir ou lui dire qu'il n'était qu'un minable qui ne devait pas compter sur sa clémence.
Debout devant la cuisinière, en train de préparer des œufs brouillés, je savais qu'il ne fallait pas poser la question. Le mascara de Rachel maculait sa paupière inférieure.

— C'est inadmissible ! répétait Sarah d'un ton péremptoire, semblable à celui de sa mère.

— Le DJ était à chier, a déclaré l'un des garçons un peu trop fort.

L'odeur de son haleine alcoolisée, douceâtre et âcre à la fois, est parvenue à mes narines.

— Hé, mec ! s'est exclamé Kiernan d'un ton de reproche.

— Désolé.

La tête brillante de Ruby était penchée sur Ginger, qui avait eu la permission spéciale de sortir de son abri au milieu de la nuit. Sous la table, Eric passait à la chienne des morceaux de muffins à la farine de maïs.

— Il ne faut pas lui donner à manger, a décrété Sarah.

On aurait dit un vieux couple.

À 20 heures la veille au soir, sur leur trente et un, les jeunes avaient toléré d'être photographiés dans le jardin. Sarah portait une robe-bustier blanche qui mettait en valeur la courbe de ses épaules musclées, au-dessus d'un décolleté

Tous sans exception

bordé d'œillets métalliques. Rachel arborait une robe dos nu en satin noir, de coupe désuète et trop ajustée pour elle. Kiernan avait acheté à Ruby un magnifique petit bouquet de roses minuscules, assorties à la ceinture de geisha. En le lui tendant, il s'était incliné cérémonieusement et, en se relevant, avait posé sur elle un regard de supplication muette. J'avais vu son père, Kevin, avec la même expression. « On guinche ? » m'avait-il proposé une fois quand nous étions tous plus jeunes, lors d'une soirée au bord de sa piscine. Glen, qui n'aime pas danser, nous avait observés alors que nous nous lancions, pieds nus, dans un be-bop frénétique. Kevin Donahue est un bon danseur, c'est indéniable. Ruby affirme que c'est aussi le cas de Kiernan.

Quand la limousine les a tous ramenés à la maison pour le petit déjeuner, les mèches relevées de Sarah commençaient à échapper aux épingles et sa robe avait une tache sur le côté. Celle de Rachel était froissée non seulement à cause du dîner constitué d'entrecôte et de purée mais aussi, je le soupçonnais, parce qu'elle avait passé la soirée assise, seule dans son coin, à regarder son cavalier tanguer sur la piste avec d'autres filles.

Kiernan semblait également avoir vécu une soirée désastreuse. Le costume maculé de poussière par endroits, il était affalé à une extrémité de notre longue table, les yeux baissés, les bras croisés et les jambes écartées.

— Non, merci, maman a répondu Ruby quand j'ai posé devant elle une assiette d'œufs brouillés.

Les pétales de son bouquet avaient commencé leur lent et triste déclin.

Glen affirme que je me sens trop concernée par la vie intérieure de nos enfants, en particulier par celle de Ruby.

Tous sans exception

Avant que notre fille ne cesse de manger, au cours de sa première année de lycée, il se plaignait abondamment du fait que ses parents ne s'étaient jamais inquiétés pour lui. Il n'avait pas tort. Les miens s'étaient comportés de la même façon. Nos enfants trouvent encore étonnant qu'à la mort de mon père personne ne soit allé consulter un psy. Peut-être cela explique-t-il que Richard, mon frère, soit devenu adulte en une nuit. Je le revois debout devant le cercueil, moralement soutenu par notre oncle qui se tenait derrière lui. Il est également aujourd'hui l'une des personnes les moins émotives de la planète, ce qui, pour un cancérologue, est sans doute un avantage. Quand ses patients meurent, il maîtrise la situation. Tout n'est-il pas une question d'équilibre ?

Le gémissement enfle, puis décroît.

— Il faut parler à ce gamin sérieusement, marmonne Glen, les dents serrées. Il y a des gens qui sont obligés de se lever pour aller au boulot.

Je suis sur le point de lui répondre « C'est valable pour nous deux », mais je me ravise. Mon mari repousse ses couvertures

— Tu vas aggraver les choses ! dis-je d'une voix sifflante.

— Je vais prendre une douche.

L'herbe est froide et humide sous mes pieds nus. Consciente d'être peu vêtue, je cache ma poitrine de mes bras. Dès que je suis sortie, le bruit s'est tu, donnant un relief particulier au silence. Une lumière s'allume dans la cuisine de notre voisin, un veuf qui préférait nos enfants quand ils étaient petits et se couchaient à 20 heures.

Kiernan est assis en tailleur sur l'herbe. Les genoux de son pantalon sont trempés et sa veste de smoking a été

Tous sans exception

jetée sur le dossier de l'une des chaises du jardin. Quand je lui caresse l'épaule, son visage se plisse, comme lorsqu'il était petit et que sa mère tamponnait ses écorchures d'eau oxygénée. « Ça va faire mal », disait toujours Deborah, comme si le fait qu'il le sache allait l'aider, alors que cela ne faisait qu'augmenter ses pleurs. Une promesse de douleur, avant la douleur elle-même.

Il sanglote dans ses mains, tel un enfant submergé par un chagrin d'adulte. Tout à coup, je me rends compte que ses émotions trop peu canalisées, trop brutes, restent celles d'un adolescent. Ruby Latham, écrivain, les a qualifiées de « trop authentiques ». S'il avait quarante ans, et que la femme qu'il aime le quittait, il ne serait pas en train de pleurer dans un jardin : il lui dirait qu'elle s'est toujours comportée comme une salope ; se soûlerait et s'efforcerait de la remplacer par une autre qu'il draguerait dans un bar, puis entraînerait dans son lit ; s'étourdirait au travail et au golf ; ou trouverait tout autre moyen de digérer ce qu'il éprouve, préférant un nœud dans la gorge au déballage de sa souffrance, la colère au chagrin, la rancœur au deuil. Tout, sauf ce désespoir à nu.

— Chéri, je pense qu'il est temps que tu rentres chez toi, lui dis-je doucement.

Kiernan m'enlace les jambes et presse son visage contre ma cuisse. Il tremble sous mes mains. Je me souviens de la première fois où j'ai vu son petit visage rond comme la lune. Les Donahue étaient venus s'installer dans la demeure à côté de la nôtre. Nous vivions dans de petites constructions de style Cape Cod, ornées de vastes fenêtres. « Salut ! avait-il gazouillé, planté devant une ouverture de la haie qui séparait nos deux jardins. Ma maman a dit

Tous sans exception

que je pouvais jouer avec toi. C'est ma nouvelle maison. J'ai une chambre verte. » Déjà, ses yeux suivaient Ruby qui dansait alors sur la pelouse dans son tutu rose. Les yeux à demi fermés, chantonnant pour elle seule, elle l'ignorait superbement.

Tous deux étaient sur le point d'entrer au jardin d'enfants. Les jumeaux marchaient à peine, et Deborah, enceinte, n'était pas certaine d'être heureuse de sa grossesse. Au fil de longs après-midi sur sa terrasse, passés à boire du thé glacé et à distribuer des esquimaux à notre progéniture, nous laissions les doigts poisseux se laver dans l'eau peu profonde de la piscine, permettant parfois à Ruby et Kiernan de sauter du plongeoir dans leurs bouées de couleurs vives. Comme nous nous serions senties seules l'une sans l'autre !

De nombreuses années plus tard, voilà où nous en sommes : Kiernan, dont la chemise de soie est tachée et qui dégage une odeur d'alcool aussi puissante que celle d'un désinfectant, hoquette dans les fleurs de mon peignoir. Il s'est toujours montré très émotif. Ses lèvres tremblaient lorsqu'il retournait avec délicatesse un oiseau blessé, et toute taquinerie trop appuyée le poussait à rentrer dans la maison, en tapant des pieds. Quand Ruby et lui étaient beaucoup plus jeunes, avant que leur amitié ne se transforme, j'avais averti ma fille que la gamme des émotions de son compagnon de jeux était extrêmement étendue. « Oh, maman, Kiernan ? C'est comme si j'embrassais mes frères ! » s'était-elle écriée. Depuis, elle était devenue elle-même un oiseau blessé que Kiernan avait aidé à guérir, à guérir si bien qu'elle s'envolait loin de lui.

— Je l'aime tellement, articule Kiernan.

Tous sans exception

— Tu te sentiras mieux après avoir dormi un peu.
Il lève les yeux vers moi et cligne des paupières.
— Il faut que tu lui parles, s'exclame-t-il avec force. Elle t'écoutera. Explique-lui qu'elle fait une erreur. Une grosse erreur. Oui, une grosse erreur.
— Laisse-moi te raccompagner, Kiernan.
— Parle-lui !
Son hurlement rebondit sur la maison, la colline, le ciel.
— Ça suffit, dis-je d'un ton sec. Tu dois rentrer chez toi.
Il se courbe davantage, la tête inclinée, les coudes sur les genoux.
— Je l'aime tellement. Dis-le-lui.
Sous le soleil qui pointe au sommet de la colline, les briques brunes de la station de pompage rougeoient, comme le fait souvent la chevelure de Ruby. J'ai peur de bouger. Kiernan va terminer son année de terminale, puis aller à la fac. Il deviendra quelqu'un de bien et de sincère : un professeur apprécié ou un avocat qui se consacrera à la défense des indigents. L'épreuve qu'il traverse lui paraîtra sans doute réelle en rêve mais sera complètement oubliée une fois qu'il aura bu son café. Cependant, aujourd'hui, ma fille l'a jeté hors de ce qui lui semblait être le paradis : notre cuisine. À nos yeux bien ordinaires, cet endroit suscite pourtant chez l'adolescent, comme chez Rachel, un sentiment d'envie. J'éprouve une certaine tristesse en comprenant que nous ne pouvons proposer à ces jeunes rien de mieux qu'une sorte de prêt. Kiernan a cru que ce prêt se transformerait en possession. En mûrissant, il se souviendra parfois de Ruby Latham, de l'amour

Tous sans exception

immense qu'il lui portait et de la façon dont il l'a perdue. À l'insu de toutes les autres filles qu'il aimera, le fantôme de ma fille voltigera au-dessus de leur tête.

Quand je rentre dans la maison, Glen, installé à la table de la cuisine, mange des céréales. J'attends qu'il me houspille pour le temps que j'ai passé sur l'herbe mouillée et pour mon incapacité à « mettre les pieds dans le plat », expression qui lui vient de son père et fait partie de notre vocabulaire courant. Au lieu de cela, il lève brièvement les yeux et crispe tristement un coin de sa bouche.

— Le pauvre, murmure-t-il.

Glen a eu, lui aussi, sa Ruby Latham : une certaine Betsy, qui était au lycée avec lui. Un jour, au début de notre mariage, nous sommes tombés sur elle. Aussitôt, j'ai senti la chape de leur relation passée peser sur nous, tandis que mon mari tout neuf et elle s'entretenaient devant la maison de mes beaux-parents. Il va sans dire qu'elle me ressemblait un peu. Ou que je lui ressemblais.

Pendant que la cafetière électrique se met en route avec son crachotement habituel, je mets l'eau sur le feu pour les flocons d'avoine. Glen sort sur le perron et, dans la minute qui suit, j'entends claquer les deux portières de la voiture. Avec son sens pratique habituel, mon époux, ayant tout de suite saisi que Kiernan n'avait aucun moyen de rentrer, a décidé de le raccompagner – j'espère qu'il ne va pas lui répéter qu'il se remettra facilement de cette épreuve. (Plus tard, il me dira qu'ils n'ont pas parlé du tout, sauf quand Kiernan lui a demandé d'arrêter la voiture pour vomir, toujours en sanglotant.)

À l'étage, Ruby s'est glissée dans notre lit comme elle le faisait quand elle était petite et qu'il y avait de l'orage.

Tous sans exception

— J'ai l'impression d'être une personne horrible, murmure-t-elle, la voix brisée. Je sais qu'elle est sincère. Pourtant, une partie d'elle-même savoure cette situation, se délecte d'être tant aimée et regrettée. Je vais aux toilettes, et quand je reviens, elle est profondément endormie, une longue mèche de cheveux enroulée autour de son doigt. Sur la pelouse, l'herbe est couchée là où Kiernan se tenait, non loin de la veste de smoking bleu pâle qu'il a laissée derrière lui.

9

L'atelier d'écriture de Ruby commence une semaine après la fin des cours. La veille de son départ, Sarah et Rachel se serrent dans son lit pour la nuit.

— Pourquoi appellent-elles ça une pyjama-party, alors qu'elles ne dorment pas du tout, grommelle Glen, qui fait cette remarque au moins cinq ou six fois par an.
Le lendemain matin, elles se retrouvent dans la cuisine en versant les larmes satisfaites de filles qui savent qu'il n'y a pas de véritable raison de se lamenter. Ruby a les yeux secs. Calme et triste depuis le bal, elle n'a eu devant moi qu'un seul vrai sourire lorsque, à la remise des diplômes, elle a reçu le prix de composition littéraire : un dictionnaire Webster avec son nom en relief sur la couverture rouge.

— La mère de Kiernan a dit à ma mère qu'en fin de compte c'est la meilleure chose qui pouvait arriver à son

fils, qu'il valait mieux qu'il prenne une nouvelle voie, a déclaré Rachel quand Ruby est montée récupérer ses sacs.
— Bon sang, Rachel, tu es une vraie concierge, fait remarquer Sarah.
Dehors, les filles s'étreignent dans l'allée.
— Je vais te dénicher un surfeur californien dès que j'en aurai trouvé un pour moi, décrète Rachel, qui passe l'été chez son père.
— En tout cas, fais attention à toi, répond Ruby.
— Compte sur moi !
Sarah et Ruby échangent un regard au-dessus de la tête penchée de leur amie.
— Es-tu inquiète à propos de Rachel ?
Je pose la question à ma fille quand nous sortons de la ville.
— Je le suis toujours, lâche-t-elle pensivement.

Silencieuse pendant presque tout le reste du trajet, Ruby fait preuve de tolérance envers la musique classique qui se déverse de l'autoradio, regarde défiler le paysage et joue avec ses cheveux qu'elle relève, puis relâche. Elle est nerveuse, je le sais – pas par crainte de ne pas se sentir à l'aise, mais, bizarrement, parce qu'elle va se retrouver au milieu de dizaines d'adolescentes comme elle. Devenue une étrange et superbe jeune fille vêtue de robes de style rétro, dont les nouvelles paraissent dans les meilleures pages du magazine littéraire de l'école, elle risque de voir concurrencer son originalité. Plusieurs années se sont écoulées depuis qu'elle a commencé à cultiver sa personnalité pleine d'assurance, ce que je ne n'ai pas bien géré au début – sans vraiment comprendre que je gérais quoi que ce soit. Juste avant que je n'atteigne quarante ans, je

Tous sans exception

me suis laissé pousser les cheveux et j'ai remplacé mes pantalons et mes pulls par des robes qui virevoltaient au-dessus de mes chevilles.
— Tu mets ça ? m'a demandé Ruby un soir, en fronçant le nez.
— Qu'est-ce qui ne va pas ?
— Ce serait mieux si tu avais mon âge.
Ai-je jamais eu son âge ? Quelquefois, je mets dans la voiture la musique qu'elle écoute, j'appuie à fond sur l'accélérateur, et, du fond de mon être, j'éprouve – stimulée par la double ligne jaune de l'asphalte et une pulsation lancinante au niveau du nombril – la sensation d'être jeune. Jamais, cependant, je ne me suis comportée ainsi quand j'en avais vraiment l'occasion. Il existe deux sortes de caractères, chaud et froid. Le second est le pire. Ma mère, qui avait un tempérament froid, silencieux et dur, aimait que les choses suivent leur cours habituel, et ni mon frère ni moi ne voulions la perturber. Jamais je n'ai eu de piercing ni de tatouage, jamais je n'ai porté de bijoux étranges ni de vêtements provocants. Je suis allée au bal de ma promotion avec un petit ami qui tenait autant de l'accessoire que du cavalier. Et quand, entrée à la fac, je n'ai plus acheté de timbres pour mes lettres de plus en plus rares, notre relation s'est dissoute. La dernière année, à une soirée, j'ai rencontré Glen, qui était déjà à l'école de médecine et rendait visite à l'un de ses frères, Doug. Les deux hommes m'ont raccompagnée jusqu'à l'appartement miteux en rez-de-jardin que je partageais avec Alice et deux autres amies. Ils ont alors joué à pile ou face pour savoir lequel des deux m'appellerait le lendemain matin. Quel que soit l'endroit où la famille

Tous sans exception

de Glen se réunit pour les vacances, Doug joue à pile ou face et claque la main sur la pièce qui retombe. « Trop tard, Dougie », aime s'écrier Glen. Parfois, il me revient à l'esprit que j'ai failli rater cette soirée et aller dans une autre fac. Une minute aurait suffi pour tout changer. Nos vies, si réglées, si précises, reposent sur le hasard.

Ruby, qui sait que j'ai un diplôme de littérature anglaise, m'a un jour demandé pourquoi je n'avais pas décidé moi-même de devenir écrivain. « Je trouvais simplement que c'était trop difficile », ai-je répondu. Elle a détourné les yeux. Apparemment l'idée qu'elle puisse faire quelque chose dont je n'étais pas capable la déconcertait.

« Comment trouves-tu tes sujets ? » s'est un jour exclamée Rachel alors que les trois copines venaient de lire à haute voix une histoire que Ruby avait écrite. « Ça vient tout seul. »

La fac où elle va passer l'été n'a rien à voir avec la grande université où j'ai étudié. Son architecture est familière : portail en fer, colonnes en pierre, brique rouge, cour carrée plantée de vieux arbres. Ruby dit que les chambres ont l'air conditionné et qu'on sert aux repas du yaourt glacé. Sa compagne de chambre est une fille de New York nommée Jacqui LeBoutillier.

« Son nom me rend terriblement jalouse », a avoué Ruby à Sarah et Rachel. On ne peut que prendre au sérieux l'œuvre de quelqu'un qui s'appelle ainsi.

Il se trouve que Jacqui, comme Ruby, aime Robert Lowell, Flannery O'Connor, les dépôts-vente et la pâte d'amandes.

Ce matin, avant de partir, nous avons trouvé un sac devant la porte d'entrée. Dedans se trouvait un recueil de

Tous sans exception

poèmes de Robert Lowell, intitulé *Life Studies*. Ruby l'a ramassé, feuilleté, puis posé sur la table au milieu des plats, des mugs et des journaux.

— Est-ce que tu vas l'emporter ? ai-je demandé en prenant mes clés.

— Je l'ai déjà, a-t-elle répondu. Je ne sais pas comment quelqu'un peut encore l'ignorer. Pauvre Kiernan. Il a constamment « tout faux ».

Quand les enfants partent pour l'été, les parents peuvent réagir de deux façons différentes. Les mères se sentent en général soit amputées, soit libérées, en fonction de leur propre situation. Je n'éprouve rien de cela. Mes enfants ont besoin de s'éloigner, Ruby pour grandir, Max pour guérir, Alex… parce que les deux autres sont absents.

Glen est conscient plus que moi du vide causé par leur départ.

— Ouah ! s'écrie-t-il le premier soir. La maison est d'un calme !

Il suggère un repas au restaurant, suivi d'un film, bien qu'il n'aime pas vraiment sortir manger et que peu de titres l'inspirent au multiplex. Au bout d'un jour ou deux, il se réinstalle dans sa routine, et moi dans la mienne. Un autre fantasme des étés sans enfants est la renaissance de la passion chez les vieux couples, épicée de sexe frénétique et de nudité domestique. Une fois, j'y ai fait allusion devant Nancy, évoquant les occasions perdues pour elle et Bill, car Fred, Bob et Sarah étaient tous restés à la maison pour les vacances. Elle a levé les yeux au ciel, en s'écriant : « L'amour sur le carrelage de la cuisine ? Ah non, pitié ! »

Tous sans exception

Au lieu de profiter de moments de loisirs, je serai encore au travail, dans les jardins et les cours, bien après l'heure à laquelle je rentre habituellement. C'est pour moi la période la plus active de l'année : taille des végétaux, plants, semis et écoute patiente de plaintes de clients enragés par les caprices de la nature : les scarabées japonais voraces, les daims braconniers, et le temps imprévisible qui abat les arbres d'une simple tempête ou grille les fleurs tendres sous un soleil de plomb.

Après avoir installé Ruby au dortoir de l'université d'été, j'accomplis le trajet de retour en trois heures et m'arrête pour voir l'état des travaux dans une résidence secondaire hors de la ville.

— Comment ça se passe ? dis-je à Rickie.

Le client pour lequel nous travaillons a déboisé le sommet d'une colline – d'où l'on admire un panorama de montagnes et de vallées d'une beauté renversante –, dans le but d'y construire une fausse cabane de rondins monumentale. Il désire remplacer les dizaines d'arbres déracinés au bulldozer par son constructeur. Cet homme fort peu patient, qui fait apparemment partie des gens pour qui l'argent amène l'argent et dont le gagne-pain reste pour moi un mystère – mystère que je ne cherche d'ailleurs pas à percer –, affectionne les gros arbres. Il ne veut pas que les plantes poussent, il veut qu'elles surgissent. Je déteste cette notion : ce que j'aime dans mon travail, comme dans ma vie, je suppose, c'est le déroulement lent et inévitable d'un processus. Je compte mes années en fonction de la croissance des buissons, du développement de la vigne vierge, et de l'épanouissement progressif des jeunes arbres.

Tous sans exception

— Nous avons reçu les noyers, m'informe Rickie. Ils sont vraiment beaux, mais il va falloir étudier l'arrosage. J'espère que nous aurons une bonne grosse pluie dans les deux jours qui viennent. En plus, il nous manque un gars. Luis est parti.
— Oh non ! Nous ne pouvons pas nous permettre d'être en sous-effectif maintenant. Tu ne peux pas me trouver deux autres personnes ?
— J'ai trois étudiants qui sont revenus chez eux pour l'été. L'un d'eux était trop porté sur l'alcool ; un autre, qui a travaillé dans la carrière l'été dernier, n'a tenu qu'une semaine parce qu'il s'est fait mal à l'épaule ; et le dernier est apparemment le fils aîné de ton amie Nancy.
— Fred ? Comment ça ?
Je compose le numéro de Nancy sur mon mobile, et patiente.
— Nance ? Est-ce que Fred cherche du travail ? Pourquoi ne m'as-tu rien dit ? Oh, bon sang... bien sûr. Bien sûr. Est-ce que le problème des dents de sagesse est réglé ? Dis-lui que c'est d'accord. Non, je vais l'appeler. Ou qu'il m'appelle.
Je referme le téléphone d'un coup sec.
— Tu vas l'adorer, dis-je à Rickie. Il a pratiqué le triathlon, ne se plaint jamais et est toujours à l'heure.
— Ça va nous changer agréablement. Rentre chez toi, nous avons presque fini ici. Nous allons ranger et libérer les gars. Je reverrai le système d'irrigation demain matin.
Alors que je pénètre dans notre allée, le téléphone sonne. C'est Alice, qui m'arrache un soupir. Érythèmes dus à la chaleur ? Allergies ?
— Hé, ma belle, tu vas bien ? s'écrie-t-elle.

Tous sans exception

Elle a écrit quelque part que j'accompagnais Ruby aujourd'hui. Le fait d'avoir un enfant l'a attendrie à l'intérieur, et durcie à l'extérieur.
— Oui. C'est intéressant de voir la chenille devenir papillon.
— Ça me terrifie d'avance, et mon gamin n'a que trois ans. Tu te souviens de nous ?
— Je me souviens de toi. Je ne peux pas vraiment me souvenir de moi. Est-ce que j'étais aussi floue que dans mon souvenir ?
— Oh, arrête ! Tu étais tellement calme et saine. Comme ta vie, sans surprise. C'est moi, avec mes idées de grandeur, qui me suis cognée partout pendant toutes ces années avant de redresser la barre. Ou à peu près.
— Comment va notre petit roi ?
— Il est avec mes parents. Ma mère me répète qu'elle n'en peut plus de m'entendre parler d'écran total parce qu'elle a élevé cinq enfants sans crème protectrice. Promets-moi que nous serons très, très critiques quand nous serons grand-mères. Pas avec nos enfants, qui nous fuiront, tiendront nos petits-enfants à l'écart et ruineront nos vies. Mais quand nous en parlerons toutes les deux.
— Promis.
Lorsque j'entre dans la maison, Max, assis à la table de la cuisine, mange de la glace à même la boîte.
— Est-ce que tu as dîné ? dis-je en ouvrant le frigo.
— Oui ?
Sans pouvoir m'en empêcher, je m'esclaffe.
— Oh, Maxie, Maxie, qu'est-ce qu'on va faire de toi ?
Son visage s'affaisse aussitôt.
— Ne dis pas ça, maman.

Tous sans exception

— Oh, mon cœur, c'était une façon de parler. Je plaisantais. Où est Alex ?
— Chez Ben ?
— Le point d'interrogation l'accompagne partout en ce moment.
— Tu as fait tes bagages ?
— Presque.
— Alex aussi ?
— Presque. Je prends une cuillère de glace – tous les morceaux de cookies qu'elle contenait ont été mangés.
— Elle était déjà comme ça quand je l'ai ouverte, déclare-t-il en me voyant sonder le pot. Je le jure !
— Où est ton père ?
— Tu poses beaucoup de questions.
— Ça, tu peux le dire !
— Tu poses beaucoup de questions.
Je range la glace dans le congélateur.
— À quelle heure peut-on partir, demain ? demande-t-il.
Maxie, Maxie, qui va finalement se diriger vers un lieu où il se sent chez lui. Je passe mes doigts dans ses cheveux embroussaillés, j'embrasse sa nuque d'enfant qui devient homme, et je l'enlace tendrement. Ce grand corps maigre surmonté d'une tête ébouriffée évoque une fleur de pissenlit. Autrefois, il se retournait et me rendait mon étreinte. Aujourd'hui, il la supporte avec abnégation.
— Dès que tu le veux.
— Papa s'est endormi dans le salon.

10

Aussitôt après le 4 juillet, nous conduisons Alex au camp de vacances, bien qu'Olivia et son mari aient proposé de l'emmener avec Ben. Les deux garçons s'éloignent ensemble en courant ; nous sommes contraints de les poursuivre pour le baiser d'adieu. Devant le terrain de foot déjà plein, Olivia est au bord des larmes.

— Tu en as trois autres exactement pareils à la maison, argue Ted, son mari en lui prenant la main.

Elle renifle, puis sourit brièvement.

— Je sais que c'est ridicule, dit-elle, visiblement peu convaincue.

— Ils seront tous partis avant que nous ayons le temps de nous en rendre compte, déclare Glen, comme si c'était une consolation.

— Oui, c'est ce que les parents d'enfants plus âgés disent toujours, réplique Ted. Vous voulez emprunter les nôtres ?

Tous sans exception

Au cours du trajet de retour, alors que je dresse une liste de courses dans ma tête, nous passons devant le motel où vivent mes « gars ». Une pancarte, qui annonce « Chambres à louer », oscille au sommet d'un montant métallique. Je suis rarement venue ici. Une fois, l'un des hommes, malade, ne voulait pas voir de docteur ; j'ai amené un ami de Glen pour qu'il l'examine. Une autre fois, la police m'a appelée parce qu'il y avait eu une bagarre ; j'ai expliqué aux Mexicains, rassemblés en un petit groupe compact sur le parking de gravier, que je refusais d'employer des ouvriers susceptibles de causer des problèmes. Tandis que Rickie traduisait, ses auditeurs fixaient la pointe de leurs chaussures de sécurité, les bras croisés sur un T-shirt crasseux. Sur les huit personnes qui partagent un pick-up rouillé, cinq travaillent pour moi et les trois autres pour une ferme laitière. Je n'ai aucune idée de la façon dont ils se débrouillent pour les courses et la lessive.

Des bribes de musique s'échappent de l'intérieur du motel. Je tends l'oreille, m'attendant à une chanson mexicaine, mais au lieu d'accords de guitare, je perçois les voix âpres d'un groupe de hard rock. Dans la mesure où il est plus de 19 heures, ils ont eu le temps de boire, comme les travailleurs épuisés ont coutume de le faire. Je ne souhaite pas les interrompre.

— Je me fais du souci pour nos gars, dis-je à Glen.

Il ralentit légèrement et regarde le bâtiment. Une prison n'aurait pas l'air plus triste. En fait, comparée au motel, celle du comté évoquerait plutôt le country club dont, au printemps, l'explosion jaune des forsythias dissimule les fils de fer barbelés.

Tous sans exception

— Je comprends, déclare mon mari. Mais tu as besoin de main-d'œuvre et ils ont besoin d'argent. C'est un échange de services.

José m'a raconté qu'en janvier et en juin, pour voir ses filles, il conduit toute la nuit jusqu'à une ville du Texas située près de la frontière mexicaine. Pendant son court séjour, les enfants viennent quotidiennement dans sa chambre de motel. Elles jouent à des jeux vidéo dans un petit restaurant du coin, ou se rendent dans un parc d'attractions voisin. Des papiers d'identité spéciaux leur permettent d'aller à l'école au Texas, et de rentrer chez leur mère au Mexique, tous les après-midi. Il y a deux ans, alors que deux jours seulement s'étaient écoulés, les gardes de l'immigration à la frontière ont fait remarquer à José : « C'est la semaine des vacances scolaires, n'est-ce pas ? » Le lendemain, ses filles, obligées de rester de l'autre côté avec leur mère, se sont contentées de lui faire un signe de la main. Il est alors retourné dans la station de ski du nord où ses compatriotes passent l'hiver à manier des chasse-neige et nettoyer le matériel. Chaque fois que je le vois sur un chantier, je pense à cette histoire, en particulier quand nos enfants sont loin. Sans eux, les jours, pesants, se traînent ; ils s'évanouissent pourtant avant que nous ayons eu le temps de nous en rendre compte.

— Nous sommes bien mercredi ? dis-je parfois à la table du petit déjeuner en vérifiant la date sur le journal.

Glen se rend à Boston pour un congrès de trois jours sur la chirurgie au laser, et me rapporte un collier qui ne me plaît pas.

— Il est magnifique ! dis-je.

Tous sans exception

Dans le cadre de la formation continue, je participe à un séminaire sur la lutte contre les insectes nuisibles, au cours duquel j'achète des coccinelles et des nichoirs. Je me demande si c'est à cela que va ressembler le reste de ma vie.

Nancy et Bill organisent un barbecue, où tout le monde devient gai en sirotant des cocktails à base de vodka, gin et jus de citron vert – l'odeur de ce dernier flotte dans la maison.

— C'est une boisson rétro, annonce Bill en distribuant les verres.

Dans la cuisine, les femmes se réunissent autour de la table en grignotant des crevettes froides. Les hommes sont restés dans le jardin.

— Ils se réchauffent à la flamme du barbecue, fait remarquer Nancy en levant les sourcils.

Fred, dans le salon, regarde un match de base-ball.

— Comment ça se passe au travail ? je demande en arrivant près de lui sans me presser.

— Il a des courbatures partout, je peux en témoigner..., intervient Nancy qui surgit derrière moi pour me tendre un nouveau verre.

— Merci, maman ! coupe Fred. Mme Latham me pose une question et c'est toi qui réponds. On dirait un ventriloque.

— Ça se passe comment ?

Une partie de la réponse est visible : ses avant-bras sont couverts de griffures et de contusions.

— Ça va.

— Les gars se montrent patients ?

— Soyons réaliste. Je suis le gringo de service. Ils pensent que tu me paies le double de ce qu'ils gagnent.

Tous sans exception

— Ils t'ont dit ça ?
— Ils en ont discuté le premier jour. Aucun d'entre eux ne sait que je comprends l'espagnol.

Fred a passé plus d'un semestre dans un village situé à deux heures de Barcelone. Il donne maintenant des leçons particulières d'anglais à des enfants d'immigrés sud-américains dans le cadre d'un projet immobilier destiné à les accueillir.

— Ouais, et je suis coincé, poursuit Fred. Si je m'adresse à eux dans leur langue, ils se souviendront de ce qu'ils ont dit devant moi les deux premiers jours et penseront que j'ai bavé.

— Ce mot ne doit pas franchir l'enceinte du lycée, dit Nancy.

— Si tu veux. Un « Buenos dias », dès le départ aurait été plus futé.

Il se lève pesamment. C'est une chose d'avoir la forme après huit kilomètres de course sur des baskets coûteuses, et une autre de la garder après avoir creusé à la pelle un trou de deux mètres de profondeur.

Lorsque nous entendons la douche couler au-dessus de nos têtes, Nancy demande :

— Tu ne le paies pas plus que les autres, n'est-ce pas ?

— Comment peux-tu, toi surtout, me poser une telle question ?

— Oh, ça va, sainte Mary Beth ! C'est mon fils et tu es mon amie.

— Tout le monde gagne quinze dollars de l'heure.

Je m'interromps, effectue une multiplication et vérifie mon calcul.

Tous sans exception

— Mon Dieu, je suis une personne horrible, n'est-ce pas ? Ça fait six cents dollars par semaine.
— Tu as raison. Tes ouvriers touchent seulement ce que gagnent les instituteurs.
Nancy détourne les yeux, puis les baisse. Quand elle veut dire quelque chose de désagréable, c'est limpide.
— Qu'est-ce qu'il y a ?
— En plus, l'un d'entre eux te volait. Celui qui est parti. C'est lui qui a dévasté Winding Way. Apparemment, ils sont tous au courant. Il a vendu un chargement de trois camions à une crèche.
— Luis ? Tu plaisantes ? Il semblait si honnête !
— Apparemment il trompait bien son monde. Tu vas en parler à la police ?
J'imagine les collègues de Luis soumis à un interrogatoire. Ils risqueraient de disparaître et de me laisser tout le boulot sur les bras. Je me sens patraque, comme si, au cours d'une soirée donnée à la maison, quelqu'un m'avait dérobé des bijoux ou des médicaments. Sauf que je n'ai même pas invité mes ouvriers pour une fête, pas une seule fois. Et maintenant, ça ne risque pas d'arriver. Je leur ai offert un petit repas de fin de saison, composé de pizzas et de bière, qui s'est déroulé sur notre lieu de travail. Jusqu'à ce que je les voie frotter leurs doigts, sans grand résultat, sur des serviettes en papier, il ne m'était pas venu à l'idée que leurs mains pourraient être si sales, après une journée de labeur.
— C'est prêt ! annonce Bill de la cuisine.
Nous rejoignons les hommes dehors.
— J'ai entendu dire que quelqu'un pourrait louer la maison des Donahue, fait remarquer l'une des femmes.

Tous sans exception

Apparemment, Deborah a emménagé dans la maison de sa mère malade pour s'occuper d'elle.

Glen échange un regard avec moi à travers le patio. Je bois une gorgée de mon verre et me promets que ce sera la dernière. La mère de Deborah vit dans une petite ville au nord d'ici, à environ une heure de distance. Je me suis rendue chez elle à deux reprises avec les enfants, quand Kiernan et Ruby avaient huit ans. Deborah avait alors aussi emménagé chez sa mère, non parce que celle-ci était malade, mais parce qu'elle-même l'était. « Une dépression complète... Catatonie », avait chuchoté Kevin.

Nous étions restées toutes deux assises sur une balancelle de la véranda, pendant que les enfants jouaient sur la pelouse miteuse. Sous le soleil déclinant, alors que je parlais de tout et de rien, Deborah fixait la rue, ses mains tremblant sur ses genoux. Kevin m'avait dit, en me raccompagnant jusqu'à ma voiture, qu'elle était dans cet état à cause des médicaments. « Elle a vraiment besoin de toi », avait-il déclaré en me prenant la main, tandis que Kiernan était à son côté. Je m'étais dégagée. « Papa, on retourne quand à la maison ? » avait demandé le petit garçon.

Pendant leur absence, ils avaient mis leur maison en location, puis l'avaient vendue, en avaient acheté une autre, et étaient revenus s'installer en ville. Kiernan avait douze ans à leur retour. Dès l'année suivante, Deborah avait mis son mari à la porte. Derrière leurs rideaux, les voisins l'avaient regardée hurler après lui dans le jardin, à une heure tardive. Cet épisode avait un certain temps porté préjudice au travail de Deborah. Quand les enfants étaient jeunes, Kevin et elle avaient ouvert une cafétéria sur Main Street ; il gérait les finances, elle s'occupait de la

Tous sans exception

fabrication des viennoiseries et pâtisseries. Ils avaient cédé leur commerce quand ils avaient déménagé et, depuis leur réinstallation, Deborah avait créé une entreprise de gâteaux de mariage. Ses créations étonnantes étaient constituées de branches de caramel dur encerclant les couches successives de biscuit et s'élevant artistiquement jusqu'au bouquet d'arums plus vrais que nature grâce à leur savant glaçage. Pendant quelques mois, les clients potentiels avaient pensé que le fait d'acheter un gâteau de mariage à une femme qui avait essayé de frapper son mari avec la batte de base-ball de son fils pouvait porter malheur.

« Tu es incapable de la garder dans ton pantalon ! » avait-elle clamé aux oreilles de tout le quartier. Kiernan l'avait non seulement entendue, mais avait subi par la suite les commentaires de ses camarades d'école. Lors de cet épisode, Ruby s'était montrée compatissante.

— Quelques-uns de ces types vont aller pêcher en mer dans les Keys, m'annonce Glen alors que nous rentrons à pied. J'irais bien avec eux.

— Tu n'aimes pas pêcher.

— Tu crois ? répond-il avec une grimace, ce qui nous fait rire tous les deux.

Parce que nous sommes éméchés, que les enfants sont absents et que cela a l'air évident, nous faisons l'amour. Aucun de nous deux ne semble plus avoir envie de sexe, mais quand nous nous y prêtons, nous passons un moment agréable. Je répète les gestes que j'accomplis depuis des années, et lui aussi. Ils fonctionnent toujours, bien que paraissant un peu décalés, comme la relecture d'un livre pour la énième fois. Cela non plus, je n'aurais

Tous sans exception

jamais pu l'imaginer, à l'âge de Ruby, quand mon petit ami glissait sa main à l'intérieur de la jambe de mon short, et que mes genoux s'écartaient comme par réflexe. Le lendemain matin, Glen sourit à son reflet en se rasant.

— J'espère que les enfants vont bien, dit-il au petit déjeuner, désireux de montrer que nous avons les mêmes préoccupations.

Nous savons tous les deux que c'est faux. Peut-être même que ce n'est pas important. Il m'arrive, en rentrant du travail dans le crépuscule sinistre, frissonnante à cause de l'air conditionné, d'être submergée par les larmes sans savoir pourquoi. Quand j'étais jeune, ma mère veillait tard pour regarder de vieux films à la télévision. Je descendais alors l'escalier sur la pointe des pieds, me prenant parfois les jambes dans ma chemise de nuit, et l'épiais à travers la balustrade. Pliée en deux sur le canapé, devant des mouchoirs en papier froissés jetés sur la table basse, tels des œillets blancs, elle pleurait sur les malheurs des personnages de *Stella Dallas*, du *Roman de Mildred Pierce*, de *Victoire sur la nuit* ou de *Waterloo Bridge*. Sans doute ces films lui servaient-ils d'alibi pour sangloter sur ses propres malheurs, évitant ainsi l'humiliation de l'auto-apitoiement. Son mari était mort, lui laissant une maison pleine de cendriers, deux jeunes enfants, et une assurance vie suffisante pour organiser des funérailles décentes et acquérir une voiture vieille de cinq ans. Malgré cela, elle se sentait tenue de transférer son chagrin sur la tragédie de quelqu'un d'autre.

Je ne trouve aucune excuse valable à mes larmes. À l'instar de nombreuses femmes de mon âge, j'énumère

Tous sans exception

souvent à haute voix les raisons objectives que j'ai de me réjouir, comme si le fait qu'elles soient énoncées suffisait à les valider. Trois merveilleux enfants, un mariage heureux et durable, une belle maison, un travail agréable. Sous cette apparence enviable, peu importe que l'un de nos enfants soit sur le point de s'enfuir et qu'un autre se sente mal dans sa peau, peu importe que mon mari et moi échangions des plaisanteries en public et des propos sans intérêt en privé. De toute manière, rien de tout cela n'a de lien avec mes pleurs. Si l'on me pressait de leur donner une explication, je répondrais qu'elles sont le symptôme d'une grande solitude aussi peu en rapport avec le quotidien qu'une tornade avec le climat habituel ; pourtant, elle tourbillonne, arrachant tout sur son chemin, alors que je me trouve simplement sur le parking du supermarché et que je m'essuie les yeux avant de remettre mes lunettes de soleil pour aller acheter du poisson et des légumes. Quand quelqu'un me demande comment ça va, je réponds, comme tout le monde : « Bien, très bien, oh merveilleusement, magnifiquement bien. »

Même lorsque nous sommes entre femmes, nous ne parlons pas de ces crises. Une seule fois j'ai surpris Nancy, assise dans son patio, un verre de vin à la main, alors que les premières feuilles tombaient en tournoyant de l'orme qui ombrageait la cour. Fred venait de partir pour la fac, et Sarah pour son entraînement de natation. Je me suis écriée : « Oh, Nance, nous sommes quasiment déjà à Thanksgiving ! » Et elle a tourné vers moi un regard totalement vide.

Le lendemain, alors que nous nous rendions ensemble en voiture à un brunch, elle a déclaré avec

Tous sans exception

aigreur : « Au moins, tu n'as pas supposé que j'avais mes règles. Quand j'étais adolescente, je pensais que les femmes n'avaient le droit de pleurer que tous les vingt-huit jours. »
Comme nous pouvons parfois être idiots ! Alors que Glen et moi commencions à sortir ensemble et que j'avais ma main sur sa cuisse – geste qui ne survit pas au mariage –, je lui avais demandé : « Est-ce qu'il t'arrive de pleurer sans raison ? » Nous étions si semblables, si compatibles ! Tout le monde en convenait. « Je ne pense pas, m'avait-il dit, le visage plissé par la réflexion. Je ne me souviens pas l'avoir jamais fait. »
Aujourd'hui, cette réponse n'aurait plus d'importance. Je ne poserais même pas la question.
— Comment s'est passée ta journée ? je demande lorsqu'il rentre.
— Bien. Est-ce que tu t'es occupée de trouver quelqu'un pour le toit ?
— Ils viennent demain. Tu veux un verre de vin avant le dîner ?
— Je vais plutôt boire une bière.
Que se produirait-il si je lui avouais que ce soir, en rentrant après avoir nettoyé un jardin, alors que je me dirigeais vers un horizon rose et mauve assombri par le déclin du soleil derrière la colline, j'avais sangloté comme si j'avais le cœur brisé ? « Pourquoi ? » aurait-il demandé. Qu'aurais-je pu répondre ? Aurais-je pu m'asseoir face à cet homme au visage ouvert, illuminé par des yeux chaleureux aux iris bruns (sans signification clinique) et des joues vermeilles, pour laisser tomber : « À cause de la solitude. »

Tous sans exception

Pis encore, que se passerait-il s'il reconnaissait qu'il lui était arrivé la même chose, qu'il éprouvait la même sensation ? Que nous arriverait-il à tous ?

— Il y a un pack de six canettes dans le frigo, dis-je, prenant de l'aneth dans le compartiment à légumes.

11

À plusieurs reprises, en juillet, nous recevons le soir des appels silencieux.

— Allô, dis-je en répétant ce mot plus fort quelques secondes plus tard, mue par une sourde colère. Allô ? Un jour, trois appels de ce genre se succèdent.

— La prochaine fois, on prévient la police, déclare Glen après avoir répondu au troisième, alors que nous nous déshabillons pour aller au lit.

Le quatrième appel, qui survient peu après 23 heures, nous réveille tous les deux.

— Quoi ? articule Glen en sursautant.

Le téléphone se trouve de mon côté du lit.

— Maman, ne t'affole pas ! s'écrie Max d'une voix tremblante.

J'entends autour de lui la symphonie ambiante d'un hôpital, que le métier de Glen m'a rendue familière.

Tous sans exception

— Désolé qu'il m'ait précédé ! s'exclame le directeur du camp de vacances. Il appelle au moment où nous nous demandons qui de nous deux va accomplir le long trajet. Max est tombé d'un arbre et s'est cassé le bras. La radio n'est pas bonne. Glen contacte notre chirurgien orthopédique.

— Non, ce n'est pas Alex, c'est Max, l'entends-je dire. Alex s'est déjà luxé l'épaule, cassé la clavicule et abîmé le genou qu'il a fallu opérer. Max n'a dû être recousu qu'à une seule occasion.

— C'est la deuxième fois qu'il tombe d'un arbre, fais-je remarquer à Glen.

Je conduis dans la nuit avec, à côté de moi, un gobelet de café amer acheté dans une station-service. Au milieu de la salle d'attente de l'hôpital, Max est affaissé sur son siège, le bras en écharpe. Un jeune homme nerveux que je suppose être un psychologue lui tient compagnie.

— Alors, chéri ? dis-je en lui enlaçant les épaules.

Des larmes ont laissé sur ses joues des sillons crasseux. Le psychologue se lève pour aller aux toilettes.

— Il faut que je rentre, n'est-ce pas ?

Sans le moindre doute. Ses bagages sont déjà prêts. Sur les marches de son bungalow branlant, se tient une adolescente très menue, elfe gracieux aux cheveux teints d'un horrible noir corbeau, dont l'une des narines s'orne d'un diamant. Max disparaît avec elle pendant que je charge ses sacs et ses baguettes de batterie. En dépit des larmes et du bras cassé, je suis excitée et ravie : Max a une petite amie ! Tandis qu'ils s'embrassent dans l'ombre du bungalow, je détourne les yeux.

Tous sans exception

— Vous devriez venir nous voir, proposé-je à la jeune fille qui sanglote près de la portière du passager.
— Maman, arrête ! marmonne Max.

Le lendemain, le chirurgien réduit la fracture, qui nécessite une broche. La respiration de Max, courte et saccadée, me révèle qu'il a peur. Il redresse ses épaules, frôlées par ses cheveux longs, d'une façon qui me rappelle Glen. Cependant, une fois que le sédatif fait effet et que ses lèvres pleines se détendent, il retrouve exactement l'aspect qu'il avait, tout petit, lorsque, un jour d'été comme celui-ci, ses paupières alourdies s'ouvraient, dévoilant ses yeux sombres.

— Je t'aime, mon bébé, dis-je quand ils l'emmènent.
— Moi aussi, je t'aime, maman, chuchote-t-il.

C'est pratiquement la dernière parole gentille qu'il prononce à mon égard de tout l'été. Étendu sur le canapé du séjour, il regarde n'importe quoi à la télé, ignorant les livres empilés près de lui dont le lycée lui impose la lecture. Il maigrit à vue d'œil et se montre triste, renfrogné. Dans la mesure où le portable de sa petite amie ne fonctionne pas au camp, faute d'antenne proche, elle l'appelle de la cabine téléphonique du réfectoire, dont l'arrière-fond sonore donne à Max une idée de ce qu'il rate. Ses assiettes s'empilent sur la table basse, où il les laisse jusqu'à ce que quelqu'un d'autre les ramasse pour les mettre dans l'évier.

— Il n'est pas paraplégique ! s'écrie Glen un soir dans la cuisine, avec un sifflement de colère.
— Il va t'entendre.
— Je l'espère bien.
— Je déteste ma vie, me déclare Max, un jour où je pars travailler.

Tous sans exception

C'est un sentiment déjà exprimé par Ruby auparavant, qu'il semble partager vraiment. J'appelle la thérapeute qui a aidé notre fille pour savoir si elle peut m'indiquer un ou une collègue pour notre fils.
— Il est déprimé ? s'enquiert-elle.
— Je ne suis pas experte, mais je dirais que oui. Personne n'a tracé d'inscription sur son plâtre : quoi de plus déprimant que cela ? Les doigts qui émergent de la coque sont pliés comme s'ils avaient séjourné sous terre et qu'une fois exposés à l'air libre, ils ne pouvaient que se ratatiner.
— Des pensées suicidaires ?
— Les enfants qui ont des pensées suicidaires les partagent-ils avec leurs parents ? je réplique avec impatience.

Déjà, elle m'agaçait quand elle soignait Ruby, persuadée qu'elle jugeait notre famille, notre bonheur. J'avais toujours peur de ce qu'elle allait annoncer.
— Viens travailler avec moi, dis-je à Max. Tu te sentiras mieux si tu prends l'air.

Je suis devenue comme le père de Glen, qui ne pense et ne parle que sous forme de clichés. Un peu de sport ne fait pas de mal ; rentre les foins tant que le soleil brille ; la fortune va aux gens qui se lèvent tôt.

Max secoue la tête. Glen veut qu'il range derrière lui, qu'il se fasse couper les cheveux.
— Pas question qu'il retourne à l'école dans cet état, décrète-t-il.
— Il est déprimé.
— J'ai compris, mais cela ne l'empêche pas d'avoir une coupe de cheveux et de remplir le lave-vaisselle.

Tous sans exception

Ce soir-là, je rentre tard. En illustration sonore de la boîte à pizza qui trône sur le comptoir de la cuisine, me parvient le gloussement rauque de Max, depuis longtemps oublié. Souriante, je me sers dans le carton odorant et me dirige vers le séjour.

— Hé, maman, regarde qui est là ?

Kiernan se lève, m'enlace et me serre fort contre lui.

— Vous m'avez manqué, déclare-t-il.

Lui aussi m'a manqué. Il a dessiné le système solaire sur le plâtre de Max, qu'il photographie en noir et blanc ; seule l'étoile qui trône au milieu est ensuite coloriée en un jaune profond, qui luit au cœur du dessin monochrome. Max va accrocher la photo dans sa chambre, au-dessus de son lit. Chassant de mon esprit le fait que Ruby ne va pas tarder à rentrer, je range la liste de thérapeutes dans le tiroir du bureau.

Kiernan conduit une vieille camionnette dont la carrosserie s'orne d'une peinture mate couleur bordeaux. Elle appartient, nous apprend-il, à son oncle. Grâce à elle, il tond des pelouses tôt le matin, juste après que la rosée s'est évaporée mais avant que le soleil ne soit trop haut.

— Ça rapporte bien, affirme-t-il, me faisant l'article avec une intensité particulière.

Max et lui, tous deux minces et couronnés de cheveux embroussaillés, forment une paire. De dos, on dirait des frères. Cette ressemblance, ajoutée au mutisme de Max et à la prolixité verbale de Kiernan, me rend nerveuse. Au bout d'un moment, je décrypte le comportement de notre visiteur. J'avais le même quand je sortais pour une soirée en laissant Ruby à la maison : surexcitée par un contact renouvelé avec les autres, je bavardais sans arrêt,

Tous sans exception

consciente que, dans peu de temps, je serais de retour dans ma cage. Kiernan, je le comprends soudain, n'a personne à qui parler.

— Alors, la terminale ? dit Glen à table, un soir étouffant du mois d'août.
— Et oui ! s'écrie Kiernan. C'est la fin d'une époque. Et toi, mec. Le lycée ! C'est le premier jour du reste de ta vie.
— Je veux qu'on me retire ce plâtre, râle Max.
— Aie la positive attitude ! Tu peux faire en sorte que ça se produise ! Tout n'est qu'une question de motivation.

On croirait entendre un prédicateur. Glen me lance un coup d'œil au-dessus du plat de côtes de porc. Selon le docteur, Max devra probablement garder le plâtre jusqu'à la fin septembre. Il mange sa viande maladroitement, s'aidant de sa main valide – je me promets de ne plus préparer ce plat jusqu'à ce qu'il ait recouvré l'usage de ses deux mains. Kiernan n'avale presque rien. Il est comme l'un de ces jeunes esthètes religieux que je rencontrais au fil de mes lectures de littérature comparée, tout en yeux, en bras, en jambes et en ferveur. S'il était un moine médiéval, il se flagellerait tous les soirs avant d'aller au lit.

— Il faut que tu lui parles ! déclare Glen avec calme alors que nous terminons la vaisselle. Ruby rentre la semaine prochaine.

Nous percevons le bourdonnement de voix graves dans la pièce voisine ; Kiernan et Max regardent ensemble la télévision.

— Tu ne peux pas le faire toi-même ?

Tous sans exception

— Mary Beth, je ne m'y prendrai pas comme tu le souhaites. Tu sais très bien que tu préfères t'en charger. Tu vis pour ces moments intensément maternels.
— Ce que tu dis est affreux. Je déteste ce genre de situation. Vraiment. Il est adorable et fait presque partie de la famille.

Je pense à toutes ces fins d'après-midi, au cours desquels Ruby lisait son œuvre à haute voix devant lui. Étendu sur le canapé, il attendait la fin et secouait la tête. « C'est excellent, Rube, affirmait-il. Est-ce que tu te rends compte à quel point c'est réussi ? »

Puis je les revois, en train de manger des sandwichs sur une couette, dans le jardin. Une fois leur repas fini, allongés sur le dos, ils avaient nommé rêveusement les constellations. L'année dernière, Kiernan avait offert à Ruby pour son anniversaire le certificat de propriété d'une étoile – où peut-il bien être ?

Ce garçon fait partie de la famille, me dis-je de nouveau, tandis qu'il m'aide à sortir la poubelle. Au bout de l'allée, il tend une main vers moi afin que je m'arrête pour l'écouter.

— J'ai besoin d'un énorme service, s'écrie-t-il. Est-ce que je peux habiter chez vous cette année ?

Je suis abasourdie. Cela doit se voir sur mon visage, car ses paroles se bousculent. J'ai du mal à le suivre :

— Ma mère habite avec ma grand-mère qui va de plus en plus mal. Elle ne reconnaît pratiquement plus rien et ne sait même pas qui je suis. Quelquefois, quand je reviens à la maison, elle hurle « Qui est cet homme ? » On est obligé de lui expliquer que je suis son petit-fils. Ma mère n'arrête pas de me répéter qu'il faut que je l'aide à

Tous sans exception

prendre soin d'elle et que je vais m'y faire, mais je rentre en terminale bon sang, en terminale ! Elle préfère que j'aille au lycée à côté et semble persuadée qu'il vaut mieux repartir de zéro. Mais je ne veux pas, je n'ai aucun ami là-bas, je ne connais personne et je deviens dingue. Je vous promets que je ne vous gênerai pas, je n'aurai pas à venir dans la maison si vous ne le voulez pas. J'ai pensé à tout, il y a cette pièce au-dessus du garage avec des toilettes en bas, vous ne saurez même pas que je suis là, conclut-il, à bout de souffle.
Ses yeux ont une lueur sauvage. Je lève une paume devant lui.
— Kiernan.
Il s'interrompt.
— Respire à fond.
— Je vous assure, dit-il après avoir obéi. Je vous assure, je vous jure que je ne causerai aucun ennui. À personne. Je peux vous aider. Je peux dégager les feuilles et la neige. Si vous préférez, je peux devenir transparent et habiter ici sans que quiconque s'en aperçoive.
Nous savons tous deux de qui il parle.
— Il doit y avoir une autre solution, dis-je doucement. Tu as la camionnette. C'est un long trajet, je le sais, mais tu pourrais venir au lycée d'ici tous les matins. Je suis sûre que la carte scolaire pourrait être contournée dans ton cas.
— Non, répond-il en secouant la tête. Je n'aurai pas la camionnette tous les jours. Ni la voiture. Maman en a besoin pour ses livraisons, ou s'il y a une urgence avec ma grand-mère.
— Est-ce que tu as parlé de cette question avec elle ?

Tous sans exception

— Si on peut appeler ça parler.
— Elle a refusé ?
— Elle s'est moquée de moi en disant : « Sûrement pas ! »
— Et ton ancienne maison ? Tu pourrais y vivre. Je pourrais jeter un œil sur toi.
— Elle l'a déjà louée à un type. Elle dit qu'elle a besoin de cet argent.
— Et ton père ?
Il se contente de secouer la tête.
— Je ne peux pas m'opposer à ta mère.
— Dans trois mois, j'aurai dix-huit ans. Je peux faire ce que je veux. J'ai juste besoin d'être aidé quelque temps.
Il se retourne et remet en place le couvercle des poubelles.
— Kiernan.
Son regard me fuit.
— Ça ne fait rien, c'était une idée stupide. Je vais me débrouiller autrement.
— Je suis vraiment désolée.
— Ça ne fait rien, répète-t-il.
Il se dirige vers son véhicule et grimpe dedans.
Quand je rentre, Glen est en train de terminer son verre de vin.
— Je ne sais pas ce qui passe par la tête de Deborah, dis-je avec véhémence en m'asseyant près de lui.
Par la porte de communication ouverte, je peux voir Max dont le visage reflète l'image mouvante de la télévision. Il a cinq livres à lire avant la rentrée qui a lieu dans trois semaines Toujours empilés sur le sol, ils sont intacts.

Tous sans exception

« Alex ne les a pas encore lus non plus », m'a rétorqué Max quand je lui en ai parlé. « Comment le sais-tu ? – Maman, sois réaliste ! » m'a-t-il répliqué en pointant la télécommande vers l'écran.

— Je suis beaucoup trop fatigué pour parler de Deborah, déclare Glen les yeux fixés sur le mur.

Les Donahue et nous n'avons jamais été à proprement parler amis, même quand nous étions voisins. Glen et Kevin bavardaient à l'occasion par-dessus la haie qui séparait nos deux jardins. À l'occasion, nous dînions les uns chez les autres. Cette relation n'avait rien à voir avec celle qui nous unissait à Nancy et son mari. Elle n'engageait au fond que Deborah et moi. Cette jeune femme me fascinait. Je la trouvais si vivante, si directe ! Vêtue de tuniques indiennes, elle arborait des boucles d'oreilles en argent très élaborées et de nombreux bracelets de métal. En outre, elle savait faire le poirier. Je ne sais pas pourquoi cela m'impressionnait tellement.

Elle avait fait preuve de courage en traitant le violent entraîneur de base-ball de sadique, accusation qu'elle avait appuyée par une lettre adressée à la ligue d'athlétisme du comté. Elle avait exigé la réunion des clubs de foot des garçons et des filles, ce qui avait été fait – trop tard pour Kiernan et Ruby, qui de toute façon n'y attachaient aucune importance. « Je ne me bats pas pour mon fils mais pour tous les gamins ! » avait-elle décrété, furieuse.

Glen affirmait qu'elle lui faisait penser à un autocollant de pare-chocs, qui disait : « J'adore les humains. Ce sont les gens que je ne supporte pas. »

Tous sans exception

Un jour, sur le parking du supermarché, je l'avais vue foncer sur un type dont le pick-up s'ornait, au-dessus de l'attelage, d'une paire de testicules en caoutchouc. « Il y a des gosses dans cette voiture ! » avait-elle hurlé devant l'homme qui ne cessait de répéter : « Vous êtes cinglée, ma p'tite dame. » L'altercation avait pris de telles proportions que les jumeaux, Ruby, Kiernan et son petit frère, Declan, s'étaient tous mis à pleurer. Quelqu'un avait appelé la police. Les agents avaient obligé le chauffeur du pick-up à cacher l'objet du litige. Dans un monospace rempli d'enfants en sanglots, Deborah avait affiché son triomphe. Cependant, lorsque Ruby, âgée de sept ans, avait raconté l'histoire à la table du dîner – « La maman de Kiernan criait tout le temps, papa, et ça faisait très peur, et la police est venue et ils avaient des revolvers » –, Glen m'avait regardé, et m'avait dit plus tard :

— Je ne veux pas que nos enfants se retrouvent dans ce genre de situation.

— Deborah ne supporte pas tout ce qui est médiocre.

— Il y a une différence entre défendre son bon droit et chercher la bagarre. Je ne sais pas comment Kevin peut tolérer ça.

Peut-être était-ce la raison pour laquelle Glen n'appréciait pas particulièrement Kevin, ajoutée à la rumeur selon laquelle notre voisin aimait les femmes de ses amis plus que la sienne.

C'était Glen qui avait entendu Deborah crier, au cours d'une soirée d'été, alors que Kevin, absent, s'agitait probablement dans le grand lit de quelqu'un d'autre. Nous mangions dans notre jardin. La jeune femme, qui se trou-

Tous sans exception

vait dans sa cuisine dont la porte coulissante était ouverte sur la terrasse, surveillait ses deux enfants. Kiernan flottait dans la piscine, une bouée autour de la taille, et Declan dérivait dans un accessoire flottant en forme de bateau, tenu par un harnais. Alors âgé de deux ans, ce petit garçon blond placide était en permanence fasciné par les enfants plus grands. Personne n'avait pu comprendre ce qui s'était passé. Sans doute, après avoir réussi à s'extraire du harnais, avait-il basculé et soudain sombré. Deborah faisait une grimace à son bébé et, l'instant d'après, il avait disparu.

Il me reste de ce jour des images figées : Deborah hurlant ; Glen se levant si vite que sa chaise bascule sur le béton ; nos trois enfants le regardant courir dans le jardin et grimper jusqu'à la piscine. Kiernan qui continue de flotter à l'extrémité du bassin, tétanisé par le spectacle de Glen soulevant Declan, le déposant sur le bord et se mettant à genoux au-dessus de lui. Il y a un court moment de profond silence avant que Glen n'effectue les gestes de premiers secours sur le petit garçon. Un instant interrompu par Ruby, qui demande de sa voix flûtée de petite fille précoce : « Maman, est-ce que Declan est noyé ? »

Le lendemain des funérailles, Deborah avait suivi ma voiture jusqu'au centre du jardin. D'une voix étrange, qui semblait venir du fond d'un puits, parvenant à peine à articuler, elle avait demandé :
— Est-ce que Kiernan peut rester chez vous ? Il dit que ça lui ferait plaisir.
— Oh, chérie, ce n'est pas une bonne idée, avais-je répondu en m'éloignant de la voiture pour que Ruby ne puisse pas m'entendre. Il a besoin d'être avec Kevin et toi.

Tous sans exception

— Juste pour quelque temps, Mary Beth, ce serait bien. Je ne suis pas capable de m'en occuper en ce moment.
— Deb, ce serait mauvais pour lui.

J'avais tendu les bras pour l'étreindre, mais elle s'était raidie et avait fait un pas en arrière. Soudain, ses yeux verts lançant des éclairs, elle m'avait donné un coup sur la poitrine du plat de la main.

— Certaines amitiés ne survivent pas aux ennuis, avait-elle éructé.
— Deborah, tu sais que ce n'est pas vrai.

Une entreprise de construction avait comblé la piscine. Après quelques mois, personne n'aurait pu dire qu'il y avait eu, à cet endroit, autre chose que de l'herbe. Puis les Donahue avaient déménagé en ville. À seulement douze ans, Kiernan avait parcouru deux kilomètres à pied pour venir jusque chez nous.

— Vous n'avez pas changé, avait-il déclaré quand il s'était assis pour déjeuner.

Deborah et moi n'étions jamais redevenues amies. Au bout d'un certain temps, il n'était plus resté la moindre trace d'affection entre nous.

12

Lorsqu'elle rentre de son atelier d'écriture, Ruby se comporte différemment. Pour commencer, elle me demande de ne pas venir la chercher. En fait, un jeune homme la ramène, l'aide à décharger ses affaires dans l'allée, lui donne un baiser chaste après une longue étreinte, et repart. Ce n'est qu'une fois qu'il s'est éloigné que j'émerge et fais succéder à cette étreinte une étreinte plus étroite, plus longue encore, de laquelle ma fille s'extrait lentement avec un sourire, comme si elle se débarrassait d'un lourd manteau par un jour de grosse chaleur.

— C'est juste un ami, déclare-t-elle. En réponse à ta question.

Apparemment plus paisible et plus heureuse aussi, elle a rempli deux cahiers de poésie – son professeur trouve l'élaboration de poèmes incompatibles avec l'ordinateur.

Tous sans exception

Elle a adressé trois de ses œuvres à de petites revues dont elle attend la réponse.

— Dès que je reçois les lettres de refus, je les envoie à d'autres, précise-t-elle d'un ton neutre.

Ruby utilise sa voix suave, ce qui ne me plaît pas. On dirait qu'elle a dépassé le besoin de s'opposer à sa mère. Peut-être cela signifie-t-il qu'elle est sur le point de se passer d'elle entièrement ? Parfois, j'ai l'impression que la vie des femmes n'a pour but que d'aimer des personnes qui les quitteront. Je ne vois qu'une seule variante à cette existence : celle des femmes qui combattent l'amour ou l'abandon. Il est trop tard pour que je devienne l'une des premières, et je m'efforce de ne pas faire partie des secondes.

Au dîner, face au plâtre de Max et au dessin du système solaire difficile à ignorer, un peu de l'ancienne Ruby refait surface.

— Sympa, dit-elle à Max en tapotant le moulage qui porte le tracé identifiable de Kiernan. Très subtil.

— Est-ce que tu as eu des nouvelles de Kiernan ? je demande.

— Chaque jour sans exception, réplique-t-elle.

Tandis qu'elle raconte son été aux garçons, son père et moi écoutons. Elle parle de ses compagnes de chambre, de ses enseignants – « brillant », déclare-t-elle avec respect, la voix vibrante, lorsqu'elle évoque son professeur de poésie – et d'un futur écrivain de nouvelles avec lequel elle semble avoir passé une grande partie du temps.

— Il entre à Yale la semaine prochaine, précise-t-elle.

Je suppose qu'il s'agit du jeune homme qui l'a raccompagnée à la maison. Max se renfrogne. Pas seulement

Tous sans exception

parce qu'il veut exprimer sa loyauté envers Kiernan, mais parce qu'il n'a jamais aimé que sa sœur ou son frère aient des relations d'intimité avec quelqu'un qu'il ne connaît pas. L'année dernière, Alex a séjourné chez Colin, son grand copain du camp de vacances ; lorsque celui-ci est venu chez nous pour quelques jours, Max s'est montré si agressif que les deux adolescents se sont installés ensemble dans la chambre d'amis pour l'éviter. « Je ne lui ai rien fait », avait protesté Colin. « Ça lui arrive de temps en temps », avait répondu Alex.

Maussade depuis des semaines, Max ne s'est déridé que lorsque Kiernan était à la maison. Ses cheveux aux mèches collées n'auront bientôt rien à envier aux dreadlocks.

— Quelle importance ? marmonne-t-il.

Je prie pour que, parmi les élèves qui entrent au lycée, il s'en trouve un qui aime les bandes dessinées humoristiques, les dessins animés japonais et la batterie.

— Alors comment tu t'es fait ça exactement ? demande Ruby à son frère en désignant son bras de la tête, après avoir interrogé les deux garçons sur leur été.

— Je suis tombé d'un arbre.

— C'est cela, oui ! articule Alex, la bouche pleine de spaghettis.

Il prétend n'avoir mangé que des céréales et des sandwichs au beurre de cacahuète depuis le mois de juillet.

— Qu'est-ce qui te dérange ? rétorque Max.

— Pourquoi ne dis-tu pas que tu jouais au foot, par exemple ? Qui tombe d'un arbre ?

— Quelqu'un qui n'en a rien à foutre du foot.

— Oh là ! intervient Glen. Tu n'es plus au camp, mon pote.

Tous sans exception

— Comme si je ne le savais pas.
— Max ! s'exclame Ruby.
— Tu ne parles pas comme ça à ton père, renchéris-je.
— Je suis désolé, mais est-ce que quelqu'un peut demander à Monsieur Foot de la mettre un peu en sourdine ? Je m'en moque, j'ai fini de toute façon.

Il ramasse son assiette de sa main valide. Alors qu'il fait un pas vers l'évier, elle lui échappe des mains. Des morceaux de poulet basquaise, des feuilles de salade et des morceaux de faïence italienne s'éparpillent sur le sol.

— Oh non, pas ces assiettes ! m'entends-je dire.

Je souhaiterais pouvoir récupérer ces mots dans l'air étouffant et les mettre dans ma poche, pour les ressortir ensuite discrètement quand je serais seule.

Ginger, qui renifle autour de la nourriture, attrape un os de poulet et essaie de s'enfuir avec dans l'autre pièce. Quand Ruby lutte pour le lui retirer, la chienne souffle bruyamment.

— Non, non ! Pas de poulet pour toi.
— Merde ! hurle Max.
— Va dans ta chambre, lui ordonne Glen d'une voix forte.

Max quitte la pièce en faisant autant de bruit qu'un bataillon. Quelques secondes plus tard, le claquement de la porte semble ébranler la maison. Ginger, la queue entre les pattes, file dans la buanderie.

— Je n'ai rien fait, gémit Alex.
— Ce sont ses hormones qui le travaillent, rétorque Ruby.
— Hein ? Dernière nouvelle ! C'est toujours un mâle ?

Tous sans exception

— Hein ? Dernière nouvelle ? Les mâles ont des hormones aussi. Ce ne sont pas les mêmes que celles des femelles, c'est tout.

— Hormones ou pas, il n'y aura plus le moindre gros mot dans cette maison, dit Glen en engloutissant sa nourriture comme il le fait toujours quand il n'est pas content. Je serai toujours très intransigeant là-dessus.

— C'est juste de la paresse, déclare Ruby d'un ton léger.

— Quoi ? répond Alex.

— Les jurons.

— Est-ce que tu vas devenir écrivain ?

— Oui.

— Est-ce que tu vas te remettre avec Kiernan ?

— Je préfère ne pas en parler, réplique-t-elle en portant son assiette dans l'évier.

— Max va te détester si tu ne le fais pas.

— Max ne déteste aucun d'entre nous, interviens-je.

— Max ne me détestera pas, dit Ruby, il sera juste contrarié. Il traverse une passe difficile. Ça m'est arrivé aussi en entrant au lycée.

Ses yeux sombres se fixent sur le point encore peu éloigné d'un souvenir désagréable. C'est ce matériau qu'elle travaille. Elle m'a montré l'un des poèmes qu'elle a écrits :

Tandis que le soleil décline derrière eux, ils mangent,
    ensemble.
Mais il absorbe ses propres peurs, elle absorbe ses propres
    préoccupations
Il ingurgite ses propres heures épuisées
Elle n'ingurgite rien, il y a trop de choses à avaler.

Tous sans exception

Sa gorge est pleine de tant d'elles-mêmes.
Qu'ils font obstacle à tout aliment.
Un seul d'entre eux mange ce qui est dans son assiette, non
  dans son esprit
Mais ils se sourient tous alors que le lustre projette des demi-
  tasses de lumière argentée sur le pin ciré.
Au-delà des fenêtres, le noir ; à l'intérieur, le jaune.
Assiettes vides.

— Oh, Ruby, ai-je dit. Les demi-tasses !

— Je sais, a-t-elle répondu, en dansant sur place une gigue de bonheur – du genre de celles auxquelles elle se livrait quand elle était petite, et qu'elle semble avoir laissées derrière elle –, je sais. Dès que je l'ai écrit, je me suis dit : oui, c'est ça.

Nous aurions pu aussi bien parler d'une autre famille, faire comme si ce n'était pas moi qui étais préoccupée dans le poème, comme si ce n'était pas son père qui était épuisé. Où est la joie que je me suis efforcée de créer ? Peut-être dans la demi-tasse de lumière, ou dans le fait même qu'elle puisse inventer cette image.

— Est-ce que tu veux qu'on aille chez Tony manger une glace ? propose Ruby à Alex.

Nous lui avions offert sa première voiture, un vieux break Volvo que Glen avait racheté à un patient parti jouir de sa retraite dans une petite ville du sud, où il fait toujours beau.

« Les Volvo sont considérées comme les voitures les plus sûres », avait affirmé Glen à sa fille, dont le visage s'était illuminé dès qu'elle a vu le véhicule massif dans l'allée. « C'est tellement moi ! » s'était-elle écriée.

Tous sans exception

Elle voulait dire que personne au lycée n'aurait une voiture aussi désuète et inattendue. Elle a suspendu un chapelet de cristal bleu au rétroviseur ; il accroche la lumière qu'il renvoie sous forme de tessons sur le tableau de bord. Ruby a décidé d'emmener les garçons au lycée tous les matins, ce qui leur évitera de prendre le bus, uniquement peuplé, paraît-il, de « losers ».

— Euh, oui ? répond Alex comme s'il s'appliquait à trouver le piège que recèle cette sœur nouvelle, pleine de sollicitude.

Il monte chercher Max et revient seul. Avec un haussement d'épaules, Ruby prend les clés de la voiture posées sur un plat près de la porte d'entrée.

— Peut-être M. Huntington n'a-t-il pas tort au sujet de Max, quand il affirme que quelque chose cloche, dis-je.

— Qui ? demande Glen.

— Son professeur de batterie. S'il avait raison à propos de Max ? Il a peut-être besoin de voir un thérapeute.

— Oh, Mary Beth, je t'en prie ! Ruby a raison, ce sont ses hormones. Regarde la tête qu'il a. Il a besoin d'un bon rasage, il dégage une odeur de ménagerie en plein été. Ça lui passera.

Cette attitude est déjà un effort pour Glen, dont le père possédait toute une collection de citations sur les vertus du stoïcisme domestique. « Je vais te donner des raisons de pleurer », décrétait-il volontiers.

— Il m'a informé qu'il voulait sa propre chambre, dis-je.

Quand j'ai demandé à Max s'il en avait parlé avec Alex, il m'a riposté d'un ton neutre : « Ça lui est égal. »

Je crois qu'il n'a pas tort.

Tous sans exception

— Pourris, ces enfants sont trop pourris ! s'exclame Glen. J'ai partagé une chambre avec deux de mes frères jusqu'à ce que j'aille à la fac. Quand j'ai découvert ma nouvelle chambre minuscule avec un lit étroit, entièrement pour moi, j'ai cru que j'étais mort et que je me réveillais au paradis.

— Et tu parcourais tous les jours dix kilomètres à pied dans la neige pour aller à l'école.

— T'es qu'un rat ! réplique Glen, ce qui me fait éclater de rire.

Il adore emprunter des expressions au jargon des enfants et les dénaturer par un usage inattendu. Il y a deux ans, il disait « C'est géant » si souvent que les enfants ont totalement cessé de l'utiliser.

— Ils ne vont plus jamais employer ce mot maintenant, dis-je.

— C'est leur problème.

Max a parlé de déménager dans la pièce au-dessus du garage, mais ce n'est pas du tout le moment, semble-t-il, de l'attribuer à l'un ou l'autre de nos garçons. J'imagine déjà mon fils enfoncé dans une solitude affective totale, refusant de pénétrer dans la maison et se glissant la nuit dans la cuisine pour remplir le devant de son T-shirt d'une partie du contenu du frigo. Quant à Alex, je le vois tout à fait, une fois nos lumières éteintes, sortir subrepticement pour rejoindre des amis afin de jouer à sauter sans être pris dans le plus grand nombre de piscines privées possible. Il est trop tard pour déplacer Ruby, devenue très jalouse de son territoire. « Tu ne vas pas transformer ma chambre en bureau dès que je serai à la fac, n'est-ce pas ? » m'a-t-elle demandé un jour.

Tous sans exception

Apparemment, la mère de Rachel a déjà prévu de convertir la chambre de sa fille en salle de gym. Glen va se coucher tôt. Assise à la table de la cuisine, j'étudie quelques plantes de jardin. Alors que je somnole, les portières claquent au-dehors. Alex monte se doucher, et Ruby met la bouilloire électrique en route.

— La glace n'était pas suffisante ? dis-je.
— Je n'ai pas mangé de glace. Alex en a mangé assez pour nous deux.

Une natte sombre dans le dos et des étoiles argentées aux oreilles, elle s'assied en face de moi, le menton dans les mains.

— Est-ce que Kiernan est venu ici ? s'enquiert-elle.
— Quand ?
— N'importe quand.
— Je ne sais pas toujours quand il passe, chérie, dis-je en posant mes mains sur les siennes. Max aime bien le voir. Kiernan l'a beaucoup aidé quand il est rentré du camp.

Elle se lève et fouille dans la poche de son survêtement, d'où elle sort un anneau d'argent. À l'instar de sa voiture, de la chemise de mousseline à pois qu'elle porte, ou du mélange de colère et de tristesse de ses yeux bruns, le petit anneau d'argent composé de cœurs de guingois est tellement Ruby.

— J'ai trouvé ça sur ma table de nuit, dit-elle en laissant tomber l'objet sur le comptoir, où il résonne en une note aiguë, avant de tournoyer et de choir sur le sol.
— Que devrions-nous faire ?

Pour la première fois, je la regarde et m'adresse à elle d'une femme à une autre.

Tous sans exception

— Je n'en sais rien, maman, je culpabilise tellement. Sa mère est folle et c'est une telle salope, pardon, je sais que tu détestes ce mot, mais c'est la vérité. L'obliger à changer d'école pour la terminale alors qu'il va déjà si mal ! Quand il me laisse des messages, on dirait qu'il vient de pleurer, qu'il va pleurer, ou qu'il fait semblant de ne pas pleurer. Je veux être son amie, mais il faut qu'il me laisse vivre, tu comprends ? Qu'il me laisse respirer. Il ne me laisse aucun espace de liberté.
— C'était plus sérieux pour lui que pour toi.
— Je ne crois pas que ce soit ça. C'était très important pour moi aussi mais au bout d'un certain temps, j'ai cru comprendre qu'il ne voulait pas vraiment être avec moi telle que je suis maintenant. Il souhaiterait simplement figer les choses pour toujours. Comme... comme Peter Pan.
— Et tu es Wendy.
— Tu vois, c'est ça. La problème est là. Je ne suis pas Wendy. Je suis Ruby. Et je ne suis plus la Ruby de cinq ou de quinze ans. Je suis différente.
Soudain elle éclate en sanglots, avec une distance qui me dissuade de la réconforter. La seule pensée qui me vient à l'esprit est que la vie est dure, si dure.
Enfin, elle tend la main vers une serviette en papier, se mouche et s'essuie les yeux.
— Dois-je lui dire qu'il n'est pas le bienvenu ? dis-je.
— Comment pourrions-nous faire ça ? Ça le tuerait.
Ma grande fille. Je me souviens du moment où j'ai compris la profondeur de ses sentiments. Nous étions allés à Londres tous les cinq, juste avant que Ruby ne commence à dépérir. Elle s'intéressait déjà à des sujets

Tous sans exception

surprenants : l'étendue de l'univers, la vie dans les océans, les constellations. Plus tard, je m'étais demandé si elle s'était plongée dans ces thèmes qui soulignaient sa petitesse, avant de se faire effectivement plus petite.

Pour préparer son voyage, elle avait lu une demi-douzaine de livres sur les Tudor et les Plantagenêt, ce qui lui avait permis ensuite de déambuler dans les ailes de l'abbaye de Westminster, un arbre généalogique à la main. Les garçons, âgés de onze ans, mouraient d'ennui et de faim. Assis en retrait, ils avaient cogné des talons la barre reliant les pieds de leur banc, jusqu'à ce que je leur lance une réprimande. Ruby et Glen se tenaient tous deux devant une tombe de marbre pâle. Lorsque je les avais rejoints, j'avais vu qu'il s'agissait de l'effigie d'une femme. « C'est Elizabeth ! s'était exclamée Ruby. N'est-ce pas terrible de penser qu'elle est là-dessous, morte ? Shakespeare, Charles Dickens, Henry VIII, tous ceux dont j'ai lu l'histoire ont disparu. » Elle criait presque. Un guide touristique en arrêt devant une autre tombe s'était interrompu, avant de reprendre son commentaire en élevant la voix.

Glen s'était alors mis à parler comme si son cœur entier était contenu dans ses paroles. Se tournant vers notre fille, il avait déclaré : « *Tous ceux qui parcourent le globe ne sont qu'une poignée comparés aux tribus qui dorment en son sein.*
– Quoi ? – *Tous ceux qui parcourent le globe ne sont qu'une poignée comparés aux tribus qui dorment en son sein*, avait-il répété. *Thanatopsis*, de William Cullen Bryant. Je n'ai pas toujours été ophtalmo, mon poussin. »

Les vers de ce poème inscrits sur un bristol se trouvent toujours au centre du panneau d'affichage de Ruby. Je

Tous sans exception

parie qu'ils vont atterrir dans l'album universitaire de sa promotion.
Je couvre de ma main la bague, tiède sous ma paume.
— Je vais réfléchir à la façon de s'y prendre, dis-je.
— Non, maman, je dois la lui rendre moi-même. Espérons simplement qu'il m'écoutera, je ne crois pas qu'il m'écoute encore.
Nous levons les yeux quand Max marche lourdement au-dessus de notre tête.
— Je vais monter quelques nachos à Max, annonce Ruby en remettant l'anneau dans sa poche. Il n'a presque rien mangé ce soir. Il m'inquiète.
— Je sais. Monte-lui quelque chose. Assure-toi simplement qu'il redescend son assiette.
— Ouais, on peut toujours rêver, glousse-t-elle, prouvant que sa mue n'est pas tout à fait terminée.

13

Nous sommes assis l'un à côté de l'autre dans un petit cabinet qui était autrefois, de toute évidence, la plus belle salle d'un édifice victorien situé dans une rue voisine de l'hôpital. Dotée d'une fenêtre en saillie et d'un plafond d'étain, la pièce, qui s'orne de rideaux de dentelle écrue, est composée des éléments standard d'un cabinet de médecin : un bureau de métal, des diplômes encadrés, et deux fauteuils matelassés couverts d'un tissu kaki, sans doute choisis pour leur solidité.

Le sourire aux lèvres, je croise les jambes. Vêtue d'une robe, j'ai sur les genoux un véritable sac à main, au lieu d'un fourre-tout de toile rempli de cisailles et de bêches. J'arbore ma tenue de bonne mère, celle, sans doute, que je portais déjà quand nous avions vu pour la première fois la femme qui a aidé Ruby à s'alimenter de nouveau.

— Je pense que c'est remédiable, avait-elle dit.

Tous sans exception

— Qui utilise le mot « remédiable » ? s'était écrié Glen d'un ton furieux dans la voiture, après le rendez-vous.
— Ce terme s'applique davantage au sens de l'autonomie de Ruby qu'à son image corporelle, avais-je répondu.
— C'est une gamine, avait insisté mon mari en dégageant le véhicule de son emplacement. A-t-elle besoin d'autonomie ?
Quand Glen a peur, il se met en colère.
— Où est ce foutu docteur ? avait-il hurlé quand ma respiration rythmique avait cédé la place aux gémissements, pendant la mise au monde de Ruby.
— Le foutu docteur est là, monsieur Latham, avait rétorqué l'obstétricienne en enfilant ses gants.
L'anxiété me coupe le souffle. Une fois, à treize ans, j'avais cassé une bouteille de parfum posée sur le bureau de ma mère. Je ne me souvenais pas l'avoir jamais vue s'appliquer ce liquide, qui ressemblait à du vieux scotch et dégageait une odeur intensément exotique, ainsi que le laissait prévoir sa couleur ambrée. Pas un seul moment le lourd flacon de cristal n'avait été absent de la partie droite du napperon de dentelle, où il faisait pendant à un ensemble de brosses en argent, élégamment disposé sur la partie gauche. Quand j'avais ouvert un tiroir avec brusquerie, le flacon avait basculé et s'était écrasé sur le sol, emplissant la pièce d'effluves suffocants. J'avais laissé les morceaux où ils étaient. Lorsque, plus tard, ma mère m'avait appelée d'un ton péremptoire, je m'étais assise sur un coin de son lit, écœurée par les vapeurs alcoolisées et lui avais affirmé avec aplomb que je ne savais pas comment une telle chose avait pu se produire. Après bien des années, il m'était venu à l'idée que ma mère avait fait

Tous sans exception

toute une histoire de cet incident peut-être parce qu'il s'agissait d'un cadeau de mon père ; à l'époque, je n'avais songé qu'à clamer mon innocence, n'hésitant pas à nier l'évidence.

Le sentiment que j'éprouvais alors était identique à celui qui me saisit dans le cabinet du médecin.

Il se nomme Pindaros Vagelos. Nancy m'a appris qu'il a soigné une adolescente de la classe de Fred après une tentative de suicide en troisième année de fac, quoique la mère ait affirmé qu'il s'agissait d'un accident. « S'ouvrir les veines après avoir ingurgité trente Xanax, ce n'est pas courant », a commenté mon amie de sa voix la plus âpre.

La jeune fille, qui étudie maintenant avec succès dans l'une des universités de sciences humaines les plus prestigieuses du pays, envisage de commencer des études de médecine.

— Elle va sûrement se spécialiser en psychiatrie, a décrété Glen pendant le trajet qui nous emmenait chez le Dr Vagelos. Tous les cinglés le font. Les filles très jolies choisissent la dermatologie, et celles qui sont féministes, l'orthopédie.

— Et l'ophtalmologie ? ai-je demandé, sachant que ce n'était pas un jour à plaisanter.

Lorsque nous lui avions demandé s'il voulait parler à un professionnel de ce qu'il éprouvait, Max avait juste répondu : « Je crois. »

Les peintres avaient fini d'appliquer aux murs de la chambre d'amis une couleur moutarde – « jaune dépression » aurait été un terme adéquat, selon Ruby –, et les meubles de Max avaient été transportés d'un côté du couloir à l'autre. Il avait hérité des vieux lits superposés, dans

Tous sans exception

la mesure où il ne semblait pas attacher d'importance à un lit double, au contraire d'Alex. Ces couches empilées dégageaient une telle tristesse ! Le lit inférieur offrait au regard un désordre total de draps et couvertures, alors que le lit du haut, irréprochable, attendait un hôte qui, pour le moment, avait peu de chances de se présenter. Après seulement deux semaines de cours, un conseiller d'éducation nous avait appelés pour nous faire part de ses préoccupations au sujet de notre fils : plusieurs de ses professeurs avaient signalé qu'il ne faisait pas tous ses devoirs. Son plâtre avait été retiré, mais il gardait le bras plié et son écriture tenait du gribouillage.

— Est-ce que quelqu'un est entré dans ma chambre ? demandait-il quand je vidais le panier à linge ou ôtais de la table de nuit les assiettes maculées de nourriture séchée.

Parfois, alors que j'étais convaincue d'être seule dans la maison, j'entendais le faible craquement d'une lame de parquet. La semaine dernière, il avait finalement accepté de venir ici, pour voir si le Dr Vagelos lui paraissait digne d'être agréé.

— À quoi ressemble-t-il ? m'étais-je enquise.

— Il a des lunettes, avait répliqué Max en emportant dans sa chambre une part de tarte.

Quand j'avais voulu le caresser, ma main avait glissé le long de son bras, aussi inerte et dur que la rampe de l'escalier.

Le nom du psychiatre évoque des lunettes, une barbe et un dos légèrement voûté couvert d'un cardigan. Aussi, Glen et moi sommes tous deux surpris quand un jeune homme vêtu d'une chemise rayée à col ouvert ouvre la porte de chêne verni. Après nous avoir serré la main en

Tous sans exception

souriant, il nous propose de nous asseoir. Trente-cinq ans, ou une petite quarantaine, avec, sur le nez, des lunettes rectangulaires à monture noire que j'associe aux architectes renommés. Mon cœur se serre.

— Nous avons eu deux séances utiles, déclare-t-il en s'adossant à son fauteuil.

— Je ne veux pas avoir l'air insensible, mais je ne vois dans tout ça qu'une puberté difficile, déclare Glen, croisant les doigts dans ce que j'interprète comme un geste de docteur à docteur. J'ai été déprimé pendant presque toutes mes années de lycée.

— C'est intéressant.

— Pas déprimé au sens clinique, mais vous voyez ce que je veux dire. Les filles ne m'aiment pas, je n'aime pas l'algèbre, mes parents me font chier...

— Pensez-vous que Max fasse une vraie dépression ? je demande.

Nancy m'a affirmé que les médicaments actuels sont merveilleux, bien que je ne sache pas comment elle l'a appris. Ses enfants fonctionnent au lait et aux endorphines.

— Y a-t-il, d'un côté ou de l'autre de votre famille, quelqu'un qui souffre de dépression ? questionne le médecin d'une voix neutre.

Ma mère inaltérable, mon frère drogué de travail, le frère nomade de Glen, son père alcoolique.

— Non, répond Glen.

— Peut-être, dis-je. Non diagnostiqués.

— Écoutez, pourquoi ne me laissez-vous pas un peu de temps pour connaître mieux votre fils ? propose notre interlocuteur. Lui et moi avons eu deux bonnes conversations. Il semble désireux de parler.

Tous sans exception

— Pas à nous, fais-je remarquer.
— Il a peut-être peur de vous perturber.
— Il nous perturbe en ne parlant pas, réplique Glen, un léger tremblement dans la voix.

Oubliés la puberté, les filles et l'algèbre. Pour le bien de notre union, il remplit son rôle de stoïque, face à l'anxieuse. Dans des moments comme celui-ci, j'aimerais être à sa place.

— Il vous aime énormément tous les deux, ainsi que sa sœur et son frère.
— Il l'a exprimé ainsi ? dis-je.
— Oui. Mais il s'est décrit également – je vous le répète parce qu'il m'a autorisé à le faire – comme un loser. En particulier comparé à son frère.

Il jette un coup d'œil à un bloc posé sur son bureau.

— Son frère Alex, reprend-il.
— C'est ridicule ! s'écrie Glen, la voix de nouveau assurée. Nous n'avons jamais laissé entendre qu'Alex était supérieur à Max.
— La relation entre jumeaux est complexe.

Tout à coup, je me souviens d'un jour où j'étais assise dans le rocking-chair près de la fenêtre, essayant de faire téter les deux bébés en même temps. Leurs jambes entremêlées essayaient de se repousser.

— Ils ne s'aiment pas, avait déclaré Ruby avec solennité.

Debout près du fauteuil, elle suçait son pouce en tortillant une mèche de cheveux.

— Bien sûr que si, ma puce. Ils sont restés longtemps ensemble à l'intérieur de mon ventre.
— Alors pourquoi ils se donnent des coups de pied ?

Tous sans exception

— Ce sont de faux jumeaux, dis-je au docteur. Si vous les voyiez ensemble, vous ne sauriez jamais qu'ils sont apparentés.
— Ce qui pose des problèmes particuliers, n'est-ce pas ? Dans la relation entre jumeaux, les différences peuvent prendre plus d'importance que les ressemblances.
— Je ne suis pas sûre que ce soit la cause de ses problèmes maintenant.
— D'où proviennent-ils, selon vous ? demande-t-il en me regardant dans les yeux.
— J'ai l'impression qu'il ne sait plus où est sa place.
Choquée et déstabilisée par mes propres paroles, je fonds en larmes.
— Je l'aime tellement ! Je ne veux pas qu'il se sente mal d'être comme il est.
Glen me tapote doucement le bras. Je le regarde : il pleure aussi.
— Je crois vraiment qu'il le sait, dit le médecin. Nous avons déjà réglé avec Max la question de sa valeur à vos yeux. Aux yeux du monde, cependant, c'est autre chose, quand il se mesure à son frère.
Le docteur prend un morceau de journal découpé sous son bloc. Je sais ce dont il s'agit. Il y a deux semaines, la rubrique « Le Joueur de la semaine » de notre journal local a choisi de nommer Alex « Vedette de l'équipe de foot de première année ». Glen a envoyé l'article à son père, qui, à son tour, l'a renvoyé à Alex, dans un superbe cadre de bois.
— Max vous a-t-il dit qu'il joue de la batterie ?
— Oui, et aussi qu'il est un as en programmation informatique. Mais il faut que vous sachiez qu'il ne considère pas ses talents comme importants. En outre, il ne se

149

Tous sans exception

sent pas autorisé à éprouver de sentiments négatifs, ce qui explique aussi pourquoi il lui est difficile d'en discuter avec vous. Il affirme avoir un foyer, des parents, un frère et une sœur remarquables, et se dit qu'il devrait être heureux avec tout cela. C'est la présence de ce qu'il considère comme des émotions honteuses qui le désespère. Il ne cesse de répéter : « Je n'y peux rien, c'est tout. »

— Peut-être y a-t-il un déséquilibre d'ordre chimique, dis-je.

— C'est une éventualité que je vais étudier. Toutefois, nous avons beaucoup de chemin à parcourir. Je voulais vous parler et il souhaitait que je le fasse, afin que vous sachiez que nous allons pouvoir travailler ensemble.

— Nous apprécions votre démarche, déclare Glen. Vous nous avez été chaudement recommandé. Je suis impressionné par le fait que vous ayez pensé à découper l'article de journal.

— L'idée ne vient pas de moi, docteur Latham. Max me l'a apporté pour me montrer, je pense, ce à quoi il était confronté. Il en a une autre copie qu'il a conservée.

— Je vous promets que je ne les ai jamais habillés de la même façon, dis-je en tentant de m'esclaffer.

Le sourire chaleureux du thérapeute, qui envahit de nouveau tout son visage, illumine ses yeux.

— Ainsi que je l'ai dit, certaines différences peuvent parfois poser plus de problèmes que les ressemblances.

— Vous avez visiblement beaucoup réfléchi au problème des jumeaux, remarque Glen.

— C'est mon domaine d'expertise. Je suis désolé, je croyais que vous le saviez et que vous m'aviez envoyé Max pour cela.

Tous sans exception

— Je l'ignorais, dis-je.
— Il s'agit d'une relation étrange et mystérieuse, déclare-t-il, en fixant de nouveau son bloc. Vous imaginez ? Les jumeaux entendent tous deux le battement du cœur maternel *in utero*. Cependant, par leurs positions respectives, l'un le perçoit un peu plus faiblement que l'autre.

À cette pensée, je me remets à pleurer.

Il se lève pour me tendre la boîte de mouchoirs en papier posée sur un coin de son bureau. Glen et moi nous levons d'un même mouvement, comme pour un exercice de gymnastique. Au lieu de nous tendre la main, cette fois, le médecin nous touche légèrement l'avant-bras.

— Tout porte à croire que Max et moi pouvons vraiment collaborer fructueusement.

Sur le seuil de la pièce, Glen se retourne.

— Comment en êtes-vous venu à vous spécialiser sur les jumeaux ? demande-t-il.

— J'ai moi-même un jumeau.

Il désigne sur une étagère la photographie de deux hommes qui se tiennent par les épaules. De l'endroit où je me trouve, je ne distingue pas les visages mais vois aisément que l'un a une tête de moins que l'autre.

— Votre frère vous a beaucoup appris en matière de différences et de ressemblances, dis-je avec un petit rire.

— Mon frère est trisomique, je pense donc que je peux répondre oui.

Aucun de nous deux ne parle dans la voiture tandis que nous passons devant l'hôpital et bifurquons dans Main Street. Quelqu'un donne un petit coup de klaxon, et nous levons la main pour faire un signe.

Tous sans exception

— Qui était-ce ? demande Glen.
— Je n'en ai pas la moindre idée.
Nous contournons une zone de travaux, puis tournons dans notre rue. L'arrière de ma fourgonnette, rempli de gros chrysanthèmes, semble recouvert d'un gros édredon jaune et orangé.
— Quel âge a-t-il ? à peu près seize ans ? dit Glen, en regardant droit devant lui, alors que la voiture s'arrête au bord du trottoir.
— Il est plus jeune que je ne l'imaginais. Est-ce qu'il te plaît ?
Glen opine du chef. Je redresse son col de chemise, légèrement défait sur la nuque.
— Tout ce qui compte pour moi, c'est qu'il plaise à Max, réplique-t-il.

14

Max est chargé d'organiser notre fête de Halloween, qui fait tellement partie de la tradition que, lorsque j'ai un jour suggéré de l'abandonner, ma famille a réagi comme si j'avais proféré un blasphème.

— Maman, a déclaré Alex d'un ton péremptoire, si nous ne fêtons pas Halloween, que vont faire les gens ce jour-là ?

Évidemment, nous ne recevons pas la ville entière, même si ces dernières années, les amis des enfants ayant pris l'habitude de venir avec leurs copains et petits copains, voire avec leurs parents, nous pourrions en douter. Alors que je me rends à la supérette pour acheter glaces et marshmallows, destinés à accompagner le chocolat chaud, je constate qu'un grand nombre de familles se plient à ce que nous pratiquons au début : les adultes marchent lentement le long du trottoir, avec parfois, sur la

Tous sans exception

hanche, un bébé déguisé en citrouille ou en ange, tandis que courent devant eux des princesses, pirates, squelettes ou fantômes. Je pourrais dire depuis combien de temps ils se promènent, en examinant la quantité de poussière grise qui macule le bas d'une robe de satin blanc, le poids du sac de bonbons, la lassitude des parents : encore quatre maisons, et nous rentrons, c'est juré.

Ruby adorait Halloween. La première année, elle avait frappé à la porte des maisons étrangères en dansant, et s'était présentée avec une diction parfaite : « Je suis la Belle au bois dormant. » Glen et moi portions chacun un garçon – l'un déguisé en lapin, l'autre en chat. « Docteur Latham ! s'étaient exclamées certaines personnes âgées en nous apercevant, au-dessus de la tête de notre fille, que nous attendions sur le trottoir. Je viens vous voir le mois prochain ! »

Quand Max avait eu quatre ans, nous avions changé nos habitudes. Il ne voulait pas s'approcher des demeures inconnues. Figé à l'entrée du jardin, habillé en pompier et coiffé d'un casque si rouge et si rutilant que nous pouvions y voir notre reflet distordu, il refusait d'aller plus loin. De temps en temps, au cours des semaines suivantes, il nous avait livré quelques indices sur les raisons de sa conduite, à la table du dîner ou au moment du coucher. Nous n'étions pas supposés aller chez des gens que nous ne connaissions pas, leur parler et accepter des sucreries de leur main.

— À Halloween, on a le droit, avait expliqué Alex. J'ai eu de bonnes friandises et je ne vois pas pourquoi je dois t'en donner simplement parce que tu as peur.

— Maxie, ça fait longtemps que je fais les tournées pour Halloween et il ne m'est jamais rien arrivé de mauvais.

Tous sans exception

C'est amusant, tu vas aimer ça ! avait ajouté Ruby, du haut de ses sept ans, avec le ton qu'elle avait utilisé pour lui expliquer que l'école serait formidable. Max avait secoué la tête. L'année d'après, il avait mis son costume et était resté à la maison. En ma compagnie, il avait tendu des bonbons aux enfants qui venaient frapper à notre porte. Une fois la distribution terminée, il avait mis dans son sac trois barres de chocolat, qu'il avait ensuite troquées contre une barre au beurre de cacahuète d'Alex. Ruby, excédée, avait refusé tout échange.

Ainsi était née notre fête de Halloween. Nous n'avions pas eu à en expliquer la raison car un désastre nous en avait fourni le prétexte. Quand Alex et Max étaient à l'école primaire, lors d'une veille de Halloween, quatre lycéens avaient décidé de tenter de renverser un réverbère en l'enchaînant à un attelage de camion. Ils avaient mené leur entreprise à bien : le réverbère s'était écrasé sur l'arrière du camion et sur le crâne de l'un des garçons, qui avait passé les huit mois suivants dans un centre spécialisé, pour réapprendre à lacer ses chaussures et mémoriser l'alphabet. En conséquence, le conseil municipal avait imposé à tous les jeunes au-dessous de vingt et un ans un couvre-feu à partir de 20 heures, la veille et le jour de Halloween.

« C'est anticonstitutionnel et tout à fait illégal », déclare immanquablement, au début de l'automne, l'un ou l'autre des adolescents qui fréquentent notre cuisine.

Cependant, personne n'a tenté de protester officiellement depuis la mise en application de la décision. Les parents des jeunes enfants, las d'entendre les petits se plaindre d'avoir mal aux pieds et de porter des sacs trop

Tous sans exception

lourds, les font rentrer beaucoup plus tôt ; les parents des enfants plus grands apprécient qu'une autorité extérieure contraigne leur progéniture à quitter la rue à une heure raisonnable – en particulier, ceux des ados, ravis que les risques de déprédations soient prévenus par la loi.

Ce décret nous a donc permis de créer notre fête de Halloween sans avoir à expliquer que notre fils était terrorisé par les rencontres faussement menaçantes de cette célébration. Pendant des années, nos amis nous ont fourni des sucreries et des enfants costumés, qui essayaient, pendant une partie de la soirée, de libérer les bonbons contenus dans une citrouille suspendue au plafond et d'attraper avec les dents des pommes flottant sur une bassine remplie d'eau. Au sous-sol, était élaborée une maison gentiment hantée, habitée par une sorcière lumineuse émettant un gloussement continu grâce à une bande qui passait en boucle et par un fantôme qui fonçait sur les invités grâce à une tyrolienne. Max avait l'autorisation de voir l'installation à la lumière du jour afin de ne pas être effrayé au moment de la fête.

Les enfants de nos amis sont assez grands pour venir seuls maintenant, mais la plupart de leurs parents les accompagnent encore, munis de potirons en plastique remplis de barres chocolatées et de bonbons gélatineux. Certains d'entre eux sont parfois déguisés. Glen porte un costume sombre et un masque du président en exercice. Alex, adepte des tenues qui font de lui un homme d'action, figure cette année un membre de la célèbre équipe de base-ball bostonienne, les Red Sox, qui modifie à peine son aspect habituel. Le déguisement de Ruby tient plutôt de la déclaration de mode : cette année, elle

Tous sans exception

incarne un livreur de journaux du tournant du XXe siècle, coiffé d'une casquette plate et vêtu d'un pantalon à bretelles rouges. Elle a toujours ce qu'il lui faut dans son placard. Max semble aller mieux ces jours-ci, ou tout au moins, pas plus mal. Nous n'avons eu aucun autre appel de l'école et maintenant qu'Alex et lui dorment dans des chambres séparées, ils affichent des rapports plus civilisés – bien que, selon Ruby, Alex ignore toujours son frère au collège.

— Du fait qu'ils sont jumeaux, tout le monde pense qu'ils devraient toujours être amis, a-t-elle observé d'un ton amer.

— Tu en as parlé avec Max ?

— Il me parle à peine, maman. J'espère qu'il va dépasser tout ça avant que j'aille à la fac.

Je sens un terrible pincement au cœur à cette idée.

— Seigneur, j'espère que ce sera bien avant ça !

Quand je regarde par la fenêtre du salon, au crépuscule, je suis soulagée. Au bout de l'allée, un robot argenté tend des sucreries à de petits enfants, dont certains caressent timidement son gros corps rectangulaire. Max aime toujours distribuer les friandises et le costume carré est sa spécialité. Une année, il a été un jeu de dés, une autre, une boîte de crayons. Son plus grand triomphe a pris la forme d'un frigo dont la porte s'ouvrait, mais qui menaçait de se disloquer à tout moment. À l'intérieur, on pouvait admirer des étagères de carton remplies de yaourts, briques de lait et pots de cornichons vides. Le visage de Max apparaissait dans le freezer.

Le robot avance lourdement vers la maison pour renouveler sa provision de bonbons. En réponse à mon

Tous sans exception

signe de la main, il lève la sienne, recouverte d'un vieux gant de ski peint en gris métallisé. Sa démarche raide en fait un authentique automate. Sans doute a-t-il fabriqué son costume dans le garage ; la maison aurait autrement été envahie par la puanteur de la bombe de peinture.

— Superbe costume, dis-je.

J'entends un « merci », étouffé par le carton.

La pelouse est parsemée de tiges de maïs tressées à l'aide de raphia, ainsi que de vaste piles de calebasses et de citrouilles. De chaque côté de la porte d'entrée se dressent de grands pots de chrysanthèmes. Je suis heureuse que nous organisions cette fête. Parfois je pense à nos futurs petits-enfants, pour qui elle sera une évidence. Se moquant gentiment de leur Papy et de son masque présidentiel, ils se demanderont pourquoi Mamie ne se déguise pas. L'un des membres de la génération précédente répondra : « Elle ne l'a jamais fait. »

Je sais que je rêve. Il est possible que nous n'ayons pas de petits-enfants ou, si nous en avons, qu'ils vivent à l'autre bout du monde et que leurs parents soient trop occupés pour nous accorder plus qu'une pensée rapide à Halloween. Nos fantasmes prennent fin dès que la réalité s'impose.

Au moment où je dispose les dessous-de-plat sur la table et verse les noix épicées dans des bols, les invités commencent à affluer, au point que je ne suis plus sûre de qui est là et qui ne l'est pas. Nancy est toujours déguisée en sorcière au visage à demi dissimulé par des cheveux noirs synthétiques.

— Tout à fait approprié ! s'exclame-t-elle comme chaque année.

Tous sans exception

Peut-être pour l'ennuyer, Sarah apparaît dans un uniforme d'infirmière. Je suis surprise de voir Olivia, la mère de Ben, coiffée d'anglaises blondes et vêtue d'une robe en vichy. De petite taille, elle ressemble vraiment à une enfant. Ben a disparu avec Alex, mais ses trois plus jeunes fils l'entourent, vêtus d'un costume d'ours.
— Boucle d'or ! dis-je en riant, avant de la serrer dans mes bras.
— Cette soupe est tellement à mon goût que je vais la manger jusqu'à la dernière goutte ! s'écrie-t-elle d'un ton léger.

Elle vient à notre fête pour la première fois ; je suis touchée qu'elle ait fait cet effort.

Sandy, qui arrive avec Rachel, est habillée – si l'on peut dire – comme un Bunny de *Playboy*. Rachel, en Wonder Woman, est une version de sa mère en bleu, blanc et rouge. Devant mon exclamation admirative, l'adolescente rougit violemment.

Je puis énoncer une vérité née de l'expérience : toute adolescente aura toujours plus fière allure que sa mère si celle-ci choisit de s'habiller comme elle.
— As-tu vu Ruby ? dis-je à Sarah qui écoute le cœur d'Eric avec son stéthoscope.
— Je crois qu'elle est montée parce que ses cheveux tombaient de sa casquette. Elle va sans doute se faire des nattes.
— Comment bat ce cœur ?

Elle ausculte avec attention.
— Il n'en a pas, conclut-elle.
— Je te l'ai donné, déclare Eric.
— Ooooooohhh !

Sarah et moi nous sommes exclamées en même temps.

Tous sans exception

— Quel baratineur ! ajoute la jeune fille.
Le plat de macaroni au fromage s'épuise. Quand je prends un autre plat dans le four, je vois Glen manger du jambon avec les doigts.

— Prépare-toi une assiette, lui dis-je.

— Je ne fais que picorer.

En sortant la poubelle, à l'arrière de la maison, je constate que la plupart de nos grands enfants restent dans le jardin, à moitié costumés. Après avoir ouvert sa tenue d'ours, Ben a baissé celle-ci jusqu'à la taille. Pour une fois, la plus redoutée des catastrophes de Halloween a été évitée : il n'a pas plu.

Mes deux garçons s'entretiennent avec un pirate. Coiffé de longues boucles noires, maintenues par le foulard traditionnel noué en biais, il porte un énorme anneau doré à l'oreille. Dans les trous de son masque noir, brillent deux lueurs vertes.

— Aaarrrr ! hurle Kiernan d'une voix d'écumeur des mers. *Quinze hommes sur l'coff'du mort*[1]. Mec, tu trouves ça juste ?

Brandissant une épée de plastique, il donne un coup léger à la poitrine de mon robot préféré.

— Combien d'hommes sur l'coff'du mort ? poursuit-il.

Je dépose les ordures contre le mur de la maison, me dirige vers lui et pose la main sur son bras.

— Mille sabords ! s'exclame-t-il.

— À tes souhaits, lui dis-je. Comment ça se passe à l'école ?

— Ça va.

---

1. Paroles d'une chanson de pirates du roman de Robert Louis Stevenson, *L'Île au trésor*.

Tous sans exception

— Comment va ta grand-mère ?
— Elle est un peu timbrée. Zut, désolé, je ne suis pas autorisé à dire ça. Rien de nouveau en ce qui la concerne.

Eric et Sarah sortent de la maison.

— Ohé, les copains ! crie mon interlocuteur.

Soudain, comme si une porte se fermait brutalement, notre conversation s'interrompt. Nous ne trouvons plus rien à échanger. Alors que je connais ce garçon depuis des années, tous les sujets nous semblent interdits : sa mère, son père, son avenir, ses sentiments, ma fille.

— As-tu mangé ?

C'est ce que demandent toutes les mères quand elles ne savent pas quoi dire.

— Non, je n'ai pas vraiment faim. Je dois sortir plus tard mais je tenais à passer, on ne plaisante pas avec la tradition. Je disais justement à Max que je crois être venu à cette soirée depuis sa création.

Presque, mais pas tout à fait. L'année de notre première fête, Kiernan et sa mère vivaient encore ailleurs. Selon Nancy, toujours très bien informée, Kiernan, victime de terreurs nocturnes à cette époque, avait recommencé à mouiller son lit. Il m'avait dit une fois que ce qui était le plus difficile, c'était de sentir que son ancienne vie était si proche, et en même temps si loin de lui. Au moins maintenant, il sait conduire.

— Je travaille à un gros, gros projet, explique-t-il.
— Sur quel sujet ?

Il met un doigt devant sa bouche d'un air mystérieux et s'incline vers moi. Soudain, je me rends compte qu'il est ivre. *Yo ho ho et une bouteille de rhum.*

— C'est top secret.

Tous sans exception

La nuit tombe. Quelqu'un allume l'éclairage extérieur. Dans la lumière, Kiernan, plus squelette que pirate, paraît n'avoir que la peau et les os. Ginger s'approche pesamment de lui, et il se penche pour lui gratter les oreilles. La porte de la maison claque bruyamment. Ruby, son personnage de livreur de journaux oublié, parcourt le jardin du regard, les cheveux hérissés. Dès que ses yeux s'arrêtent sur Kiernan, sa mâchoire se durcit ; elle fonce sur nous à grands pas.

— Chérie…, dis-je.

Elle m'interrompt, secouant le poing sous le nez de l'adolescent. Soudain, elle étend ses doigts comme pour donner une gifle, exposant ainsi l'anneau constitué de cœurs de guingois. Mon regard passe de l'un à l'autre.

— Tiens-toi en dehors de ma chambre ! hurle-t-elle si fort que tout le monde se tait autour de nous.

Kiernan cligne des paupières derrière son masque.

— Pardon ? articule-t-il.

— Ne joue pas les innocents avec moi. J'ai essayé de me montrer sympa, mais tu rends la situation impossible. Je sors de l'école, tu es sur le trottoir. Je sors de chez Sarah, tu es de l'autre côté de la rue…

— Nous sommes dans un pays libre, réplique Kiernan.

En gémissant, Ginger se frotte contre sa jambe.

— C'est parfaitement vrai. Tu peux aller où tu veux et me rendre de plus en plus folle. Mais tu ne peux pas entrer dans ma chambre. J'ai essayé de me montrer compréhensive, maintenant, j'en ai ma claque.

— Tu as essayé de te montrer compréhensive, en somme, tu m'as fait la charité ? « Ce pauvre petit Kiernan, il faut que je sois gentille avec lui ? »

Tous sans exception

— Kiernan, laisse-moi tranquille ! Nous sortions ensemble ; à présent, c'est terminé. Je voulais que nous soyons amis mais je ne le souhaite plus.
Ses propos me font aussi cligner des paupières. Elle tend vers lui sa main ouverte.
— Tiens, elle n'est pas à moi.
— Elle est à toi.
— Mec ! implore Eric.
Sarah et lui se tiennent derrière Ruby.
— Ouais, de toute façon, je m'en vais, déclare Kiernan en tapotant sa jambe avec son épée de plastique.
— Tu dois reprendre ta vie en main, insiste Ruby en lui tournant le dos.
Lentement, il lève l'arme et la pointe vers elle en plissant les yeux.
— Mec ! répète Eric.
— Kiernan, interviens-je. Je crois qu'il vaut mieux que tu partes.
— Il faut qu'elle fasse plus attention à la façon dont elle traite les gens, répond-il.
— Et toi, il faut que tu la laisses tranquille, je suis désolée.
— Vous ne savez pas ce que c'est que d'être désolée, lance-t-il avec une expression de mépris telle que je recule d'un pas.
En quelques secondes, il disparaît dans l'obscurité.

Le lendemain matin, quand je vais réveiller Ruby, la photo de ses mains a disparu – d'un rectangle de couleur plus vive que celle du mur jaillit un clou solitaire. Les garçons descendent avant elle pour le petit déjeuner. Max a

Tous sans exception

dû se couper une mèche de cheveux pour se libérer d'une sucette qui, on ne sait comment, a atterri sur son oreiller.

— Tu as dormi sur une sucette ? s'enquiert Alex.

— Est-ce que Kiernan importune ta sœur à l'école ? dis-je.

— C'est une salope, marmonne Max.

— Hé ! s'exclame Glen. Ça suffit, tu te calmes !

— Et lui est un malade mental, décrète Alex, la bouche pleine de céréales.

— Maxie, tu ne peux pas le faire entrer ainsi dans la chambre de ta sœur.

— Qu'est-ce qui se passe ? demande Glen.

15

Cette année, ma mère et Stan nous rendent visite pour toute la semaine de Thanksgiving. Alice et son petit Liam, qui arrivent jeudi de New York pour le dîner, resteront jusqu'au dimanche matin. J'essaie de ne pas me sentir débordée par les allées et venues, les courses, les repas, les déplacements et les préoccupations sous-jacentes. Pour que nous puissions accueillir ma mère, Alex s'est installé dans la nouvelle chambre de Max, acceptant de prêter son grand lit neuf pendant quatre jours. Il n'est que vaguement contrarié par cet arrangement. Ses grands-parents sont venus plus tôt pour le voir participer à un important tournoi de foot – bien qu'Alex et Ben soient tous deux nouveaux dans l'équipe, seul mon fils doit jouer. Nous nous rendons au match en famille.

— Est-ce que tu peux convaincre Max de venir aussi, me demande Ruby.

Tous sans exception

— Alex souhaite qu'il vienne ?
— Je l'ai entendu en parler avec Ben. Alex lui disait que Nana et Poppa allaient venir. Ben a posé la question à propos de Max, et Alex avait vraiment l'air de tenir à sa présence.
— Qu'a-t-il dit exactement ?
— Maman, fais-moi confiance.
Je suis allée voir Alex et lui ai demandé :
— Désires-tu que Max assiste au tournoi ?
— S'il en a envie.
Quand j'ai interrogé Max, il a répliqué :
— Tu crois qu'Alex veut me voir là-bas ? Sûrement pas !
La veille du premier match, Glen a déclaré brusquement :
— Alors, nous allons tous ensemble au foot ?
— Bien sûr, a dit Ruby.
— Sans doute, a dit Max.
— Cool ! s'est écrié Alex.
Assis sur les gradins du lycée, ses grandes mains poilues sur les genoux, Stan s'écrie :
— C'est fantastique !
Ma mère et lui sont mariés depuis presque vingt ans, période plus longue que celle pendant laquelle elle a vécu avec mon père ; pourtant, il manifeste encore la bonne humeur perpétuelle de celui qui sait qu'il sera toujours un nouveau venu.
— Les gradins sont très inconfortables, fait remarquer ma mère.
Il est difficile de savoir si nous nous montrons plus gentils avec Stan que les enfants de celui-ci avec ma mère.

Tous sans exception

Je ne connais que la version de cette dernière. La fille de Stan lui a dit un jour qu'elle n'était pas assez « émotionnelle ». « Je ne suis même pas sûre que ce mot existe », s'est exclamée ma mère, face à moi dans le salon où nous recevons les visiteurs avec lesquels nous ne nous sentons pas à l'aise. Nancy, par exemple, ne s'est jamais assise dans mon salon, ni moi dans le sien. De temps en temps, je pénètre dans la pièce pour changer les magazines posés sur les tables basses, de chaque côté du canapé. Glen en emporte périodiquement une pile pour sa salle d'attente.
« Qu'est-ce qui lui a pris de te dire ça ? » ai-je demandé. La fille de Stan n'a pas tort, bien sûr, mais fait-on remarquer à quelqu'un qu'il bégaie, au risque d'aggraver son élocution ? « Elle a lu un livre. » Ma mère, professeur d'anglais à la retraite, prononce ces mots avec dédain comme si rien ne pouvait être plus inutile qu'une telle activité. « Un de ces guides pour se sentir mieux. Elle dit qu'il faut verbaliser ses sentiments. Pourquoi devrais-je lui décrire mes sentiments, en particulier si je sais qu'elle ne va pas les approuver ? »
— Max va voir un psychothérapeute, dis-je étourdiment. Pourquoi ne puis-je m'empêcher de faire cela ? Alors qu'elle me parlait jadis de ma future carrière, je lui avais appris que j'allais épouser Glen. Quand elle m'avait conseillé de bien **gérer** notre budget jusqu'à ce que la clientèle de Glen soit constituée, je lui avais annoncé que j'étais enceinte.
— Les troubles alimentaires, de nouveau ?
— Seigneur, non ! Les garçons sont rarement anorexiques.

Tous sans exception

Elle secoue la tête avec autorité.
— J'ai vu une émission à la télé, ça leur arrive maintenant.
Plissant les yeux, elle ajoute :
— Il est particulièrement maigre.
— Alex aussi, maman. Ils ont grandi d'un coup. Ils vont s'étoffer.
— Alors où est le problème ?
— Il est en dépression.
— Mais, bon sang, quelle raison a-t-il d'être en dépression ?
La voix du père de Glen, que nous verrons à Noël, résonne dans ma tête. « Il a besoin d'une bonne coupe de cheveux, dira-t-il de Max. J'ai toujours ma tondeuse au sous-sol. »
Mon interlocutrice choisit de se montrer compréhensive.
— C'est probablement une phase, mais mieux vaut prévenir que guérir.
Je cille visiblement.
— Je n'ai rien contre la psychothérapie, poursuit-elle. Je pense simplement que les gens devraient passer moins de temps à ressasser leurs problèmes. Mais vous avez les moyens, c'est bien.
Tel est en général le jugement de ma mère : c'est bien. Stan, lui, trouve tout « fantastique ». Je suppose qu'il obtiennent à eux deux une bonne moyenne.
— Je crois qu'il lui faut verbaliser ses sentiments, dis-je.
— Ha, ha, très drôle !
Alex a toujours été son préféré. Il est comme mon frère, sans les responsabilités qui ont fait mûrir Richard si

Tous sans exception

tôt. Au tournoi de foot, ma mère se penche en avant et suit son petit-fils d'un regard intense. Max, vêtu d'un sweater muni d'une capuche qui lui couvre la tête, est assis la tête sur la poitrine, les bras croisés et les genoux écartés. Je lui trouve une allure de terroriste.
— On dirait un terroriste, déclare ma mère.
Elle tire la capuche en arrière et ajoute :
— Les cheveux longs te vont bien. Ils ont simplement besoin d'être mis en forme.
Tout en marmonnant des mots indistincts, Max passe la main dans sa chevelure, ce qui n'améliore pas son aspect. Je nous imagine en train d'aller à la pharmacie pour acheter des pilules capables, comme lorsqu'il avait ces terribles otites, de le soulager du jour au lendemain, d'opérer un retour à la normale. « J'essaie de faire comprendre aux parents que la chimie n'est pas forcément la panacée universelle », nous a dit le Dr Vagelos avec bienveillance, comme s'il pouvait lire dans mon esprit sans porter de jugement.
— C'est fantastique ! s'écrie Stan. Superbe journée d'automne.
— Je gèle, réplique son épouse.
Glen lui passe un sweater que nous avons apporté. Elle l'enfile, relève la capuche et échange avec Max un regard contrit. Quand il sourit, je ressens une bouffée d'amour pour cette femme, qui a su un instant dérider mon Maxie. Je passe un bras autour de ses épaules, avec la sensation d'étreindre un mannequin de cire. Elle n'aime pas les contacts, ce que la fille de Stan lui a dit aussi. Pourtant, elle se tourne vers moi et me dit d'une voix que je distingue à peine au-dessus d'une clameur soudaine de la foule :

Tous sans exception

— Tout ira bien.
Je me rends derrière les gradins où Olivia, debout, les mains dans les poches, mâche un biscuit en tenant compagnie à Luke, son petit dernier, qui joue avec des bâtons. Elle me tend un cookie.
— Je ne t'ai pas vue depuis des semaines, lui dis-je. J'avais l'intention de venir te montrer les photos de Halloween, mais je ne vois pas passer le temps.
Avec son serre-tête en écaille, son ciré et ses hautes bottes de caoutchouc, cette jeune femme aux joues roses, équipée pour la pluie, fait très Anglaise.
— Je comprends, répond-elle. Je sers maintenant de taxi pour quatre établissement différents. Lycée, collège, école primaire et école maternelle. Quelquefois, je ne sais même plus si je pars ou si je rentre. Et ce petit bonhomme me rend dingue !
— C'est un âge tellement intéressant, dis-je en observant Luke qui essaie d'enfoncer un bâton dans le sol.
Il doit avoir quatre ans, ou cinq.
— Vraiment ? s'écrie Olivia d'un ton particulièrement sceptique.
— Allons, tu le sais bien.
— Regarde sa chemise.
C'est un polo rouge à manches longues.
— Il doit geler avec un temps pareil.
— Ça fait un mois qu'il le porte. Il refuse catégoriquement de se changer. J'ai réussi à en dénicher un deuxième. Le soir, quand il est au lit, je remplace l'un par l'autre pour laver celui qu'il a porté. De temps en temps, il le renifle avec suspicion.
— Ruby n'a pas quitté son tutu pendant deux mois.

Tous sans exception

— Je suis sûre que tu t'en es sortie mieux que moi.
— Pas du tout. Je me souviens à quel point j'étais folle de rage en voyant ma toute petite fille porter ce qui était rapidement devenu un chiffon grisâtre, informe et déchiré, au bustier constellé de trous minuscules.
— Et ça s'est terminé comment ? s'enquiert Olivia.

Elle s'interrompt pour semoncer son fils : Luke s'efforce maintenant, à travers les gradins, d'enfoncer son bâton dans les chevilles des spectateurs.

— Un jour, elle est descendue vêtue d'un pantalon de velours côtelé violet. Je n'ai rien dit. J'étais convaincue que, si je faisais la moindre remarque, elle remonterait aussitôt pour enfiler son tutu. Mais dès que Glen est rentré, il a dit : « Ruby, qu'est-ce qui est arrivé à ton tutu ? » Elle a répondu : « Je l'ai jeté, il était dégoûtant et je ne l'aimais plus. »
— Une bénédiction du ciel.
— Comment va Aidan ? Ben m'a dit qu'il était malade.
— Pharyngite à streptocoques. Il a pris des antibiotiques et c'est fini.

Son regard absent scrute l'horizon, au-delà des champs ternes couverts de mauvaises herbes hivernales.

— Ton pays doit te manquer, parfois, surtout pendant les vacances, dis-je.
— Tu sais, j'en viens finalement à considérer cet endroit comme mon pays, maintenant que je vis avec une grande famille de citoyens américains. Mais j'avoue que je n'arrive pas encore à apprécier les charmes de la dinde. J'aimerais aussi qu'on arrête de faire des remarques sur mon accent.

Tous sans exception

— Quel accent ?
— Ah, merci !
La voix de mon interlocutrice disparaît soudain dans les cris de la foule.
— Nous ferions mieux de retourner nous asseoir ! hurle-t-elle. Peut-être le coach fera-t-il jouer Ben quelques minutes ?
Elle tend la main pour prendre celle de Luke.
— Imagine qu'Alex marque un but et que tu ne sois pas là, catastrophe !
— Je lui dirais que je l'ai vu.

— Match fantastique, dit Stan.
— Où étais-tu ? s'enquiert Glen.
— J'ai faim, déclare Max.
Je lui tends un sandwich et pose ma tête sur son épaule. Toutes les activités normales auxquelles il se prête – manger, dormir, parler – me donnent de l'espoir : c'est comme s'il était redevenu bébé, et que je notais ses progrès.
— Mon Maxie à moi, comme je t'aime !
— Je t'aime aussi, maman, répond-il.
Son corps se détend vaguement. Derrière son dos, je souris à Ruby qui me rend mon sourire.
— Tu veux un morceau de mon sandwich, Nana ? demande Max.
— Je ne dis pas non.

16

Assises sur le sol, Alice et moi rions à gorge déployée. Heureusement, la maison est conçue de telle sorte que les bruits de la salle de séjour ne parviennent pas à la chambre à coucher dans laquelle Glen dort depuis une heure. J'en suis sûre, car je ne compte plus les matins où j'ai appris que les amis des enfants étaient restés ici jusqu'à plus de minuit, à jouer au Uno, à regarder des films ou discuter, alors qu'au moment d'éteindre la lumière, la veille au soir, un seul son me parvenait : le roucoulement d'une tourterelle dans le jardin.

— Je n'arrive pas à croire que mon fils ne se soit pas encore plaint, s'étonne Alice en prenant son verre de vin.

Je lève le mien vers elle. Des sandwichs entamés sont posés sur une assiette entre nous. J'adore les sandwichs à la dinde mais, deux jours après Thanksgiving, j'en ai un peu marre.

Tous sans exception

— Répète après moi : Liam va bien. Il peut dormir sans moi. Il sait respirer sans moi.
— Tout ce que je peux te dire, c'est qu'à la maison, il serait déjà dans mon lit.
— Il a découvert quelqu'un de plus intéressant que toi.
— Impossible, décrète mon interlocutrice en buvant une gorgée.
— Un jour, il épousera une personne qui le fascinera plus que toi.
— Est-ce que tu veux me déprimer, ou est-ce que tu as trop bu ?
— Les deux.
— Ça fait des années que je n'ai pas absorbé autant de vin.
— Tu n'en a pas avalé tant que ça.
— Je sais, mais je ne bois presque plus. Imagine que je sois obligée d'aller aux urgences à moitié beurrée, ou que mon haleine alcoolisée parvienne aux narines de la baby-sitter !
— Comment Liam s'est-il comporté quand il était chez tes parents ?
— C'était pire, répond-elle en fixant le contenu de son verre. J'étais convaincue que je serais obligée d'aller le rechercher au milieu de la nuit. Mes parents sont très laxistes avec lui.

Aucun commentaire ne sort de mes lèvres.

— Je ne fais pas partie des mères tardives hystériques. D'accord, je ne suis parfois pas loin de la crise cardiaque, mais tu ne peux pas imaginer ce que c'est que d'assumer toutes les responsabilités. Tu as Glen. Et tes autres enfants. Regarde comment les garçons se comportent avec Liam.

Tous sans exception

Alice et son fils sont arrivés une heure avant le dîner de Thanksgiving. Dès que la portière de la voiture s'est ouverte, nous avons entendu Liam hurler.

— Oh, Seigneur ! s'est écriée ma mère en s'éloignant de la cuisinière.

J'ai fait en sorte que mes enfants soient bien élevés pour ne pas risquer d'entendre leur grand-mère s'exclamer ainsi.

— Voulez-vous aller aider tante Alice ? ai-je demandé aux jumeaux. Il faut que je mette la farce de la dinde au four.

Cinq minutes plus tard, dans le silence rétabli, Alice est apparue sur le seuil de la cuisine, son visage aux joues roses encadré de longues mèches décoiffées. Depuis l'obtention de notre diplôme universitaire, elle est passée par plusieurs périodes : tailleur élégant, cheveux en brosse, veste de cuir, bijoux énormes, talons aiguilles. Maintenant, elle a l'allure de nos vingt ans – cheveux libres, gros pull, jean et bottes à talons plats. Elle a serré ma mère dans ses bras avant d'en faire autant avec moi.

— Fantastique de te revoir, ma belle ! s'est écrié Stan.

Glen a tendu à l'arrivante un gobelet de lait de poule.

— Max et Alex s'occupent de Liam, a-t-elle dit en nous regardant tour à tour. Il pleurait, mais il a suffi qu'Alex lui dise « Alors, p'tit mec » d'une voix grave pour qu'il se taise et les suive comme un toutou. Qu'est-ce qui est arrivé à vos enfants ? Ce sont des hommes.

— C'est une illusion d'optique, a déclaré Glen en prenant un morceau de peau de dinde avec les doigts.

Sous les yeux d'Alice, stupéfaite, Liam est resté tranquillement assis au long du dîner de Thanksgiving. Il a

Tous sans exception

ensuite joué complaisamment aux Lego avec Max dans le séjour, regardé le football américain à la télé – vautré sur Ginger –, puis s'est rendu sans la moindre protestation dans la chambre de Max, où l'attendait le futon qui sert de lit d'appoint. Nous avions prévu de faire dormir Liam avec sa mère, dans la chambre de Ruby – qui devait émigrer dans le séjour –, mais l'enfant s'est totalement coulé dans le rôle du grand garçon en colonie de vacances.

— Tu es sûr que tu ne préfères pas rester avec maman ? a demandé Alice. Maman a un lit très, très large.

— Je suis grand, a répliqué Liam.

— Il lui faut des frères et sœurs, décrète Alice, en assemblant distraitement des Lego. Dois-je me tourner vers l'adoption ?

Elle n'y songe pas vraiment. C'est une question de pure rhétorique, destinée à susciter une réponse rassurante.

— Il s'en passera très bien. Je le trouve tout à fait épanoui. Il est si mignon !

— Tes gars sont merveilleux. Ils sont tellement mûrs et gentils avec lui. Combien d'adolescents se donneraient autant de mal avec un gamin de trois ans ?

Détestant les femmes qui répondent à un compliment par la liste des défauts de leur progéniture, je choisis de me taire.

— Quelle journée ! dis-je en m'allongeant sur une pile d'oreillers.

Le jeune homme qui avait ramené Ruby après son atelier d'écriture est venu la voir. Il se nomme Maxwell, mais tout le monde l'appelle Chip, apparemment parce qu'il est issu d'une longue lignée d'hommes portant le même prénom que lui.

Tous sans exception

— C'est super, a-t-il déclaré au cours d'un déjeuner de sandwichs composés de plusieurs couches de dinde, de farce et de sauce. Ce que je préfère dans le dîner de Thanksgiving, ce sont les restes. Et le football américain. Il y a un tas de matchs intéressants ce week-end.

— Ruby déteste le football américain, a déclaré Max avec petit sourire narquois.

— C'est faux, c'est juste que je préfère d'autres sports, a répliqué Ruby.

— Je joue au rugby dans un club.

— Oh, voilà une activité plutôt violente, s'est exclamé Glen en se servant de sauce à la canneberge. J'ai un ami orthopédiste qui a ouvert un cabinet dans une petite ville universitaire de l'Ohio ; il m'a dit qu'il consacrait un tiers de son temps à s'occuper des joueurs de rugby. Il y a un nez fracturé presque chaque week-end.

Chip a humblement incliné la tête sur les miettes de son assiette.

— Je me le suis cassé deux fois.

— Oh là, mec ! Ça a beaucoup saigné ? s'écrie Alex.

— Énormément.

Son visage ne porte aucune trace de ces blessures. Beau comme un prince de Walt Disney aux traits réguliers et aux épaules larges, il est extrêmement bien élevé.

— Merci infiniment, madame Latham, a-t-il dit en partant après le déjeuner, alors que Sarah et Rachel, debout sur le trottoir, étaient prises de vertige à l'idée de voir un nouveau venu s'introduire dans leur cercle.

« On savait que si quelqu'un devait le faire, ce serait notre pierre précieuse », avait déclaré Rachel quand Ruby

Tous sans exception

avait annoncé que Chip s'arrêterait chez nous sur le chemin de sa fac.

— De tels cheveux sur un homme, c'est du gâchis, déclare Alice.

— Chhhuut, on parle trop fort.

Nous nous esclaffons de nouveau. Une porte s'ouvre quelque part dans la maison. Nous nous redressons toutes deux. Aussitôt, Alice imagine que Liam dévale l'escalier et l'appelle, voire réveille ma mère et Stan. Au même moment, je visualise ma mère venant se plaindre que nous les empêchons de dormir. Si c'est Glen qui vient protester, je l'amadouerai avec une part de tarte au potiron.

Ruby se glisse dans le séjour et baisse les yeux vers nous. Vêtue d'une minuscule jupe de velours côtelé et de bottes à lacets, elle lève le bras et libère ses cheveux.

— Puis-je avoir un peu de vin ? demande-t-elle.

Je lève les sourcils.

— Allons, dit Alice. Donne-lui un verre. L'année prochaine, à cette époque, toutes les soirées auxquelles elle se rendra seront alcoolisées.

— Tu me rassures, merci infiniment. Tu veux que je te dise ce que Liam fera dans quinze ans ?

— Tu m'a déjà dit qu'il me jetterait aux orties pour une pétasse.

De retour de la cuisine avec un verre, Ruby utilise le bas de son sweater pour l'essuyer, comme son père le fait toujours.

— Est-ce que je t'ai bien entendue prononcer le mot de pétasse ? s'écrie-t-elle en s'asseyant en tailleur à côté d'Alice.

Tous sans exception

Ma fille est trop portée sur la critique pour idolâtrer qui que ce soit, mais elle est très attachée à notre visiteuse. Elle nous signale régulièrement les livres édités par Alice qui ont fait l'objet de bons articles ou figurent sur la liste des best-sellers ; une fois par an, elle prend seule le train pour New York et se rend en compagnie de ma vieille amie au musée, au théâtre et au restaurant. À en juger par l'aisance avec laquelle je les vois trinquer, je les soupçonne d'avoir déjà partagé une bouteille. En fait, Ruby est convaincue qu'Alice est la personne que j'aurais pu être si j'avais choisi une vie plus intéressante. Vie dont elle n'aurait pu faire partie, ce qui est indéniablement le point faible de son analyse.

— Alors ? s'enquiert ma fille sans même m'inclure dans son regard.

— Qu'est-ce que tes amies ont pensé de lui ? répond Alice.

— Elles l'ont adoré. A-do-ré. Les filles, tout au moins. Tu connais les garçons ; ils n'aiment pas qu'on empiète sur leur territoire. Mais, au bout d'un certain temps, ils l'ont trouvé sympa. Eric et lui semblent très bien s'entendre. Quant à Sarah et Rachel, elles se pâment devant son physique.

— Et il t'aime bien, déclare Alice.

— Il a insisté sur ce point.

— Ta grand-mère le trouve très bien élevé, interviens-je. Elle dit qu'elle n'a pas entendu quelqu'un utiliser les mots « monsieur » et « madame » depuis des lustres.

— Oh, il t'a apporté quelque chose, maman. C'est sur la table de la cuisine. Une huile d'olive de très bonne qualité.

Tous sans exception

— Il n'était pas obligé de faire ça, il n'est même pas resté dormir. Encore que je me demande où nous l'aurions casé s'il était resté.
— Il aurait pu dormir dans le lit de Ruby, suggère Alice.
— Stop ! crie Ruby.
— Ou avec moi, renchérit mon amie.
— C'est encore pire !
— Cela fait si longtemps, susurre Alice.
— Oh, arrête, je t'en supplie ! On tombe dans l'indécence !
— Je suis d'accord, dis-je.
— C'est exactement le genre de garçon que tu aurais aimé à la fac, souligne Alice en me regardant.
— Vraiment ? s'exclame Ruby
— Il a des cheveux magnifiques.
— N'est-ce pas ? Des cheveux incroyables, renchérit Ruby en s'allongeant sur les coussins. Pourquoi êtes-vous par terre ?
Nous pouffons toutes les deux.
— Nous nous asseyions toujours par terre à la fac, explique Alice.
— Nous n'avions pas de chaises.
— Nous avions des chaises de bureau, beaucoup trop inconfortables.
Ruby roule sur le ventre et fixe notre visiteuse. Avec une expression de tristesse, elle pose la tête dans ses longs doigts ravissants, aux ongles polis. Elle a cessé de porter du vernis et des bijoux ; seul un bracelet d'amitié constitué de cordons de soie orne son poignet, tout comme celui de Rachel et Sarah. Bien que tout propriétaire de cet ornement ne soit pas censé l'ôter avant qu'il ne tombe de

Tous sans exception

lui-même, Sarah est contrainte d'enlever le sien lors des entraînements de natation.
— Il est tellement ennuyeux ! gémit soudain Ruby.
— Chhhuut, tu vas réveiller la maison, dis-je.
Mais Alice éclate de rire.
— On ne peut pas le nier, admet-elle.
— Il est gentil, interviens-je avec indulgence.
— Ennuyeux, répète Alice.
— Rasoir, renchérit Ruby.
— Il y a des choses pires que l'ennui, dis-je.
— Le mariage.
— Ça suffit, Al.
— Comment n'ai-je pas remarqué à quel point il était barbant au cours de l'été, s'écrie Ruby.
— Est-ce que les autres filles s'intéressaient à lui ? demande Alice.
— Oui.
— Bingo.
— Je ne suis pas superficielle à ce point, proteste Ruby. Je pense que c'était parce qu'il est vraiment cultivé. Il a lu Eschyle, Joseph Conrad et Eudora Welty. C'est lui qui m'a conseillé la poésie de John Ashbery.
— Ok, chérie, personne ne comprend la poésie de John Ashbery, décrète Alice. Être intelligent ne signifie pas toujours être intéressant. Être cultivé ne signifie pas toujours être intelligent. Je te le dis par expérience.
Nous entendons des bruits de pas dans l'escalier.
— Vous voyez, dit Ruby, le vacarme que vous faites !
En gloussant, elle se penche vers Alice.
— Ce n'est pas ma faute, chuchote-t-elle de façon audible, comme un aparté sur une scène de théâtre. C'est la sienne.

Tous sans exception

Le vin semble déjà lui monter à la tête.
— As-tu mangé ce soir ? lui dis-je en chuchotant à mon tour.
— J'ai mangé les restes chez Sarah. Demande à Nancy si tu ne me crois pas. Oh, Seigneur !
— Ne sois pas aussi peste, s'écrie Alice en la poussant un peu.

Max apparaît sur le seuil, vêtu d'un boxer short et d'un T-shirt orné sur la poitrine du mot « Génie » en lettres capitales. Il nous regarde en clignant des paupières.
— C'est mon T-shirt, fait remarquer Ruby.
— Tante Alice, Liam a enlevé sa couche et a fait pipi sur le futon.
— Oh chéri, je suis désolée, s'écrie Alice en luttant pour se relever.
— Non, ça va, ça va. Il n'a taché que le coin, le plus gros de la flaque est sur le sol.
— Oh non !
— Ne te lève pas. Je voulais juste savoir où se trouvent ses couches. J'ai essayé de remettre la vieille, mais elle ne colle plus. Les bandes adhésives, je veux dire.
— Je croyais qu'il était propre, je m'étonne.
— Il lui arrive d'avoir un accident la nuit.
— Dis-moi juste où sont les couches, insiste Max.

Tous deux montent à l'étage. Ruby reste allongée sur le sol, les yeux fixés au plafond.
— Je suis maudite, décrète-t-elle.
— N'exagère pas.
— Est-ce que je peux dormir ici ?
— C'est le seul endroit où tu peux dormir. Les couvertures sont pliées sur le coffre.

Tous sans exception

— Je veux dire par terre. C'est confortable.
— Fais comme tu l'entends.

J'éteins le plafonnier de la cuisine où flotte une odeur de dinde ; sur la table trône une belle bouteille d'huile d'olive. Les lumières de la salle à manger et du salon sont également allumées. La lune doit être levée ; alors que novembre s'achève dans un râle, les branches des arbres, ornées de quelques feuilles obstinées, dessinent un bas-relief sur fond de ciel. Lundi, José viendra ôter les tiges de maïs et les citrouilles ; la semaine prochaine, je commencerai à installer les décorations de verdure et les guirlandes de Noël.

Au-delà de la rue, je perçois un mouvement. Je me demande s'il s'agit d'un daim qui vient dans notre jardin, pour manger l'extrémité des branches fanées de l'arbre à papillons poussant près du garage. Alors que j'éteins la dernière lampe, un homme, probablement assis depuis quelque temps sur le perron des Jackson, se lève. Je fais instinctivement un pas en arrière. « La balle est dans ton camp », m'a dit Rickie la dernière fois qu'il m'a ramenée à la maison en abordant de nouveau la question d'un éclairage extérieur. Deux cambriolages ont eu lieu dans le quartier, au cours des derniers mois. Rien de bien important n'a été volé – un peu d'argent liquide, quelques bijoux sans grande valeur. Quand je m'approche de la fenêtre, je ne vois plus personne. Une légère modification de l'obscurité me révèle qu'Alice a allumé la lampe de chevet dans la chambre de Ruby. La rue, long tunnel d'arbres enlaçant la bande sombre de l'asphalte, est déserte. Dans le silence de notre maison paisible remplie d'êtres chers, où Ruby s'est endormie sur le sol du séjour, je monte me coucher.

17

Au cours de l'automne, les quatre bandes de lumière du plafond de la chambre se sont lentement déplacées vers le bord de la pièce. Aujourd'hui, leur couleur a viré au bleu argenté. Pendant un instant, je les regarde à travers mes paupières entrouvertes. Pas d'alarme, pas de speaker m'annonçant que le président se trouve à Camp David, que le budget est toujours en discussion, qu'un lauréat du prix Nobel est mort. Je ne me suis pas trompée dans l'interprétation de cette lueur lugubre : la pelouse à l'extérieur de la cuisine est recouverte de neige. Je mets la cafetière en route plus tôt que prévu.

En ce matin de Noël, nous sommes comme un navire encalminé. Que peut-on souhaiter de plus agréable, pour une famille, que l'arrivée de la neige ? La force qui nous propulse quotidiennement dans différentes directions s'est tue. Glen affirme que la voiture de Ruby n'est pas stable

Tous sans exception

quand il fait mauvais temps. Heureusement, lors de grosses intempéries, le téléphone, juste après l'aube, répand la nouvelle le long des câbles ramifiés : il n'y aura pas d'école, ce qui signifie que Ruby n'aura pas besoin de conduire.

L'hiver s'étant durci depuis Thanksgiving, nous avons déjà eu, en ce mois de décembre, deux jours de neige. La semaine dernière j'ai annulé mon rendez-vous avec la femme qui voulait que je recouvre ses balustrades de branches de houx et d'épicéa bleu, avant de soumettre ses cheminées aux décorations familières des fêtes de fin d'année. « Vous n'avez pas de 4 × 4 ? » m'a-t-elle demandé avec mauvaise humeur quand je l'ai appelée.

La plupart des patients de Glen ont annulé leurs rendez-vous. L'entraînement de basket d'Alex est suspendu, ainsi que le travail sur le magazine littéraire, interrompu pour une journée entière. Ses salles désertées, le lycée gît sous l'épais manteau blanc, nargué par le sifflement du vent. Les filles ont préparé des cookies de Noël. Alors que les garçons traînaient dans la cuisine, picorant de petits morceaux de pâte, Sarah appliquait de petites tapes sur leurs mains crasseuses. Max lui-même, heureux d'être dispensé d'école, a participé aux activités de cette journée en posant yeux et bouche souriante sur les visages des bonshommes de pain d'épice. Son moral remonte à la perspective de deux semaines entières à la maison pour les vacances d'hiver. Peut-être ses séances avec le Dr Vagelos commencent-elles à produire leur effet.

Nos trois enfants sont encore endormis. Autrefois, le matin de Noël, ils dévalaient l'escalier avant l'aube ; maintenant, ils se contentent de se diriger languissamment

Tous sans exception

vers le salon après 9 heures pour la distribution des cadeaux. Je libère Ginger qui reste immobile devant la porte, se demandant quelle distance elle peut parcourir sans trop mouiller et refroidir ses pattes. Après avoir poussé un petit gémissement, elle se dirige vers un endroit de l'allée où l'asphalte reste toujours dégagé, puis flaire la porte du garage, qu'elle gratte en geignant de nouveau.

Je l'appelle doucement :
— Ginger, allons, viens !
Le son de mes paroles se perd dans les tertres neigeux.

Max avait un rendez-vous avec le Dr Vagelos la semaine dernière ; malgré la chute des flocons, il a insisté pour que nous nous y rendions en pataugeant dans les rues déjà boueuses. « C'est un brave type », a-t-il déclaré en rentrant à la maison.

Plus important encore, il s'est assis à la table de la cuisine avec moi pendant vingt minutes, pour siroter un chocolat chaud, et m'a écoutée remplir le silence de menus propos, en souriant à l'occasion. Toutefois, j'ai remarqué que l'énergie rechargée au cours des séances de thérapie s'épuise rapidement : il va bien un jour ou deux, puis se tasse lentement sous le fardeau de sa torpeur. Ce trimestre, quand il a manqué les cours – une demi-douzaine de fois –, alléguant un mal de gorge ou des nausées, il a passé la journée à somnoler. Thanksgiving l'a mis de bonne humeur, parce qu'il n'a jamais eu besoin de quitter la maison. Jusqu'à l'année dernière, j'aurais été ravie de voir Max se consacrer à ses grands-parents et chahuter par terre avec Liam.

Tous sans exception

— N'hésitez pas à inviter vos amis si vous le désirez, leur ai-je proposé à tous les trois.
Ruby a compris ce qui motivait mes paroles.
— Maman, il n'a aucun ami en ce moment, a-t-elle répliqué, alors que je levais une main pour parer le choc. Ça s'arrangera, a-t-elle ajouté en glissant ses bras autour de moi.
Juste avant les congés de Noël, nous avons rencontré les professeurs des enfants. Max avait oublié de nous inscrire et Alex l'avait fait tardivement : nous avons donc commencé par Ruby. Son professeur principal nous a accueillis, muni des observations de ses collègues qui aboutissent toutes à la même conclusion : élève exemplaire, bonne participation en classe, exécute le travail qu'on lui demande.
— Je la trouve un peu absente ces jours-ci, nous a-t-elle dit, mais c'est le cas de presque tous les élèves de terminale. J'ai appris à me montrer indulgente.
— Donc, aucune raison de se tracasser ? a insisté Glen.
— Ruby est le dernier de mes soucis, a répondu le professeur avec un sourire.
Et le dernier des nôtres.
Alex, lui aussi, se montre absent.
— Toute activité qui n'inclut pas un ballon n'offre aucun intérêt pour lui, a déclaré la femme qui enseigne les maths à nos deux garçons. J'essaie de créer des exercices de grammaire autour du sport pour Alex et Ben.
— Vous leur faites calculer le taux de frappes réussies lors d'un match de base-ball ? s'est enquis Glen.
— Ce serait un problème peu élémentaire pour le programme de cette année.

Tous sans exception

En ce qui concerne Max, nous avons rencontré la conseillère d'orientation ; ses professeurs, qui s'inquiètent toujours pour lui, apprécient qu'il voie un psychologue.

— Il n'arrive visiblement pas à s'impliquer, a-t-elle précisé gentiment.

Max le Muet est devenu l'Homme de Nulle Part. Il a failli en venir aux poings avec l'un des coéquipiers d'Alex qui l'a appelé ainsi.

— Écoutez, il faut que vous lui disiez de se remettre la tête à l'endroit, a décrété Alex un soir, pendant le dîner, croyant que son frère était hors de portée de voix.

Max a dévalé les marches, une expression féroce sur le visage.

— Est-ce que tu sais seulement ce que c'est que d'avoir la tête à l'endroit, pauvre tache ? a-t-il hurlé.

Il s'est précipité dans l'escalier avant que nous n'ayons pu formuler la moindre objection.

Je branche la guirlande électrique du sapin et contemple les étincelles projetées par les ampoules blanches sur les boules argentées. Une demi-douzaine de clients louent maintenant mes services pour décorer leur arbre de Noël ; l'un d'eux en possède trois, un dans le salon qui s'élève sur deux étages, un autre dans le séjour lambrissé, le troisième dans la cuisine semblable à une caverne. J'ai choisi ce métier parce que j'aime la marche lente et progressive, la logique imparable, du monde naturel ; maintenant, une grande partie de ce que je réalise n'est que pure représentation, masque clinquant exposé au regard de spectateurs qui se contentent de la

Tous sans exception

forme. Rien n'est plus dénué de joie que le fait de décorer le sapin d'une personne que l'on connaît à peine. Deux gâteaux suédois ont levé pendant la nuit au-dessus du frigo. C'est la seule recette, avec celle du pain de viande, que ma mère m'ait transmise. Ses parents étaient scandinaves mais elle est toujours restée vague en ce qui concerne leur origine. Lorsque Ruby a voulu réaliser un arbre généalogique pour l'école, ma mère a qualifié son travail de « culte des ancêtres ».
Le matin de Noël, nous nous réunissons dans le salon. Autrefois, le sol était recouvert d'emballages : poupées, jeux de société, bicyclettes. Dès le lever du soleil, nous nous sentions pris de frénésie. Aujourd'hui, assise à la table de la cuisine, la chienne à mes pieds, j'essaie de déterminer quand je dois mettre les gâteaux au four afin qu'ils soient tièdes quand les enfants se lèveront enfin. J'entends un bruit à l'extérieur, un heurt, suivi d'un son étouffé ; Ginger lève la tête, hume l'air, grogne pour la forme puis se couche de nouveau. Une batterie très coûteuse attend Max, accompagnée d'une carte précisant que ce cadeau sera accompagné de la rénovation de la pièce au-dessus du garage. Au fond de son bas, Ruby trouvera un billet aller-retour pour Londres. Alex va découvrir un ballon de foot signé par l'équipe olympique, dans une boîte de plexiglas, ainsi qu'une très belle crosse. Je regrette la période des jouets.

— Tu aurais pu rester au lit, déclare Glen quand il descend à 7 heures sans chaussons, simplement vêtu d'un sweater et d'un pantalon kaki.

— Je me suis levée à l'aube en souvenir d'autrefois.

Après s'être servi une tasse de café, il pose ses pieds froids sur les miens.

Tous sans exception

— Ce n'est pas gentil, dis-je, somnolente, sans toutefois le repousser.
Il m'embrasse. À cause du mauvais temps, son père a décidé de ne pas venir pour le dîner de Noël, ce qui nous soulage tous les deux je crois. Mon beau-père met Ruby et Max mal à l'aise. « Personne n'a fait fortune en écrivant », décrète-t-il à sa petite-fille. « Est-ce que tu fais du sport ? » demande-t-il à Max. Seul Alex trouve grâce à ses yeux : « Assieds-toi et parle à ton papy de tes scores. » Alex lui énumère avec complaisance ses buts, ses passes, ses coups francs. Glen pratiquait aussi plusieurs sports au lycée, mais sans doute n'était-il pas considéré comme vraiment talentueux. Son frère, qui était quart-arrière, s'est cassé le bras en terminale. « C'est quand il a pris pas mal de kilos », se plaît à préciser son père. Pourtant Doug m'a toujours paru être d'un poids normal.

Une odeur de pâtisserie remplit la maison que la lueur bleuâtre du jour et le silence des rues paisibles transforment en un abri douillet et sûr. Parfois, j'éprouve la même chose que Max : pourquoi voudrais-je jamais partir ? Alors que j'applique le glaçage sur les gâteaux, les enfants descendent ensemble, Ruby, tassée par une immense chemise de nuit de flanelle, les garçons en T-shirt et pantalon de survêtement. Ruby pousse un cri, s'exclame en découvrant son futur voyage européen puis me supplie de l'accompagner, ce qui est exactement ce que j'espérais ; je lui demande cependant si elle ne préférerait pas aller en Angleterre avec Sarah. Alex tourne et retourne son ballon, déchiffre les noms et répète :

— Où avez-vous trouvé ça ?
— C'est le père Noël qui s'en est occupé, répond Glen.

Tous sans exception

Max seul reste silencieux en tournant autour de la batterie. Pourtant, quand je pose le petit déjeuner sur la table, j'entends un long roulement, une percussion des cymbales, puis un riff qui se prolonge. J'ai peur de le regarder, peur d'espérer, peur de voir que ses mains s'agitent sous un visage sans expression.
— Il va réveiller tout le quartier, prévient Glen.
— Je m'en fiche comme de l'an quarante.
Un rapide coup d'œil me révèle que, si mon fils ne sourit pas à proprement parler, son corps témoigne d'une animation nouvelle. La batterie a coûté très cher mais j'aurais payé le double rien que pour ce spectacle.
— La neige ! s'écrie Alex, avec cette réaction tardive qui illustre à quel point les jeunes ne peuvent se concentrer que sur une chose à la fois.

Ruby s'approche de la porte et se penche en avant pour scruter l'extérieur à travers le panneau vitré. Les doigts entrelacés derrière son dos, elle se balance d'avant en arrière. Je crois comprendre qu'avant de s'envoler pour l'Europe, elle aimerait que tout s'arrange autour d'elle. Elle souhaiterait se réconcilier avec Kiernan, avoir la garantie que Rachel, en son absence, ne sera pas tentée de succomber à ses impulsions les plus néfastes, et combler la faille qui sépare ses frères. Pour Noël, elle a offert à chacun des garçons un poème – celui de Max commence ainsi : « Petite souris, tu me manques. Reviens-nous. » Petite souris et Nounours, c'est ainsi qu'elle les appelait quand elle était très jeune. Lorsque je lui ai demandé pourquoi, il y a très longtemps, elle a eu ce claquement de langue agacé que la plupart des filles n'acquièrent qu'à l'adolescence et s'est écriée : « Maman, tu le sais bien ! »

Tous sans exception

Je ne le savais et ne le sais toujours pas.
— Est-ce que vous voulez aller faire de la luge, les gars ? questionne-t-elle sans se retourner.
Quand il a neigé, le silence à l'intérieur de la maison acquiert une texture particulière. L'assaut des éléments primitifs semble reprendre l'avantage sur notre confort moderne : le téléphone, la chaudière, la voiture ne représentent plus que de simples concepts. Pour moi, à cet instant précis, le silence gagne en épaisseur, car j'attends de savoir si Max va se joindre à Alex et Ruby, si Alex va se joindre à Max.
— Je saute de joie, déclare Alex.
— Pourquoi pas ? marmonne Max.
Suit la bousculade habituelle pour retrouver les pantalons de ski et les gants. Quel que soit le nombre de paires que j'achète, il en manque toujours. Transformés en momies de laine et de duvet, nos trois enfants descendent à pas lourds la rue qui mène à la colline, tirant deux luges souples et un toboggan. Glen joue des sourcils en me regardant : nous montons dans notre chambre. À midi, le plafond ne se pare d'aucune bande de lumière. Je m'inquiète pour Max pendant que nous faisons l'amour, ce qui me paraît terrible mais inévitable. À un moment, j'oublie mon fils tout à fait, ce qui me paraît également affreux.
— Eh bien, j'ai de nouveau faim, déclare Glen plus tard.
Je me douche après lui. Sans avoir besoin d'en parler, nous craignons que nos enfants puissent sentir sur nous l'odeur du sexe, ce que nous préférons éviter. Ils ont leurs propres illusions en ce qui nous concerne, tout comme nous avons les nôtres à leur sujet.

Tous sans exception

De nouveau affamée, moi aussi, je règle son compte à une partie du second gâteau. J'appelle ensuite ma mère que je souhaite remercier pour la recette, mais je tombe sur le répondeur. Peut-être Stan et elle jouent-ils au golf dans la lumière blanche d'un après-midi de Floride ? Devant la maison, Ginger pousse deux aboiements, suivis d'un grognement sourd. José, coiffé d'un bonnet de laine qui m'empêche pratiquement de voir ses yeux, actionne le souffleur à neige. Quand je le vois tourner l'appareil pour commencer à dégager l'allée, j'enfile mon manteau et mes bottes avant de me diriger vers lui, avec un morceau de gâteau posé sur une assiette en carton et un thermos de café – les gars l'aiment léger et sucré, je sais au moins cela.

— Je suis surprise de vous voir, dis-je quand il a coupé le moteur.

— John m'a envoyé ici. Pas de travail aujourd'hui, seulement demain.

— Joyeux Noël. *Feliz Navidad*.

Embarrassée par mon audace linguistique, je lui tends l'assiette. Laborieusement, il retire ses gants épais et la prend des deux mains. Il ne peut tenir une boisson en même temps.

— Venez à l'intérieur.

— Non, madame, je vais salir. John revient bientôt. Je partirai et mangerai le gâteau. Merci. *Gracias*.

Le pauvre homme se sent condamné au bilinguisme.

— Quand retournez-vous chez vous ?

— Pas cette fois, dit-il avec tristesse. Des choses sont pas bonnes. Un tas de choses.

— Je suis désolée. Est-ce que je peux vous aider ?

Tous sans exception

Il regarde le gâteau et, tout à coup, j'ai la certitude qu'il a faim.
— Mangez.
Lentement, il secoue la tête.
— Peut-être je pourrais avoir une avance sur mon salaire d'été ? L'hôtel est très cher, et nous avons un problème avec la petite fille, Graciella. Un problème avec...
Il remue la main en un mouvement circulaire autour de sa gorge, cherchant le terme exact.
— Les glandes, ajoute-t-il.
— Ses amygdales ?
— Oui. Peut-être je pourrais avoir une avance maintenant ? Je travaillerai plus après.
Je suis embarrassée par mon indécision. Cela me coûterait si peu de donner quelques centaines de dollars à cet homme qui veillerait, j'en suis certaine, à rattraper le temps perdu quand il ferait plus chaud. Cependant, je pense à Luis, que je considérais aussi comme un brave homme, et à un avertissement de Rickie au sujet des acomptes : les hommes ne cessent de lui en réclamer parce qu'ils ont joué de l'argent aux cartes ou emprunté à un collègue. L'été dernier, mon assistant a annoncé à l'équipe qu'il n'y aurait plus de paye sans travail. « Pas la moindre exception », a-t-il insisté.
— Il faut que j'y réfléchisse, José, dis-je en tournant le thermos dans ma main. Habituellement, nous n'en donnons pas.
— Je sais, répond-il, déjà résigné. Ça ira. J'ai posé la question, mais je savais.
— Vous êtes sûr que vous ne voulez pas entrer ?

Tous sans exception

— Non, madame. Je vais dégager l'arrière, l'allée. John va revenir.
— Avez-vous organisé un repas entre vous ?

Je ne peux pas réprimer cette question, ce besoin de m'assurer qu'il ne vit pas une vie horrible, dont je serais en grande partie responsable.

— Les gars rapportent quelque chose du Chalet.

Le Chalet est la station de ski où ils travaillent en hiver.

— Très bon, l'année dernière, précise-t-il.
— Rickie a quelque chose pour vous tous.
— Il a distribué hier. Merci, madame.

Cinquante dollars à chacun d'entre eux. Rickie craint toujours qu'ils ne dépensent cet argent dans le bar de l'autoroute dont l'enseigne au néon annonce : « Steaks, côtelettes, bière. » Selon Nancy, les enfants, qui y vont parfois, n'ont jamais vu ni steak ni côtelette. « Des nachos au micro-ondes, c'est tout », a-t-elle déclaré.

Je me demande si les Mexicains pensent que nous sommes fous de manger des nachos.

Une heure plus tard, alors que je suis dans la cuisine en train de préparer le déjeuner, José frappe à la porte de derrière. Il me tend un paquet – papier brun, ruban rouge ; je pense d'abord que c'est un cadeau de lui, ce qui ajoute à mon embarras, mais apparemment l'objet était posé contre le mur de la maison. Aucune carte ne l'accompagne.

Ce soir-là, lorsque nous avons terminé notre rosbif, nos pommes de terre et nos cookies, Glen et Alex regardent un match de football américain dans le séjour, sur le bruit de fond plaisant et familier de chants de Noël. Max s'est rendu dans le salon pour jouer de sa batterie neuve.

— Pas après 21 heures, rappelle Glen.

Tous sans exception

Je m'écrie intérieurement : « Oh, laisse-le jouer jusqu'à 22 heures ; je t'en prie, laisse-le jouer indéfiniment ! » C'est le moment de montrer le paquet à Ruby. Il contient un portrait d'elle, que son auteur a fait encadrer. Le cliché la montre à l'extérieur, les bras levés en un geste solennel qui pourrait faire croire qu'elle conduit un orchestre, ou un service religieux. Le soleil, situé derrière elle, dessine un halo, presque une auréole, autour de sa chevelure. Toute mère rêve de posséder une photo où sa fille incarne à ce point la vie, la joie, et la beauté. Si les choses étaient différentes, j'accrocherais celle-ci immédiatement dans un endroit qui la mettrait en valeur.

Toutefois, dès que j'ai ouvert le paquet, j'ai su qu'il émanait de ce cadeau de mauvaises ondes. J'ai donc attendu jusqu'aux toutes dernières minutes de la journée, afin de ne pas gâcher le bonheur de Noël : la camaraderie retrouvée, la partie de luge, les joues rouges, la conversation détendue du dîner et le contentement somnolent de la soirée. Ruby tient le cadre un long moment, une expression neutre sur le visage. Sous l'éclairage du lustre aux demi-tasses de lumière, suspendu au-dessus de la table, elle semble prématurément vieillie.

Je m'attends à ce qu'elle explose, mais, grâce à la douceur de la journée, peut-être, elle se contente de soupirer.

— Je ne sais même pas quand il l'a prise, dit-elle finalement.

— Peut-être l'année dernière ?

Elle désigne un petit morceau de jupe, à peine visible, en bas du cliché.

— J'ai acheté ça au dépôt-vente en septembre. C'est une photo très récente. Je pense que je suis devant chez

Tous sans exception

Sarah, poursuit-elle en plissant les paupières. Il a dû se servir de son excellent téléobjectif.

— Il se sent perdu, tout simplement, mon ange.

En prononçant ces mots, je sens parfaitement que c'est un argument spécieux, sans consistance.

Ruby secoue la tête.

— Tu sais, s'efforcer de faire en sorte que tout le monde soit heureux crée parfois l'effet inverse. Tu trouves toujours des excuses à Kiernan, comme si tu voulais compenser le fait que sa vie soit pourrie. Ça me donne mauvaise conscience, et ça lui donne l'impression qu'il est en droit de se comporter ainsi.

— Il ne vient plus à la maison.

— Oh, maman, bien sûr qu'il y vient ! Tu ne le vois pas, c'est tout. La bague s'est encore retrouvée deux fois sous mon oreiller.

— Pourquoi as-tu gardé ça pour toi ?

— Quoi, pour t'entendre dire : « Il est tellement adorable et s'est montré si gentil avec Max » ?

— Chérie, je suis vraiment désolée !

Je regarde la photo de nouveau et remarque un élément nouveau : avec ce qui ressemble à de l'encre de Chine, Kiernan a dessiné l'anneau composé de cœurs sur le doigt de Ruby. En silence, je le désigne, laissant une trace sur le verre.

— Bien sûr, dit ma fille.

— Ton père et moi allons lui parler.

— Au début, je dois admettre que je trouvais ça flatteur et que ça ne me déplaisait pas. Et puis c'est devenu ennuyeux. Maintenant, ça me donne carrément des frissons. On dirait qu'il ne peut pas s'arrêter. Il a toujours été

Tous sans exception

comme ça, il n'a jamais rien fait à moitié. C'est l'une des raisons pour lesquelles j'ai rompu avec lui : il était trop épuisant.

— Je n'avais pas compris. Pas vraiment.

— Comment aurais-tu pu comprendre ? Pendant longtemps, j'ai été heureuse. Il n'y avait pas de raison de s'inquiéter. Tu n'attaches d'importance qu'au bonheur.

— Pourtant quand vous êtes malheureux, je ne vois que le malheur.

— Ce n'est pas faux.

Ruby se lève et baisse les yeux sur la photo.

— Qu'est-ce que tu vas en faire ?

— Je n'y ai même pas réfléchi.

— En tout cas, je ne veux pas la voir, déclare-t-elle avant de monter l'escalier.

18

— Pas question ! s'écrie Max de l'intérieur de sa chambre fermée. Vous pouvez toujours courir, ajoute-t-il en marmonnant.

Bien que je l'entende à peine à cause de la musique, je choisis de ne rien dire. Je viens de lui demander s'il veut nous accompagner chez Nancy et Bill pour le réveillon du Nouvel An. Leurs enfants seront là et ne repartiront que lorsque la soirée traînera un peu, aux environs de minuit – Fred avec sa petite amie, Sarah avec Eric, Ruby, Rachel et les autres. Bob se rendra à une piscine-party que quelqu'un organise au Holiday Inn pour les adolescents les plus jeunes, dans le but de leur éviter des ennuis. Il n'y a pas de couvre-feu pour l'instant les soirs de réveillon, mais cela ne saurait tarder si les accidents continuent à se produire sur les routes sinueuses autour de chez nous. « La sécurité à n'importe quel prix », a déclaré le maire dans le journal local.

Tous sans exception

— Peut-être devrions-nous rester, je suggère à Glen.
— Nous sortons ! affirme-t-il en enfilant le bout de sa ceinture dans la boucle. N'alimentons pas ses états d'âme.
— Ce n'est pas le mot que j'emploierais pour qualifier ce qui lui arrive.
— Peu importe le mot que nous utilisons. Allons à cette soirée.

Quand Max me demande « Jusqu'à quelle heure est-ce que je peux jouer de la batterie ? », j'abandonne et le laisse à la maison. Pour jouer, il sortira au moins de sa chambre, où j'ouvre la fenêtre à la morsure de l'air hivernal destiné à dissiper l'odeur fermentée de l'adolescent négligé. L'empreinte légère et sale de son corps se dessine sur le drap housse, en une sorte de suaire de Turin. Deux fois par semaine, je rassemble dans le panier à linge les vêtements éparpillés sur le sol, puis les jette dans la goulotte à la sortie de laquelle, dans la buanderie, Ginger les flaire joyeusement. Elle adore également les nombreuses tenues de sport d'Alex, les maillots de foot qui portent le n° 18, ceux de basket, ornés du n° 21 – le numéro de crosse est encore à déterminer. Avec la famille de Colin, son ami de camp de vacances, Alex est parti faire du ski. Ce séjour hâtivement organisé est probablement dû à la défection de l'un des copains d'école de Colin, mais la mère de ce dernier, très aimable au téléphone, a avancé les arguments qu'il fallait quant à la surveillance parentale.

À la fin de la soirée, je commence à me dire que Max a eu raison de ne pas venir. Chaque année, Glen et moi décidons de passer chez nous un réveillon tranquille : de regarder un vieux film avec un sandwich et un verre de

Tous sans exception

chardonnay avant d'aller nous coucher à 22 heures. Toutefois, immanquablement, quelqu'un organise une fête à laquelle il semble grossier de ne pas assister. Nancy avait juré que cette soirée n'aurait rien du raout habituel, mais nous sommes une quarantaine autour des chauffe-plats et du champagne qui coule à flots.

— La moitié des gens que j'ai invités sont aux Caraïbes, explique-t-elle en faisant sauter un autre bouchon dans la cuisine.

— Ils ont de la chance, dis-je.

Mon maquillage fait des plaques et un rhume me guette. Sarah a déjà choisi son université, qui comporte un nouveau centre d'athlétisme et la meilleure équipe de natation du pays. Debout devant le buffet, elle tient une assiette remplie d'une énorme pile de petits pâtés au crabe. Eric, assis dans l'un des fauteuils de la salle à manger qui ont été repoussés contre le mur, fronce les sourcils. Une hanche contre le piano, Ruby parle avec un collègue de Nancy, professeur de philosophie. Au moment où je l'entends dire « Mon père a fait des études de philo », elle croise mon regard et lève son verre. Vêtue d'une robe de dentelle noire qui lui arrive à mi-cuisses, elle a préféré abandonner ses chaussures près de la porte, ce qui lui permet d'arborer des orteils aux ongles orange. Je souris et lève mon verre en retour, stupéfaite d'être la mère de cette magnifique jeune fille à la santé de laquelle je suis heureuse de trinquer.

Lorsque j'avais son âge, le réveillon, que j'attendais toujours avec impatience, se révélait immanquablement décevant. Je me souviens du premier Nouvel An que j'ai

Tous sans exception

passé dans la famille d'Alice. Celle-ci m'avait convaincue qu'au cours de la soirée je rencontrerais un homme véritable – donc plus âgé que moi –, et merveilleux. En fait, un jeune de vingt-deux ans qui sentait la bière a essayé de m'entraîner dans un placard, la sauce du bœuf Strogonoff a atterri sur ma robe de soie rose, et, après avoir ingurgité deux verres de champagne à la suite de quatre verres de Russe blanc, cocktail à base de vodka, j'ai aspergé les toilettes de mes vomissements sonores.

Cette histoire explique pourquoi l'entrée en matière d'Alice ne varie jamais lorsqu'elle m'appelle la veille du Nouvel An.

— Chaque fois que je dégobille après une fête, je pense à toi, ma belle.

— Quand cela t'est-il arrivé la dernière fois ?

— Je crois que j'étais enceinte, dit-elle après réflexion, est-ce que ça compte ?

— Non. Tu sors ce soir ?

— Tu as la mémoire courte ! Tu crois que c'est possible de trouver une baby-sitter pour le réveillon ?

Glen et moi n'en avons jamais eu besoin. Dans notre entourage, tous les enfants avaient le même âge ; nous les amenions avec nous, réunissions leurs couffins, et soulevions leurs petits corps souples jusqu'à la voiture dès que le bal de Times Square était terminé. Plongés sans effort dans un sommeil profond, ils n'étaient jamais réveillés par les cris et les rires ni par le chœur approximatif qui entonnait « Ce n'est qu'un au revoir ». Nancy m'a montré une fois un article de journal à propos d'un tout petit qui était mort étouffé sous des manteaux, lors d'un réveillon. « Il m'arrive d'être en piteux état, mais je crois que je remar-

Tous sans exception

querais la présence d'un enfant de deux ans en jetant mon manteau sur le lit », avait-elle assuré.

Une fois, nous avions posé nos vêtements sur Declan Donahue tandis que Ruby et Kiernan sautaient au rythme d'une vieille musique soul dans le salon et que les jumeaux dormaient sur un canapé. Mais le visage détendu de l'enfant, relevé par les oreillers, était resté découvert. On aurait dit un énorme ours laineux à tête de séraphin. Cette nuit-là, le père de Kiernan avait essayé de m'embrasser dans la salle de bains, glissant sa main à l'intérieur de mon chemisier de satin. Le lendemain matin, en ouvrant un tube de paracétamol, je m'étais juré de ne jamais rester seule en sa présence. Plus d'une fois, par la suite, je devais regretter de ne pas m'être tenue à ce serment.

Le réveillon du Nouvel An : décevant et tout simplement déprimant. Nos enfants ont encore l'expression d'impatience à peine ternie des jeunes déterminés à tirer le meilleur parti de la nuit glaciale. Après leur départ, la réception perd de sa gaieté. Il ne reste plus qu'une cuisine remplie d'assiettes dont les détritus ont été raclés au-dessus de la poubelle, et plusieurs dizaines d'adultes qui expriment à quel point leur tolérance à l'alcool diminue avec l'âge.

— Je me couche à 22 heures tous les soirs, affirme une femme.

Un silence assourdissant accueille sa déclaration. À l'exception de cette soirée, nous nous couchons tous, bien sûr, autour de 22 heures chaque soir.

Glen et Bill ont un échange fébrile dans la cuisine, un peu après minuit, pour décider si le philosophe est trop

Tous sans exception

ivre pour conduire. Cependant, lorsqu'ils entrent dans le salon pour demander à Nancy ce qu'ils doivent faire, l'homme s'est déjà éclipsé.

— Est-ce que ses phares étaient allumés ? s'enquiert Glen.

— Bon sang, pourquoi est-ce que j'organise ça ? s'écrie Nancy en me serrant fort dans ses bras, sur le seuil de la maison.

— C'était une soirée magnifique. Je n'aurais pas aimé être ailleurs.

— Tu me le répéteras demain matin, quand je pourrai comprendre ce que tu dis. Passons ensemble une merveilleuse année. Survivons au cauchemar d'envoyer nos filles à l'université.

— Seigneur, ne m'en parle pas.

— Bon, Nance, ça devient larmoyant, intervient Bill.

— Si on ne peut pas être larmoyant au réveillon du Nouvel An, quand veux-tu qu'on le soit ! s'exclame Nancy, qui m'enlace toujours l'épaule.

— Est-ce que tu es soûl, dis-je à Glen alors que nous rentrons à pied, main dans la main.

— Oui. Et je n'en suis pas fier.

— Nous sommes trop vieux pour tout ça. J'ai bu trois cosmopolitans, deux verres de vin rouge et deux de champagne.

— Eh bien, tu t'es surpassée !

Notre maison est illuminée : les fenêtres de la cuisine et de la buanderie brillent dans la nuit sombre, ce qui ne révèle rien de ce qui se passe à l'intérieur. Il est arrivé aux enfants d'aller se coucher sans éteindre la télévision ni les lampes du rez-de-chaussée. Une fois entrée, je regarde

Tous sans exception

autour de moi, à la recherche d'indices. Il n'y a aucun signe de Ruby, de son petit sac chinois rouge sur la table, de ses escarpins violets à très hauts talons abandonnés n'importe où. Après une soirée, ma fille laisse toujours une trace de son passage en bas : chaussures, bijoux, parfois une boîte de sparadraps pour les ampoules. En haut, sous la porte de Max, fermée, ne filtre aucun rai de lumière.

— N'éteins pas, dis-je à Glen en avalant un somnifère.

Mon mari plisse le front. Il est sur le point de me rappeler qu'il ne faut jamais prendre de médicaments après avoir bu de l'alcool, mais il sait que je le sais. Et je sais qu'il sait qu'il ne doit pas éteindre. Je lui demande la même chose chaque fois que nous rentrons à la maison et que l'un des enfants n'est pas rentré. Être marié, c'est cela : tenir des conversations où ni l'un ni l'autre ne parle vraiment.

Je monte l'escalier, mes sandales à la main. Aucun son ne provient de la chambre de Max. Dans celle de Ruby, éclairée par une lampe, plusieurs robes habillées traînent sur le sol, ainsi qu'un fouillis de dessous et de collants résille. Un jour, elle aura oublié son adolescence et dira à sa propre fille que sa chambre est une porcherie. Ou bien elle se plaindra de ma trop grande indulgence et affirmera que j'aurais dû la forcer à être plus ordonnée.

— Est-ce qu'il dort ? chuchote Glen sous la couette, en relevant ma chemise de nuit.

Il croit au sexe la nuit du Nouvel An. Je retrouve ensuite ma chemise de nuit roulée en boule au pied du lit et Glen, après avoir enfilé un T-shirt et un boxer-short, se met à ronfler. En accordant ma respiration à la sienne, je sombre immédiatement dans le sommeil.

Tous sans exception

Quand j'entends un bruit en bas, je me réveille à moitié et jette un coup d'œil au réveil : 3 h 43. Alors que je guette le pas de Ruby sur les marches, le son d'une chute me parvient. Glen tousse et se retourne dans le silence revenu. Mon esprit brouillé me fait douter de mes sens. Étais-je en train de rêver ? Une nuit, il y a des années de cela, j'ai été réveillée par une odeur de cookies aux pépites de chocolat en train de cuire ; quand je suis descendue, la cuisine sombre sentait seulement l'huile essentielle de citron et le chien ; Ginger avait gémi doucement dans son abri. Peut-être aussi s'agit-il d'un effet secondaire du somnifère. Glen affirme que les médicaments peuvent produire ce genre d'hallucinations auditives.

Soudain j'entends un bruit de bagarre, de voix, et une autre chute. Glen ouvre les yeux.

— Combien de fois faudra-t-il le répéter ? s'écrie-t-il d'un ton sifflant.

Très souvent : « L'heure à laquelle vous rentrez nous est égal, comme le fait que vous rameniez des amis, à condition que vous ne nous empêchiez pas de dormir. »

Nous percevons à présent un autre son, peut-être celui de quelqu'un qui s'assied brutalement sur une chaise.

— Ils ont probablement beaucoup bu, dis-je. Au moins, ils ne sont pas au volant d'une voiture.

Un troisième choc sourd nous pousse à échanger un regard éloquent.

Glen se lève et enfile un pantalon.

— M'obliger à descendre, ils vont le sentir passer ! déclare-t-il.

Tous sans exception

— Je vais y aller, dis-je, me souvenant de la nuit où j'ai trouvé Rachel triste et les vêtements maculés, sur le divan. Mais Glen dévale déjà l'escalier. Le son de ses pieds nus se fond dans les autres bruits de la maison – le grincement du vieux radiateur ; le frottement, sur les bardeaux, de l'arbre qui a besoin d'être taillé ; le cliquetis de la fenêtre au bout du couloir. Le vacarme d'en bas s'intensifie. Je me demande si Glen a mis tout le monde dehors, et si demain matin notre fille nous fera la tête, exprimant d'un pincement de lèvres à quel point nous la décevons, une fois de plus. Elle était splendide, ce soir, dans sa robe de dentelle noire, dont le décolleté arrondi mettait en valeur la nuance laiteuse de sa peau. Alors que je pense à elle, le sommeil m'attire de nouveau.

Lorsque j'ouvre les yeux, j'ai la sensation, tout comme l'autre fois, que quelqu'un cuisine, mais il ne s'agit pas de biscuits. Je roule sur le dos et, alors qu'une douleur aiguë me saisit au bas de la nuque, j'essaie de me rappeler tout ce que j'ai bu. Au plafond, sur le rectangle déformé de la fenêtre, l'arbre dépouillé étend ses branches torturées. Je me demande si une tempête s'annonce, et si les amis de Ruby sont bien rentrés chez eux. J'entends Glen qui remonte l'escalier d'un pas lourd. Seule une faible lumière, celle sans doute qui provient de la chambre de Ruby, éclaire le couloir. Alors qu'il surgit dans l'encadrement de la porte, je vois que ce n'est pas lui du tout. Trop dégingandé, trop maigre, trop négligé.

— Maxie, dis-je doucement, craignant que ma voix ne le fasse fuir.

D'un seul élan, il se dirige vers le lit et me frappe violemment sur l'épaule. Avec un hurlement, je bascule sur

Tous sans exception

le sol, entre le lit et le mur. Je distingue sa respiration à travers mes gémissements pendant un temps qui me paraît interminable. Tout à coup, des pas dévalent l'escalier, précipités cette fois.
— Maxie !
Face au mur, je ne sais pas si je peux bouger. J'ai une sensation de brûlure dans la poitrine et un goût dans la bouche semblable à celui des pièces de monnaie que je cachais sous ma langue quand j'étais petite. Je crois de nouveau percevoir du bruit en bas, mais je n'en suis pas sûre parce que mon pouls bat très fort dans mes oreilles.

Je comprends que j'ai perdu du temps, car lorsqu'un nouveau son me parvient, plus faible cette fois, le jour est levé. J'ai trop peur pour bouger, mais je reconnais la lueur grise qui vibre sous mes paupières, signe que l'aube est déjà loin. D'abord convaincue d'avoir fait un rêve terrible, je constate cependant que la douleur est toujours là. En outre, une substance épaisse et visqueuse scelle mes lèvres. Me décidant enfin à ouvrir les yeux, je vois des ombres brunes autour de moi sur la plinthe, la prise de courant et le vieux tapis d'orient ; je referme les paupières.

Quand j'émerge pour de bon, plusieurs personnes bougent dans la maison. Est-ce que j'ai imaginé tous les événements de cette nuit ? Est-ce que, comme Glen me l'avait prédit, la combinaison d'un somnifère et de quelques verres de champagne m'a fait entrevoir une brève vision de l'enfer ? Sans doute sont-ils tous en bas, en train de préparer le petit déjeuner et de se demander quand je vais me lever. « Je ne recommencerai jamais ça », avouerai-je à Glen. À la réflexion, peut-être que je ne lui

Tous sans exception

donnerai pas cette satisfaction. C'est alors que quelqu'un monte les marches ; je reste immobile, le visage pressé contre le bord du tapis.

— Mon Dieu ! s'exclame une voix inconnue près de moi. Ils sont tous morts ?

— Tous, sans exception, articule une autre voix.

19

Je fixe le soleil. À travers un halo vibrant de lumière, je perçois son contour parfaitement arrondi. Il me vrille la tête. Quand j'étais très jeune, au bord d'un lac du Michigan, l'une de mes amies avait affirmé que, lorsqu'on fixe l'astre du jour, on peut devenir aveugle. Aussitôt après m'avoir dit que ce n'était pas vrai, ma mère m'avait demandé pourquoi diable j'aurais souhaité faire une chose pareille.

— Mary Beth ! crie une voix que je ne reconnais pas. Mary Beth, est-ce que tu m'entends ?

Ne voulant pas courir le moindre risque de devenir aveugle, je ferme les yeux et me rendors.

20

Un jour, alors que nous étions tous en voiture, Ruby, qui avait alors six ou sept ans, dormait à l'arrière, le menton sur la poitrine, entre les deux garçons affaissés dans leur siège auto.

— Ils n'ont pas mis longtemps à s'assoupir, avais-je dit à Glen avec un sourire.

Nous échangions des propos ordinaires : nous nous demandions si nous devions rendre visite à de vieux amis qui nous invitaient au bord de la mer, si nous devions agrandir notre demeure, s'il était trop tôt pour moi de reprendre le travail. Impossible de me souvenir si nous avions parlé du divorce frôlé par nos vieux amis, du peu d'argent dont nous disposions pour nos travaux, et du refus obstiné que Glen opposait à mon désir violent de sortir de la maison – source de chamailleries. Sans doute n'avions-nous pas abordé ces sujets. Nos murmures à deux voix – une basse, un alto – composaient une musique de fond à deux octaves.

Ruby s'était tout à coup penchée entre nos deux sièges en criant « Je suis réveillée ! », ce qui avait fait sursauter ses frères.

— Chhhut, avais-je chuchoté.

— Je suis réveillée, avait-elle répété. Je faisais semblant de dormir pour entendre tout ce que vous disiez.

À présent, je fais la même chose. Au début, je me tenais immobile, les yeux fermés, car la brume de mon étrange sommeil m'empêchait de savoir où je me trouvais. Grâce aux odeurs et aux sons, j'ai enfin compris que j'étais dans un hôpital. De temps en temps, quelqu'un prononçait mon nom, mais je ne bougeais pas, ne discernant clairement que le bip d'un moniteur.

Malgré mon incapacité de soulever le linceul d'épaisse insensibilité qui me recouvre, je me suis efforcée une fois de me concentrer. J'ai distingué des voix qui parlaient tout bas : celles de ma mère et d'Alice, puis celles d'Alice et de Nancy. Quand Alice s'est mise à pleurer, avec des hoquets presque semblables à ceux de son rire, une pensée m'a traversé l'esprit, mais je l'ai repoussée avant de sombrer à nouveau.

— Elle est agitée, a dit quelqu'un alors que les pulsations du moniteur s'emballaient.

Pendant un moment, j'ai pu identifier le souvenir d'un autre hôpital, où, inspectant le moniteur posé sur mon ventre, l'infirmière avait déclaré : « Vous avez une contraction. » Je voulais hurler : « Je sais que j'ai une contraction, elle me déchire en deux ! » Cette évocation a fait battre mon cœur plus vite, le bip s'est

Tous sans exception

accéléré, quelqu'un m'a pris le poignet, et je me suis rendormie.

Maintenant totalement réveillée, j'essaie de maintenir mon esprit au niveau de calme de mon corps. Entre mes cils, je vois les personnes présentes dans la pièce, mais elles ne remarquent pas que je les observe. Pendant une certaine période, Max avait cru qu'en fermant les yeux il devenait invisible.

« Je te vois encore », affirmait Alex, tandis que Max répliquait en plissant plus encore les paupières : « Ce n'est pas vrai. »

Non loin de mes épaules douloureuses, une perfusion tire sur la peau fine du creux de mon bras. Dans un coin de la pièce, sur un fauteuil, est assise ma mère qui, malgré les magazines posés sur ses genoux, garde le visage tourné vers une petite fenêtre. La peinture verte du mur, telle l'eau d'une piscine illuminée, se reflète sur sa peau, lui donnant un teint maladif. Elle paraît fatiguée et sévère, aspect que je lui ai connu pendant la plus grande partie de ma vie. Jamais elle ne sourit sur les photos, sous le prétexte qu'elle n'aime pas ses dents, auxquelles je ne trouve rien d'anormal. Aux remises des diplômes, aux mariages, elle est la femme solennelle qui se tient près des héros du jour. Je me suis souvent demandé s'il existait des photos la montrant souriante avant la mort de son mari, voire avant son mariage, mais je n'en ai jamais vu aucune. Elle ne figure sur les clichés qu'à côté de nous, sauf pour sa propre photo de mariage où, faute de sourire, une lueur heureuse brille dans son regard.

Elle me fixe, plissant les yeux comme pour m'imiter, puis elle s'approche du lit et me prend la main

Tous sans exception

— Il est temps de te réveiller maintenant, Mary Beth.
Mes paupières frémissent un instant et je lève les paupières.
— Bien, dit-elle.
Je pose mon autre main sur ma gorge et tousse une fois. La douleur lancinante qui me martèle l'épaule m'arrache une grimace.
— Ta gorge te fait mal parce qu'ils t'ont mise sous respirateur artificiel le premier jour ; ils croyaient que ton état était plus grave. Ça va bientôt passer.
— Est-ce qu'elle parle ? demande une infirmière sur le seuil.
Ma mère lève une main sans se retourner.
— Je vous dirai quand vous pouvez revenir, réplique-t-elle du ton qu'elle utilisait autrefois pour ses mauvais élèves.
La femme se retire sans protester.
— Où est Alex ? demande ma mère d'une voix forte.
Peut-être croit-elle que je suis devenue sourde. Ma vision est floue. Peut-être ai-je perdu tous mes sens ?
— Alex ?
Un soupir brûle le papier de verre de ma gorge.
— Mary Beth, il faut que tu te concentres à présent. C'est très important. Est-ce que tu sais où se trouve Alex, où il a pu aller ? Est-ce que tu en as une idée ? Est-ce que tu peux me donner un indice ?
Je ferme les yeux et essaie de réfléchir. J'y suis. Réfléchir avec ce cerveau équivaut à respirer avec le nez bouché, à regarder sous l'eau. Mes pensées vibrent. Mon esprit a du mal à s'ajuster.
— Colorado, dis-je.
— Colorado ?

Tous sans exception

Elle réagit comme si je parlais une autre langue.
— Au ski. Colin, du camp de vacances. Sur le frigo.
Soudain quelque chose d'extraordinaire se produit : ma mère se met à sangloter, le visage agité de spasmes. Les larmes coulent sur ses joues, jusque dans les plis autour de ses lèvres et sa bouche se crispe à tel point que la peau qui l'entoure devient livide. À mon mariage, dernière occasion où je l'ai vue pleurer, j'avais supposé qu'elle exprimait sa joie. La joie n'est pas totalement absente de son émotion aujourd'hui, ce que je ne peux comprendre.
— Alex est au ski ? Au Colorado ? Avec un ami qui s'appelle Colin, du camp de vacances ?
Je cligne des paupières, pensant qu'il serait trop douloureux de hocher la tête.
— Oui, dis-je dans un sifflement.
— Quand rentre-t-il ?
De nouveau, je ferme les yeux. Ma mère, au téléphone, ordonne à quelqu'un d'aller voir le réfrigérateur.
— Le congélateur ! aboie-t-elle. Le frigidaire !
Il est interdit d'utiliser un mobile dans l'enceinte de l'hôpital, ainsi que l'indiquent nombre d'affichettes. Quand j'attendais que le bras de Max soit remis en place, j'avais dû sortir sur le parking pour appeler Glen. Il faisait très chaud sur le bitume, ce jour-là ; le téléphone avait glissé de mes mains humides de sueur. Quand j'étais revenue à la maison avec notre fils, il s'était plaint de l'air conditionné de la voiture, trop froid à son goût. Glen avait expliqué que c'était à cause de l'anesthésie. J'avais fait un sandwich à Max, mais il s'était endormi avant de pouvoir le manger. À cause de l'anesthésie. Je me demande si l'on m'a anesthésiée et me rendors de nouveau.

Tous sans exception

Une infirmière me glisse un thermomètre sous la langue, ce qui me tire du sommeil.
— Je m'appelle Brittany, madame Latham, précise-t-elle doucement.
Je crois que je l'ai vue un jour essayer une robe chez Molly. Quand elle part, c'est Alice qui est assise sur la chaise, un manuscrit sur les genoux. Elle dort, la bouche ouverte, et sera contrariée de constater qu'elle a bavé sur son menton. Ma mère a dû aller chercher une glacière, mais je ne me souviens pas exactement pourquoi.
J'observe Alice pendant ce qui me paraît être un long moment. Nancy entre, pose une main sur l'épaule de la dormeuse qu'elle secoue d'un geste qui me paraît brusque. Alice sursaute.
— Je prends le relais, annonce Nancy.
Aucune des deux ne tourne la tête vers moi. Lorsqu'elles le font enfin, Alice pousse un cri, avant d'éclater en sanglots.
Je crois me rappeler quelque chose.
— Où est Alex ? dis-je d'une voix un peu plus ferme.
— Pardon ? s'écrie Nancy qui hurle presque.
— Où est Alex ?
— Au Colorado, répond Alice. Il revient demain. Tu le verras demain.
Ses hoquets m'empêchent de bien la comprendre. Nancy sort, puis revient avec ma mère.
— Vous devriez toutes les deux attendre dehors quelques minutes, déclare cette dernière.
Alice commence à dire quelque chose, et moi aussi. Nous nous interrompons ensemble. Je voudrais me ren-

Tous sans exception

dormir un peu mais mon esprit moins embrouillé sent venir à lui un souvenir.
— Ils sont tous morts, dis-je.
Comme ma mère, je prononce cette phrase d'un ton plat et froid. Quand je la répète, elle ne semble plus du tout être faite de mots, mais résonne tel un air d'opéra, annonciateur d'un terrible drame. Soudain s'élève un bruit assourdissant qui retentit en moi comme si mes oreilles étaient bouchées. Il m'évoque le son que j'émettais à l'hôpital – quand ils me criaient tous « Poussez ! Maintenant ! Plus fort ! » – et qui, heureusement, avait fini par prendre fin. Cette fois, il ne s'arrêtera pas. Des gens courent dans le couloir.

Alice pousse un gémissement. Alors que Nancy met un bras autour d'elle, une infirmière arrive. Un liquide coule sur mon menton.

— Un instant, je vous prie, intervient ma mère qui me presse aussitôt un mouchoir en papier sur le visage.

Soudain, je comprends qu'elle est la personne, entre toutes, indispensable dans un moment comme celui-ci, la seule capable d'apprendre à quelqu'un des nouvelles si terribles que nul autre qu'elle ne pourrait même les formuler. Je me demande si elle a toujours été ainsi, ou si son comportement résulte d'expériences vécues. Le bruit affreux, de plus en plus faible, semble s'éloigner de moi.

— Chhuut, chhuut, Mary Beth.

Elle approche son visage si près du mien que je perçois l'odeur de son shampooing.

— Alex rentre à la maison demain. Alex rentre demain, tu comprends ?

Tous sans exception

Quand je hoche la tête, ma mère paraît vibrer dans la lumière fluorescente. Elle pose sa joue humide contre la mienne. Je voudrais que plus rien ne bouge.
— Max, Ruby et Glen, chuchote-t-elle.
— Quelqu'un, dis-je finalement.
— Ils ne savent pas qui.
Je me souviens. Je me souviens avoir cru que c'était Max qui entrait dans ma chambre, qui me frappait, qui me blessait. Le bruit terrible s'élève de nouveau, plus fort encore cette fois. Ma gorge me brûle, mon épaule me fait mal. Sous les lumières de la pièce, aveuglantes comme des soleils, j'éprouve une honte incommensurable d'avoir pu penser, un seul instant, que mon amour de garçon, si triste, ait pu agresser un seul d'entre nous. Ma mère me serre fermement contre elle.
— Alex, dis-je quand je peux parler de nouveau.
— La police croyait que c'était lui, parce qu'il avait disparu, parce qu'ils ne pouvaient pas le retrouver. Personne ne savait qu'il était parti.
— Alex ? dis-je de nouveau.
— Je ne le croyais pas. Je ne pouvais pas le croire. Je leur ai affirmé qu'ils se trompaient.
— Lui faut-il un sédatif ? demande la jeune infirmière sur le seuil de la chambre.

Quel est son nom déjà ? Je n'arrive pas à le retrouver. Le moniteur est trop sonore. J'ai du mal à respirer.

La différence entre le docteur et l'infirmière, c'est que le docteur a une blouse blanche, exactement comme celle de Glen. Sans doute vient-elle du même fournisseur. Le docteur est une femme. Elle explique à l'infirmière ce qu'elle doit faire, mais je ne distingue pas bien ses paroles

Tous sans exception

à cause du bruit terrifiant qui subsiste dans mes oreilles. Le soleil décline. Aucun mot ne sort de la bouche de ma mère, qui pourtant remue. Quand Alex va rentrer, je vais lui préparer le dessert qu'il préfère, une crème au chocolat. Le bruit s'arrête et je sombre de nouveau.

21

Dans le petit cottage où Olivia et Ted hébergent leurs amis, Ginger va et vient sur le sol de la cuisine, cherchant un coin pour se poser. Elle tourne sur elle-même à trois ou quatre reprises, et décide finalement de s'allonger juste devant la cuisinière. Je n'ai pas l'énergie nécessaire pour la forcer à se déplacer, bien que j'aie du mal à atteindre les brûleurs. Mon bras gauche, telle une aile brisée, reste mou et peu fiable. Une kinésithérapeute vient trois fois par semaine, pour me demander de serrer entre mes doigts une balle de tennis.

— C'est beaucoup mieux, madame Latham, répète-t-elle, concentrée sur mon geste, afin d'éviter mon regard.

Mon cerveau commande à mon corps de bouger, mais celui-ci s'obstine à refuser, incapable de sortir de sa somnolence. Depuis ma sortie de l'hôpital, il y a trois

Tous sans exception

semaines, j'apprends lentement à accepter cette frustration. Ginger gémit ; je lui donne un morceau de carotte qu'elle mâche bruyamment, avant de gémir de nouveau. Je prépare une soupe de légumes d'après une excellente recette. Comme elle peut être congelée sans perdre ses qualités, je vais en remplir des bacs à glaçons. Pour le déjeuner, ou le dîner avec Alex, il me suffira d'en prélever quelques cubes et de les réchauffer. Elle est délicieuse. Glen l'appréciait toujours à cette période de l'année. « De la soupe ! » s'exclamait-il comme si un bol de liquide chaud était le plus beau cadeau du monde.

Alex affirme qu'il l'aime aussi, mais je n'arrive pas à me souvenir si c'est vrai. La plupart du temps, il mange à la table d'Olivia, avec Ben et ses frères. Quand il est ici, il reste debout, son assiette à la main, appuyé contre le comptoir, sans doute parce que la table minuscule n'est conçue que pour deux. Lorsque nous nous asseyons l'un en face de l'autre, nous composons un tableau qu'aucun de nous ne peut supporter.

Peu de bacs à glaçons restent disponibles, alors que j'ai préparé beaucoup de soupe. Il n'y a plus de place dans le congélateur. Il abrite déjà les lasagnes, le ragoût d'agneau et les quatre pains, dont celui au fromage, que j'ai confectionnés la semaine dernière. J'ai toujours procédé ainsi, mettant de la nourriture en réserve afin que nous disposions d'un bon repas chaud le soir, même quand je ne suis pas à la maison.

Je ne sors pas beaucoup. Cette petite maison douillette, décorée avec goût par Olivia, est agréable et chaleureuse. C'est le genre d'endroit où on se sent en sécurité. Parfois, je vais marcher à la lisière du bois avec Ginger, mais elle

Tous sans exception

veut toujours rentrer au bout de quelques minutes, ce qui est aussi mon cas. Une neige de plusieurs jours recouvre le sol, parsemée par endroits d'empreintes sombres et régulières, mélange de cendre, de boue et de lambeaux d'herbe souillée révélés par mes pas. Ginger, trop légère pour casser le vernis glacé qui recouvre la neige, ne laisse aucune trace. Pendant les deux premières semaines, elle n'a rien mangé du tout, pas même ses friandises préférées – morceaux de pommes et os de côtes de porc.

— Allons, tu sais bien que tu adores ça ! s'exclamait Alex, assis en tailleur près d'elle, un morceau de viande ou de fromage dans la main.

Elle se contentait de poser la tête sur ses pattes et de lever les yeux vers lui, le front plissé.

En mai, elle aura dix ans. Nous avions coutume de nous demander quel âge auraient les enfants quand Ginger atteindrait cinq ans, puis dix. Nous ne sommes jamais allés plus loin. Nous ne voulions pas savoir quel âge ils auraient quand nous serions obligés de demander au vétérinaire de l'endormir.

C'est moi qui ai été endormie, si profondément qu'en inspectant toute la maison, les policiers ont cru que j'étais morte. L'un d'eux a emmené Ginger jusqu'à sa voiture et l'a fait monter à l'arrière, derrière le grillage. Il l'a relâchée presque aussitôt car elle s'est jetée avec tant de force contre la grille qu'elle a cassé deux de ses incisives et s'est arraché un ergot. Pendant que j'étais à l'hôpital, Olivia l'a emmenée chez le véto qui lui a ôté les deux dents et a pansé sa patte. Elle boite toujours un peu ; j'ai l'impression qu'il s'agit davantage d'une séquelle de son traumatisme, que la manifestation d'une douleur.

Tous sans exception

Notre chienne m'a sauvé la vie. En se réveillant, le matin du Nouvel An, notre voisin le plus proche a vu que la porte de notre maison, ouverte, battait violemment sous le vent glacial. Quand il s'est avancé pour la fermer – je l'imagine en train de crier « Il y a quelqu'un ? Glen ? Mary Beth ? Tout va bien ? » –, Ginger hurlait à la mort dans son abri. Il a appelé la police. C'est ce que l'on m'a dit. Je ne sais de cette nuit que ce qui m'a été raconté. Mon propre récit se bornerait à préciser que les amis de mes enfants faisaient trop de bruit dans le séjour et que mon mari est descendu pour les réprimander puis les renvoyer chez eux. Selon les journaux, m'a expliqué Nancy, j'aurais dormi pendant tous les événements, ce qui est plus ou moins vrai. Une telle histoire, vécue par une autre et relatée de cette façon, me paraîtrait incroyable. Car c'est ce que nous faisons tous : nous nous imaginons à la place d'autrui, convaincus que nous nous comporterions beaucoup mieux. Après nous être fait peur en vivant par procuration des tragédies, nous retournons à la sécurité de notre vie ordinaire, du moins en sommes-nous persuadés.

Lorsque j'essaie de m'imaginer à ma place, je prends un autre comprimé. Les sensations qu'il me procure me rappellent la façon dont je voyais le monde, et dont le monde me voyait, lorsque le voile de mon mariage était baissé sur mon visage, juste avant que Glen ne le relève. Il donnait à tout ce qui m'entourait une douce patine blanche. Bientôt, je vais cesser de prendre des médicaments, sauf la nuit. Je ne sais pas comment je pourrais dormir sans eux. Quand j'en avale un, je prends un livre et tourne les pages au rythme de ma lecture supposée. N'ayant aucune idée de ce que le texte contient, je

Tous sans exception

m'endors soudain, pour une durée de cinq ou six heures. Alex ignore que sous son lit se trouve un écoute-bébé dont le récepteur est placé sous mon oreiller, réglé à sa puissance maximale, afin que le moindre bruit me tire de mon sommeil artificiel. Avant de prendre le somnifère, je tends l'oreille pendant une demi-heure, en surveillant la pendule. Aucun son ne me parvient jamais. Ginger s'installe plus confortablement contre la cuisinière et laisse tomber sa tête lourde sur le sol. Une fois la soupe remuée, je vais m'asseoir sur le divan du petit salon. Mon esprit bourdonne et s'interrompt, bourdonne et s'interrompt, comme un réveil cassé. Je perds constamment la notion du temps, comme je l'ai fait cette nuit-là, comme pendant mon séjour à l'hôpital. Fixant le miroir biseauté au fond de la pièce, ou la poignée ovale de la porte, je plonge dans une rêverie, qui ne contient absolument rien, ni personnage, ni sensation. Parfois s'élève une voix familière, qui me fait frissonner. Alors que la rêverie prend fin, je trouve quelque chose à faire, même s'il s'agit simplement de remuer de nouveau la soupe. Quand je me lève, il arrive que mon visage soit mouillé ; je l'essuie machinalement avec une serviette en papier sans songer que ce sont des larmes. L'avantage de vivre dans cet endroit nouveau, où je ne sais toujours pas déplacer la grille du four, ni régler correctement le thermostat, c'est que je n'ai pas l'impression d'y vivre ma vie. J'y flotte dans une sorte de coma, entre ce qui était et quelque chose d'autre, quelque chose à quoi je suis incapable de penser. Ce qui va venir ne m'effleure pas, excepté la recette de chili que je pourrais essayer. Demain, chili. Ou peut-être même aujourd'hui.

Tous sans exception

Il n'est pas encore midi. Pour remplir le reste de la journée, je vais peut-être emmener Ginger en voiture sur les routes de montagne où par le passé j'ai réalisé des plantations. Seule dans le véhicule, je peux adopter un comportement impossible ailleurs : hurler, pousser des jurons, me parler à moi-même ou m'adresser à des absents. Personne ne m'entend, même s'il est préférable que je me calme aux feux rouges, afin que la personne qui s'arrête à côté de moi ne pense pas que j'ai perdu la raison. « Pauvre Mary Beth Latham, dirait-elle à l'école ou au club. Je l'ai vue parler toute seule au carrefour de Main Street et de Valley Road. »

La première fois que j'ai pris la voiture, j'ai veillé à rentrer avant 15 h 30 afin d'être à la maison pour le retour d'Alex. J'ai entendu claquer la portière du monospace d'Olivia. Dans la cuisine, j'ai pris une pose, près de la petite table, et ordonné à mon cerveau d'imprimer un sourire sur mon visage, ce qu'il a accepté de faire ; cependant, quand je lui ai demandé de placer ma main gauche sur un dossier de chaise, il a refusé. Ginger a gémi. Au bout de dix minutes, ne voyant pas entrer Alex, j'ai gravi la colline en courant dans les chaussures légères que j'avais enfilées pour conduire. Évidemment, elles étaient trempées au moment où j'ai frappé à la porte.

— Que se passe-t-il ? s'est écriée Olivia en voyant mon visage et devant les aboiements bruyants de la chienne.

— J'ai entendu ta voiture, mais Alex n'est pas rentré. Tu sais où il est ?

— Au basket, a-t-elle répondu d'une voix très calme en posant la main sur mon bras, le regard vissé au mien

Tous sans exception

alors qu'elle m'attirait à l'intérieur. Ils ont un entraînement cet après-midi.

Son accent anglais, précis et paisible, m'a sans doute aidée à comprendre ce qu'elle me disait. À l'hôpital, comme plus tard, quand elle m'a tenu compagnie, j'ai remarqué pour la première fois que la voix d'Alice fonctionnait en *glissando*. Montant puis redescendant en permanence, elle me donnait un mal de tête et des palpitations.

— Quand tante Alice retourne-t-elle chez elle ? a demandé Alex un soir, alors que nous mangions de nouveau des sandwichs pour dîner.

— Demain, ai-je répondu spontanément.

Liam, resté avec sa nounou trinidadienne, pleurait chaque soir à la tombée de la nuit.

— Je reviens bientôt, ma belle ! a promis Alice en m'embrassant.

La voix d'Olivia est aussi mesurée et reposante que sa propriétaire, qui m'a sauvé la vie. Elle nous a offert un endroit où nous installer. Quand Alex est rentré du Colorado avec un teint de caramel, elle l'a installé dans la chambre de Ben, et a elle-même dormi dans le couloir juste devant la porte, sur un matelas gonflable. « Il dit qu'il ne veut pas en parler », lui avait dit Ben.

Nous n'en parlons pas. Alex va à l'école et je prépare ses repas, c'est tout. Au cours de la semaine qui a suivi ma sortie de l'hôpital, nous sommes tous deux allés assister à un service commémoratif. Durant toute la cérémonie, j'ai serré très fort la main de mon fils, inerte dans la mienne. Sarah a pris la parole, ainsi qu'Ezra, Nancy et Bill ensemble, puis Doug, le frère de Glen. La chorale du

Tous sans exception

lycée a chanté, « *You've Got a Friend* », je crois. Ce jour-là, j'ai pris beaucoup de comprimés, mais je me souviens de la main d'Alex, des gros bouquets d'amaryllis et de verdure sur la scène du foyer socio-éducatif, ainsi que des photographies de Glen, de Ruby et de Max sur des chevalets. Au centre, il y avait un cliché de nous cinq à Londres. Max regardait de côté et Ruby avait les cheveux dans les yeux.

— Est-ce que c'est la plus réussie ? avait demandé Glen quand je l'avais choisie comme carte de vœux.

— Sur les autres, tout le monde bouge, avais-je répondu. C'est la moins ratée.

Jacqui, l'amie avec laquelle Ruby a partagé sa chambre pendant l'atelier d'écriture, a lu un poème de ma fille, que je n'avais jamais entendu auparavant :

Comment puis-je désirer autre chose
Que cette minute, alors que scintillent les étoiles sur fond de
[*velours*
Sans le moindre rideau de nuages
Et que la terre au-dessous exhale l'odeur riche et pleine
De nous deux, étendus ici,
Le regard tourné vers les cieux.

J'ai fondu en larmes. La main d'Alex s'est raidie dans la mienne et ses sourcils se sont froncés, lui donnant cette expression de colère familière aux hommes qui essaient de ne pas craquer. Le père de Glen avait la même. Derrière lui, Stan sanglotait dans un énorme mouchoir, un bras autour de ma mère qui caressait sa cuisse large et charnue comme s'il était un bébé en mal de consolation.

Tous sans exception

Je n'ai pas parlé à Jacqui après sa lecture. Quelque part sur le bureau du séjour de la petite maison, au sein de la grosse pile de courrier, se trouve une lettre charmante qu'elle m'a écrite ; un mot de Chip, le jeune homme qui avait raccompagné Ruby ; et un autre de la jeune fille du camp de vacances que Max aimait bien. La pile était beaucoup plus importante au début, mais Nancy a trié les papiers tous les soirs pendant une semaine en rentrant du travail. Elle a éliminé tous les prospectus religieux relatifs à un monde meilleur et à la vie éternelle, les messages de prisonniers qui me demandaient si je voulais correspondre avec eux, et les lettres aux caractères majuscules pointus nettement identifiables des schizophrènes, qui devaient à tout prix me faire comprendre que ma famille était en fait prisonnière d'une installation nucléaire dans le désert.

— Il y a tant de fous pathétiques dans le monde ! s'est écriée Nancy, les mâchoires serrées.

L'espace d'un instant, j'ai cru qu'elle parlait de moi.

Elle n'a jamais lu la lettre de Deborah Donahue, car je suis sûre qu'elle l'aurait jetée, voire brûlée. « Vous avez tué mon fils », m'a écrit la mère de Kiernan d'une écriture de folle en grandes majuscules. Notre relation avait toujours témoigné d'un synchronisme surprenant. Pendant une année, quand les enfants étaient petits, même nos cycles menstruels survenaient au même moment. Nous nous étions promis de ne pas aller l'une chez l'autre pendant cette période, car nous pensions nous disputer presque à coup sûr. Maintenant, nous sommes deux mères endeuillées qui, voyant le désastre ramper vers nous, avons réagi de la même façon, en nous convainquant qu'il s'agissait d'une illusion d'optique.

Tous sans exception

La père de Kiernan est venu au service. Quand il a voulu me serrer dans ses bras à la fin, je me suis détournée. Les gens s'écartaient de lui avec ostentation, comme s'il avait une maladie contagieuse.

— Je n'arrive pas à croire qu'il ait le culot de venir, s'est exclamée Nancy, assez fort pour qu'il l'entende.

— Ça ne fait rien, ai-je chuchoté, avant de m'éloigner. Qu'est-ce que cela peut me faire ? Qu'est-ce qui peut dorénavant avoir de l'importance ? Hormis Alex. C'est ce que je dois me répéter. À l'hôpital, ma mère a entendu une infirmière murmurer que toute ma famille avait disparu.

— Elle a un fils, a-t-elle rétorqué froidement.

J'ai un fils, qui va avoir faim en rentrant. Après le service, à cause de ma blessure, de notre maison scellée, de la police et des interrogatoires, personne n'a apporté de plats ni de gâteaux comme les gens ont l'habitude de le faire après un enterrement. Quand j'ouvre le congélateur débordant de nourriture, je me rends compte que je prépare le repas de mes propres funérailles.

J'emporte la plus grande partie de ma soupe jusqu'à la maison d'Olivia, qui ouvre la porte et m'annonce :

— Je viens juste de mettre l'eau à chauffer pour le thé.

Ginger, qui est entrée aussi, s'allonge entre nous sous la table de la cuisine. Il n'est pas question que je la laisse seule. Entre les phrases qu'Olivia et moi prononçons, le calme de la maison est si intense, que je perçois le tic-tac de la grande horloge dans le couloir. Heureusement, ma compagne ne cherche pas à rompre le silence. Elle sait écouter, bien que je n'aie rien à dire, en tout cas rien dont je puisse parler à haute voix. Quand le son du balancier

Tous sans exception

devient trop fort, je redescends la colline, n'ayant rien retenu de ce dont nous avons parlé. Je m'assieds de nouveau sur le canapé, la tête de Ginger sur mon pied. Parcourant d'un doigt la longue cicatrice de mon épaule, je me répète : Glen est mort, Ruby est morte, Max est mort. C'est de cette manière que j'apprenais les récitations quand j'étais petite. J'essayais de bien les mémoriser, pour les comprendre enfin.

22

Je sais maintenant ce que l'on éprouve sans médicaments ou, plus précisément, avec moins de comprimés. La lumière blesse autant que des échardes de verre, les vitres des fenêtres luisent comme un miroir, le miroir renvoie l'image d'une femme grise aux yeux noirs. J'ai enfilé la robe que je portais lors du service commémoratif et, en fermant la fermeture Éclair de mon bras valide que je glisse le plus haut possible dans mon dos, je me dis que je jetterai ce vêtement demain matin.

— Garde-la pour une œuvre caritative, me conseillera forcément ma mère.

Non. Ce tissu a maintenant sa propre histoire : j'aurais l'impression de donner un pull entièrement mité ou une commode vermoulue.

Au moment où je me gare devant le cabinet du notaire, des hommes en costume sombre sortent d'une file de

Tous sans exception

voitures. Les claquements de leurs portières me souhaitent la bienvenue. Alors qu'ils convergent dans ma direction, ils m'évoquent des porteurs de cercueils : le père de Glen ; Doug, son fils ; Richard, mon frère ; et Bill, le mari de Nancy. Ils se sont retrouvés au siège de la compagnie d'assurances de Bill et se sont suivis jusqu'ici pour faire leur travail de deuil de la façon qui leur paraît la plus utile : en se chargeant des procédures administratives. Je me demande si, sur les petites routes, ils ont allumé leurs phares comme en une procession funéraire. Chacun d'eux pose un baiser sur ma joue.

Richard et moi pénétrons les premiers dans le vaste hall scintillant, les doigts entrelacés. Quand mon frère nous annonce, le père de Glen lisse ses cheveux du plat de la main. Son veston est ouvert – je suis certaine qu'il ne pourrait pas le boutonner s'il le voulait. Ce costume est probablement celui qu'il a acheté, il y a onze ans, quand sa femme est morte d'un cancer du sein. Même à cette occasion, il n'a pas pleuré. « Ils ont fait tout ce qu'ils pouvaient », répétait-il aux gens présents, ajoutant : « Elle a lutté jusqu'au bout. »

Depuis cette date, bien que les veuves de son entourage lui apportent des ragoûts et des cookies faits maison, il vit toujours seul et dirige sa société de couverture avec Peter, l'autre frère de Glen. Il grimpe encore sur les toits et se met à califourchon sur les poutres. La femme de Peter se charge de lui acheter ses vêtements, d'organiser l'emploi du temps de son aide ménagère et de faire ses courses. Au fond, sa vie n'est pas très différente de ce qu'elle était du vivant de son épouse. Je ne cessais de le répéter à Glen, mais j'en ai honte maintenant. Vivre avec

Tous sans exception

quelqu'un, même si on ne se parle pas beaucoup, ou qu'on ne remarque pas souvent sa présence, n'est pas du tout la même chose que vivre seul.
— Comment vas-tu, papa ? dis-je.
Je l'appelle très rarement ainsi. Il tousse pour cacher ses yeux rougis, craignant de se sentir mis à nu par cette preuve de tendresse.
— Bien pour un vieil homme, répond-il comme d'habitude, en appuyant cette fois son geste d'une petite pression sur mon épaule.
Glen raconte que, lorsqu'il était petit, il pensait que son père était un géant. Toujours imposant, ce dernier vieillit comme nombre d'hommes de haute taille, avec un ventre proéminent et un cou épais tendu en avant, tel celui d'un dinosaure. Il a insisté pour venir. Mon frère également, quoique sa façon de constamment lever la main au niveau du cœur, sur la poche de poitrine où il a glissé son mobile, prouve qu'une partie de lui reste liée à son bureau. J'aime et j'admire mon frère, comme quelqu'un que l'on voit deux fois par an lors de soirées. Il éprouve la même chose à mon égard. Nous ferions n'importe quoi l'un pour l'autre, tout en étant reconnaissants de n'avoir jamais à rien faire vraiment.
— Comment va Alex ? s'enquiert mon beau-père dans l'ascenseur. Est-ce qu'il s'entraîne beaucoup ?
— Il n'est qu'en première année, papa, intervient Doug.
— Pour un membre de l'équipe de première année, il a de nombreux entraînements, explique Bill. S'il ne se blesse pas, il finira certainement par jouer à la fac. Pas en division 1, mais dans des divisions plus modestes.

Tous sans exception

— Ce n'est pas certain. Les joueurs de la fac sont des monstres maintenant, des aberrations de la nature. On verra comment il grandit.

Devant l'expression de mon visage, mon frère me serre la main. Sans l'effet des comprimés, son geste me paraît violent, comme s'il essayait de me faire recouvrer mes esprits plutôt que de me consoler. Peut-être a-t-il peur que je me mette à hurler si j'entends un mot de plus sur l'éventuelle carrière de basketteur d'Alex ? Ne s'inquiète-t-il pas surtout à l'idée de m'entendre crier ? Même les gens qui me connaissent le mieux me regardent à présent avec une expression de crainte. Ils ont peur de moi, peur du spectacle horrible que je leur donnerais si je m'effondrais sous le fardeau qui m'accable. Ils ne peuvent savoir que, pour Alex, je consacre tout mon temps, toute mon énergie, à faire en sorte que cela ne se produise pas. « Elle a un fils », a dit ma mère aux infirmières.

Je me souviens de ce cabinet où nous sommes venus pour la signature de nos testaments, il y a cinq ou six ans. Le notaire s'appelle Reinhold. Je suis stupéfaite de me rappeler ce détail, bien que ce nom soit inscrit sur le dossier posé sur mes genoux. Impossible de me remémorer son prénom, mais c'est sans importance.

— Bonjour, monsieur Reinhold, dis-je.
— Je vous en prie, appelez-moi Larry.
— Larry.

Il fait le tour de son bureau, s'incline et murmure :
— Mary Beth, je suis désolé.

D'un geste de la main, je l'empêche d'en dire plus. Les gens ne comprennent pas à quel point les mots peuvent se révéler vides, inutiles, horribles. Loin de nous consoler, ils

Tous sans exception

se contentent de nous maintenir à distance. J'ai envie de dire : « Taisez-vous, pour que je redevienne ordinaire et pour qu'il soit possible de prétendre que nous sommes ici pour des affaires courantes. Je pourrai ensuite retourner sur mon canapé dans le cottage d'Olivia, et vider mon esprit ». Les regards aussi se révèlent importuns. Quand je sors – rarement –, les mines de ceux que je rencontre me heurtent autant que les mots. Autrefois, leur visage neutre formulait l'équivalent d'un simple « Bonjour ». Maintenant, ils bégaient en s'efforçant de ne pas se montrer trop curieux – doucement, doucement, stop, en arrière, stop, en arrière, balbutiement, glissement : on dirait un pas de danse. « Oh mon Dieu, mon Dieu ! Tu sais qui c'est ? Cette pauvre femme. » Même la réceptionniste s'est comportée ainsi à notre entrée. Je suis comme une grande brûlée, dont les cicatrices, invisibles, donnent libre cours à l'imagination. Pour moi, toutefois, elles restent concrètes : en l'absence de peau, mes nerfs sont douloureusement exposés à l'air. Il faut que je rentre.

Le bureau de notre notaire évoque celui d'un avocat anglais : table et commode d'acajou, chaises de cuir rouge, gravures présentant des scènes de chasse. Je crois que, la fois dernière, Glen et moi en avons plaisanté en partant ; lorsque j'entends mon mari s'esclaffer, je fais aussitôt le vide dans ma tête. On apporte quelques chaises de la salle de réunion pour que tout le monde puisse s'asseoir. Les médicaments restent longtemps dans l'organisme ; il va falloir que je me concentre énormément pour pouvoir suivre la conversation.

— L'un d'entre vous est-il avoué ? demande Larry Reinhold.

Tous sans exception

— Nous sommes tous des entrepreneurs, répond mon beau-père. En fait, aucun des hommes qui m'accompagnent n'a besoin d'être là. Peut-être se sont-ils sentis frustrés quand, à l'hôpital, j'ai décidé de faire très vite incinérer les corps. Les corps, me suis-je répété encore et encore, afin de m'en convaincre.

— J'aurais voulu leur dire au revoir, a déclaré mon beau-père.

Son épouse, les lèvres fines ornées de son rouge à lèvres habituel – *Récif de Corail* d'Estée Lauder, je crois –, avait été exposée dans son cercueil, vêtue du tailleur qu'elle avait porté l'année précédente à Pâques.

J'ai dit au revoir à Max avant de partir pour le réveillon chez Nancy et Bill. Derrière sa porte fermée, il allait et venait en traînant les pieds, impatient de nous voir nous éclipser ; je me dis maintenant que j'ai bien fait de ne pas me montrer trop intrusive, de ne pas avoir enfoui mon visage dans sa nuque et arrangé ses cheveux, de ne pas l'avoir horripilé par mon affectueuse omniprésence. J'ai dit au revoir à Ruby : alors qu'elle enfilait son manteau pour se rendre à une autre soirée, à l'atmosphère plus jeune et plus gaie, je l'ai serrée contre moi, le visage dans sa chevelure ; je me dis maintenant que j'ai bien fait de ne pas insister pour qu'elle se montre prudente et ne rentre pas trop tard, de ne pas l'avoir poussée à tourner vers moi un visage agacé par mes marmonnements nerveux. J'ai dit au revoir à Glen quand, excédé, il a abandonné sa place chaude près de moi alors que je me rendormais ; je me dis maintenant que j'ai bien fait de ne pas lui dire, une der-

Tous sans exception

nière fois, comme je le faisais étant jeune, pas seulement avec mes lèvres, mais avec mon cœur : « Je t'aime. »
— Est-ce que vous voulez les voir ? m'a-t-on demandé à l'hôpital.

Et soudain, avec une terreur mêlée de répulsion, j'ai su qu'ils se trouvaient là, dans le même bâtiment, attendant d'être réclamés, attendant que quelqu'un prenne une décision. J'ai compris qu'il suffisait que je descende dans les entrailles de l'édifice pour trouver leurs corps – ou plutôt quelque terrible fac-similé vidé et martyrisé.
— Non, ai-je répondu. Non !

Pendant un moment, j'ai cru que le bruit terrifiant allait se produire de nouveau, car je savais alors qu'il venait de moi.
— Tu es sûre ? a murmuré Nancy. Ça pourrait t'aider.
M'aider à quoi ? ai-je pensé dans la brume de mon cerveau. M'aider à les tuer pour toujours ? À transformer ma famille joyeuse et aimante en un alignement silencieux de formes figées, sans regard ?
— Arrête ! ai-je hurlé.

Alice a fixé Nancy avec une expression qui ressemblait à de la haine.
— Laisse-la tranquille, s'est-elle écriée. Fiche-lui la paix !

— C'est une simple donation au dernier vivant, une preuve d'amour, déclare Larry le notaire.

Si je disparaissais avant Glen, tout ce que nous avons devait lui revenir ; s'il disparaissait avant moi, tout me revenait. Une preuve d'amour : je t'aime. La phrase tourne en boucle dans mon esprit comme un panneau publicitaire défilant. Je t'aime, je t'aime, je t'aime.

Tous sans exception

Chaque année, quand il m'envoyait des roses pour mon anniversaire, Glen écrivait ces mots sur la petite carte que le fleuriste lui donnait. J'ai raté quelque chose, je ne sais pas quoi. Je m'applique à écouter de nouveau, mais je n'y arrive pas. Je t'aime, je t'aime. Où suis-je ?
— ... tuteur, dit Larry.
— De toute évidence, la question ne se pose pas, précise Bill.
Il y a plusieurs années, nous avions discuté de la personne que nous devrions choisir comme tuteur légal de nos enfants, en cas de malheur. J'avais évoqué Deborah et Kevin, mais avant même la noyade de Declan, Glen ne voulait pas en entendre parler. Mon testament stipule que si quelque chose m'arrivait, Richard et sa femme s'occuperaient d'Alex. Je regarde mon frère, qui passe la main sur le dossier de mon fauteuil. Dès que j'aurai l'occasion d'y penser, je modifierai cette disposition en faveur d'Olivia, je pense, ou peut-être d'Alice.
Glen s'est montré si prudent, si responsable. Grâce à l'assurance de la maison, il n'y a plus de traites à payer : l'avantage de cette pratique, c'est que trois acheteurs potentiels se sont déjà présentés. En outre, grâce à l'assurance-vie de mon mari, je me retrouve avec beaucoup d'argent. Bill sait tout cela, puisqu'il est notre courtier.
— Alors, elle n'a plus aucun souci à se faire ? demande mon beau-père.
C'est l'une des choses qu'il répétera : Glen a pris toutes les dispositions pour que sa femme n'ait aucun souci matériel. J'ai gagné le gros lot, en somme.
Tout est réglé. Le testament va être homologué ; l'argent de l'assurance sera très vite versé sur notre compte

Tous sans exception

épargne, transféré à mon seul nom et la clientèle de Glen sera vendue.
— Au plus fort enchérisseur, n'est-ce pas ? s'enquiert Bill.
— Je veux avoir des entretiens avec les acquéreurs, dis-je soudain, surprise par ma propre intervention.
— Avec les médecins intéressés ? dit Larry Reinhold.
— Nous pouvons nous en occuper pour toi, déclare Bill.
Tout le monde veut faire quelque chose pour moi. Que pensent-ils qu'il me restera, une fois que tout sera fait ? Préparer de la soupe ? Conduire des heures sans but ? Feuilleter des livres de cuisine ? Dormir ? Le fantôme de Mary Beth Latham flottera, insensible à tout, au sein de sa propre existence, dans l'attente de quelque chose à faire, de quelqu'un qui se manifeste. Dans l'attente de trois voix familières.
— Je souhaite m'entretenir avec eux. Il est hors de question que les patients de Glen se retrouvent avec quelqu'un d'antipathique. Cela ne lui plairait pas.
C'est quelque chose que je peux faire, je pense. Je t'aime. Je prononce ces mots presque à haute voix.
Personne ne répond. Finalement, Larry écrit quelque chose et hoche la tête.
— Je peux arranger ça. Ici, probablement ; plutôt qu'au cabinet. Qu'en pensez-vous ? Autre chose ?
— Pourquoi ne pas porter plainte ? suggère mon beau-père. Peut-on poursuivre ce salaud ? Pouvons-nous poursuivre ses parents pour leur, leur, enfin…
— Négligence, dit Doug. Est-ce faisable ?
Il a fallu trois jours pour trouver Kiernan. Si l'on voulait faire preuve d'indulgence, on dirait que la police

Tous sans exception

locale était totalement perdue ; selon mon beau-père, elle s'est montrée totalement incompétente. Quoi qu'il en soit, elle a passé une journée entière à chercher Alex après avoir trouvé des vêtements couverts de sang empilés sur le sol de sa chambre, au lit non défait. Les agents ont visité les demeures des amis des enfants, interrogé les voisins, mis la maison sens dessus dessous, effaçant ainsi les indices potentiels. Au bout de trois jours, alors que les journaux se repaissaient des événements, des erreurs commises, et de la nouvelle qu'Alex était en fait à des milliers de kilomètres de la forêt que l'on passait au peigne fin dans l'espoir de le retrouver, la police d'État a pris le relais. Dès que les nouveaux enquêteurs ont ouvert la pièce au-dessus du garage, ils y ont découvert Kiernan, pendu à une poutre par une corde de nylon bleu et or, corde que j'avais achetée afin d'attacher quelques planches de contreplaqué sur le toit de ma voiture, pour un projet paysager dont je ne me souviens plus. La corde m'avait frappée uniquement parce qu'elle avait les couleurs de l'école.

Apparemment, Kiernan vivait depuis des mois par intermittence au-dessus de notre garage. Alors que sa mère pensait qu'il passait le week-end avec son père, ce dernier croyait qu'il était avec elle. Tous deux avaient parfois imaginé qu'il était invité chez un nouveau copain de classe. Il ne risquait pas d'avoir de nouveaux copains, dans la mesure où il ne faisait que de rares apparitions au lycée. Quand quelqu'un appelait pour signaler son absence, il effaçait le message ; quand des lettres arrivaient, il les détruisait. Comme il avait dû avoir froid à l'approche de l'hiver, dans cette chambre non isolée,

Tous sans exception

blotti dans son vieux sac de couchage – celui-là même qu'il avait utilisé pour regarder le ciel avec Ruby ! Il avait dit la vérité à Halloween, en évoquant un énorme projet. Celui-ci s'étalait sur les murs nus de la pièce : des dizaines et des dizaines de photos qu'il avait prises des membres de notre famille – à table, dans le jardin, dans Main Street, devant le lycée. Ruby en était le sujet principal, bien sûr, mais nous y figurions tous. Une fois les clichés collés, il avait tracé dessus dans tous les sens, à l'aide d'un spray de peinture rouge, en lettres capitales, les mots « familles heureuses ». La police n'avait pas saisi l'allusion à *Anna Karénine*[1], qui ne m'avait pas échappé. Ruby et Kiernan avaient lu le roman pour le cours de littérature. Ruby s'était montrée méprisante envers Anna qui choisissait d'abandonner son fils pour son amant, tandis qu'aux yeux de Kiernan la jeune femme n'y pouvait rien, c'était l'amour qui l'avait poussée à agir ainsi, à se jeter sous le train ; c'était l'amour qui poussait les gens à faire des choses qu'ils n'auraient jamais faites autrement.

J'ai entendu Alice et Nancy parler de la catastrophe, et du fait qu'une galerie de New York avait proposé de déplacer les murs du garage pour les exposer.

— Il ne faut vraiment pas avoir honte, avait déclaré Nancy.

— Tu as vu la photo ?

— Ne me dis pas qu'elle est stupéfiante. Si j'entends ce mot une fois de plus, je vais cogner sur quelqu'un.

---

1. « Les familles heureuses se ressemblent toutes, les familles malheureuses sont malheureuses chacune à sa façon. » *Anna Karénine*, Léon Tolstoï.

Tous sans exception

Sans doute étais-je supposée dormir, alors qu'elles discutaient des « différents scénarios » possibles qui avaient conduit à cette tragédie. Cependant, quand j'avais imaginé ces lettres rouges oblitérant nos visages, nos yeux, nos vies, le seul scénario qui pouvait avoir un sens pour moi était celui que je trouvais le plus difficile à croire : Kiernan voulait simplement nous rayer de la surface du monde.

— Pas de dépôt de plainte, dis-je.

Larry Reinhold paraît soulagé. Peut-être sait-il ce qu'il en est : soit je n'ai pas su percevoir l'obsession morbide d'un jeune homme qui faisait partie des meubles dans sa propre maison, soit je savais parfaitement de quoi il était capable, mais je l'accueillais néanmoins comme l'un des miens.

— Il n'est pas question d'argent ici, continue mon beau-père. Il s'agit de responsabilité. S'il était encore en vie, il serait condamné et pourrirait en prison. À présent, nous sommes confrontés à une absence de responsable.

Glen l'avait dit une fois à son père : « Tout est toujours la faute de quelqu'un. Si la foudre frappe ta maison, c'est parce que tu n'as pas installé le paratonnerre où il le fallait. »

— Non dis-je. Ce sujet est clos.

Je veux rentrer, prendre mes comprimés. Je ne peux plus respirer. Il y a un trou de mite sur ma robe.

Mais tandis que je serre la main de Larry, mon beau-père reprend :

— Et moi ? Est-ce que je peux poursuivre ces salauds ?

Je me dirige vers la porte.

Tous sans exception

— Papa, ce n'est pas le lieu…, intervient Doug.
— Que veux-tu dire ? Nous sommes chez le notaire.
— Papa, arrête !
— Je me sens obligée de les inviter tous à déjeuner. Finalement, je vais avoir une chance de sortir du congélateur les lasagnes et petits pains complets. Nous nous installons dans le salon, des plateaux sur les genoux. Après avoir aboyé à l'entrée d'étrangers dans la maison, Ginger va et vient dans la pièce, flairant les odeurs de nourriture. Mon frère lui donne un morceau de pain.
— Non, Richard, elle va trop grossir ! dis-je.
— Alex aurait peut-être envie de les poursuivre, reprend soudain mon beau-père.
— Papa, ça suffit ! proteste Doug.
— Où est-il ?
— Au lycée, dis-je. Après, il a un entraînement de basket jusqu'à 18 heures. Est-ce que tu veux rester dîner ? Tu es le bienvenu.

J'ai l'impression de participer à un dialogue de théâtre. J'ai hâte qu'ils s'en aillent. Quand ils seront partis, je pourrai m'asseoir dans un fauteuil. Juste rester assise.

— Nous avons six heures de voiture, répond-il en essuyant son assiette avec un morceau de pain. J'ai un chantier qui commence demain. Peut-être pourrions-nous aller le voir jouer avant de reprendre la route ?

Alors qu'ils se lèvent, j'entraîne mon beau-frère dans la chambre à coucher.

— Je compte sur toi pour l'empêcher de parler de poursuites à Alex. J'essaie de maintenir pour lui une vie normale, je ne veux pas que ton père le perturbe.
— Je te reçois cinq sur cinq, M. B.

Tous sans exception

Doug est le seul à m'appeler ainsi, ce que je trouve adorable. D'une certaine façon, il est davantage mon frère que mon vrai frère, qui est plus un docteur. Pendant tout mon séjour à l'hôpital, Richard a appelé le bureau des infirmières pour surveiller mon traitement et mes soins. Il est resté en ligne avec moi, le troisième soir, quand ils voulaient me libérer et que j'avais peur de partir.

— C'est comme si, en posant un pied par terre, je ne sentais que le vide, ai-je dit, luttant pour aligner les mots. Tu te souviens, quand nous étions au lac, la fois où je suis tombée dans ce trou profond d'où papa a dû me sortir ? C'est ce que je ressens en ce moment.
Mon frère est resté un moment silencieux, puis a déclaré :
— C'était moi, pas papa.
Je ne savais plus ce que je devais croire.
— Je vais leur suggérer de modifier ton traitement, a-t-il ajouté.

— Tu sais, je me demande comment tu fais pour tenir le coup, s'étonne mon beau-frère. Je n'arrive pas à réaliser, tu comprends ce que je veux dire ? Il nous arrivait de ne pas nous parler pendant un mois ou deux, mais je savais que Glen était là. C'est comme si j'avais perdu une partie de moi-même.
Il lève les yeux sur moi, puis les détourne de nouveau, avant de poursuivre :
— Excuse-moi, je devrais avoir honte de te raconter ça. Tu sais ce qui me tue ? Je me souviens d'avoir rencontré ce gosse il y a deux ans, à l'occasion du week-end de

Tous sans exception

Memorial Day, je pense. Il semblait très gentil. Nous le trouvions tous charmant. Les journaux disent qu'il a pris de l'acide ou de l'héroïne. Je n'aurais jamais pensé que c'était un toxico. L'un des scénarios repose apparemment sur cette théorie. Kiernan était maniaco-dépressif et ne suivait pas de traitement ; il en avait eu un mais avait cessé de le prendre ; il était accro à la drogue, à l'alcool, à nous. Quelle différence cela fait-il maintenant ?
— Qui sait ? dis-je d'un ton las.
— Douglas ! aboie mon beau-père du pas de la porte.
Un courant d'air froid nous parvient. Ginger fourre son museau contre ma paume et lèche les miettes du beurre que j'ai étalé sur ma tartine pour parvenir à l'avaler.

Je sais que je devrais haïr Kiernan, mais je n'y arrive pas plus que je n'arrive à croire que je ne verrai jamais plus Ruby, Max ou Glen. Peut-être la prise de conscience, la rage surgiront-elles plus tard. Nous avions installé un système de protection contre les intrus, que nous n'utilisions que lorsque nous partions en vacances. Il n'aurait servi à rien, de toute manière. Notre intrus avait sa place à notre table. Il savait où nous cachions les œufs de Pâques, où nous enterrions nos cochons d'Inde, et nous était si familier que lorsque je l'ai vu sur le seuil de la chambre, j'ai cru que c'était mon propre fils, venu pour m'assassiner.

Ginger saute sur le comptoir pour attraper un gros morceau de pain, le mien, à peine grignoté. Elle file dans la chambre à coucher et rampe sous le volant du couvre-lit, croyant que je vais l'obliger à ouvrir la gueule pour me le rendre. Je la laisse faire. Est-il si important qu'elle grossisse ? Je nettoie la cuisine, puis m'allonge sur le

Tous sans exception

canapé. La chienne, restée sous le lit, doit avoir l'impression d'être dans une caverne. Pendant un moment, je me dis que j'aimerais me glisser près d'elle. Quand Ruby était petite, j'aurais voulu me coucher dans son berceau, pour voir ce qu'elle voyait. « C'est complètement zinzin comme idée, Mary Beth ! » avait décrété Glen.

Le téléphone sonne. C'est le mobile d'Olivia.

— Est-ce que je peux manger chinois avec Ben ? demande Alex.

Les formalités de l'assurance, de la maison, du testament sont réglées et, grâce aux comprimés, tout me paraît plus uniforme, plus supportable. Qu'il mange là-bas ; dans la lumière et le bruit tout doit être simple.

— Papy est venu à l'entraînement, continue mon fils. Il dit que si je grandis assez, je pourrai jouer à la fac. L'entraîneur et lui ont le même tatouage.

— *Semper fi.*

— Papy prétend que ça signifie « Reste fort ».

— À peu de chose près. Ça veut dire « Toujours fidèle ».

Alors que ces mots sortent de ma bouche, je pose le poing sur mes lèvres. Cette phrase, à cause de la signification qu'elle prend pour moi maintenant, me donne l'impression que je vais hurler. Il faudra que je reste fidèle à jamais – au souvenir, à l'histoire, à une vie qui a cessé d'exister, excepté dans ma mémoire.

— La mère de Ben dit qu'elle me renverra à la maison avec une lampe électrique. Elle restera sur le pas de la porte et me regardera jusqu'à ce que je sois rentré.

Durant le long silence qui suit, je m'efforce de repousser la marée de mes sentiments. Mes doigts appuient très

Tous sans exception

fort sur mes incisives. Toujours fidèle. Toujours. Mon Dieu, c'est si long !
— Maman ? Tu es là ?
— Je t'attendrai sur le seuil aussi.
Il a déjà raccroché. Dormir, dormir, il n'y a que dans le sommeil que je me sens en sécurité. Quelle ironie. Dormir. Je t'aime, dis-je intérieurement en dérivant vers l'inconscience.

23

J'ai un nouveau téléphone. L'ancien se trouve quelque part dans notre ancienne demeure où je ne suis pas retournée. Je ne m'en suis même pas approchée.
— Est-ce que tu as réfléchi à ce que tu vas faire de la maison ? me demande mon beau-père chaque fois qu'il m'appelle.
— Pas encore.
— Tu vas avoir du mal à la vendre.
— Je sais.
J'ai aussi un nouveau numéro. Avant de cesser de s'intéresser à moi, les journalistes avaient trouvé comment me joindre. Selon Alice, nous avons eu de la chance : au début de janvier, un sénateur a été arrêté pour adultère dans les toilettes d'un établissement public, et un tremblement de terre a détruit en partie une petite ville au sud de San Francisco ; peu de temps après, on a découvert

Tous sans exception

une cellule terroriste à Detroit. L'officier de police avait déclaré aux reporters que la scène de crime de ma maison ressemblait à celle d'une attaque terroriste, ce qui était sans doute vrai. Mais l'attaque que nous avions subie, au lieu d'être alimentée par un extrémisme religieux ou politique, procédait d'éléments encore plus puissants et lourds de conséquences : l'amour, la rage, le désespoir, toutes ces émotions que les adultes dénigrent et ne peuvent comprendre, car ils ont cessé de les éprouver. Si seulement Kiernan avait vécu assez longtemps pour devenir plus insensible !

Mon mobile sonne. La voix masculine au bout de la ligne me paraît vaguement familière. Au début, je crois qu'un journaliste s'intéresse de nouveau à nous. Après un ronronnement suivi d'un crissement semblable à celui du saphir sur un vinyle, le son devient plus clair et j'entends :

— Madame Latham ? C'est le Dr Vagelos.

Je suis debout devant la table de la cuisine. La pluie de mars se déverse lourdement du toit dans la gouttière qui fait le tour de la maison.

— Oui ?

— Je souhaiterais vous parler de votre fils.

J'entends l'eau frapper les cailloux. *Ping. Ping.* Les sons les plus faibles me paraissent forts maintenant. L'année dernière, Max s'est mis à lire un tas de bandes dessinées sur l'apocalypse, la fin du monde. « Catastrophisme pornographique », avait décrété Ruby. Je comprends désormais l'intérêt de mon fils. Ces visions de villes rasées ne sont que des tentatives de création, par les humains, d'un univers alternatif, au sein duquel ils ne sont pas condamnés à souffrir seuls. Je sais comment le désastre survient,

Tous sans exception

non à cause d'un champignon atomique, mais à cause d'un chuchotement, d'une boule de mouchoirs en papier, du son pesant et incessant de l'averse sur le gravier.
— Il est mort.
Le fait de prononcer ces mots à haute voix donne aux faits une extrême crudité, plus implacable encore que lorsque j'ai reçu les certificats de décès par courrier, lorsque le notaire m'a fait signer les papiers, et lorsque j'ai déposé, sur la planche la plus haute du placard de ma chambre, les urnes rectangulaires chargées de cendres. L'espace d'un instant, tout l'air que contient mon corps disparaît. Je pose le téléphone sur la table et je sors par la porte de derrière, pour marcher sur l'herbe. Je ne sais pas combien de temps s'écoule, mais lorsque je rentre, il n'y a plus personne au bout de la ligne. Soudain le téléphone sonne de nouveau et j'entends le Dr Vagelos, qui parle d'une voix plus douce.
— Je suis vraiment désolé, déclare-t-il sans préambule.
Sans doute l'ai-je vu au service commémoratif. Cheveux sombres, monture de lunettes noires. Ses lunettes. Ce sont elles qui m'ont permis de l'identifier, si c'était bien lui. Il y avait de si nombreux visages ce jour-là. Amis, patients, voisins, camarades de lycée, clients. Si nombreux.
— Merci, dis-je, comme toujours.
— En fait, je vous appelle à propos d'Alex.
— D'Alex ?
— Il est venu me voir hier et veut travailler avec moi. D'habitude, je ne reçois pas de membres d'une même famille, mais je déroge parfois à la règle, en particulier s'il s'agit de jumeaux. J'aimerais l'aider si vous êtes d'accord.

Tous sans exception

— Alex ? Alex veut parler avec vous ?
— Si vous êtes d'accord.
— Il ne m'a rien dit.
— J'ai pensé que ce devait être le cas. J'ai l'impression qu'il a peur de vous inquiéter. Il est dans une situation très rude – je sais bien que vous en êtes consciente. On utilise couramment l'expression « culpabilité du survivant », qui recouvre un phénomène réel. Je pense qu'il éprouve le besoin de parler à quelqu'un qui ne fait pas partie de son entourage habituel.

En l'écoutant, je le vois, ainsi que sa photographie avec son frère. Je supposais que ce dernier était vivant mais peut-être me suis-je trompée. Impossible de lui poser la question : j'ai découvert qu'on n'a jamais envie de parler de la mort.

Au bout d'un moment, il ajoute :

— Si cela vous gêne que je m'occupe d'Alex, à cause de Max, je peux vous recommander quelqu'un d'autre.

J'éprouve un immense sentiment d'amour pour cet homme qui vient de prononcer le nom de mon fils. Personne ne le fait plus. Personne ne prononce leur nom. Et parce que je me sens aussi coupable que les autres, je répète :

— Max.
— Max me manque, conclut mon interlocuteur.
— À moi aussi, dis-je après un énorme effort.

Je reste longtemps assise à la table, puis je grimpe jusque chez Olivia. L'idée de louer un endroit à nous m'est venue, bien qu'Olivia et Ted n'aient cessé de répéter que nous pouvions vivre chez eux indéfiniment, que

Tous sans exception

Ben adore avoir Alex près de lui, que les notes de Ben se sont améliorées depuis deux mois parce qu'ils font leurs devoirs ensemble, et que leurs jeunes fils ont l'impression d'avoir un autre grand frère.

— J'ai besoin de te parler, annoncé-je quand elle ouvre la porte.

Tandis que je lui relate l'appel du Dr Vagelos, elle fixe ses mains, posées à plat sur la table.

— Tu ne crois pas que ce serait bien ? finit-elle par demander. À mon avis, c'est une idée excellente.

— Est-ce qu'il a du mal à tenir le coup ? Quelque chose t'inquiète dans son comportement ?

— Pas vraiment. Il est plus silencieux qu'il ne l'était, mais le contraire me paraîtrait étrange. Ben dit qu'il a l'air triste, parfois. D'après lui, Alex commence à parler de Max, puis s'arrête, comme s'il ne savait pas comment s'y prendre, pas quoi dire. Les garçons n'ont pas l'habitude de s'épancher, n'est-ce pas ? J'aimerais qu'il y arrive. S'il a pris le temps d'aller voir cet homme de lui-même pour qu'il l'aide, je crois que ça ne peut être que bénéfique. Il a besoin de se soulager. Le cabinet de ce médecin est sans doute le seul endroit où il peut le faire.

— Est-ce qu'il s'est déjà confié à Ben ? C'est son meilleur ami.

En prononçant ces mots, je me rends compte que je n'ai parlé ni à Alice, ni à Nancy, ni à Olivia de ce qui nous est arrivé. Le plus urgent pour moi a été de garder ma souffrance et ma colère hors de la lumière, craignant que celle-ci ne les rende insupportables. Comme si elle pouvait m'entendre penser, Olivia répond d'une voix douce :

Tous sans exception

— Je suis sûre qu'il lui semble quelquefois plus facile, ou tout au moins plus simple, de ne pas en parler.
— Même avec moi.
— Surtout avec toi.

Dans sa cuisine blanche, ses yeux bleus, au bord des larmes, scintillent. Je pense au cercle qui s'est formé autour de nous, à notre famille, à nos amis et à notre vœu de silence, qui nous dévore vivants.

Ayant opiné du chef, je retourne chez moi pour chercher mon porte-monnaie et les clés. Après avoir fait monter Ginger à l'arrière de la voiture, je conduis machinalement et sans but le long des collines, des vallées et des routes à une voie couvertes de gravier. Je m'arrête devant la maison où nous avions planté tous ces grands arbres arrachés par la suite, je libère la chienne. Elle flaire avec méfiance le terrain inconnu, puis se ramasse pour prendre son élan et retourner dans le véhicule. Les pousses vertes qui se laissent deviner au bout de quelques branches m'indiquent que les nouveaux arbres ont bien pris, à l'exception d'un seul, près de l'allée, qui évoque un squelette gris. Il va falloir le déterrer et le remplacer, me dis-je en me demandant qui s'en chargerait. L'idée de me retrouver là, en compagnie de Rickie et d'une pelleteuse, pour réaliser un projet, même s'il ne s'agit que de l'avenir d'un arbre, me paraît inenvisageable. J'imagine déjà cette femme en pantalon kaki, les mains sur les hanches, avec aux pieds des sabots de jardinage. D'une certaine façon, elle n'a plus grand-chose à voir avec moi.

Pourtant, je décide soudain de faire semblant pour mon fils, rien que pour l'après-midi. Après m'être garée sur Main Street, je passe devant *L'Armoire de Molly* ; les

Tous sans exception

trois mannequins aux robes fleuries annonciatrices du printemps paraissent peu crédibles par ce temps froid qui empiète sur le mois de mars. Quand j'entre dans le drugstore, le pharmacien, qui est au téléphone, me fait un signe de la main. Parcourant du regard des produits que je n'ai aucune intention d'acheter, je choisis tout de même un shampoing qui, je m'en rends compte, est identique à celui qui se trouve déjà dans ma salle de bains. Je lève les yeux vers la fenêtre du premier étage où Max prenait ses leçons de batterie, mais ne perçois aucun mouvement.

Mon téléphone sonne. C'est Alice.

— Hé, ma belle, articule-t-elle doucement.

Il y a bien longtemps qu'elle ne me demande plus de conseils au sujet de Liam ; ce qui me manque. Et je le lui dis.

— Tu as déjà tellement de préoccupations, répond-elle.

— Je n'en ai aucune. Je viens simplement de passer une heure à... Comment s'appelle ce dont tu m'as parlé à l'église, le fait de marcher et de s'arrêter pour regarder ces petits tableaux qui suivent la marche de Jésus jusqu'au Calvaire ? Il y a des numéros, et des prières ou quelque chose comme ça ?

— Le chemin de croix ? Je n'y ai pas pensé depuis des années. La seule étape dont je me souvienne, c'est celle où Véronique lui essuie le visage.

— Qui est Véronique ?

— Aucune idée. Tu ne parles pas du véritable chemin de croix, n'est-ce pas ?

— Non, je suis dans Main Street, et j'effectue le chemin de croix de Center Valley. Je crois qu'il faut que

Tous sans exception

j'essaie de me comporter comme une personne normale. Ça fait déjà deux mois.
— Oh, chérie, deux mois, ce n'est rien du tout.
— Alex veut voir un psy. Tu en penses quoi ? Olivia trouve que c'est bien.
— Moi de même.
— Moi aussi, je crois. Comment va Liam ?
— Il est amoureux de son institutrice de maternelle, comme tu l'avais prévu.
Ces mots me ferment les lèvres. Qu'ai-je dit d'autre ? De bien attacher le siège auto ? De faire attention aux petits éléments des jouets de plastique ? C'était ce qu'on m'avait suggéré aussi, mais on ne m'avait pas conseillé de surveiller les bruits étranges au milieu de la nuit, ainsi que la pièce au-dessus du garage.
— Mary Beth ?
— Pardon, pardon ! Je suis distraite. Il faut que j'y aille. Je vais à la quincaillerie, j'ai besoin d'un marteau. J'en achète un.
Bien que nous soyons au milieu de la journée, il y a peu de monde dans la rue. Le vent est encore mordant et les nuages jaunâtres laissent présager une ondée. Évidemment, je tombe sur l'une des personnes que j'ai le moins envie de voir : Sandy, la mère de Sarah. Je dois rappeler Alice et lui dire qu'une étape particulière m'attend. Certaines personnes ont un goût prononcé pour tous les signes extérieurs de la tragédie, surtout si elles n'ont aucune raison d'en souffrir. Je sais que Sandy en fait partie. Elle a déclaré à toutes les personnes qui lui ont posé la question, ainsi qu'à celles qui ne lui ont rien demandé, que nous sommes des amies intimes et qu'elle est ravagée

par ce qui s'est passé. Son étreinte est trop prolongée et ses yeux se remplissent trop vite.

— Je pense à toi constamment, déclare-t-elle.

— Merci.

— Ça a été terrible pour Rachel. Elle se sent responsable, et Sarah aussi.

— C'est ridicule.

— Elles n'y peuvent rien. Les sentiments sont les sentiments.

On dirait qu'elle lit l'extrait d'un guide pour mieux vivre. J'en ai maintenant une étagère entière : *Comment faire son deuil, Perdre un enfant, L'Héritage de la violence, Prière et guérison*. On me les envoie. La fille de Stan m'a expédié un ouvrage intitulé *Recommencer sa vie*, que je ne retrouve pas : ma mère a dû s'en débarrasser après l'avoir balancé contre le mur. Quand je me suis mariée, on m'a offert un chauffe-plat en argent, accompagné d'une grosse bougie, et quand Ruby est née, j'ai reçu une robe de velours noir pour enfant ornée d'un délicat col de dentelle. Ces livres sont tout aussi inutiles. Dès que je rentrerai, je les jetterai à la poubelle.

— Dis à Rachel que je l'embrasse.

— Elle est bouleversée et voudrait te voir. Vous lui manquez tellement.

Elle se penche vers moi et prend un ton de conspirateur.

— Elle va voir un psychiatre. Je n'ai pas eu le choix.

Je hoche la tête.

— Elle a perdu cinq kilos depuis que c'est arrivé, poursuit-elle, incapable de réprimer la nuance de plaisir de sa voix.

Tous sans exception

Notre conversation se tarit rapidement. Je ne peux pas lui en vouloir. Les menus propos semblent trop menus, les paroles lourdes trop lourdes. J'ai appris cela lors d'une expérience honteuse. Je pense souvent, depuis deux mois, à ce couple dont le fils est mort d'une leucémie. La première fois que j'ai vu sa mère après la catastrophe, j'ai dit ce qu'il fallait, je me suis même souvenue qu'il jouait de la guitare et écrivait des chansons. Mais dès la deuxième fois, alors que son deuil était un peu défraîchi, je n'ai plus su comment me comporter. L'apercevant sur le trottoir d'en face, j'ai imprimé à mon visage une expression passe-partout – ni souriante, ni triste, simplement attentive. Chacune d'un côté d'une rue encombrée, nous nous efforcions de franchir les obstacles qui nous séparaient, mais cet effort même nous empêchait de nous rejoindre. La survie de cette femme me paraissait non seulement incroyable, mais improbable. « Comment arrive-t-elle à passer ses journées ? » nous demandions-nous, fortes de la certitude que nos enfants allaient salir la cuisine et laisseraient traîner des serviettes dans la salle de bains le soir même. L'un des aspects les pires de se trouver à présent de l'autre côté, c'est qu'aujourd'hui je vois la personne que j'étais, ignorante et désinvolte. Je la méprise, comme je méprise ses petits soucis sans importance et ses manifestations de sympathie à deux sous. Elle ne savait rien. Cependant, je peux difficilement lui reprocher de n'avoir pas su ce que je sais maintenant.

Je m'arrête chez le fleuriste et achète une orchidée pour Olivia. La commerçante m'apprend que plusieurs personnes ont exprimé l'espoir de me revoir travailler

Tous sans exception

bientôt. En passant devant le motel déserté de mes ouvriers, je me dis que c'est peu probable. Tous les Mexicains ont été questionnés. Quand les interrogatoires ont pris fin, ils ont quitté l'État, puis le pays, dans lequel ils étaient entrés illégalement. Je savais que leur présence était illicite, bien sûr ; simplement, je n'avais jamais posé la question. Je me demande si José vit maintenant avec ses deux petites filles et si la plus jeune a pu être opérée des amygdales. Sous les fenêtres délabrées de l'établissement, privées de vitres, de vieux pneus traînent sur le parking. Selon le journal, la ville songe à demander au propriétaire de restaurer le bâtiment, ou de le détruire entièrement.

Peut-être est-ce le sort qui attend notre maison. Si quelqu'un la rase, détruit les lucarnes et le toit, réduit le garage en un tas de vieilles planches, pourra-t-on faire comme si rien n'était jamais arrivé ? Je sais que Nancy a organisé le nettoyage, que le canapé où la police a trouvé Ruby étendue a été enlevé et que le tapis de notre chambre à coucher a été jeté, ainsi que celui du séjour. J'ai appris tout cela en écoutant d'autres personnes en parler. La question que je me pose est la suivante : est-ce qu'ils ont éteint les lampes ? Si j'étais passée devant la demeure en voiture, aurais-je été accueillie par les lumières jaunes que j'aurais regardées s'éteindre, une à une, jusqu'à ce que les murs sombres se fondent dans les ténèbres de la nuit ?

Nancy a rempli pour Alex un sac de voyage avec ses vêtements, ses tenues de sport, ses balles et ses battes. Elle lui a également apporté le ballon de foot orné d'autographes, dans son enveloppe de plexiglas, mais il l'a rangé

Tous sans exception

en haut de son placard, derrière une boîte contenant ses maillots de bain et ses polos d'été.

Dans l'obscurité, le lycée déverse le blanc cru de ses tubes fluorescents, qui rebute plus qu'il n'attire. Une rangée de voitures fait comme une séparation entre le mur d'enceinte relativement bas et la route. Il y a quatre jours, un étudiant a pris le virage un peu trop vite : il a dû être transporté en hélicoptère à l'hôpital, le dos brisé. C'est l'un des événements qui contribuent à atténuer, dans la mémoire de la ville, ce qui est arrivé à notre famille.

Je m'arrête à côté de la voiture d'Olivia. Mon hôtesse est à moitié retournée vers la banquette arrière, réprimandant visiblement l'un de ses garçons. Elle n'élève pas la voix ; le ton coupant qu'elle utilise est sans doute plus efficace que mes hurlements stridents ne l'ont jamais été. Elle me voit, s'interrompt et sourit. Le petit Luke suit son regard, me fixe, puis fronce les sourcils avec ostentation, la lèvre inférieure en avant, le front plissé. Il désapprouve l'attention que sa mère me porte.

Alex et Ben courent ensemble dans notre direction, le blouson ouvert et le visage rougi par l'effort. Leur sac à dos rebondit à chacun de leurs pas. Alex s'esclaffe ; c'est la première fois que j'entends ce son depuis des mois, depuis Noël, peut-être. Son rire, plus rauque à présent, sera bientôt celui d'un homme. Le voyant avancer vers la voiture d'Olivia, je prends soudain conscience de la raison qui m'a conduite ici. Dans la famille de Ben, Alex se sent bien et à l'aise. Loin de la colère, du chagrin, de la dévastation, il peut faire semblant d'oublier ce qui s'est passé, en retrouvant un simulacre de vie normale, agréable et

sans menace. Ne pourrait-il pas, trop facilement, devenir le Kiernan de cette famille, un garçon à la recherche d'une place temporaire dans une cuisine plus heureuse que la sienne ?
Olivia descend de son véhicule.
— Alex, mon grand, regarde qui est là, dit-elle.
Je descends à mon tour et tourne les yeux vers mon fils, dont le visage est figé.
— Qu'est-ce qui ne va pas ?
Toute mon énergie se concentre pour réprimer la réponse qui me vient aux lèvres : qu'est-ce qui pourrait ne pas aller, après ce que nous avons vécu ?
— Rien. Je pensais simplement que nous pourrions aller manger une pizza. Ben peut venir si tu veux.
Alex regarde son copain, puis moi.
— Je garde Ben, tu emmènes Alex, décrète Olivia chaleureusement. Est-ce que tu le conduiras au collège demain ?
À ce moment précis, parce qu'elle tout compris, Olivia devient non seulement mon sauveur, mais aussi mon amie. Pour couronner le tout, elle me fait un clin d'œil.
— J'ai envie de faire pipi ! crie Luke de l'intérieur de la voiture.
— Ce soir, j'ai beaucoup de devoirs, annonce Alex alors que nous repartons.
— Nous allons nous dépêcher.
Ces mots sonnent faux à mes oreilles. Je viens d'utiliser ma voix mondaine, celle que j'ai employée avec Sandy, avec l'homme qui m'a vendu un marteau.
— Nous allons nous dépêcher, dis-je de nouveau.

Tous sans exception

Cette fois, je reconnais mon intonation.
— Cool, approuve Alex.
— Comment s'est passé ton entraînement ?
— Le nouvel entraîneur est un sadique.
— Vraiment ?
— Personne ne l'aime. Il a toujours l'air de se moquer de nous. Il m'a dit : « Latham, la balle appartient à toute l'équipe, pas seulement à toi. » Comme si j'avais l'habitude d'accaparer le ballon, ce que je n'étais même pas en train de faire.

Je n'ai jamais rencontré cet homme, mais je l'aime pour cette attitude. Je l'aime parce qu'en ne se montrant ni gentil ni patient, il traite Alex comme les autres, et ne souligne pas que mon fils est marqué et blessé de façon indélébile. J'assisterai au prochain match et me présenterai à lui.

— J'ai parlé avec le Dr Vagelos qui m'a expliqué qu'il t'avait rencontré.

Alex fourrage dans son sac à dos pendant que je cherche comment poursuivre. Je me demande s'il prend autant de précautions avec moi que moi avec lui.

Au lieu de « Qu'est-ce qui t'a poussé à aller le voir, Pourquoi ne m'en as-tu pas parlé ? Pourquoi ne te confies-tu pas à moi ? Que ressens-tu, toi, devant leur disparition ? Je sais ce que signifie grandir sans père, avec une mère qui ne parle jamais de lui, c'est très douloureux », je lui dis :

— Ça me paraît une bonne idée.
— Cool.

Au bout de quelques minutes, Alex déclare :
— Une pizza, ça me va.

Tous sans exception

« Anchois ? » suis-je tentée de demander. C'est une vieille plaisanterie de famille. « Pas si tu tiens à la vie ! » avait coutume de répondre Ruby, habitude vite transmise aux garçons.

La nuit envahit la voiture alors que nous roulons en silence.

24

Alice vient passer deux jours chez nous. « Il y a un salon d'artisanat ! » s'est-elle écriée au téléphone comme s'il s'agissait d'une première à Broadway ou de la visite d'un roi. Alors que sa voiture remonte l'allée, Ginger aboie. Je lève les yeux vers la maison d'Olivia qui, j'imagine, a légèrement écarté le rideau fleuri de sa chambre pour la voir arriver. Alice ne sait pas garder un secret. Si Olivia l'a appelée pour lui dire que ce week-end serait bien choisi pour venir me voir, je le saurai. Je n'ignore pas que les gens parlent de moi, prennent la température de mes émotions, mais je ne peux pas m'y habituer. Mon beau-père m'appelle, et le lendemain Doug en fait autant : j'imagine aussitôt les propos qu'ils ont échangés :

— Elle déprime, elle ne sort pas assez, elle aurait besoin de travailler, il faudrait qu'elle cherche une maison.

Tous sans exception

Nancy, au moins, refuse de se cacher derrière des propos aimables. La dernière fois que nous nous sommes parlé, elle s'est exclamée :
— Je t'ai cherchée au basket. Où étais-tu ?
Où étais-je ? S'agissait-il du jour où j'ai regardé un film à la télé, ou de celui où j'ai nettoyé la salle de bains ? Peut-être était-ce un soir plus ordinaire, au cours duquel, en buvant une tasse de thé, je poussais mon esprit, à travers une brume traîtresse, à dépasser l'image de Ruby souriante, au volant de sa Volvo, celle de Max, en train de taper sur sa batterie et de secouer en rythme sa chevelure, et celle de Glen se penchant pour caresser la chienne avant d'étendre son bras derrière moi, sur le dossier du canapé. Mes souvenirs sont piégés. Il y a une semaine, au supermarché, je me suis retrouvée devant les aliments surgelés, fixant les boîtes de burgers végétariens que je recherchais pour Ruby quand elle avait cessé de manger. J'ai abandonné le Caddie, les courses, et suis rentrée à la maison en tremblant. Hier, j'ai découvert une chaussette noire au milieu de mes T-shirts, une unique chaussette de mon mari – il en a porté de semblables tout au long de sa vie d'adulte. Je l'ai levée jusqu'à mon visage, l'ai posée quelques instants sur le lavabo, puis l'ai glissée sous mon vanity-case afin qu'Alex ne la voie pas. Elle a maintenant réintégré le tiroir où je l'avais trouvée. Les photos et les souvenirs de famille sont encore dans l'autre maison, la maison hantée, la maison abandonnée. Malgré cela, je suis prisonnière de surgelés et de chaussettes mal rangées.

— J'ai apporté des bagels, annonce Alice en levant le sac en papier.
— Il y en a pour un régiment.

Tous sans exception

— Mary Beth, je sais que tu vas me tuer si je te dis ça, mais on aurait cru entendre ta mère.

Je lui donne une bourrade et elle me serre dans ses bras. Quand je souris, mes lèvres grincent comme les charnières rouillées de la porte de notre ancienne demeure. Je m'impose pourtant cet exercice.

Alex et Ben sont partis pour un week-end de basket.

— Il faut absolument que j'y aille, a insisté mon fils en voyant mon expression alors qu'il me tendait le formulaire d'autorisation.

Pendant que l'équipe montait dans le car, j'ai remis à Alex son sac et une boîte de cookies aux pépites de chocolat.

— Ils sont encore chauds, ai-je précisé.

Dès que les portes du bus se sont refermées en sifflant, j'ai vu les biscuits passer de siège en siège. Alex parlait à quelqu'un assis de l'autre côté du couloir au moment où le véhicule a démarré : mon salut de la main est demeuré ignoré de tous.

— Tu veux dîner avec nous ? m'a demandé Olivia alors que nous retournions vers notre voiture.

— Je pense que je vais rester à la maison, ai-je répondu comme si ce n'était pas ce que je faisais tous les soirs.

— Allons dîner à l'extérieur, propose Alice.

Je comprends alors que sa visite – joyeuse, détendue – a pour but de me ramener dans le monde extérieur. Cette vieille amie a peur d'entendre ce que je pense. Je ne lui en veux pas ; j'ai moi-même peur de mes pensées. Alors que nous nous rendons dans un grill où Nancy et moi avons

Tous sans exception

déjà mangé plusieurs fois, Alice me parle d'un livre sur Thomas Jefferson qu'elle relit, d'une controverse au sujet d'une usine de traitement des eaux près de chez elle et du prix de l'immobilier à New York. Je laisse ses paroles se déverser sur moi, en me composant une expression destinée à lui faire croire que je l'écoute. Il suffit d'une astuce simple, que j'ai apprise : « Mm-mm, mm-mm », hochement de tête, « mm-mm, mm-mm », hochement de tête.
— Il n'est pas bon ? demande-t-elle finalement en regardant le steak dans mon assiette.
— J'ai beaucoup mangé au déjeuner.
— Vous voulez que je vous prépare un doggy bag ? s'enquiert la serveuse.
— Il y a un chien que ça peut intéresser, concède Alice.

Je donne la moitié de la viande à Ginger, et range le reste dans le frigo, ce qui signifie que dans quatre jours, ce qui semble le délai approprié, je jetterai le sac et son contenu.
Alice se penche pour inspecter mes réserves.
— Qu'est-ce que c'est que ça ? s'exclame-t-elle.
— Une dinde. Rickie, un des gars avec qui je travaille, me l'a apportée l'autre jour.
— Le grand ?
J'acquiesce.
— Une dinde entière ?
— Et une perceuse sans fil.
Rickie était apparu sur le pas de la porte, vêtu d'une doudoune et d'une casquette de base-ball. Il s'était laissé pousser la barbe, dans laquelle subsistaient quelques

Tous sans exception

miettes. Je lui avais proposé du café, mais il ne pouvait pas rester, ou tout au moins c'était ce qu'il avait dit. Une dinde et un appareil à moteur. Je l'avais embrassé sur la joue.

— Je suis exténuée, dis-je à Alice, sans mentir.

Il est épuisant de jouer un rôle pendant longtemps, même si, en l'occurrence, il s'agit de celui d'une femme que j'ai bien connue jadis. La plupart du temps, je suis contrainte de faire semblant par petites doses, dix minutes par-ci, une heure par-là. Sinon, je m'occupe à des tâches aussi simples que répétitives. J'ai songé apprendre à tricoter, mais aussitôt j'imagine Alex qui part pour l'école avec des pulls informes et qui s'empresse de les enfouir, plein de remords, au fond de son casier. Peut-être vais-je faire un cardigan au crochet. Quelqu'un a dit une fois que personne n'aimait les vêtements au crochet. C'était moi, l'autre moi.

— Il n'est même pas 21 heures ! proteste Alice.

Elle s'assied sur le canapé et je m'installe à côté d'elle ; nous regardons toutes deux devant nous. Ayant épuisé tous nos menus propos, nous devons avoir l'air de deux personnes attendant le bus. Deux étrangères.

— Je ne sais pas comment m'y prendre quand nous sommes en présence l'une de l'autre, avoue-t-elle enfin. C'est plus facile au téléphone.

Sa voix a des intonations rauques. Quand je lève les yeux vers elle, je la vois fondre en larmes ; je frotte alors son dos, secoué par les sanglots.

— Mon Dieu ! s'exclame-t-elle. C'est impardonnable. Pourquoi est-ce moi qui pleure et toi qui me consoles ? J'ai vraiment honte.

Tous sans exception

Ginger flaire son visage en poussant de petits gémissements ; le chagrin l'afflige, ce qui m'aide à me calmer, parfois.

— Ça n'a pas d'importance, Al.

— Qu'est-ce qui n'a pas d'importance ? Que je ne te sois d'aucune utilité ? Que j'aie passé toute la soirée à essayer d'agir comme si rien ne s'était produit au cours des six derniers mois, à part la vente d'un appartement pour deux millions de dollars dans mon immeuble ? Que tu es ma meilleure amie et que je sais même pas comment te parler ?

— J'éprouve la même chose.

C'est vrai. Combien de fois, au cours des trois derniers mois, ai-je pensé aux deux facettes de Ruby – celle de la jeune fille extrêmement polie qui s'adressait avec tant de gentillesse aux étrangers, et celle de l'adolescente qui, à la maison, se laissait aller à ses impulsions et pouvait se montrer à la fois dure, coupante, peu sûre d'elle ou carrément perdue ? À présent, j'ai deux facettes moi aussi ; celle de la femme qui, à l'extérieur, dit ce que l'on attend d'elle, hoche la tête, écoute et sourit parfois, et celle de la femme réelle, qui observe la première avec stupéfaction, qui n'est rien d'autre qu'une plaie ouverte et lancinante, sauf quand elle est anesthésiée. Je sais ce que veulent les autres. Ils veulent que je guérisse. Mais pour guérir, il faudrait que j'oublie, et si j'oublie, ma famille mourra alors tout à fait.

J'arrive à la terrasser, cette femme blessée que j'essaie d'enterrer. Mais hier, conscience qu'Alex était parti jusqu'à dimanche soir, elle a pris possession de la maison, bannissant son alter ego dans le placard, avec manteau et écharpe. Le silence me faisait suffoquer, telle une main qui m'aurait obturé la bouche et le nez. Redoutant de me

Tous sans exception

mettre à hurler, je suis entrée dans la chambre de mon fils et me suis rendu compte qu'elle était inconfortable, que le matelas était affaissé en son centre. Mes gémissements ont alors rempli la pièce. Sans savoir pourquoi, je me suis mise à répéter tout haut « Assez, assez ! » Je n'avais pas envie de mourir, mais je ne pouvais plus supporter ce sentiment permanent d'être vivante. Puis, tout à coup, j'ai compris que je ne l'étais pas, que j'étais morte et ne laissais derrière moi qu'une carapace vide, comme celles que les cigales abandonnent après la mue. Lorsque ma carapace était pleine, je créais des enfants, je m'en occupais, j'avais des tâches à accomplir, des projets à réaliser et un avenir radieux. Maintenant, il ne me reste que la coque translucide de ce qui a été ma vie.

— Est-ce que nous pouvons parler ? Nous parler vraiment ? demande Alice en s'essuyant les yeux avec sa manche, comme elle le faisait à la fac.

— De quoi ?

— De tout. D'eux. De ce que tu ressens. De ce que tu traverses.

Pendant un moment, je réfléchis sincèrement à ce qu'elle vient de dire. Je dois à Alice davantage que la Mary Beth réservée au public, mais je ne peux pas lui montrer la femme cachée : le spectacle serait trop terrible. Elle aussi a été étranglée, poignardée, assassinée. Comment oser exposer ce corps mutilé aux yeux d'Alice ? Elle n'est pas aussi forte qu'elle le pense.

— Il m'est encore impossible de le faire, dis-je finalement.

Peut-être ne serai-je jamais capable de répondre à l'attente d'Alice. Pourquoi partagerais-je ce que personne

Tous sans exception

ne veut savoir ? Pourquoi devrais-je écouter les paroles de ceux qui ne savent rien ?

— Ça ira de mieux en mieux.

Mensonge.

— Tu as la force de t'en sortir.

Mensonge.

— Le temps aide à cicatriser.

Mensonge. Le temps se contente de passer. Lentement.

— J'ai peur pour toi, déclare Alice. J'ai l'impression de te laisser tomber. Quand nous étions jeunes, je savais si bien m'y prendre.

— « Ne rumine pas ! » Voilà ce que tu disais toujours.

— Eh bien, avec cette phrase, j'ai réussi à t'entraîner dans un tas de soirées et de bars où tu ne voulais pas aller. C'est grâce à moi que tu t'es rendue à la fête où tu as rencontré Glen.

— C'est vrai. Tu te rappelles que tu as songé à devenir thérapeute ?

— Oh là là ! j'avais presque oublié ça.

— Et que tu t'es portée volontaire pour une association de soutien téléphonique ? Tu parlais avec tes interlocuteurs de leurs problèmes.

Alice fait une grimace.

— Au bout de deux semaines, poursuis-je, tu es rentrée en déclarant : « J'abandonne, il n'y a que les problèmes des gens que je connais qui m'intéressent. »

— Très juste. Mais maintenant…, commence-t-elle, la voix tremblante.

— Je sais, je sais, dis-je en la serrant fort contre moi. Est-ce qu'Olivia t'a appelée pour te demander de venir ?

Tous sans exception

— Olivia ? Non. C'est Alex qui l'a fait. Il m'a dit que tu serais seule pendant deux jours. Je serais venue bientôt, de toute façon.

Je me redresse aussitôt.

— Il ne cesse de m'étonner. D'abord le psy, puis toi.

— Je ne crois pas qu'il m'imaginait un instant assise ici, en train de pleurer ! s'écrie Alice en se mouchant. Au moins tu l'as, lui. Seigneur, comme c'est stupide à dire, n'est-ce pas ?

— Non. C'est la vérité.

Cependant, je ne l'ai pas de la façon dont l'entend Alice. Quand il rentre à la maison, il va dans sa chambre et ferme aussitôt la porte. La musique se met en marche, ce qui me rappelle Max sauf que, comme toujours, Alex a le comportement inverse de celui de son frère. Il est souriant au-dehors, mais quand il revient ici – dans cette petite maison, ce foyer de fortune où la table de la cuisine ne comporte que deux chaises – la terrible perte qu'il éprouve devient palpable. Il l'a rangée dans une boîte au fond d'un placard, la tient prisonnière.

— Je suis vraiment fatiguée, dis-je. Est-ce que ça t'ennuie de dormir dans la chambre d'Alex ? J'ai changé les draps.

Elle aimerait partager ma chambre, comme nous le faisions étant jeunes, mais il faudrait alors qu'elle s'installe du côté du lit de Glen, ce que je ne supporterais pas.

Le lendemain matin, nous nous rendons au salon d'artisanat. Alice achète un chapeau de bouffon en feutre garni de grelots pour Liam, un chemisier de soie constitué de morceaux de vieux kimonos pour elle-même et des boucles d'oreilles pour son assistante, dont c'est bientôt

Tous sans exception

l'anniversaire. Je déambule parmi des poteries, des mobiles de cuivre carillonnants, des écharpes en tapisserie et je m'arrête devant un stand exposant des maximes encadrées : « Une fille est une amie pour la vie », « Un coin de paradis est réservé aux mamans de petits garçons », « Vis, ris, aime ». Une femme, assise dans un fauteuil de jardin, brode au point de croix une phrase qui dit : « Aujourd'hui plus qu'hier et bien moins que demain. »

— Puis-je vous aider ? demande-t-elle.
— Non.
— Tu n'as rien trouvé ? s'enquiert Alice dans la voiture.

J'aurais dû acheter quelque chose, n'importe quoi, pour lui faire plaisir.

Une fois rentrées à la maison, nous mangeons des bagels avec du saumon fumé et des câpres qu'Alice a apportées dans un petit pot de verre, puis nous montons jusque chez Olivia.

— Elle est géniale ! s'exclame Alice alors que nous redescendons vers le petit cottage.

— C'est une véritable amie, dis-je, ajoutant aussitôt, devant l'expression de ma compagne : Al, tu as été merveilleuse. Tu es là depuis le tout début.

— Je n'en ai pas fait assez.
— Personne ne peut faire grand-chose.

Ginger marche derrière nous.

— Allons faire un tour dans le bois, propose Alice.

Une piste qui part du cottage s'enfonce entre les pins touffus. Alex affirme qu'il y a un ruisseau plus loin, mais je ne suis jamais allée jusque-là. Dès que je marche long-

Tous sans exception

temps, même avec la chienne, une angoisse mêlée de frayeur m'envahit peu à peu. Je n'ai pas peur de ce qui enflamme habituellement l'imagination : les bruits soudains ou l'apparition d'une personne étrangère. À chaque pas, j'ai le sentiment de pénétrer dans un autre monde, le monde de Mary Beth sans Glen, ni Ruby, ni Max. C'est pour cela que je n'ai rien pu acheter au salon, pas même le plus petit collier de perles de verre. Si j'achète quoi que ce soit, je construis une vie après leur vie.

— Rentrons plutôt, dis-je.

25

Nancy m'a invitée à déjeuner avec Sarah et Rachel. Sur la table ronde située dans un coin de sa cuisine, trône un bouquet de jonquilles. Sarah a apporté une quiche et Rachel une salade Waldorf. Cette rencontre évoque un article de magazine féminin : *Organisez un déjeuner de filles avec vos copines !* Parfois, il est vrai, j'ai l'impression qu'un tas de rubriques de ce genre pourraient s'appliquer à ma vie. *Comment élever un enfant unique, Utilisez-vous trop de médicaments ? Comment arriver à se lever le matin.*

— Les filles éprouvent le besoin de te parler, a déclaré Nancy au téléphone.

C'est pour elles que je vais à ce rendez-vous.

La saison de basket a cédé la place à la crosse, l'hiver au printemps. Près de quatre mois se sont écoulés depuis notre réveillon. Je me demande si Nancy se rend compte à quel point il m'est difficile d'aller chez elle, de franchir

Tous sans exception

une porte devant laquelle j'ai serré ma fille dans mes bras pour la dernière fois. Nous ne nous sommes pas beaucoup vues depuis les semaines qui ont suivi ma sortie de l'hôpital. Énergique et concentrée quand l'énergie et la concentration étaient requises, mon amie a houspillé le personnel infirmier, appelé le lycée, harcelé la police et pris soin des copines de Ruby, qui affluaient chez elle. Assises sur le sol du séjour, les filles ont regardé des vidéos de manifestations scolaires, feuilleté les vieux albums de photos et échangé des anecdotes. Sarah, après avoir enregistré ces histoires, les a couchées sur le papier, puis me les a envoyées dans une grande boîte. Je ne les ai pas encore lues. Il y a tant de boîtes que je ne veux pas ouvrir. Cependant, malgré le passage du temps, Nancy semble incapable de se radoucir, d'offrir un réconfort ou tout simplement un silence amical, comme le font Alice au téléphone, ou Olivia dans sa cuisine. Elle m'aboie ses questions ou ses instructions : il faut que je voie un psychologue spécialisé dans les conséquences de traumatismes, que je me force à entrer de nouveau dans notre maison, que j'exige le rapport de police.

— J'aimerais voir les photos, a-t-elle déclaré d'un ton grave. Je veux savoir.

Elle pense que les faits, la chorégraphie précise de cette terrible nuit, sont importants. Peut-être son métier de biologiste l'incite-t-il à une approche scientifique de la catastrophe.

Je sais tout ce que j'ai besoin de savoir. Ma fille a été étranglée, mon fils a été poignardé à plusieurs reprises, mon mari a reçu deux coups de couteau, un dans le dos et un dans le cou. L'inspecteur-chef m'a appris tout cela quand il est venu me voir. « Vous avez eu raison de laisser votre mère se charger de l'identification », a-t-il déclaré d'un air entendu.

Nancy sera peut-être satisfaite d'apprendre que j'ai visité des maisons à louer. Lorsque j'ai pénétré dans le jardin de l'une d'elles, je me suis retrouvée dans l'ancienne cour de Kiernan. Une légère déclivité subsistait à l'endroit où s'étendait la piscine. La terrasse de bois – où Deborah et moi avions passé tant d'après-midi à nous soutenir pour résister aux marées régulières des obligations maternelles, où mon mari avait essayé de ranimer le petit Declan après l'avoir sorti de l'eau transparente et bleutée –, était toujours en place.

— Pas celle-ci, avais-je lancé à l'agent immobilier pardessus mon épaule en retournant à ma voiture.

Rachel et Sarah descendent dès que je sonne. Avant de les serrer dans mes bras très fort, comme si je désirais les faire entrer en moi, je constate que toutes deux portent encore leurs bracelets d'amitié, que Rachel a vraiment maigri et que Sarah, qui semble épuisée, s'est fait couper les cheveux, ce qui ne lui va pas. Leurs yeux se sont emplis de larmes dès qu'elles m'ont vue.

— Vous avez bonne mine ! s'écrie Rachel.

Je baisse les yeux et constate que mon pull gris et mon pantalon noir, trop chauds pour la saison, pendouillent sur mon corps. Non seulement j'ai dû perdre beaucoup de poids, mais j'ai froid tout le temps. Il n'y a pas de pèse-personne dans le cottage d'Olivia.

— Ça me fait un énorme plaisir de vous voir, les filles, dis-je sous le regard scrutateur de Nancy.

— Asseyons-nous, propose-t-elle.

Tous sans exception

Je leur apprends que je cherche une maison à louer, et, tâchant de rendre mon récit amusant et léger, leur décris certains endroits affreux que j'ai visités : le bâtiment si proche de la route que les faisceaux des phares éclairent les murs du salon ; celui qui sent fort le chat ; celui qui a un lavabo dans la chambre et pas de toilettes ; et celui qui possède une piscine intérieure, dont l'odeur de chlore monte jusqu'à la cuisine.

— Je connais ces gens, dit Sarah. Leur fils faisait partie de l'équipe de natation quand j'étais en première année. Eux-mêmes n'arrivaient pas à le supporter.

Je transmets à Nancy le bon souvenir d'Alice et de ma mère, ce qui est une improvisation de ma part : Alice n'aime pas Nancy, surtout depuis mon séjour à l'hôpital, et ma mère n'a pas l'habitude de transmettre quoi que ce soit à qui que ce soit. Je pose des questions sur le nouvel entraîneur de basket, dont la méchanceté est maintenant devenue proverbiale. J'aborde des sujets de conversation que les filles essaient d'éviter, pensant qu'ils vont m'attrister : leurs projets de fac, le bal de promotion, les vacances d'été. Toutes ces choses que Ruby ne fera jamais. La conseillère d'éducation de la fac m'a appelée pour me dire qu'elle s'apprêtait à résilier les inscriptions de ma fille auprès des universités que celle-ci avait sollicitées. Son appel m'a tirée d'un sommeil artificiel : je n'ai pu m'empêcher de lui crier dessus.

— Ne vous avisez pas de faire ça ! Un conseil : ne vous avisez pas de faire ça !

Je reçois maintenant les lettres d'acceptation de ces établissements : « Veuillez envoyer un acompte pour retenir votre place », conseillent-elles toutes. Je les range dans un

Tous sans exception

tiroir, sous mes chemises de nuit. Ruby aurait pu étudier n'importe où. Au lieu de cela, le lycée va planter un arbre dans la cour principale, un poirier dont les fleurs blanches offriront, chaque année, une pluie printanière de pétales. Ruby figurera dans l'album de sa promotion sur une page qui lui sera consacrée – à mon avis, ils vont avoir du mal à trouver une bonne photo d'elle qui ne soit pas de Kiernan. En bas de la page, ils inscriront la citation extraite de *Thanatopsis* que Ruby aimait tant, et que j'entendrai toujours résonner avec la voix de Glen. Le poème entier ayant été imprimé sur le programme du service commémoratif, je me suis rendu compte, quelques jours plus tard, que le texte se terminait par l'expression « beaux rêves ». Parfois, c'est ce que je souhaite à Alex le soir, avant qu'il ne disparaisse dans sa chambre. Pour ma part, heureusement, je ne rêve pas du tout grâce aux médicaments.

Sarah débarrasse la table pour servir le dessert, un gâteau de carottes. Soudain, alors que nous sommes toutes silencieuses, quelque chose tombe bruyamment dans la pièce voisine. Le sabre coupant de la panique me perce le côté, car il n'y a que nous dans la maison. Dès que le chat pénètre dans la cuisine, je comprends que je l'ai simplement entendu sauter sur le sol. Ma main frôle la cicatrice bombée de mon épaule, à l'endroit où le couteau est entré.

Rachel et Sarah échangent un regard, puis cette dernière prend une profonde inspiration.

— Rachel et moi pensons qu'il y a certaines choses que nous devons vous dire, déclare-t-elle.

Tous sans exception

— À propos de Kiernan, précise Rachel en levant la serviette de table bleue et jaune jusqu'à sa bouche.
— Je crois que je sais tout.
— Non, pas vraiment, répond Rachel. Il la suivait constamment. Nous n'arrêtions pas de lui dire : « Ruby, c'est comme une traque. » Nous lui avions même conseillé d'aller voir la police et de vous en parler, ainsi qu'au Dr Latham.
— Il déposait des choses dans sa voiture, intervient Sarah. Nous entrions dans la voiture, et il y avait des fleurs ou un livre de poèmes. Une fois, elle a crié « Kiernan, arrête ! » aussi fort qu'elle pouvait, mais il restait toujours invisible.
— Et il l'appelait un million de fois par jour. Elle ne pouvait pas laisser son téléphone allumé. Quand elle voulait écouter ses messages, sa boîte était pleine. Il était complètement obsédé. Et quelquefois, quand on le voyait, il avait l'air, je ne sais pas, complètement largué.
— Nous savions qu'il n'allait pas à son nouveau lycée. Il traînait trop souvent autour de nous. Mais elle s'obstinait à ne rien faire. Je crois qu'elle avait l'impression que c'était sa faute, comme si c'était elle qui l'avait rendu fou.
— Nous lui avions dit qu'elle devrait appeler la mère de Kiernan, mais elle disait que c'était impossible.
— Elle ne voulait pas que vous ou le Dr Latham soyez au courant.
— Nous lui avions suggéré de vous avertir. Il fallait agir.
— Nous n'arrêtions pas de lui répéter qu'elle devait vous informer de la gravité de la situation.
— Personne ne savait qu'il était dans le garage.

Tous sans exception

— Sinon, bien sûr, nous vous aurions prévenue.
— Ruby aurait été terrifiée, si elle l'avait su.
Soudain, le silence s'établit de nouveau. Le chat se frotte contre mes jambes.
— Nous avons essayé de la mettre en garde, déclare Sarah. Nous avons vraiment essayé.
— Elle ne voulait rien entendre. Vous savez comment était Ruby quand elle refusait de faire quelque chose. Nous regrettons maintenant de ne pas vous avoir avertie, même si elle aurait été furieuse contre nous.
— Pourquoi ne l'avez-vous pas fait ? demandé-je doucement. Vous étiez à la maison tout le temps. Pourquoi ne m'avez-vous pas prise à part, afin que je fasse quelque chose ? Je n'aurais rien dit à Ruby.
— Nous voulions le faire, nous avons même failli le faire un jour mais nous ne savions pas quelle serait la réaction de Ruby. Nous ne voulions pas agir derrière son dos. Elle nous avait expliqué que vous étiez contente que Kiernan soit gentil avec Max. Et nous nous inquiétions aussi pour Max.
— Mais ce n'était pas le problème, dis-je. Son père et moi aurions dû le savoir.
— Elle nous a dit que vous le saviez, dit Sarah.
L'espace d'un instant, je reste sans voix. Puis je me rends compte que, comme d'habitude, Ruby avait raison. J'avais vu la bague, j'avais reçu la photo, le jour de Noël. Et j'avais entendu Kiernan crier son amour en sanglotant sur la pelouse après le bal de promotion. Malgré cela, je n'avais rien fait. En cherchant le point de bascule entre la nécessité de protéger ma fille et celle de la laisser gérer sa vie, je m'étais lourdement trompée.

Tous sans exception

Rachel se met à pleurer.
— Je déteste cette situation ! s'écrie-t-elle. Ruby me manque tellement. Tout est fichu. Tout !
Sarah l'entoure de ses bras et se met à pleurer aussi.
— Nous savions à quel point vous aimiez Kiernan, bégaie-t-elle.
— Mais vous saviez que j'aimais encore plus Ruby.
— Nous l'aimions toutes énormément, balbutie Rachel Nous sommes si désolées, tout est notre faute !
— Oh, chérie, non. Ce n'est pas votre faute.
— Si ! gémit Rachel.
— Ça suffit, articule Nancy d'une voix basse. Sarah, emmène-la en haut.
— Je veux rester, chuchote Rachel.
— Tout de suite !
En se levant, Sarah fait tomber sa chaise, ce qui me fait de nouveau sursauter. Je couvre mon visage de mes mains.
— Pardon, dis-je à Nancy. Je n'ai pas l'habitude de parler de tout ça. Excuse-moi. Je vais monter quelques minutes. Ça me désole qu'elles pensent être responsables.
— En effet.
La voix de Nancy est si dure, si venimeuse, que je lève les yeux. Son visage crispé exprime la rage. La dernière fois que je l'ai vue ainsi, elle venait d'apprendre que la promotion qu'elle croyait certaine lui avait passé sous le nez.
— Tu as de toute évidence quelque chose sur le cœur, lui dis-je. Je t'écoute.
— Tu m'écoutes, toi ? Et si c'était moi qui t'écoutais ? À quel moment de cette conversation vas-tu parler de Kevin Donahue ?

Tous sans exception

Consciente que mon visage s'est empourpré, je refuse cependant de baisser les yeux.
— J'ai parlé avec Deborah, reprend Nancy. Elle t'accuse d'être responsable de la mort de Kiernan, d'avoir tout déclenché. Elle affirme que tu as eu une liaison avec son mari et que c'est ce qui a détruit sa famille.

Je tends l'oreille vers l'étage, mais je ne perçois aucun bruit.
— Pourrions-nous poursuivre cette conversation dans un endroit où les filles ne risquent pas d'entendre ? dis-je froidement.

En proie à une stupéfaction mêlée de fureur, je sens la plaie de mon épaule se réveiller, peut-être sous l'effet d'une sorte de mémoire musculaire primitive – comme si Kiernan m'attaquait encore avec l'un de mes couteaux à viande.

— Comment peux-tu être sûre qu'elles ne sont pas déjà au courant ? Sûre que Ruby ne l'était pas ? Et Kiernan ? Peut-être le savait-il aussi ? Est-ce que tu es certaine que Deborah ne l'a pas dit à son fils, et qu'il ne l'a pas dit à sa petite amie ?

Nancy, comme Deborah, ignore tout. C'est ce que je me répète bien que je n'en sois pas certaine. Tout ce dont je me souviens, c'est d'un soir : je finissais des plantations dans le jardin d'une maison pour laquelle Kevin construisait un mur de pierre. Après que sa cafétéria s'était mise à péricliter sous le poids de la mort de Declan, il avait ouvert un magasin d'encadrement, puis l'avait fermé pour se lancer dans la construction artisanale de patios.

Lui et moi avions travaillé ensemble dans un cul-de-sac où s'élevaient de nouvelles constructions. Nous discutions

Tous sans exception

pendant notre pause déjeuner, à propos de nos occupations respectives, debout l'un à côté de l'autre. Quand le soleil était tombé ce soir-là, disque sanglant sur fond de striures grises en camaïeu, Kevin était venu dans le garage vide où nous laissions nos outils et dont les murs sentaient encore le bois neuf.

Le sentiment que j'avais éprouvé reste toujours aussi vif. Il s'était penché pour m'embrasser et avait pressé de tout son corps contre le mien. En moi s'était alors produite cette explosion dont on perd le souvenir, jusqu'à ce qu'elle soit étonnamment ressuscitée — rien qu'une chaleur, un besoin, une impulsion. De courte durée, elle est aussitôt remplacée par des considérations matérielles sources de gaucherie et d'embarras : les boutons de nos vêtements, le sol nu. Je me souviens d'un clou qui avait laissé sur ma cuisse une marque arrondie rouge vif. Mais au début, une seule sensation s'était imposée : Oui. Oui. Maintenant.

Nous nous étions prêtés à cette scène trois fois au cours de la même semaine — deux fois dans le garage, une fois en haut. Mon mariage s'était-il éventé ? Avais-je commencé à remarquer la présence de fils blancs au milieu de ma chevelure ? L'épanouissement de la beauté de Ruby me rendait-il conscient de mon propre flétrissement ? Ou bien illustrais-je tous les clichés sur les femmes que j'avais entendus ou lus ? À l'époque, j'avais le sentiment que cela n'avait rien à voir avec mon mari et ma famille, encore moins avec la personne que j'étais au quotidien. L'espace d'un instant, j'avais ressenti une émotion vive, puissante, inexorable qui m'avait longtemps manqué, aussitôt suivie, une fois l'acte terminé, de tristesse et de

Tous sans exception

dégoût. Quand Kevin m'avait appelée à la maison pour me rencontrer dans un endroit « plus romantique », selon ses termes, j'avais fait en sorte de ne plus jamais me retrouver seule en sa présence. Pendant un mois ou deux, il n'avait cessé de me téléphoner, se comportant comme son fils devait le faire plus tard avec ma fille, mais je n'avais répondu à aucun de ses messages. Lors d'une soirée, quand il avait essayé de me coincer dans une chambre à coucher, je l'avais repoussé avec un rire embarrassé. Je jure que, au fil des mois j'avais fini par ne plus penser à ce qui s'était passé, par l'effacer de ma vie.

Le fait d'imaginer Deborah en train de mettre son mari dehors en hurlant : « C'était ma meilleure amie ! » n'est qu'un effet de mon imagination. L'infidélité et les turpitudes de Kevin étaient tellement notoires, que la goutte d'eau qui avait fait déborder le vase était sans doute due à quelqu'un d'autre – à cette fille qui travaillait à la carrière où il se fournissait en pierres ou à l'institutrice de l'école élémentaire qui avait collectionné les pères d'élèves avant de se faire muter. Toutefois, il n'est pas impossible qu'il lui ait parlé de moi. Cet homme stupide, aux grands yeux bleus et au sourire séduisant, s'était peut-être ainsi donné l'alibi d'une amende honorable, alors qu'il ne s'agissait, bien sûr, que de soumettre sa femme à une torture raffinée.

Quand Deborah avait un jour changé de trottoir en m'apercevant, j'avais compris que quelque chose n'allait pas. Puis elle avait simplement disparu de ma vie. Toutefois, elle n'avait pu éloigner Kiernan de notre maison.

— Je ne veux plus voir les Donahue ici, avait déclaré Glen un matin, derrière son journal.

Tous sans exception

Supposant qu'il avait détesté la scène que Deborah avait provoquée, le jour où elle avait jeté son mari dehors, je n'avais rien répondu. Il ne m'était pas venu à l'idée qu'elle ait pu parler à Glen. Le cercle rouge vif à l'arrière de ma cuisse n'avait laissé aucune cicatrice.

— Puis-je te poser une question, dis-je en me penchant maintenant vers Nancy. Est-ce que tu es en colère parce que tu penses que j'ai fait ce dont tu m'accuses ? Ne serait-ce pas plutôt parce que, si je l'ai fait, je ne t'en ai pas parlé ?

Je me lève et pose ma serviette sur la table. Elle m'a aimée quand nous partagions la même vie – mari, enfants, sécurité, maîtrise –, mais a toujours détesté l'incertitude. C'est une scientifique, après tout et je suis une planète qui ne tourne plus rond.

— Comment peux-tu savoir si Glen n'a jamais été infidèle ? poursuis-je. Ou Bill ?

Elle prend une profonde inspiration.

— Glen ? Glen t'a trompée ?

— Pas que je sache, mais comment puis-je en être sûre ? Et toi ? Je pensais que Kiernan était un garçon merveilleux. Que Ruby irait à la fac en septembre. Qu'en sais-tu, Nance ? Comment peux-tu savoir ce qui se passe sous tes yeux quand tu regardes dans une autre direction ?

— Si tu sais quoi que ce soit sur mon mari et mes enfants, tu ferais mieux de le dire clairement.

— Là n'est pas la question. Je ne sais rien mais ça ne signifie pas qu'il n'y ait rien à savoir. Nous sommes tous des icebergs, dont 90 % de la surface est immergée. Merci pour ce déjeuner. Embrasse les filles de ma part, et dis-leur que je suis navrée de les avoir bouleversées.

Tous sans exception

Sur le seuil, je suis tentée de me retourner, de lui lancer « une véritable amie est là dans les mauvais moments comme dans les bons, » mais je n'y arrive pas. Je conduis sans savoir où je vais, tant que mes larmes coulent. Quand je cesse de sangloter, ce que je ressens est pire que les pleurs : la fin irrémédiable d'un lien précieux.

Une fois, Ruby et moi étions assises dans le jardin, sans doute au début de septembre, regardant les monarques affluer sur les baumes d'abeilles. L'école venait de reprendre, mais le rythme de croisière n'était pas encore atteint – les manuels restaient fermés et les pulls rangés dans leur housse de plastique, sous le lit. Ruby adorait m'apprendre ce que j'ignorais. Cet après-midi-là, alors que nous buvions du citron pressé et traînions nos jambes nues dans l'herbe hirsute, elle m'avait parlé de l'effet papillon, du fait qu'un battement d'ailes au Mexique pouvait causer l'apparition d'une brise dans notre jardin.

— C'est un peu effrayant, avais-je répondu.

En prononçant ces mots, je m'étais rendu compte que, pourtant, nous croyions tous à ce phénomène quand nous avions eu des enfants. Le bébé que nous allaitions allait devenir un adulte plein d'assurance. Le tout petit, qui écoutait l'histoire avant de se coucher, allait passer un doctorat. Nous battions des ailes dans notre cuisine, faisant souffler le vent de leur avenir.

— Terrifiant, avait répété Ruby avec enthousiasme, mais ça nous oblige à réfléchir avant d'agir.

Elle s'exprimait ainsi à l'époque, comme si la vie pouvait être analysée, et donc vécue, selon un plan préétabli. Je me souviens d'avoir eu la certitude, à ce moment précis, qu'un jour, quand son premier enfant aurait des

Tous sans exception

coliques, sucerait son pouce ou s'agripperait à son doudou à la maternelle, elle se tournerait vers moi et me dirait qu'elle n'imaginait pas ce que l'existence pouvait nous réserver.

Ma fille fantôme parle de papillons, balance gracieusement ses jambes sous une robe d'occasion. Mon fils fantôme passe devant moi le dos voûté, les cheveux en désordre. Mon mari fantôme est étendu près de moi la nuit ; quand je me lève le matin, son côté du lit et son oreiller ne gardent de lui aucune trace. Cette demi-vie m'est-elle échue parce que j'ai été infidèle à trois reprises, ce qui, pour une mère, ne représente pas seulement la trahison d'un homme, mais celle d'une famille et d'une vocation ? Ai-je échangé ma vie ordinaire, moyenne, parfaite, pour un coït hâtif sur un sol de ciment ?

Ruby le savait-elle, le sentait-elle, s'était-elle arrêtée de manger pour étouffer son horreur, sa peur, ses propres élans sexuels ? S'était-elle tournée vers Kiernan pour être consolée, ou pour réparer ma faute ? Kiernan croyait-il que ses parents avaient divorcé à cause de moi ? Avait-il considéré notre famille comme un bateau de sauvetage malgré cela, ou à cause de cela ? Était-il devenu fou quand Ruby l'avait quitté, l'abandonnant seul, dans le grand large ? Avait-il mis ses mains autour de son cou et étouffé sa voix parce qu'elle l'avait élevée contre lui ? Avait-il l'intention de quitter la maison en laissant Ruby affaissée à une extrémité du canapé, quand il avait été surpris par Max, qui émergeait du séjour où il somnolait ? Lorsqu'il avait saisi le couteau dans la cuisine et poignardé Max avec des coups violents et paniqués, s'était-il assis pour s'émerveiller de ce qu'il avait accompli ? Combien de

Tous sans exception

temps était-il resté ainsi, couvrant de sang la chaise sur laquelle il s'était installé si souvent, avant qu'il ne voie Glen arriver et ne le poignarde dans le dos ? Était-ce à ce moment-là qu'il avait décidé de monter au premier et de nous tuer, Alex et moi, pour anéantir la famille heureuse qui vivait sous ses yeux, qu'il observait chaque soir de la chambre au-dessus du garage, assez proche pour entendre les rires et sentir les odeurs de cuisine ? Ou avait-il projeté son acte depuis le tout début, afin d'effacer les sourires de nos visages ?

Qu'avait-il pensé quand il s'était aperçu de l'absence d'Alex ? Avait-il éprouvé un sentiment d'échec, de frustration, ou bien de soulagement, en se débarrassant de son T-shirt et de son jean ensanglantés pour enfiler des vêtements propres de mon fils ? Il ne restait ensuite que moi. Peut-être avait-il cru qu'il avait planté la lame dans mon cœur, ou tout simplement, avait-il décidé qu'il ne devait pas me supprimer ? Je me demande parfois si, en me laissant en vie, il n'avait pas obéi à une sorte de désir de compensation. Quels rôles avaient joué la drogue qu'apparemment il prenait, l'alcool qu'il ingérait à l'insu de tous, l'érosion de son être par la solitude et le chagrin, et la maladie mentale, rétrospectivement si évidente ?

Quel rôle avais-je joué moi-même ?

Je conduis si vite que mes pneus se soulèvent dans les virages, puis si lentement que l'adolescent qui me suit appuie sur son klaxon jusqu'à ce que je me gare sur le bas-côté. Je sens toujours cette zone morte au-dedans de moi. Nancy a exprimé à haute voix ce que me chuchotait ma conscience depuis mon réveil à l'hôpital. Ce murmure, qui s'est transformé en hurlement, clame que mes

Tous sans exception

enfants et mon mari sont morts parce que je n'ai pas été assez bonne, prudente et attentive. Pas assez. Quand j'arrête le moteur devant le cottage, la respiration saccadée, je pose la tête sur le volant, puis jette un coup d'œil à la fenêtre d'Alex, pour être sûre qu'il ne regarde pas. Parfois, ma vie intérieure est si intense, que j'ignore ce qui se passe sous mes yeux.

26

Football, basket, crosse. L'emploi du temps d'Alex est idéal pour quelqu'un qui ne veut pas trop penser : pratiquement toutes ses heures sont occupées. Je ne le vois pas beaucoup ou, si je le vois, je suis près de lui mais ne lui parle pas. Parfois, quand nous sommes en voiture, j'essaie de faire un effort :
— Comment s'est passée ta journée ?
— Bien.
— Comment s'est passé ton examen d'algèbre ?
— C'était dur.
— Comment s'est passé ton entraînement ?
— Bien.
De la musique sourde sort de son casque. Nous nous abandonnons tous deux à une rêverie. Dans le rétroviseur, je perçois un mouvement que, l'espace d'un instant, je prends pour les cheveux de Max.

Tous sans exception

Le casque redevient silencieux.
— Il y a un bal vendredi, annonce-t-il.
Voilà ce qui passe pour une conversation. Je suis perdue sans les échanges familiers des enfants. Ruby s'adressait à Max, qui s'adressait à son tour à Alex. Glen et moi nous contentions d'écouter. Je me souviens de ma mère et moi, après le départ de Richard pour la fac, penchées sur notre pâté de viande dans un épais nuage de mutisme, uniquement rompu par le cliquetis de nos couverts sur les assiettes.
Alex et moi avons peu l'occasion de discuter. Pendant les deux derniers mois d'école, il s'entraîne tôt le mardi et le jeudi, ainsi que tous les jours après les cours, jusqu'à 18 heures. Il voit le Dr Vagelos le mercredi de 18 h 30 à 19 h 30, fait ses devoirs pendant quatre heures chaque soir et joue un match le samedi. Je vais le chercher à l'entraînement de crosse, ne manque aucune compétition, et reste dans la pièce voisine de celle où il étudie.
— Maman, du calme ! s'écrie-t-il parfois, comme s'il pouvait lire dans mon esprit anxieux.
La semaine dernière, il m'a apporté un formulaire que j'oublie constamment de signer : les étudiants les meilleurs de seconde année vont bénéficier de cours de conduite. Je m'évertue à l'emmener partout, pour une raison que je n'ai jamais exprimée, que je ne me suis non plus jamais clairement formulée : si nous avons un accident, nous serons ensemble. Le dimanche, quand je passe la journée seule avec lui, il dort jusqu'à midi, regarde beaucoup la télé, et s'entretient longuement au téléphone avec une certaine Elizabeth.
— Comment est-elle ? lui ai-je demandé un jour.

Tous sans exception

— Vraiment cool.

Une fois, alors que je viens chercher Alex au collège, j'aperçois l'adolescente. Grande et mince, elle a de longs cheveux blonds et des yeux immenses. Leurs mains unies me rendent nerveuse.

— Il faut que nous rentrions, dis-je plus sèchement que je ne l'aurais voulu à travers la vitre en partie baissée de la portière.

Pendant quelques semaines, j'éloigne mon fils de la maison de Ben, pensant qu'à un moment ou un autre il faudra qu'il s'habitue à l'amputation de notre famille. Je sais qu'Olivia a compris mon état d'esprit. Elle passe de temps en temps au cours de la journée, mais ne s'attarde jamais, comme si elle sentait intuitivement les limites de ma performance d'hôtesse. La semaine dernière, elle est venue me voir alors que les enfants étaient à l'école, pour savoir si j'accepterais de garder ses fils le week-end où Ted et elle doivent se rendre à New York pour un congrès. Mes yeux se sont remplis de larmes à l'idée qu'elle me faisait assez confiance pour cela. Je sais qu'en ville, on a raconté que je m'étais montrée imprudente, que j'aurais dû brancher mon alarme, descendre, ou appeler la police. Je me demande combien de parents, depuis, se réveillent dès qu'un bruit se produit au rez-de-chaussée de leur demeure.

— Je ne vois pas qui d'autre pourrait me rendre ce service, a dit Olivia. Ils sont quatre ! Parfois, je suis moi-même dépassée. J'ai pensé mettre une annonce à l'université mais j'ai aussitôt imaginé les étudiants en train d'éclater de rire à cette perspective, ou de me réclamer une somme énorme.

Tous sans exception

— J'exige une somme énorme, ai-je dit.
— Que je paierai volontiers.
— Tu as déjà tant fait pour nous. Je te jure que nous aurons trouvé une maison d'ici l'été. Ce que je visite actuellement est sinistre. Je crois qu'il faudrait que j'achète quelque chose.
Je ne suis prête ni à acheter de maison ni à consulter la liste de thérapeutes qu'on m'a recommandés. Je devrais avancer mais je ne le veux pas ; je veux revenir en arrière.
— Tu peux rester ici aussi longtemps que tu le désires. Les enfants aiment que vous soyez là. Ted aussi. Nous en sommes tous heureux.

À partir du vendredi soir, je m'installe dans leur chambre d'amis. C'est l'une de ces petites pièces dans lesquelles tous les meubles qui n'ont pas servi ailleurs ont atterri : une vieille commode en pin, un fauteuil recouvert de lin coquelicot, un édredon en patchwork aux motifs géométriques. Cet assemblage en fait l'endroit le plus agréable de la maison. Alors que je sombre dans le sommeil la première nuit, Luke, qui a cinq ans maintenant, apparaît dans l'encadrement de la porte, silhouette noire sur fond de couloir lumineux. Je frissonne, puis m'efforce de sourire.
— J'ai fait un cauchemar, déclare-t-il en s'approchant, avec un froncement de sourcils.
— De quoi as-tu rêvé, mon chéri ?
— Il y avait des monstres.
— Viens, lui dis-je en écartant l'édredon et me reculant pour lui faire de la place.
Olivia m'a prévenue que Luke mouille parfois son lit. J'espère qu'il ne le fera pas cette nuit. Bien que le somnifère

n'ait pratiquement plus d'effet, je regrette maintenant d'avoir pris la moitié d'un comprimé. Et si le monstre revenait ? Il va falloir que je réapprenne à dormir sans médicaments. Je me souviens de la dernière fois que cela m'est arrivé. C'était dans un autre monde, une autre vie.

Luke se tourne sur le côté et me parle, le pouce dans la bouche.

— Pardon ?

Sans retirer son doigt, il hausse la voix :

— J'ai un pénis.

Alors que je hoche la tête, il ferme les yeux et s'endort, comme si c'était lui qui avait avalé une pilule. Je m'endors aussi. Juste avant l'aube, je me réveille ; le clair de lune, qui brille encore entre les rideaux à demi fermés, imprime au front lisse de mon compagnon une teinte argentée.

L'une des choses les plus difficiles, quand quelqu'un que l'on aime meurt, c'est que la douleur de cette perte se ravive chaque matin. Le voile doux du sommeil devient plus transparent et, l'espace d'un instant, se pose la terrible question dont on formule aussitôt la réponse. Au lieu de résister, j'ai maintenant décidé de m'abandonner à cette dernière heure de la nuit, que je vis toujours confrontée à mon deuil récent. Aujourd'hui, la situation est plus facile avec Luke qui émet près de moi un petit bruit de succion sur un pouce plus rose et gonflé que son homologue. D'abord, je pleure des personnes depuis longtemps disparues : mon petit Max, accroupi dans l'herbe haute au fond du jardin pour observer les sauterelles et Ruby à cinq ans, levant sa robe au-dessus de sa tête avec exubérance. Puis je pleure des personnes imagi-

Tous sans exception

naires : Max, l'auteur new-yorkais de bandes dessinées ; Ruby, professeur de poésie dans une petite université. J'invente mes propres enfants. Parfois, Max, Alex et Ruby traversent ensemble la rue en file indienne, tirant leur luge vers la colline ; une explosion de lumière, provoquée par le soleil sur la neige, les fait disparaître de ma vue dans un éblouissement soudain. Luke se trouve à la place de Glen dans le lit ; j'étends le bras et lui caresse doucement les cheveux.

À 6 h 30, ses paupières se lèvent.

— J'aime bien les pancakes, déclare-t-il.

À 7 heures, il demande à appeler sa mère et à 8, je le laisse faire.

— J'ai dit à la maman d'Alex que j'ai un pénis, dit-il.

— Tu as ma permission pour le renvoyer dans sa chambre, décrète Olivia d'un ton abrupt.

— Tu es prête pour ce soir ?

Ted, directeur du service Recherche et Développement d'une grande firme pharmaceutique, doit assister à un dîner en tenue de soirée. Olivia et moi sommes allées ensemble chez Molly pour acheter une robe. La commerçante, qui m'a regardée garer la voiture devant sa vitrine, a préparé un sourire pour notre entrée. Je me suis assise sur un banc devant les cabines d'essayage en m'efforçant de ne penser à rien. Cependant, chaque fois que je baissais les yeux, je voyais les pieds de Ruby, au petit orteil bombé, sous l'un des rideaux. Olivia a émergé dans une robe de soie bleu glacier – « une déesse ! » s'est écriée Molly – avec une barrette en forme de bijou dans les cheveux. Derrière moi, j'ai entendu un seul mot, prononcé avec la clarté d'une cloche de Noël : « Parfait ! » Je n'ai

pas pu me retourner, effrayée à la fois par la possibilité que Ruby soit là, relevant ses cheveux, les yeux brillants d'approbation, et celle de ne découvrir à sa place qu'un espace vide. Je fixe les yeux devant moi, sans rien voir.
Devant mon expression, Olivia a demandé tristement :
— Ça ne me va pas ?
Avec effort, je l'ai regardée de haut en bas.
— C'est parfait, parfait, ai-je répondu sans réfléchir.
— Transmettez mes amitiés à... à votre garçon, m'a dit Molly.
Je suis restée silencieuse dans la voiture.
— Excuse-moi, ai-je fini par dire. Je suis distraite. Il y a tellement à faire ! Ma mère vient dans trois semaines pour la remise des diplômes au lycée, mon beau-père sera là, et je ne sais qui d'autre encore. Si ça se trouve, la maison sera bondée. Ça ira. Je ne devrais pas me plaindre, à toi surtout. Je suis sûre que tu aimerais voir tes parents plus souvent.

Sur le piano du salon d'Olivia trône une grande photo de deux personnes séduisantes, vêtues d'un pull et coiffées d'un chapeau, qui rient devant l'objectif.

— En fait, ils sont morts tous les deux, m'a répondu Olivia d'un ton dégagé qu'elle a dû souvent utiliser. Ils ont eu un accident il y a longtemps, quand j'étais à Oxford. C'est comme ça que j'ai connu Ted. Il était là pour essayer de décrocher une bourse, nous nous sommes rencontrés à un pub, et j'ai pensé : Ah, tu veux m'enlever et m'emmener loin, loin d'ici ? Oui, fais-le, je t'en supplie.

— Seigneur, je n'arrive pas à croire que j'entends ça.
— Tout le monde porte son fardeau, tu ne crois pas ? Mais on ne peut pas le mentionner de façon anodine. On

Tous sans exception

n'aborde pas une femme sympa à une soirée, pour lui dire tout de go : « Ah, vos parents sont morts ? Les miens aussi. » Ce serait un peu sadique non ?
— Je n'ai même pas besoin d'en parler à qui que ce soit, tout le monde est déjà au courant. Tu as entendu Molly hésiter quand nous sommes parties ? Elle pensait sans doute que si elle avait dit le mot « enfants » au pluriel par erreur, je me serais écroulée ?
— C'était un peu comme ça pour moi aussi, au début. Mes parents étaient populaires et l'accident a été horrible. Et puis les gens oublient, mais tout le monde a son secret.

Ma mère m'avait dit quelque chose de similaire quand elle m'avait quittée la dernière fois pour retourner en Floride.
— Il arrive à tout le monde de perdre quelqu'un, avait-elle déclaré debout dans le couloir, à côté de sa valise. D'habitude, ça se produit par étapes. Pas d'un seul coup. Tu as subi le pire, Mary Beth, mais tu dois tout de même continuer à vivre.
— Je ne sais pas ce qu'est ma vie, maintenant.
— Tu as un enfant, c'est tout ce qui compte.

— J'aime les dessins animés, me déclare Luke, assis en tailleur sur le sol du séjour, le dimanche matin.
Demande-t-il parfois quelque chose ou se contente-t-il d'annoncer ce qu'il aime en espérant que son désir se concrétise ? Il a de nouveau dormi avec moi.
— Tu n'es pas ma mère, a-t-il décrété avant de s'endormir.
— Je sais.

Tous sans exception

Andrew et Aidan sortent de leurs chambres.
— On peut appeler maman et papa ? demandent-ils.
— Oui.
— La ferme avec ton pénis ! s'exclame Andrew.
— Je vais dire à Papa que tu as dit « La ferme », réplique Aidan.
— Tu es méchant, renchérit Luke.
— Silence, les garçons ! dis-je d'un ton sévère.
Cet échange familier me remplit d'une joie instantanée, aussitôt suivie d'un énorme sentiment de culpabilité. Je fais frire du bacon. Quand Alex et Ben sortent, désœuvrés, ils organisent une partie de Frisbee sur la pelouse. Luke court dans tous les sens, alors que le disque vole au-dessus de sa tête, puis finit par s'effondrer en larmes ; je l'installe devant des dessins animés avec un cookie. Lorsque les aînés rentrent pour jouer à la bataille navale, je les entends crier « Coulé ! » pendant ce qui me paraît durer des heures. Enfin, je les rassemble autour de la grande table en pin pour faire leurs devoirs.
— Andrew n'arrête pas de mettre son pied sur le mien ! s'écrie Aidan.
— Maman ! hurle Luke en entendant un bruit de moteur.
Ted nous raccompagne jusqu'au cottage. Alors qu'Alex entre, une bourrasque soudaine nous fouette sur le seuil.
— Il y aura peut-être une tempête cette nuit, dis-je, les yeux levés vers les nuages qui voguent à vive allure.
— Je ne sais comment te remercier.
— Il n'y a vraiment pas de quoi.
Je me rends compte que je ne mens pas. Être en compagnie d'autres personnes pendant deux journées entières

Tous sans exception

ne m'a pas semblé trop pénible. Peut-être est-ce dû au fait qu'il s'agissait d'enfants, qui ne s'inquiétaient pas de ce que j'éprouvais, ne s'embarrassaient de rien, ne cherchaient pas à m'entraîner dans leurs activités. Il suffisait que je leur fournisse des repas, que je joue mon rôle de médiatrice, de gardienne de l'ordre.

— Ils ont été adorables, poursuis-je.

— Certes, mais ils demandent beaucoup de travail. Je le sais, crois-moi. Je voulais te remercier aussi de ce que tu as fait pour Olivia. Le fait que tu sois là l'a énormément aidée. Ce n'est pas facile de vivre dans un pays étranger, quand on ne connaît personne, et d'avoir autant d'enfants coup sur coup. Elle se sentait seule, ce qui est beaucoup moins le cas maintenant. Ton amitié lui est vraiment précieuse.

— Et la sienne compte beaucoup pour moi, je t'assure.

— Bon, très bien. Tu peux l'emmener faire des courses quand tu veux. Félicitations pour la robe que vous avez choisie.

— Elle était parfaite.

27

À Times Square, alors que nous nous dirigeons vers le nord de la ville, Alice, Alex et moi sommes réduits à l'état de nains par des stars du sport et du cinéma, dont l'immense effigie flotte au-dessus de nos têtes sur d'immenses bannières. Nous nous frayons un chemin au milieu des vendeurs de rue et des touristes qui se prennent mutuellement en photo sur les trottoirs. Un homme tend à Alex un prospectus pour un club de strip-tease que j'essaie de lui arracher des mains.

— Cool, cool, chère madame ! s'écrie mon fils.

Plus tôt, j'ai tenté de lui prendre le bras en sortant du métro.

— Ah, en fait, non ! a-t-il déclaré d'un ton catégorique en enfonçant les mains dans ses poches.

Il a grandi de quelques centimètres et n'est plus l'adolescent qui vient de perdre ses rondeurs de bébé, mais

Tous sans exception

presque un homme, barbu, à la voix grave, d'une espèce qui n'a plus rien à voir avec la mienne.

— Est-ce que tu es triste de le voir grandir ? m'a demandé Alice, ses doigts jouant distraitement dans la chevelure trop longue de Liam.

Des boucles emmêlées aux barboteuses, elle s'efforce de prolonger à tout prix la petite enfance de son fils.

— Non, pas vraiment ai-je répondu.

Je suis surtout triste que Max et Ruby ne puissent jamais vieillir mais je me garde de l'exprimer. J'apprécie qu'Alice continue à me poser les sempiternelles questions de toutes les mères.

Alex désire aller dans un magasin de sport de Times Square, puis traverser Central Park pour se rendre au musée d'Histoire Naturelle. Alice lui a obtenu des billets pour un match des Yankees et pour un concert dans un night-club du centre ville. Elle a fait preuve d'une grande sollicitude : un étudiant de Columbia qui vit dans un studio de son immeuble va emmener mon fils aux deux manifestations, ce qui nous permet, à elle et moi, d'avoir du temps pour nous. Ce voisin, qui s'appelle Nate et passe un doctorat en anthropologie, aime apparemment autant le base-ball que la musique.

— Nate vient pour faire ta connaissance, nous a dit Alice à notre arrivée, avant d'enfouir son visage dans les cheveux de son fils.

— Il est super ! s'est exclamé Liam.

Notre voyage à New York constitue un interlude imprévu. Plus la voiture s'éloignait du cottage, de notre ancienne maison, de notre ville et de tous ses habitants, plus je me sentais calme ; mes épaules se relâchaient

Tous sans exception

davantage à chaque kilomètre. Quand nous nous sommes arrêtés sur une aire de repos – café pour moi, deux burgers, des frites et un Coca pour Alex –, je me suis sentie un peu comme tout le monde. N'étant pas sûre de supporter le trajet, la distance, la feinte normalité, j'avais essayé d'annuler ce voyage à deux reprises.

— Bonne journée ! a lancé la fille derrière le comptoir en regardant Alex avec approbation de haut en bas.

Liam a raison : Nate est super. Il s'est engagé avec Alex dans un long dialogue d'initiés au sujet des Knicks[1], énumérant les blessures diverses qui avaient compromis leur dernière saison. C'est le genre de conversation que mon fils avait avec son père. « Ils n'ont aucune défense correcte », expliquait Glen, ce qui faisait soupirer son interlocuteur. J'aurais aimé avoir retenu plus de détails de ces échanges, mais je n'y prêtais aucune attention. Parfois, Alex discute de sport avec mon beau-père.

— Nate, tu vas me lire une histoire ? a demandé Liam, debout entre les jambes de l'étudiant dont il agrippait les cuisses de ses petites mains.

— Je peux t'en lire une, a proposé Alex gentiment.

En secouant la tête, Liam a levé les yeux vers son voisin. Ce dernier, sans cesser de parler avec l'adolescent, a soulevé sur ses genoux le petit garçon qui s'est appuyé contre lui en suçant son pouce. Alice a apporté à Liam du lait dans un gobelet anti-fuites, un Coca à Alex et une bière au jeune homme.

— Je sais jouer au base-ball, a déclaré Liam, interrompant les grands.

---

1. Équipe de basket de New York.

Tous sans exception

Mon amie m'a tendu un verre de vin.
— Tu te tais et tu écoutes, a-t-elle répliqué.
Nate et elle ont échangé un sourire. La voyant aller dans la cuisine pour chercher du fromage, je l'ai suivie et lui ai saisi le bras devant l'évier.
— Je suis sidérée, ai-je dit.
— Pardon ?
— Ne me prends pas pour une idiote. Quel âge a-t-il et depuis combien de temps sors-tu avec lui ?
— Sortir avec lui ? Tu es ma mère ?
— Bon, d'accord. Depuis combien de temps couches-tu avec lui ?
— Tu parles trop fort.
— Réponds à ma question, dis-je en baissant la voix.
— Il a trente-quatre ans et je l'ai rencontré en février, a concédé Alice, avec un sourire suave.
— Comment ?
— Il vit dans cet immeuble. Un jour, il m'a invitée à dîner et a ignoré mon refus. Je lui ai fait remarquer que j'avais au moins dix ans de plus que lui et que j'avais un enfant. J'ai été aussi méchante avec lui que je sais l'être.
— C'est mesquin.
— Ça n'a rien changé. Il m'a eue à l'usure.
— Et tu ne m'en as jamais parlé.
— Je pensais que tu allais me trouver cinglée.
J'ai mis mes bras autour d'elle, pensant que son explication n'était qu'en partie vraie. Elle ne m'avait rien dit parce qu'il s'agissait d'une nouvelle heureuse qui arrivait à un moment terrible. Et parce que, sans doute, ce que j'entendais alors, dans toute conversation, était ce qui n'était pas exprimé. Je lui ai soumis mon interprétation.

— C'est vrai, a-t-elle avoué. Je ne me voyais pas en train de t'appeler et de te lancer : « Oh, chérie, devine ! J'ai un petit ami. »
— C'est ton petit ami ?
— Il m'a présentée à sa mère.
— Ouah !
— Et la meilleure, c'est qu'elle l'a eu très tard. Elle et moi avons une grande différence d'âge.
— Elle connaît l'existence de Liam ?
— Elle lui a offert un singe en peluche.
— Elle est plus compréhensive que je ne l'aurais été.
— Et moi donc ! J'essaie d'imaginer Liam avec une petite amie plus vieille que lui de dix ans. Nate m'a dit que quand il a déménagé à New York sa mère avait peur qu'il ne soit gay ; elle est soulagée que je sois une femme.
— Il est originaire d'où ?
— De Nouvelle-Écosse.
— Il se sert peut-être de toi pour obtenir la carte de résident, ai-je objecté.
— Ça m'est égal.
Je l'ai étreinte de nouveau. Il va falloir que j'apprenne à me montrer généreuse devant le bonheur des autres. Rachel et Sarah. Olivia et Alice. Alex même. Viendra un moment où il lui arrivera de bonnes choses : je devrai faire en sorte d'accueillir ses succès et ses joies à bras ouverts, et de veiller à ce qu'ils ne soient pas toujours assombris par son père, son frère et sa sœur.

— Nate est super, a dit Alex ce matin en lisant un article sur le match dans le journal. Il sait un tas de choses

Tous sans exception

sur le musée d'Histoire naturelle. Il ne peut pas venir à cause de ses cours, mais il m'a dit ce qu'il fallait voir. Quand nous sommes au musée, Alex sort un morceau de papier de sa poche revolver. C'est la liste de Nate : Vie océanique et Espace. Nous passons quatre heures à déambuler de merveille en merveille. Une seule fois un souvenir me bouleverse, quand j'entre dans la salle d'exposition des papillons, et que je les vois battre l'air de leurs ailes de vitrail. J'appuie la tête contre le mur frais et inspire profondément, puis je reprends ma visite.

— Maman, regarde ça ! s'écrie Alex, la tête en arrière pour contempler la baleine bleue sous un plafond oblique. L'espace d'un instant, il est redevenu un petit garçon sans souci. Je pense à quel point Max, Ruby et Glen auraient apprécié cette visite et regrette que nous ne l'ayons pas faite, des années auparavant.

Lorsque nous reprenons le métro pour rentrer à Brooklyn, j'aperçois sur la banquette de l'autre côté de l'allée un homme coiffé d'un turban, une femme couverte de tatouages, une jeune fille en tailleur noir lisant une anthologie de poèmes et un adolescent de l'âge d'Alex environ, qui travaille à un devoir de maths sur un cahier à spirale. Je me sens alors anonyme et heureuse de l'être.

En passant devant une rangée de maisons de brique aux vérandas délabrées, Alex s'écrie :

— C'est cool de vivre ici, non ?

D'un petit camion blanc qui avance très lentement le long des bâtiments sort une voix chantante que je n'arrive pas à comprendre.

— Le rétameur, explique Alice. Tu peux apporter tes couteaux au camion.

Tous sans exception

— C'est le pied ! s'exclame Alex sans se rendre compte de ce que j'éprouve — des couteaux affûtés. Je frissonne de peur.

Dans un restaurant italien, il termine son assiette de gnocchis et de veau, suivie d'une glace rayée comme un drapeau. Je le laisse boire trois gorgées de vin rouge. Alice et lui parlent du département Espace du musée, et d'un livre qu'elle édite à propos de la vie sur Mars.

— C'est cool, comme travail, commente Alex.

Je suis une femme ordinaire, en train de dîner avec son fils et une vieille amie. C'est la première fois que je me sens ordinaire depuis si longtemps — à l'écart du regard des autres, de leur sympathie et de leur jugement. Je sais que certaines personnes me jugent. La mère d'un des garçons de l'équipe de basket a pris l'entraîneur à part et lui a dit que jouer dans la même équipe qu'Alex était perturbant pour son fils. Le coach lui a répondu qu'il serait désolé de perdre ce dernier — qui a lui-même déclaré que sa mère était psychopathe : elle a fait marche arrière. Quand j'assiste aux matchs, je devrais la défier du regard, pourtant, je ne peux m'empêcher de baisser la tête quand elle me fixe. Personne ne me juge plus durement que moi-même. Personne ne souhaite que je me cache autant que moi. C'est comme si j'étais une grande brûlée, défigurée, que l'on ne pourrait s'empêcher d'examiner avant de détourner les yeux.

Dans la vitrine d'un magasin caritatif, Alex aperçoit une vieille veste militaire. Nous l'encourageons à l'essayer, et constatons que seules les manches sont un peu trop longues. Alice les remonte.

— Je me demande qui était ce Steiner, dit Alex en voyant le nom imprimé au-dessus du cœur.

Tous sans exception

— Tu devrais l'acheter, lui suggéré-je.

Ce qu'il fait.

Alex dort dans la chambre de Liam, sur un canapé qui sert à la nounou quand Alice travaille tard. Alors que nous buvons un dernier verre juste avant minuit, je l'entends dans l'écoute-bébé.

— Quel calmar géant, mec !

Je n'arrive pas à distinguer le reste.

— Tu crois qu'il parle à Liam ? dis-je.

— Si Liam était réveillé, il ne laisserait pas Alex prononcer un mot. Je crois qu'il est jaloux que nous ne l'ayons pas emmené et que Nate prête un peu d'attention à ton fils. Oh, ça me fait penser... J'ai un grand service à te demander.

— Vas-y.

— Est-ce que je peux te nommer tutrice légale de Liam si quelque chose m'arrivait ?

— Rien ne va t'arriver.

— Rien ne va m'arriver, mais j'ai besoin d'être sûre que quelqu'un prendra la relève. Mes parents sont trop vieux. Mon père vient d'avoir soixante-dix-sept ans.

— Et tes frères ?

— OK, baby. Je récapitule. John est marié à une cinglée et Jim, à une femme qui ne voulait déjà pas de ses propres enfants. Tommy est célibataire, parce qu'il est allergique à tout engagement ; et Teddy est un homo qui n'ose pas faire son coming-out. Je les adore tous, mais comme pères on peut trouver mieux.

— Je n'essaie pas de me défiler. Il faut juste que je me sente capable de déclarer au tribunal : « Oui, votre Honneur,

je sais qu'elle a quatre frères, mais elle ne pensait pas qu'un seul d'entre eux puisse être un parent compétent. Sauf peut-être l'homo timoré. »
— Ça veut dire que tu acceptes ?
— Bien sûr que oui. Tu ferais la même chose pour moi. D'ailleurs, tu n'en étais pas loin.
— Arrête.
— C'est la vérité.
Dans le haut-parleur, nous entendons Alex évoquer autre chose, qui ressemble à « monter et descendre l'escalier » ou « sans cesse et effrayé ».
— Alex me semble aller bien, me fait remarquer Alice.
— Oui. Il voit le psy. Ça l'aide probablement.
— Il a toujours été très équilibré.
— Je sais. Il est le seul que je crois capable de surmonter tout ça. Je ne pourrais imaginer Ruby, ou Max – heureusement pas – dans une telle situation.
Alice se frotte les yeux.
— C'est à Glen que je pense parfois. S'il t'était arrivé quoi que ce soit, je ne crois pas qu'il aurait survécu, déclare-t-elle, les lèvres tremblantes.
— Tu as réussi à ne pas pleurer depuis notre arrivée. Ne gâche pas tout maintenant.
Je m'abandonne à mes propres larmes en privé. Ce matin, très tôt, je suis allée me promener le long du fleuve. J'ai marché pendant presque deux heures. Au départ, je n'ai rencontré que deux agents de police et un homme endormi sur un banc, puis je me suis soudain retrouvée au milieu de joggeurs qui couraient du pas régulier et sûr des sportifs qui connaissent bien le trajet. Quand j'ai éclaté en sanglots, c'est à peine s'ils m'ont

Tous sans exception

remarquée. Peut-être, en vivant dans une telle promiscuité, les citadins s'attendent-ils à n'être que des figurants dans les tragédies des autres.

J'entends Alex rire, parler, s'étrangler et rire de nouveau.

— Il doit parler dans son sommeil, dis-je.

Je suis heureuse qu'il y ait un récepteur de l'écoute-bébé dans le salon, où je dors. Alex pourrait faire un cauchemar dans cet endroit peu familier. Tandis que je m'assoupis, il continue de marmonner.

Quand je me réveille à 5 heures et que je vais le voir sur la pointe des pieds, il a l'air plongé dans un sommeil d'adolescent si profond qu'il ne peut en être tiré, même par Liam, qui a grimpé près de lui et a lancé un mollet potelé sur sa longue jambe ornée de cicatrices. Je retourne dans le salon, et pense à Glen, à quel point il aurait aimé l'exposition sur l'espace, et à la façon dont il se serait rendu subrepticement dans la boutique du musée pour m'acheter un souvenir. Le souvenir d'Alex sera sa nouvelle veste. J'entends Ruby s'exclamer : « Cette veste est super. » « Bas les pattes, mec », lance Alex à Max, qui lui répond par une grimace, comme s'il pensait : cette veste m'ira mieux qu'à toi. Je te l'emprunterai dès que j'en aurai l'occasion.

Nate et mon fils échangent une poignée de main élaborée alors que nous nous préparons au départ le lendemain matin. Liam paraît confus, puis bouleversé.

— Maman, s'écrie-t-il. Je veux aller au parc.

— Sois ferme, soufflé-je à Alice en la serrant dans mes bras.

— Bien reçu.

Tous sans exception

Dans la voiture, Alex met son casque audio sur ses oreilles, alors que j'écoute une émission à la radio. Une voix sonore relate la situation critique des abeilles. « À travers tous le pays, les apiculteurs, en ouvrant leurs ruches, constatent que les insectes sont morts. » Suit une interview avec un écrivain qui répond par monosyllabes, ce qui permet à mon esprit de vagabonder. Je me demande si Alice, en abordant la question avec lenteur et prudence, va m'appeler pour savoir si je pense qu'elle devrait se marier. Vais-je un jour solliciter son avis sur la situation d'un parent unique, face à un seul enfant ? Je jette un coup d'œil à Alex. À travers ses écouteurs, je n'entends qu'un bourdonnement métallique, comme celui des abeilles justement.

— J'espère que Ginger va bien, dis-je quand il retire son casque pour un moment.

— Elle va bien. J'ai appelé Ben hier, Luke ne la quitte pas.

— Est-ce que tu t'es bien amusé ?

— Maman, avant de venir, je pensais : pourquoi partir alors que je pourrais crécher chez mes copains ? Mais je me suis énormément amusé. Beaucoup plus que je ne l'aurais cru.

— Moi aussi. J'ai une idée géniale : pourquoi ne pas nous installer ici ?

— J'y pensais. Nate m'a dit que, même si je ne peux pas entrer à Columbia, il y a un tas de bonnes facs à New York. Il y a aussi des écoles avec des équipes de division 3 où je pourrais jouer. Je vais y réfléchir sérieusement.

La ligne jaune qui partage la route en deux fonce vers moi.

Tous sans exception

— J'y ai réfléchi, dis-je. Il n'y a pas de raison que nous ne puissions pas déménager à Brooklyn. Alice m'a affirmé qu'il y a un tas de bonnes écoles privées. C'est vrai qu'il n'est pas facile d'y entrer, mais étant donné tes talents sportifs, je parie qu'ils seront ravis de t'avoir.

Son casque sur les genoux, Alex reste silencieux. « Who are you ? » chantent les Who de très loin, ce qui nous parvient sous forme de ouaaa ouaaa.

— Tu sembles aimer la ville, non ? Il y aurait tellement de choses à faire, et tu ne serais pas obligé de conduire. Tu pourrais prendre le métro, aller au cinéma avec tes amis. Alice dit...

— Pas question de déménager, réplique Alex d'un ton sec. Ni de quitter mes amis et mon école. Pas question.

Il s'est tourné vers moi en élevant la voix. J'étends mon bras devant lui, comme si j'allais freiner brusquement.

— Pas question ! hurle-t-il.

— D'accord, désolée, j'ai compris. Calme-toi.

Il est essoufflé, comme après l'effort sur le terrain de foot.

— Je pensais juste que ça pouvait être un changement bénéfique pour nous, poursuis-je.

— Je ne déménage pas.

— J'ai bien saisi.

Nous roulons en silence pendant ce qui me semble un temps très long. Je ne peux pas trouver la moindre station de radio intéressante. Tandis qu'il remet son casque sur les oreilles, j'ai l'impression d'avoir tout gâché. Je ne sais plus comment redresser la situation. Sans doute faut-il maintenant faire comme si tout était normal. Le simple fait d'y penser m'épuise.

Nous nous arrêtons pour manger. Dans la lumière crue d'un restoroute, je m'aperçois qu'Alex a besoin de se raser, ce qui me surprend. Jusque-là, l'utilisation du rasoir était plus pour lui une déclaration de maturité, qu'un réel besoin.

— Et cet été, que comptes-tu faire ? demandé-je.

— M'man, je vais au camp tous les étés.

— Tu veux y retourner ?

— Tu m'as inscrit. Cette année, je serai moniteur junior.

Il a raison. Je les ai tous inscrits. Max allait être batteur dans l'orchestre rock de son camp et Ruby devait participer à un atelier de poésie de niveau supérieur. Glen et moi avions évoqué la possibilité de partir en vacances, peut-être à Nantucket ou à Martha's Vineyard. Demain matin, j'interrogerai le dernier candidat à la reprise de la clientèle de mon mari. La plaque à l'extérieur du cabinet sera changée, le nom brodé sur les blouses blanches sera différent. Quelqu'un d'autre gagnera le prix de l'écriture lors de la remise des diplômes. Quelqu'un d'autre jouera aux échecs sur ordinateur avec Ezra. L'océan de la vie quotidienne se refermera sur eux trois, et la surface de l'eau redeviendra étale. Seul subsistera le tableau vivant que mon esprit ne cesse de contempler.

— Pardon, désolée, je ne sais pas où j'avais la tête, dis-je en repoussant mon assiette sur le côté.

— On ne déménagera pas, hein ? insiste Alex quand nous reprenons notre place dans la voiture.

— Pas si tu ne le veux pas.

Tous sans exception

— Est-ce que tante Alice va épouser Nate ?
— Il est trop tôt pour le dire.
— Elle devrait, déclare-t-il en remettant son casque sur sa tête.

28

« Ruby Lee Latham. » Rédigé en une calligraphie ornementée, le diplôme se trouve dans un dossier de cuir posé sur une étagère de l'entrée exiguë. Quand je passe devant, je le touche, ce qui me fait penser à Alice, à la façon dont mon amie et les membres de sa famille trempaient deux doigts dans le bénitier, avec une expression concentrée, lorsque nous allions à l'église. Ma main effectue le même geste avec le classeur, tiède contre ma peau.

En cette fin d'année scolaire, les événements se précipitent. L'arbre à la mémoire de Ruby est planté, et trois de ses poèmes – ceux que j'ai déjà entendus – sont lus à haute voix. Alors que le magazine littéraire et l'album de l'année sont dédiés à ma fille, le dernier est également dédié à Max, heureusement – si ce n'avait pas été le cas, mon fils aurait disparu comme il disparaissait déjà dans sa chambre, dans sa tête, dans son tourment. Sarah, Rachel,

Tous sans exception

Eric et un garçon nommé Gregory, que je n'avais jamais rencontré, passent me voir avant de se rendre au bal de leur promotion. Robe jaune pour Sarah et robe bustier, couleur abricot pour Rachel.

— Cette tenue est faite pour toi, dis-je à cette dernière, qui s'illumine de plaisir.

Gregory lui enlace la taille en souriant. Il lui a offert un petit bouquet de roses et de fougères. Les filles m'ont apporté une grosse gerbe de marguerites, que je place dans un pot, au milieu de la table. Elles sont tellement adorables. J'espère qu'elles ne pensent pas que j'ai couché avec le père de Kiernan, me dis-je, le visage brûlant, alors que je les prends en photo.

— On m'a tellement parlé de vous, madame Latham, s'écrie Gregory.

La perte de Ruby a-t-elle conduit Rachel vers ce garçon gentil et attentionné, qui lui offre des fleurs et considère qu'elle en est digne, à en croire son regard ?

— Alex est là ? s'enquiert Rachel. Nous apprécions vraiment sa petite amie, ajoute-t-elle d'un ton confidentiel.

Quand j'arrive pour la remise des diplômes, Nancy est la première personne que j'aperçois sur le terrain de foot. Elle nous embrasse sur la joue, ma mère et moi, serre la main de mon beau-père, puis me regarde et dit :

— Ce doit être un jour très difficile pour toi.

— C'est un jour important pour Sarah, réponds-je, en contemplant la longue file d'étudiants en toge, coiffés du chapeau carré.

Ils se photographient les uns les autres, discutent de leurs projets pour fêter l'événement, rient et adressent

Tous sans exception

des signes de la main à leur famille. Le proviseur m'a demandé si je souhaitais venir chercher le diplôme de Ruby sur l'estrade, mais je lui ai répondu que je craignais d'attirer l'attention, de gâcher la joie de cette journée.

Sous le ciel presque blanc, où brille un soleil de plomb, je me sens un peu étourdie, mais je cligne fort des yeux et regarde Nancy en souriant. J'espère que ce sourire ne laisse rien paraître de sa fausseté. Vêtue d'une robe rouge vif, je me moque de ce que quiconque pourrait trouver à redire. J'arbore une tenue Ruby.

Alex, déjà là, est assis avec ses camarades sportifs, prêt à saluer de hourras les diplômés appartenant aux équipes de foot, de basket et de crosse. Il se lève soudain, parcourt l'assistance du regard, puis vient vers nous et nous serre tous dans ses bras. Alors qu'il retourne vers les gradins, ma mère me touche l'épaule.

— Asseyons-nous, propose-t-elle.

Je croise étroitement les doigts alors que la remise se déroule selon l'ordre alphabétique.

— Ruby Lee Latham, articule finalement le proviseur après Kimora Kim et Robert Landman.

Un grondement parcourt la foule qui se lève d'un seul mouvement. Quand retentissent les applaudissements interminables, en une pulsation assourdissante, j'ai l'impression que mon cœur va exploser. En levant les yeux, j'ai le sentiment de me trouver au fond d'un puits immense, dont les parois sont constituées de tous ces gens. J'enfouis mon visage dans mes mains.

— Lève-toi, Mary Beth, insiste ma mère.

J'en suis incapable.

Tous sans exception

— Max Evan Latham, dis-je à voix basse, quand le proviseur poursuit sa distribution avec Christine Lessing, qui se trouvait dans la classe de Ruby.

Les parents de l'adolescente sont assis au bout de notre rangée. Je me penche en avant et leur adresse un signe de tête. Lorsqu'ils me répondent de même, je vois que Mme Lessing a les joues humides de larmes.

— Bon, voilà une bonne chose de faite, déclare ma mère quand nous revenons au cottage.

Mon beau-père prépare des whisky orange.

— Je crève de faim ! s'écrie-t-il.

Alex sort de sa chambre, vêtu d'un T-shirt et d'un short.

— Qu'est-ce qu'on mange ? demande-t-il.

— Il a toujours faim, commente ma mère.

— Il grandit, renchérit mon beau-père.

— Nuggets et macaronis au fromage, dis-je.

— Tu es la meilleure mère du monde !

(« Très juste ! » s'écrient Ruby et Max à l'unisson. Glen se contente de sourire.)

Le soir, mon beau-père emmène ma mère à l'aéroport, puis reprend l'autoroute inter-États.

— Si tu as besoin de quoi que ce soit, Mary Beth..., a-t-il précisé avant de partir.

— Je sais.

Il émet le désir de venir pour Thanksgiving mais à cette pensée, mon esprit se vide. Je lui réponds que je ne peux rien prévoir aussi longtemps à l'avance.

Quand je laisse Alex au camp de vacances, j'éprouve la même chose : je ne sais pas quoi faire ensuite. Ben et lui, en tant que moniteurs juniors, se retrouvent dans des bungalows différents. Leurs lits sont installés un peu à l'écart de ceux des enfants australiens et tchèques, âgés de neuf ans, dont ils ont la charge. Alex, qui va s'occuper du foot et du basket, porte un polo officiel qui s'orne du nom « Latham », brodé sous l'insigne du camp.

— Tu auras peut-être le droit de garder ces vêtements, dis-je.

Il me jette un regard éloquent.

— C'est parce qu'ils sont ringards que tu le souhaites ? s'écrie-t-il.

Je gravis la pente d'une colline pour accéder au bureau du camp. Le directeur sort du bâtiment, me serre la main et articule quelques formules familières pour m'assurer du fait qu'il veillera particulièrement sur mon fils. Je lui dis que je sais que les communications téléphoniques ne sont pas autorisées mais que j'espère qu'il fera une exception pour nous. Il m'affirme qu'Alex pourra sans problème appeler la maison.

Sur le parking, une femme blonde si mince que sa peau paraît translucide, s'approche lentement de moi.

— Vous êtes la mère d'Alex ? Je suis la mère de Colin.

Nous essayons toutes deux de sourire. Les cernes autour de ses yeux ont la couleur d'un ciel menaçant.

— Je ne vous ai même pas appelée pour vous remercier, dis-je.

— Pour quoi ?

— Pour l'avoir emmené skier. Pour l'avoir remis si vite dans l'avion. Pour avoir laissé votre mari le raccompagner.

— Nous étions tous bouleversés. Nous voulions faire le maximum. Le plus difficile...

Tous sans exception

Elle s'interrompt.
— Était de ne rien pouvoir lui expliquer ?
— C'est ça. De savoir et de faire semblant. Votre mère nous avait demandé de lui dire simplement que vous étiez à l'hôpital. Je ne sais pas s'il comprenait que nous lui cachions quelque chose ou pas.
— Je vous suis infiniment reconnaissante de ce que vous avez fait. J'ai honte de ne pas vous avoir téléphoné, ou écrit.
— Je vous en prie. Je n'y ai même pas pensé. J'avais moi-même quelques préoccupations.
Elle hausse les épaules et lève la main jusqu'à son cœur.
— Un début de cancer du sein.
J'ai devant moi une autre femme qui se compose une image publique mais dont la vie intime se révèle totalement différente.
— Seigneur, je suis désolée, dis-je en posant mes mains sur les siennes.
— Il paraît que je vais guérir, mais c'est rude pour les enfants. Pour Colin, particulièrement. Alex et lui sont si proches. Et cette catastrophe...
Elle hausse de nouveau les épaules. Sans doute est-ce un geste qui lui est habituel.
— Quelle merde ! s'exclame-t-elle.
Nous échangeons un sourire lugubre.
Je m'arrête chez un pépiniériste pour acheter quelques plantes vivaces et des zinnias. Je songe à planter les vivaces près de la porte de derrière du cottage. J'ai établi une liste de choses à faire – non parce qu'il s'agit de me contraindre, mais parce que j'ai besoin d'être guidée. Peu de mes clients m'ont appelée. Les propriétaires de grands

Tous sans exception

terrains, dont les arbres doivent être taillés et les vastes parterres, paillés, ont appris que je n'ai plus le personnel nécessaire. Rickie travaille pour l'université en tant qu'assistant du directeur de l'entretien, et John pour le comté, dont il devenu le paysagiste.

— Si tu as besoin de mon aide, il ne faut pas hésiter à me le dire, Mary Beth, m'a-t-il dit le jour où nous nous sommes rencontrés dans une jardinerie.

En fait, je m'occupe de petits travaux pour les quelques personnes qui m'employaient déjà quand mon entreprise n'était constituée que de moi, de deux étudiants et d'un répondeur téléphonique. Mme Feeney, âgée de quatre-vingt-dix ans, espère depuis des années que je m'occupe de ses plantes annuelles et de ses pots de fleurs.

— Je ne lis plus le journal local, c'est trop déprimant, mais j'ai cru comprendre que c'était vous, au Nouvel An ? m'a-t-elle demandé quand elle m'a contactée pour prendre rendez-vous.

— Oui.

— J'en suis désolée. Vous êtes dans mes prières. Pouvez-vous faire pour moi la même chose que d'habitude ?

— Bien sûr.

Parler avec quelqu'un d'aussi terre à terre était un soulagement. À quatre-vingt-dix ans, on est susceptible d'avoir été le témoin d'un nombre incalculable de tragédies, d'avoir perdu des personnes qu'on aimait dans des guerres ou des accidents, ou de les avoir vues s'éteindre brusquement et sans raison, telles des ampoules grillées. Mme Feeney aime les impatiens, les dahlias, les pétunias, toutes les fleurs désuètes peu fragiles, aux couleurs vives, qui ne durent qu'un été. Une année, j'ai essayé de l'inté-

Tous sans exception

resser aux hortensias, mais elle s'est contentée de secouer la tête. Je pensais que mon travail me manquerait davantage.

En fait, c'est une occupation commode quand on a une famille car elle permet de s'organiser en fonction des obligations domestiques : courses au supermarché, matchs de foot et transport des enfants à la sortie de l'école. En outre, elle constitue un sujet de conversation dans les soirées. J'adore faire pousser des végétaux, ôter les pétales fanés des digitales pourprées dont je guette la deuxième floraison improbable, déterrer à l'automne une grosse touffe d'iris et, après avoir séparé les rhizomes en cinq ou six pousses plus petites, voir s'épanouir les fleurs l'été suivant. Toutefois, je me rends compte maintenant que je ne me passionne pas tant que cela pour les projets paysagers, les parterres en terrasse, les chemins de pierre sèche ou les pergolas – tout ce qui, aux yeux des lecteurs de magazines, leur permet d'élaborer des « pièces extérieures ». Ma conception d'une pièce extérieure se borne à une véranda ouverte, abritant une table de pique-nique.

Je m'arrête dans une cafétéria juste après avoir franchi la frontière de l'État et m'assieds au comptoir avec le journal. Deux horribles meurtres y sont relatés. Il y en a un presque chaque semaine, ce que je n'avais jamais remarqué auparavant. Je commande une omelette au fromage et un café, mais ne mange que la moitié de mon assiette.

— Elle n'était pas bonne ? s'enquiert la jeune serveuse, inquiète à l'idée de rater son pourboire. Est-ce que vous voulez que je vous l'emballe ?

Oui. Non. Je laisse un billet de dix dollars pour une facture de six, afin de la rassurer. En raison de mon

Tous sans exception

manque d'appétit, j'ai dû me racheter quelques vêtements de taille inférieure.

— Tu es superbe ! s'est écriée Sandy la semaine dernière, quand je l'ai rencontrée au drugstore.

Ce n'est pas son cas. Elle s'est fait décolorer les cheveux, mais avec ses yeux et ses sourcils sombres, on dirait qu'elle porte une perruque. Pendant vingt minutes elle a parlé sans arrêt. J'ai compris qu'elle se sentait seule, qu'elle s'était rendu compte que, Rachel étant à la fac, elle allait rentrer chaque soir dans le silence palpable qui envahit comme la poussière les maisons inoccupées toute la journée. Je vais éprouver la même chose, bien qu'Alex ait laissé un désordre tel que la lessive et le changement des draps vont empêcher pendant deux jours le vide de bourdonner dans mes oreilles. Au moins, j'ai Ginger. Comme cela semble pathétique ! Au moment où je me dis que Sandy devrait prendre un animal, je me souviens que Rachel est allergique au poil de chat et aux noix, problèmes auxquels il me fallait faire attention quand elle nous rendait visite.

Bien que je ne sois sortie qu'une heure, je constate qu'une tempête a dû survenir sans que je la remarque. À deux reprises, alors que je contourne de petits arbres tombés sur la route, mes pneus écrasent des branches éparpillées sur le goudron qui, sous les nuages bas, luit comme du cuir verni. En allumant mes phares, je me retrouve soudain sous une averse si violente que je dois me garer sur le bas-côté de la route. Les essuie-glaces se révèlent impuissants contre les trombes d'eau qui s'abattent sur le véhicule et provoquent l'apparition d'un limon rougeâtre sur le sol. Des branches plus épaisses se brisent maintenant avec le bruit d'un claquement de fusil. Le

Tous sans exception

signal radio, quoique très faible, me permet cependant d'entendre une alerte conseillant de trouver un abri et de rester à l'écart de la route.
— Trop tard, dis-je à haute voix.
J'enfonce dans le lecteur de CD une compilation qu'Alex a laissée dans la voiture. Pas un véhicule ne passe près de moi. Au bout d'un moment, comme dans un concerto classique, le mouvement de la tempête ralentit, le tambourinement des gouttes sur le métal devient plus sourd et se raréfie, ne devenant bientôt qu'un contrepoint à la musique que j'écoute. En appuyant sur la touche qui permet de passer d'une chanson à l'autre, je tombe sur un solo de batterie. Vite, j'appuie de nouveau sur le bouton, et comprends bientôt que ce disque appartient à Max. Pourtant, j'aurais juré qu'Alex l'écoutait ce matin, pendant le trajet.

La tempête s'est déplacée vers la ville. Alors que je gravis la colline, j'aperçois au loin les gyrophares rouges des pompiers, probablement rassemblés autour d'un poteau électrique sur Main Street. Dans l'après-midi d'été, le ciel répand une lumière crépusculaire, mais pour l'instant les vitrines et des devantures restent éteintes. Y aura-t-il de l'électricité au cottage ?

Je descends la colline vers l'embranchement qui mène à la maison d'Olivia. La cime de deux peupliers, qui ont basculé d'une corniche peu élevée, dresse sur la route un mur de rameaux et de feuilles entremêlés. Maintenant que la pluie s'est arrêtée, les arbres humides prennent une teinte dorée. Un gros nid gît à la base de l'un d'entre eux. Quel gâchis ! Construire ainsi un abri brindille par brindille, le tapisser de mousse, y pondre des œufs, et voir

Tous sans exception

finalement ce morceau de vie se transformer en un fatras d'échardes et de coquilles brisées ? Me déportant le plus possible sur la droite, je roule au bord d'une pente raide recouverte d'une forêt dense. Je ne peux pas courir de risque, Alex n'a plus que moi. Je fais demi-tour et reprends mon chemin dans l'autre sens, jusqu'à une petite voie gravillonnée qui, selon Olivia, contourne la crête, passe derrière sa maison et rejoint plus loin la route bloquée par les peupliers. Je ne l'ai encore jamais empruntée. « Route du Cottage caché », annonce une pancarte. Je comprends vite pourquoi elle se nomme ainsi. Sur deux kilomètres environ, elle sinue régulièrement, uniquement bordée d'arbres si serrés qu'ils forment comme un dais au-dessus d'elle. À la sortie de deux virages consécutifs très périlleux, elle bifurque si brutalement qu'un chauffeur peu attentif ne peut que se retrouver sur une étroite allée de pierres qui ondule vers une destination invisible. Et parce qu'il est tard, que j'ai conduit presque toute la journée, que je ne parviens pas à voyager sans voir de visages dans mon rétroviseur et sans entendre de voix en provenance de la banquette arrière, c'est exactement ce qui m'arrive.

L'allée se divise autour d'un large ovale, pour se reformer devant un vieux corps de ferme, dont la peinture blanche resplendit dans la lumière déclinante du ciel tourmenté. Cet éclat rend plus obscures encore les fenêtres éteintes. Malgré la présence indistincte de rideaux et d'un pot de lait décoratif, près de la porte, le bâtiment présente au regard l'aspect désolé de toute demeure inhabitée.

Au centre de l'ovale, se dresse un sapin du Colorado, aux épines longues et souples, arbre pour lequel j'ai tou-

Tous sans exception

jours eu un faible. Une année, nous en avions choisi un spécimen pour Noël – disons plutôt que je l'avais choisi et que Glen s'était laissé convaincre. Cependant, les enfants avaient tous protesté, déclarant que cet achat était bizarre et que cette couleur gris-vert n'était pas celle à laquelle ils étaient habitués. L'année suivante, nous étions revenus au sapin traditionnel.

Celui-ci ferait un arbre de Noël fantastique au milieu d'une place publique, dans la nef d'une cathédrale ou devant une mairie. Son triangle parfait s'élève au moins à douze mètres de hauteur et cache presque totalement la maison, que je n'aurais pas vue si ma voiture n'avait pas légèrement dérapé sur les gravillons. J'essaie de me rendre compte de l'orientation de la façade, afin de savoir si l'arbre nuit à sa clarté, mais j'ai le sentiment qu'il est planté trop loin pour assombrir les pièces, ou s'abattre sur le toit en cas de catastrophe naturelle.

Plantée dans le sol devant le sapin, une pancarte délavée porte l'inscription « À vendre. De particulier à particulier ». Au-dessus, un numéro de téléphone que je note sur la paume de ma main.

29

Assise dans la véranda fermée, je vois un colibri qui va et vient bruyamment en direction d'un fuchsia suspendu. L'arrière du bâtiment est abrité par un rideau de forêt, dont la lumière jaillit par intermittence, s'écrasant sur le chemin qui mène à la grange. En ce début de mois d'août, mon T-shirt, sous l'effet de la vapeur imprégnée d'une odeur de terre, est gris de transpiration. Depuis le lever du jour, je me suis attelée au ponçage du sol de bois dur, une tâche plutôt salissante.

Olivia a un jour utilisé une expression que je n'avais jamais entendue auparavant : « Aussi sûr qu'une maison. » Quand elle a vu mon visage, elle a ajouté, en précisant que la phrase avait un rapport avec l'investissement immobilier : « Est-ce que les Américains ne l'emploient pas ? Elle signifie solide, résistant. » Je suppose qu'elle avait raison : son père a été éditeur de l'*Oxford English Dictionary*.

Tous sans exception

Ces mots, qui résonnent agréablement à mon oreille, désignent plutôt pour moi le sentiment qu'un abri procure. Tout comme les pécheurs continuent de croire au bien et les agnostiques se raccrochent à Dieu quand leur avion connaît de faibles turbulences, je suis encore persuadée qu'une maison peut assurer notre sécurité. Celle-ci ne m'a pas, à proprement parler, été vendue. Le numéro qui figurait sur la pancarte est celui d'une historienne d'art enseignant à l'université, dont la mère dérive vers le néant dans une maison de retraite.

— Comme vous avez pu le constater, elle est bien trop grande pour une personne seule, m'a expliqué la propriétaire, comme si elle devait justifier la vente de l'endroit où elle avait grandi.

Cette femme minuscule, vêtue d'une robe noire étroite, m'a retrouvée devant la demeure deux jours après la tempête. Au crépuscule, l'immense résineux argenté semblait receler ses propres ombres ; sous le soleil, ses aiguilles vertes s'ornaient d'un vernis bleuté.

— Quel arbre ! me suis-je exclamée.

— Mon père disait que, grâce à ce sapin, c'était Noël toute l'année.

Le bâtiment abrite un salon muni d'une cheminée, une salle à manger lambrissée, une cuisine qui s'étend sur toute la longueur de la maison – vierge de toute transformation depuis cinquante ans –, et une véranda fermée à l'arrière en opposition à la véranda ouverte du devant. Un escalier étroit et raide conduit à quatre chambres à coucher plutôt petites, deux de chaque côté du couloir, séparées par une salle de bains ; avant même d'avoir mis le pied à l'intérieur de cette construction rectangulaire, désuète, sans imagination, on en devine l'agencement. L'allée de gravier se prolonge jusqu'à une petite grange, dont les murs rouges virent au roux.

— Il n'y a pas de garage, a prévenu l'historienne.
— Ça n'a pas d'importance.

J'ai loué la demeure pour six mois avec option d'achat. Incarnant l'étape intermédiaire entre mon passé et mon futur, ma prise de conscience d'une nécessité d'agir, sans être obligée d'en faire trop, sans avoir à affronter un emprunt et un titre de propriété portant mon seul nom, cette décision m'a en outre fourni le moyen d'occuper mes journées.

— M'autorisez-vous quelques travaux de rénovation ? ai-je demandé.

La petite femme a inspecté du regard les murs sales et les boiseries abîmées.

— Si vous voulez.

Après lui avoir donné un chèque au début de juillet, je suis venue travailler dans la maison chaque jour. J'ai retiré le papier peint, appliqué de la peinture et décollé la moquette verdâtre qui courait à travers toutes les pièces telle une mousse rampante. Sur le sol de la cuisine, dont les murs étaient recouverts d'un vinyle adhésif supposé imiter des briques improbables, s'étalait un lino rouge à paillettes noires. J'ai tout poncé et remplacé par un enduit.

Les seuls sons qui m'accompagnaient étaient ceux de la nature : les chants d'oiseaux, le vent et l'averse occasionnelle qui tambourinait sur les feuilles. Parfois, je me parlais à moi-même, puisque personne ne pouvait m'entendre, s'inquiéter, murmurer que Mary Beth

Tous sans exception

Latham n'avait pas réussi à surmonter le drame – comme si une telle éventualité, celle de me revoir gaie et primesautière, était envisageable. J'ai eu trois frayeurs : deux dues à un raton laveur qui fourrageait dans la poubelle et la troisième, un après-midi, lorsque pour la première fois depuis la signature du bail une voiture sombre a remonté l'allée. J'ai serré mon marteau si fort que j'ai retrouvé ensuite la trace rouge de mes ongles sur ma paume. L'homme au volant était vêtu d'un polo blanc.
— Hum. Hello ! s'est-il écrié en avançant vers moi, le visage ombragé par une casquette de base-ball, après avoir jeté un coup d'œil au marteau. C'est moi, Ed Jackson.
Mon cœur a ralenti peu à peu.
— Officier de police Jackson ! me suis-je écriée. Je ne vous avais pas reconnu.
C'était sa voix que j'avais entendue, quand j'étais étendue sur le sol de ma chambre, le matin du 1er janvier.
— Vous êtes vraiment au milieu de nulle part, a-t-il déclaré.
— Ce n'est pas un problème.
— Vous allez installer une alarme ?
Je me suis contentée de sourire.
— Tout le monde me pose la question, ai-je fini par dire.
Il m'a apporté un caoutchouc – l'une de ces plantes aux grandes feuilles lisses qui paraissent artificielles –, au pot entouré d'un nœud rouge. Je l'ai posé dans la véranda, à l'écart des allées et venues.
Plusieurs fois, Olivia est passée après avoir déposé ses plus jeunes garçons au centre aéré. Elle a mis de l'ordre derrière moi, arrachant les bandes de protection bleu vif

Tous sans exception

des carreaux ou vidant le sac de la ponceuse. Un jour, elle a surgi du bois entourée d'un halo de grains de poussière, telle une princesse de conte de fées.

— D'où viens-tu ? lui ai-je demandé de la fenêtre d'une des chambres.

— D'en bas. En passant par le bois, nous ne sommes séparées que par deux kilomètres environ et il y a une piste bien tracée presque tout le long du trajet. Il m'a fallu une demi-heure : les garçons ne devraient pas mettre plus de vingt minutes. Si les arbres n'étaient pas aussi denses, on pourrait installer une tyrolienne !

— Un mot de toi et j'arrive, m'a un jour confié Alice au téléphone. Cette maison semble parfaite.

— Elle n'a rien d'exceptionnel, mais le cadre est agréable.

Mon amie se trouvait au bord d'un lac du Michigan avec Liam et Nate, que ses frères et sa mère apprécient.

— Mon père se montre sceptique. Il a dit à mon frère Tommy que Nate a tenté sa chance avec moi parce que je suis une mère célibataire.

— Il pense que Nate t'a considérée comme une fille facile…

— Oh, Seigneur, c'est exactement le mot qu'il a utilisé. Qui parle ainsi de nos jours ? Est-ce que mon père n'a pas compris que j'ai fait appel à un donneur de sperme ?

— N'utilise pas le terme de sperme devant ton père.

— De toute manière, il est persuadé que Nate cherche à m'exploiter. J'ai dit à Tommy qu'il m'exploite chaque fois qu'il en a l'occasion.

Tous sans exception

— Et Tommy t'a répondu : « Bon sang, Al, la ferme ! »
— Exactement. Mon travail est presque terminé. Je tenais à ce que la maison soit prête pour le retour d'Alex. Je ne l'ai pas encore achetée pour qu'il puisse décider si elle lui plaît.
— Tu vas laisser un ado de quinze ans décider si tu dois acheter une maison ou non ? a demandé Alice.
Liam semblait frapper le téléphone avec un objet métallique.
— C'est sa maison aussi.
— Certes, mais... Chéri, pas de baignade si tu n'arrêtes pas de me taper avec ça ! Tu as compris ? Pas de baignade, pas de bouée !
Ignorant les gémissements de son fils, elle revient vers moi :
— Rappelle-moi qui était la spécialiste du comportement parental ?
— Je veux simplement qu'il se sente bien, réponds-je en soupirant.
Toute la matinée, un camion a apporté des meubles et des cartons. Ma mère, qui est ici depuis quatre jours – heureuse, affirme-t-elle, d'avoir quitté pour un moment le soleil implacable de la Floride –, a préparé le déménagement dans l'ancienne maison. Jamais je n'y retournerai. Je lui ai indiqué ce qu'il fallait prendre : le lit double presque neuf d'Alex, son vieux bureau plein d'éraflures, ses posters et ses livres, ainsi que le fauteuil de Max et le vieux rocking-chair de chêne au siège rembourré, qui m'a servi autrefois à allaiter mes trois enfants. Maintenant recouvert d'un plaid rouge et jaune vifs il révèle, quand

Tous sans exception

on le soulève, la présence d'un tissu à petits pois jaunes, qui recouvre un motif de chevaux à bascule, qui recouvre le faux cuir vert d'origine, affreux et craquelé qui l'ornait quand je l'avais acheté dans une brocante de Chicago. Glen et moi l'avions ensuite transporté à la maison, en tenant chacun un accoudoir, puis un voisin avait aidé Glen à le monter jusqu'à notre appartement. J'avais prévu de le décaper pour lui rendre sa patine dorée, mais il y avait eu un enfant, puis deux, puis trois. Aujourd'hui, il n'est plus question de le transformer.

J'ai décidé de garder nos beaux meubles anciens – le bureau du salon, l'armoire de la cuisine, la chambre à coucher en acajou. Tous les tableaux seront conservés et emportés, bien que j'aie l'intention d'offrir à Olivia l'aquarelle d'un magnifique paysage qu'elle aime tant. Notre salle de séjour, n'ayant pas été souillée, sera déménagée entièrement ; les deux canapés, les bergères, la table basse et les grandes étagères rempliront le nouveau salon. Je me débarrasse de tout le reste.

— Et les miroirs ? a demandé ma mère.

— Donne-les, ai-je dit sans trop savoir pourquoi.

La veille du déménagement, ma mère et moi avons partagé un pot de thé à la menthe sur la petite table du cottage. Elle a parcouru la pièce du regard et a déclaré :

— Tu as eu de la chance d'avoir trouvé cet endroit.

— Je sais.

— J'aurais aimé pouvoir en dire autant.

Bien que je n'aie pas saisi exactement ce qu'elle voulait me faire comprendre, j'ai laissé passer cette remarque sans commentaire. Je ne suis plus tentée de gratter les croûtes de notre passé commun. Ornés de ses inscriptions au feutre

Tous sans exception

noir, en lettres majuscules, les cartons qu'elle a fermés ont été déposés dans la grange. J'ai observé par la fenêtre les déménageurs qui transportaient les boîtes contenant toute ma vie, tout ce que j'avais aimé et perdu – costumes de G, livres de M, pulls de R –, puis je me suis souvenue de cartons semblables à ceux-ci, rangés au sous-sol de la maison où j'avais grandi. La planche à repasser y était également installée : lorsque je repassais une jupe ou un T-shirt, je les voyais, empilés d'un côté de la chaudière en fonte : Livres de J, chemises de J, objets divers de J. Je ne m'étais jamais interrogée sur leur contenu, sur ce qu'ils étaient devenus après la vente de la maison qui avait précédé le départ de ma mère et de Stan pour le Sud. Se trouvaient-ils dans quelque garde-meubles, à côté d'autres cartons remplis des robes et des bijoux fantaisie de la première femme de Stan ? Ma mère les avait-elle finalement donnés à une œuvre caritative ? ou les avait-elle déposés près de la poubelle, à l'intention des éboueurs ? Je pourrais lui poser la question je suppose, mais quelle différence cela ferait-il ? Quoi qu'elle ait fait, c'est bien. Voilà ce que j'ai appris. L'essentiel, c'est de parvenir à agir.

Je fixe le sol de béton de la véranda sur lequel j'ai décidé d'appliquer trois couches de peinture rouge, mais il faut d'abord que je finisse la dernière des chambres à coucher. Le rez-de-chaussée, dont j'ai peint les murs en jaune pâle pour créer une atmosphère ensoleillée, est terminé. Chaque soir, mon corps douloureux bénit ses courbatures. Au bout de mon troisième jour de travail, je me suis allongée sur une vieille chaise longue dans le jardin pour me reposer quelques minutes avant de fermer la maison. Les moucherons assaillaient sans relâche mon

Tous sans exception

visage humide. Tandis que je fermais les yeux pour m'en protéger, je me suis endormie sans médicament pour la première fois en sept mois.

J'ai alors fait un rêve. J'avais réclamé au départ des comprimés non par crainte de ne pas dormir, mais par peur de rêver. J'avais peur que les images produites par mon imagination, vagues le jour, ne se transforment en tableaux d'une épouvantable réalité la nuit. J'appréhendais avec terreur d'assister, pas à pas, à ce qui était arrivé à Ruby, puis à Max, et enfin à Glen.

Sans bruits violents, sans cris étouffés, sans la moindre trace de sang, mon rêve était à peine digne de ce nom. Il ne contenait ni lieux ni personnages étranges ou difficilement reconnaissables, et ne recelait aucun de ces épisodes absurdes que nous avons appris à identifier comme les étranges ramifications de notre inconscient. Combien de fois étions-nous descendus à table le matin, clignant des yeux pour éviter la lumière trop vive, et avions-nous saisi gauchement la cafetière, en disant : « J'ai fait un rêve vraiment bizarre. » Animaux, films, acteurs, vol d'oiseau, chutes libres. Nous étions toujours sûrs de savoir interpréter les rêves des autres, mais ne réussissions jamais à analyser les nôtres.

Alors que les moucherons cédaient la place aux moustiques (ainsi que mon bras me le révélerait plus tard), et qu'une chauve-souris pénétrait dans la maison jusqu'à la salle à manger (ainsi que je le découvrirais le lendemain), je rêvais donc que nous étions tous assis à la table de la cuisine. Comme à l'accoutumée, Glen se tenait à l'une des extrémités et moi à l'autre. Ruby se tenait à sa droite, Alex à sa gauche, et Max, entre Alex et moi. Pendant des années, quand les enfants en arrivaient aux mains, nous

Tous sans exception

avions parlé de changer cette disposition, mais nous n'avions pu nous y résoudre. Nos places étaient toujours restées les mêmes. La sixième chaise, la chaise où Kiernan s'était toujours assis, avait disparu. La table, sous laquelle Ginger était allongée, était dressée pour le dîner, mais il n'y avait pas de nourriture. Nous échangions des propos en souriant, même Max. Ruby dépliait sa serviette, qu'elle étendait sur ses genoux, tandis que Glen disait quelque chose à Max et lui passait le sel. Bien que leurs lèvres bougent, je n'entendais pas leurs propos.

— Où est le repas ? ai-je demandé, ce qui a fait rire tout le monde.

Soudain, je me suis réveillée, comme si en posant la question j'avais détruit la vision.

Le rêve n'ayant pas eu le temps de se dissiper, j'étais perturbée par ma position, le jardin et les bois sombres. Ginger, endormie au pied de la chaise longue, reniflait avec un bruit doux. J'ai regardé les étoiles, exceptionnellement brillantes, puis j'ai fermé les yeux, pour essayer de nous voir encore rassemblés autour de la table du dîner. Pourquoi m'étais-je inquiétée du repas ? Pourquoi avais-je parlé à haute voix ? Le rêve a refusé de revenir sur commande. Ma montre indiquait qu'il était presque 17 heures : j'ai fait du café et me suis remise à poncer.

Profitant des sédatifs que sont le dur labeur, les jours encore longs, la chaleur humide et les nuits ténébreuses, je ne prends plus maintenant que la moitié de la dose de somnifères. En l'absence d'Alex, je n'ai pas à tendre l'oreille pour savoir s'il crie dans son sommeil, ni à me

Tous sans exception

ressaisir quand il entre dans la pièce où je me trouve. La plupart du temps, je dors sur le matelas neuf que je me suis fait livrer et qui a été posé dans la salle à manger jusqu'à ce que la laque qui recouvre le sol de ma chambre à coucher soit bien sèche.

— Tu n'es pas effrayée de vivre là-bas toute seule ? m'a demandé Nancy quand nous nous sommes rencontrées au marché.

Je suis à présent incapable de délivrer les réponses creuses que tout le monde attend de moi.

— Qu'est-ce qui pourrait m'effrayer maintenant ? ai-je répondu doucement en m'éloignant pour peser quelques pêches.

Quand je suis montée dans ma voiture, elle est apparue à ma portière.

— Mary Beth, je crois qu'il faut assainir la situation entre nous, a-t-elle déclaré.

— Quand tu veux.

Ma mère craint que de nombreux conducteurs de voiture ne fassent comme moi la première fois : qu'ils ratent le virage serré et donnent de la bande dans le jardin. Cependant, depuis que je travaille ici, non seulement très peu de véhicules sont passés sur cette route, mais la plupart d'entre eux avançaient lentement, les chauffeurs cherchant visiblement leur chemin. Même ma mère a eu du mal à me trouver. Quand elle arrive avec le dernier chargement de meubles, le visage maculé de poussière, elle apporte des sandwichs et une tourte aux cerises. Elle a loué les services d'une entreprise pour nettoyer l'ancienne maison de fond en comble. « À l'intérieur et à l'extérieur », répète-t-elle.

336

Tous sans exception

Cela signifie-t-il qu'elle leur a également donné la consigne de nettoyer le garage ? Un couple avec deux jeunes enfants – des filles – ont signé une promesse de vente pour acheter la demeure à un prix à peine plus bas que celui des autres bâtiments du quartier. Quand j'ai ordonné à la dame de l'agence immobilière de raconter aux acquéreurs potentiels la vérité sur ce qui s'est passé, elle m'a rétorqué que cela ferait fuir la plus grande partie d'entre eux. Apparemment, le couple a réagi de façon inattendue. L'homme et sa femme ont déclaré que le fait de fabriquer de bons souvenirs réussirait à effacer les événements de cette horrible nuit. Je comprends ce qu'il veulent dire, car je m'efforce de penser la même chose.

— Ils prennent les mesures pour la moquette, précise ma mère d'un ton désapprobateur. Et ils installent de nouveaux placards dans la cuisine.

Nous transportons nos sandwichs jusqu'à la véranda et les mangeons en silence. Ma mère doit être fatiguée. Bien qu'elle soit en forme et mince – plus mince encore qu'auparavant –, elle a soixante-dix ans et travaille dur depuis plusieurs jours. En cherchant des traces de larmes sur son visage, je n'ai rien vu, ce qui ne signifie rien. Elle a l'art de ne pas s'épancher, au point qu'il m'est parfois difficile de savoir comment lui parler. Alors que j'emballe la deuxième moitié de mon sandwich pour le dîner, j'articule, en m'obligeant à la regarder droit dans les yeux :

— Merci pour tout, m'man. Tu as été comme un roc dans la tempête.

Surprise, elle baisse le regard.

— J'ai une grande admiration pour la façon dont tu as réagi, Mary Beth, répond-elle. Tu t'es montrée très forte.

Tous sans exception

— Avais-je le choix ?
— Ce n'est pas la question. Un tas de gens se seraient écroulés dans cette situation.
— Si je m'étais écroulée, quelle aurait été la différence avec ce que je vis ? Je n'arrive pas à croire que cela aurait pu être pire.

Le silence intensifie le crissement sec et insistant des sauterelles.

— Tu les as vus ? dis-je enfin.

La phrase est en elle-même sibylline et imprécise. Pourtant, quand ma mère se tourne vers moi, je me rends compte que non seulement elle a compris ce que je voulais dire, mais aussi qu'elle attendait ce moment. Elle hoche la tête.

— Le commissaire m'a expliqué que tu avais dû les identifier, poursuis-je.

Elle hoche la tête de nouveau.

— Comment étaient-ils ?
— On aurait cru qu'ils dormaient, déclare-t-elle, les mâchoires serrées.
— Je ne te crois pas.
— Je te répète qu'ils avaient l'air de dormir. Les draps qui les recouvraient étaient tirés jusqu'au menton. Ils avaient l'air de dormir.
— La police a des photos que je pourrais regarder.
— Il y a des photos dans tes cartons aussi. On y voit Ruby sur un poney et Max en train de nager dans un lac. Il y a tes photos de mariage et celles de la fête des dix ans de votre union, vos noces d'étain. Si tu veux regarder des photos, regarde celles-là.
— Je ne veux pas voir de photos.
— Pas encore.

Tous sans exception

Elle me tend sa serviette en papier pour que je m'essuie les yeux.
— Au début, tout ce que je voulais savoir, c'était à quoi avaient ressemblé leurs dernières minutes. Je les imaginais constamment, tout en étant effrayée. Je voulais savoir à quoi ils avaient pensé, s'ils avaient souffert, si Glen avait su pour Max et Ruby. Je pensais que c'était le pire. Et maintenant, pour moi, le pire c'est juste...
— Qu'ils ne soient plus là.
— Tout ce qu'ils ratent, ce qu'ils ne vivront pas.
Ma mère me regarde droit dans les yeux, la bouche crispée, comme si elle était en colère.
— C'est exactement ça, renchérit-elle. Toutes ces années non vécues.
Tandis qu'elle me prend la main, j'ai une vision soudaine de Max, Ruby et Glen, allongés côte à côte, endormis. La bouche de Max est légèrement entrouverte et les cheveux de Ruby recouvrent son cou et ses épaules. Ma mère a réussi à me faire voir ce qu'elle voulait que je voie. La seule personne qui saisit ce que j'éprouve est celle que, entre toutes, je croyais incapable de comprendre.
Nous gardons ensemble le silence.
— J'espère qu'Alex va aimer cet endroit, dis-je enfin.
Ma mère jette un regard alentour. Elle n'affectionne pas les vieilles maisons. Parfois, je songe que la chose la plus gentille que Stan ait faite pour elle, c'est de l'emmener à un endroit où tout le monde a des fenêtres de toit, des lavabos à double vasque et des baignoires géantes.
— Il va l'apprécier. Tu en as fait un lieu agréable pour lui.

Tous sans exception

Mon beau-père n'affectionne pas non plus les vieilles maisons. Deux jours après avoir raconté à Doug que j'envisageais d'acheter celle-ci, son père est arrivé dans l'un de ses camions d'entreprise dont les échelles extensibles vibraient bruyamment, tandis qu'il avançait vers l'arrière du bâtiment. Il est descendu avec peine de la cabine – une jambe, l'autre, un haut-le-cœur, puis la bascule du torse –, et a levé les yeux avec réprobation en me voyant venir à sa rencontre.

— Un toit en ardoise. Tu sais pourquoi on en voit de moins en moins ? D'une part c'est cher, et d'autre part, c'est difficile à entretenir.

— Il n'y a aucun signe de fuite dans le grenier.

— Pas de signe évident, a-t-il répliqué en détachant une échelle du camion.

À midi, il a pris une pause pour déjeuner. Glen m'avait un jour raconté que son père mangeait chaque jour à midi pile, quelles que soient les circonstances. Au cours de la remise de diplômes, qui commençait à 11 heures, sa jambe gauche s'était mise à tressauter de façon incontrôlable vers midi et demi.

— Tu veux que je commence par la bonne nouvelle ? a-t-il dit en faisant sauter la capsule d'une bouteille de bière qu'il avait apportée dans une glacière. Les ardoises ont cent ans.

— Quelle est la mauvaise ?

— La maison date d'environ quatre-vingts ans. Dans vingt ans, il faudra refaire le toit.

— J'en ai les moyens.

— Dans vingt ans, il faudra refaire le toit, précisé-je à ma mère.

Tous sans exception

Haussant les épaules, elle va dans la cuisine et nous coupe à chacune une tranche de tourte. Je grignote la mienne en commençant par l'extérieur, puis prends une gorgée de thé.
— Est-ce que tu penses qu'il serait bon pour toi de retourner là-bas une dernière fois ? demande-t-elle. La date de la signature est fixée juste après la Fête du travail. Tu n'auras plus d'autre occasion de le faire.
— Je ne peux pas y aller, c'est au-dessus de mes forces. Je ne peux même pas passer dans la rue. Si je me garais devant... Je ne sais pas ce que je ferais, mais ce serait regrettable. Donc, si la question, comme je le suppose, est de savoir si ça pourrait m'être utile, la réponse est non. C'est même le contraire. Tout à fait le contraire.
— C'est réglé.
Je ne sais pas si elle parle de sa tranche de gâteau, de notre échange, ou de l'ancienne maison. Elle tapote le bord de mon assiette avec insistance, avant de rentrer dans la cuisine. Je laisse glisser ma part de gâteau sur le sol, où Ginger l'engloutit en un instant.
— Allons installer les meubles ! crie ma mère.

30

On a demandé aux parents d'attendre au pied de la colline que les jeunes de retour du camp récupèrent leur sac de voyage.
— Je déteste ce moment ! s'exclame l'une des mères qui ne cesse de croiser et décroiser les bras.
J'ai toujours considéré, au contraire, que cette organisation était un bon moyen d'éviter la bousculade frénétique des retrouvailles, mais aujourd'hui je meurs d'envie de courir jusqu'au bungalow 14, où mon fils, moniteur junior, a veillé sur une douzaine de petits garçons. « Jamais il ne voudra avoir d'enfants, après une telle expérience ! » s'écrie une voix sarcastique dans ma tête que je reconnais aussitôt comme celle de Ruby. Je veux lui répondre, mais il y a trop de monde alentour. Un homme de haute taille, dont le crâne dégarni s'orne en travers d'une longue mèche de cheveux

Tous sans exception

presque incolore, se fraie des épaules un chemin dans ma direction.
— Vous êtes la mère d'Alex ? Je suis le père de Colin. Ravi de vous rencontrer ; j'ai fait la connaissance de votre mari il y a deux ans.
Il s'interrompt pour scruter les bâtiments visibles du camp.
— Toujours aucun signe, on dirait.
Quelques enfants apparaissent progressivement, suivis par un pick-up débordant de sacs empilés.
— Brendan, Brendan ! appelle l'une des mères.
Les flashs des appareils photo impriment au groupe des jeunes d'une lueur d'aurore. Lorsqu'un des garçons tombe, un homme se précipite.
— Ce n'est rien, répète-t-il d'une voix insistante. Ce n'est rien.
En échangeant nos prénoms, le père de Colin et moi reculons vers l'arrière de la foule. Nous tombons d'accord sur le fait que nos fils n'ont jamais été aussi petits que les enfants qui avancent vers nous. Alex m'a dit un jour que Colin chaussait du 49. Je baisse les yeux sur les mocassins de Jack : bon sang ne saurait mentir.
— Est-ce que nous étions aussi cinglés ? dis-je en chuchotant.
— Ma femme oui. Pas moi.
— Où est-elle ?
Jack hausse les épaules. Peut-être est-ce un trait de famille, comme la pointure.
— Elle est restée à la maison ; elle ne sentait pas bien.
— Oh non !
Tout à coup, comme sous l'effet d'une explosion inattendue, je lutte contre les larmes. Cela m'arrive de temps

Tous sans exception

en temps, en général lorsque je suis confrontée au malheur de quelqu'un d'autre. Le matin où j'ai vu un faon sur le bord de la route, les pattes écrasées, j'ai éclaté en sanglots sans pouvoir me calmer.
— Justin ! hurle une mère tandis que la foule des jeunes devient plus dense et agitée.
— Regardez ! s'écrie le père de Colin.
Au sommet de la colline, je vois Alex. Derrière lui court un petit garçon qui lui prend la main. Mon fils sourit et se retourne pour parler à quelqu'un d'autre.
— Voilà Colin, ajoute mon compagnon d'une voix affectueuse.
Un adolescent géant rejoint Alex et l'enfant.
— Quelle taille fait-il ?
— Un mètre quatre-vingt-dix. Nous espérons qu'il a terminé sa croissance.
— Quel athlète !
— Maman, c'est mon moniteur, explique l'un des enfants d'une voix d'oisillon.
Quand Max était petit, nous disions qu'il gazouillait. Alex avait la voix plus grave.
— Salut, chère madame ! s'écrie ce dernier en nous rejoignant.
Quand nous nous étreignons, je serre contre moi un adulte, au corps vigoureux. Chaque fois qu'il rentre de vacances, j'ai le sentiment qu'il a changé, mais cette fois, j'en suis certaine.
— Où est m'man ? demande Colin d'un ton pressant.
— Elle t'attend à la maison, en préparant ton dîner.
Sous-entendu évident. Si j'avais été capable de lire entre les lignes, il y a un an, si j'avais su percevoir les mots

Tous sans exception

qui n'étaient pas prononcés, cela aurait-il changé quoi que ce soit ? Mes yeux se remplissent de nouveau de larmes.

— Tu m'as terriblement manqué, dis-je, la bouche contre l'épaule d'Alex.

Le petit garçon est toujours serré contre lui.

— Charlie, lui dit Alex, voici ma maman.

Charlie me fait un signe de la main. Il lève lentement le pouce vers sa bouche, puis enfouit la main dans sa poche, pour éloigner la tentation. Alex l'emmène dans le bureau. Quand il en ressort, il a le visage crispé. Colin et lui échangent des poignées de main qui évoluent en tapes sur le dos et se terminent en étreintes viriles.

— Je vais venir sans faute, mon vieux, affirme Colin.

— C'est évident. Mais tu dis ça tous les ans.

Pendant le trajet de retour, je raconte à Alex la tempête, la pluie aveuglante, le virage raté qui m'a fait découvrir la maison que nous louons maintenant. Je lui explique que sa grand-mère est venue m'aider, que son grand-père a inspecté le toit, et que je me suis moi-même occupée de la peinture et des sols, ce qui m'a fait le plus grand bien.

— C'est évident, répond-il.

— Si je comprends bien, « C'est évident » est l'expression de cette année au camp ?

— Sans doute.

Il s'endort, affaissé sur un côté. Quand il se réveille, dans une station-service où je me suis arrêtée, il se tourne vers moi.

— Tu sais, il a fallu que je dorme avec le petit Charlie pendant la première semaine, parce qu'il pleurait chaque

Tous sans exception

nuit. Maintenant, il reprend l'avion tout seul, avec une sorte de pancarte autour du cou portant son nom, son numéro de téléphone, etc. Ses parents sont des enculés.
— Surveille ton langage.
Le retour du camp est en général suivi de deux ou trois jours de réapprentissage des règles de la vie civilisée. Alors que nous faisons la queue pour des hot dogs, je donne mon avis :
— Je trouve que le directeur du camp n'aurait pas dû accepter ça. C'est inhumain.
— Quoi ?
— Charlie, l'Angleterre.
— Tu trouves aussi, hein ?
Lorsque nous empruntons la route qui mène à notre nouvelle maison, je me mets à parler trop vite. J'explique que Ben habite à quelques minutes de chez nous en passant par le bois, que la pièce qui jouxte sa chambre est une chambre d'amis où il peut inviter qui il veut, que la cheminée semble tirer correctement. Dès que nous tournons dans l'allée, je suis à bout de souffle. Hier, en alignant les rocking-chairs sur la véranda, me suis rendu compte qu'ils étaient au nombre de cinq ; j'en ai transporté un de l'autre côté de la maison. Au moment où j'ouvre la porte d'entrée, Ginger bondit et pose ses pattes sur la poitrine d'Alex pour lécher joyeusement son menton mal rasé. Il danse avec elle, puis s'assied sur un fauteuil et lui grattouille les oreilles.
— Tu te plais ici, ma fifille ? Oui ? Ça te convient ?
Ginger se met sur le dos et pédale dans le vide, tandis qu'il lui caresse le ventre.
— Il y a plein d'écureuils, hein ? poursuit-il.

Tous sans exception

Levant les yeux, il secoue la tête.
— Cet arbre est un monstre !
Le téléphone sonne, une, deux, trois fois, mais je l'ignore pendant qu'il fait le tour du bâtiment, regarde par les fenêtres, ouvre le frigo. Quand nous entrons dans sa chambre, que j'ai peinte en gris perle, il demande :
— C'est mon lit ? De la maison ?
— Oui.
Il s'assied sur le nouvel édredon, qui cache de nouveaux draps. On dirait un lit neuf. Il l'est presque, de toute manière.
— Cool.
Dans le four l'attend un énorme plat de poulet tetrazzini – sans champignons, selon ses préférences –, qui sera suivi de brownies. Comme il le fait chaque fois qu'il revient de vacances – où, affirme-t-il, l'eau est trop froide, trop dure, sans pression, où les serviettes sentent toujours l'humidité et où il est impossible de garder un morceau de savon décent –, il prend une douche prolongée. Je rallume le four.
— Est-ce qu'Elizabeth peut venir ? s'enquiert-il quand il redescend, fleurant le citron.
— Bien sûr, réponds-je de façon un peu trop appuyée.
Elizabeth n'est jamais venue à la maison auparavant. Je lui ai été officiellement présentée à la remise des diplômes et ai été heureuse de constater qu'elle était vêtue d'une jolie robe à fleurs, ni trop courte ni trop longue.
Soudain, sans avoir compris comment, je vois apparaître dans la véranda fermée Elizabeth et sa meilleure amie, qui m'apprend qu'elle s'appelle Allison Holzberg, ainsi que trois garçons, dont le petit copain d'Allison, qui

Tous sans exception

appartiennent tous à l'équipe de foot d'Alex. J'étends des couvertures sur la pelouse, dispose la nourriture sur le comptoir de la cuisine, prépare une salade et ouvre une boîte de compote de pommes. En un instant, juste un instant, grâce au bruit des pneus sur le gravier, aux portes qui claquent et au tintement des couverts sur la porcelaine, notre maison est de nouveau celle d'autrefois, où les enfants vont et viennent. J'éprouve un sentiment étrange, que j'aimerais enfermer dans un flacon, telle une luciole, avec des trous en haut pour qu'il puisse respirer.

— Tu devrais vraiment inviter Colin, dis-je en versant du citron pressé dans des gobelets de carton.

— C'est mon meilleur ami du camp, explique-t-il aux autres. Avec Ben. Il est totalement évident, les mecs.

Tout le plat et les brownies sont dévorés, bien que les filles aient très peu mangé. Elle m'aident à transporter les assiettes dans la cuisine. N'ayant pas eu beaucoup d'invités jusqu'à présent, je les laisse m'aider à remplir le lave-vaisselle, que j'utilise pour la première fois.

— Es-tu aussi en seconde année, Allison ? dis-je de ma voix de mère accueillante, qui sonne un peu faux par manque de pratique.

— Oui, madame Latham. Je ne sais pas si vous vous en souvenez, mais j'étais chez vous pour Halloween. Dans votre autre maison, votre ancienne maison.

À l'écoute de sa voix tremblante, je me hâte de demander :

— Quel était ton costume ? Cela m'aidera à me rappeler. Vous étiez si nombreux ce jour-là.

— Annie Oakley.

Soudain, je la revois. Nattes, bottes cavalières, grand chapeau de cow-boy.

Tous sans exception

— Tu étais adorable.
Je ne peux me résoudre à promettre qu'il y aura une fête cette année. « Des bonbons ou des coups de bâton », entends-je prononcer par Max. Délibérément, je tourne le dos à mes deux compagnes.
Les garçons discutent dans le jardin. Quand les filles et moi avons terminé notre rangement, ils se lèvent et viennent nous rejoindre. Ils occupent davantage de place que leur gabarit ne le laisserait supposer : dès qu'ils sont entrés, la pièce est bondée. Alex est aussi grand que ses camarades les plus âgés, même si ses épaules et ses hanches ne sont pas aussi développées.
— Tu es prête ? demande Alex à Elizabeth.
— Où allez-vous ?
— Chez Tony, manger une glace.
— Une glace ? Vous avez encore faim ?
— On a toujours faim, grommelle l'un des adolescents.
C'est le fils de l'orthodontiste qui a posé l'appareil de Max. Nous attendions jusqu'à cette année pour savoir s'il lui faudrait des bagues.
— On va en profiter pour voir les copains, traîner un peu.
Brusquement, Alex est passé dans la catégorie des jeunes avec voiture. J'aimerais que Glen soit là pour me dire quoi faire.
— Qui conduit ?
— Seigneur, m'man, arrête.
— Mec, cool, intervient Terence, l'un des capitaines de l'équipe. C'est moi, madame Latham. J'ai dix-huit ans, ça fait donc deux ans que je conduis. Pas de contravention, pas d'accident. Juré !

Tous sans exception

Ils sont déjà tous montés dans le véhicule. Je leur fais signe de la main et reste en compagnie du lave-vaisselle grondant, des insectes nocturnes qui heurtent la moustiquaire et du silence qui plane au-dessus de moi comme un plafond bas. J'essaie de m'accrocher à ce que je viens de vivre, à mes sensations, au bruit et à la vie de la maison, mais ils se sont enfuis. Du moins pour l'instant.

Dès mon retour dans la cuisine, je découvre deux centimètres d'eau sur le vieux lino.

— Oh, foutu appareil !

Je rampe sous l'évier pour fermer le robinet d'alimentation. Serpillière, seau, serviettes. Il faudra appeler le plombier demain matin.

À 23 heures, j'ai tout essuyé, fait la vaisselle à la main et mis le plat de cuisson à tremper dans l'évier. Lançant le sac de voyage d'Alex au sous-sol, je sais par expérience qu'il n'y a rien dedans, à part des vêtements si sales que la plupart des shorts et chaussettes devront être jetés. Je pourrais commencer la lessive maintenant mais, outre le fait que le sous-sol est humide et pauvrement éclairé, des mille-pattes ondulent le long des murs. Soudain, je me rends compte que je suis épuisée, que mon corps est courbatu comme si j'avais fait du jardinage ou de l'exercice intensif. Après être restée un moment sur la véranda, au-delà de laquelle, par cette nuit sans lune, la cime des arbres se fond dans le ciel obscur, je rentre. J'allume la télévision, puis prends un livre ; je fais semblant d'être occupée alors que je me contente de tendre l'oreille vers l'approche éventuelle d'un moteur, vers un crissement de pneus sur le gravier. Pour Alex, le couvre-feu est fixé à minuit. Je suis sûre qu'il va demander à rentrer plus tard

Tous sans exception

cette année, mais je n'accepterai pas. Ruby a eu la permission de minuit pendant ses deux premières années de lycée, puis celle de minuit et demi, et enfin celle de 1 heure en dernière année. Seules les occasions spéciales justifiaient un délai supplémentaire : anniversaires, soirées, bal de promotion. Réveillon aussi, bien sûr. Ruby était autorisée à fêter librement le Nouvel An. Autre erreur.

À 1 heure, je commence la lessive parce que je ne peux pas rester assise et que je ne retiens rien de ma lecture. On dirait que le temps a changé : un vent de tempête souffle par intermittence à travers les arbres. J'ai appelé deux fois le mobile d'Alex avant de le retrouver quand je vide son sac au sous-sol, la batterie entièrement vidée, au milieu d'un fatras de T-shirts. Je me demande si je dois téléphoner aux parents d'Elizabeth, mais son nom de famille, Jackson, est celui de trois ou quatre familles de la ville. Olivia me donnerait sans difficulté le nom de Terence d'après la liste de l'équipe, si elle n'était pas à Londres, avec Ted et les enfants. Je pourrais la joindre sur son mobile – c'est le matin en Angleterre, Dieu soit loué –, mais il est peu vraisemblable qu'elle ait emporté la liste. Par les renseignements, j'obtiens le numéro de la seule famille Holzberg de la région, qui doit être celle d'Allison ; toutefois, je ne puis me résoudre à l'appeler. Ce genre de situations nous arrivait parfois. La mère de l'une des copines de Ruby nous réveillait, bégayant des excuses. « Non, répondais-je. Ruby est au lit, depuis un certain temps. » Je me demande s'il est arrivé à Deborah de souhaiter nous joindre pour Kiernan, de composer notre numéro, puis de raccrocher avant la sonnerie.

Tous sans exception

À 1 h 45, je mets le premier chargement de la machine dans le sèche-linge, imaginant la voiture qui percute un arbre, la sirène qui retentit, quand j'entends un bruit en haut et Ginger qui aboie. Je monte les marches quatre à quatre, trébuche sur la dernière et me dirige vers la porte. Le moteur du monospace tourne au ralenti. Alex se laisse glisser de la banquette arrière et crie quelque chose aux occupants du véhicule. Debout sous la lampe du porche, les bras croisés, je dois ressembler à un esprit vengeur.

— Où étais-tu, bon sang !

Il file dans la cuisine où j'entends l'eau couler. Quand il revient dans le salon, bien que ses cheveux tombent sur son visage, je vois qu'il a les yeux rouges. Je m'approche de lui et distingue une forte odeur de bière.

— Qu'est-ce qui te prend ?

— Cet endroit est impossible à trouver, articule-t-il d'une voix pâteuse, en clignant des paupières. Même à la station-service, ils n'ont pas su nous indiquer le chemin. Il n'ont jamais entendu parler de ce trou. Personne n'en a jamais entendu parler. Route de la Vallée cachée ? Bordel ! Je parie que même les flics seraient paumés !

— C'est la route du Cottage caché, Alex. Cottage caché.

— Oh super ! Je ne connais même pas le nom de ma propre rue ! Je ne sais même pas où j'habite. Super !

— Tu es puni.

— Je ne sais même pas où se trouve ma maison !

Il regarde autour de lui et fait deux petits pas pour ne pas tomber, car un simple mouvement de tête l'a déséquilibré.

— Est-ce que c'est ma maison ? Je n'en sais rien. Où suis-je, hein ?

Tous sans exception

— Va te coucher, Alex. Nous parlerons demain matin quand tu seras sobre.
— Où est mon lit, hein ? Mon lit ?
— Là-haut.

Derrière sa porte fermée, j'entends qu'il se laisse tomber lourdement sur le lit non défait, où il va dormir avec ses vêtements et ses chaussures. Je ne tiens plus en place, à cause de la poussée d'adrénaline que suscite toujours en moi une dispute. Après une querelle de minuit avec Ruby au sujet d'une odeur de cannabis dans ses cheveux, j'avais réorganisé les placards de la cuisine. Glen était descendu au bout d'une heure, m'avait regardé faire quelques secondes, puis était retourné se coucher. Il pouvait crier sur les enfants et se rendormir en une minute. C'est ce qui devait se passer au réveillon du Nouvel An.

J'aimerais qu'il soit là. Tentée de prendre un somnifère, je sais que je ne le peux pas, ne le peux plus. Comment pourrais-je me permettre d'être inconsciente une nuit pareille, insensible à ce qui se passe autour de moi ? J'ai déjà trop glissé sur cette pente. Quand j'ai emballé nos affaires, dans le cottage d'Olivia, j'ai rampé sous le lit d'Alex pour y attraper l'écoute-bébé, mais il avait déjà disparu. Depuis des mois, je dormais avec le récepteur, convaincue que je percevais le son d'un sommeil paisible, alors que je n'entendais rien du tout.

Je m'allonge sur mon lit. Aucune lueur de l'extérieur ne se reflète sur le plafond. Alors que je commence à m'assoupir, l'aboiement rauque d'un animal me réveille. Ginger dort dans la chambre d'Alex ; je l'imagine en train d'ouvrir les yeux, de lever la tête, puis de se réinstaller confortablement. Plus tard, dormant d'un demi-sommeil,

Tous sans exception

j'entends un bruit de vomissement dans les toilettes de l'autre côté du couloir. Je me retourne et regarde le réveil digital posé sur le sol, dans un coin de la pièce à demi meublée. Il est un peu plus de 4 heures. À cette heure maudite où la nuit s'effiloche mais où le matin paraît encore interminablement loin, l'un de nos bébés – je ne me souviens plus lequel – avait l'habitude de réclamer une tétée. Seule me revient l'inexorabilité des ténèbres. Je reste étendue quelques minutes, puis descends me préparer un café, que je sirote sur la véranda, alors que tambourine le sèche-linge et que le soleil lutte pour se lever de nouveau. Il y a encore une machine de jeans à lancer. Je vide les poches d'Alex, espérant ne pas trouver de préservatif ni de joint. La nuit a été longue.

Étonnamment, la plupart des poches sont vides à l'exception d'un M&M égaré et d'une clé que je ne reconnais pas. Dans l'un des pantalons, je trouve le portefeuille de mon fils que j'ouvre, sans le moindre état d'âme, afin d'en inspecter l'intérieur. Sept dollars, sa carte de lycéen, une photo d'Elizabeth, souriante et les yeux plissés, tenant devant elle une sorte de certificat, et le cliché noir et blanc, un peu flou, de Glen extrait d'un album de sa fac – je me demandais où il était passé. Derrière, se trouve une feuille de papier pliée en un petit rectangle qui, lorsque je l'ouvre, révèle des plis granuleux et fins. Elle paraît sur le point de tomber en morceaux.

Aussitôt, je reconnais la jolie calligraphie, légèrement maniérée, de Ruby : les énormes boucles des « y », les extravagantes barres des « t ». Encore assez jeune pour croire qu'une écriture élaborée témoignait du raffinement de sa personnalité, elle écrivait toujours ainsi quand elle

Tous sans exception

recopiait la version définitive d'un poème. J'ai devant les yeux celui qu'elle avait composé pour Alex, à Noël. Peut-être celui de Max se trouve-t-il aussi dans son portefeuille. Probablement vais-je un jour ouvrir une boîte et le trouver.

Oh, Ours
Je t'observe dans ton manteau laineux
Tu te meus avec aisance sur tes grosses pattes
Je sais qu'au fond de toi, une petite voix
Réclame du miel.
Pourtant, quand tu essaies de t'exprimer,
On n'entend qu'un grognement inarticulé.
Toi seul sais ce que tu veux dire.

Je le lis et le relis sans pouvoir m'arrêter. Tandis que le soleil se lève, réchauffant la véranda, je plie le reste du linge, lis le poème de nouveau, replie le papier et pose le portefeuille d'Alex sur le comptoir de la cuisine. Je voudrais recopier les vers, mais cette idée me gêne un peu. Plus tard, ce matin-là, je me rends compte que je les ai mémorisés sans même m'y être efforcée.

31

Dans le parking de la jardinerie, je charge des chrysanthèmes à l'arrière de la voiture. Mme Feeney aime ces fleurs. Chaque année, après la Fête du travail, elle nous appelle pour que nous venions en planter dans les bacs posés de chaque côté de ses deux portes d'entrée. Une fois, j'ai trouvé des hybrides merveilleux, aux pétales cuivrés autour d'un cœur acajou. L'année suivante, elle m'a dit : « Je veux les mêmes vieux jaunes. » Je viens d'en acheter, ainsi qu'un buisson de roses de Sharon qui donnera des fleurs blanches en été et que j'ai l'intention de planter à côté de notre véranda fermée. Rickie et John vont installer, au bout de la maison d'Olivia, un cerisier pleureur en guise de remerciement perpétuel pour nous avoir accueillis, nous avoir offert un foyer temporaire.

— Il faut que tu arrêtes de me remercier, m'a-t-elle dit. Est-ce que tu te rends compte à quel point j'étais déboussolée avant de te rencontrer ?

Tous sans exception

« Déboussolées », c'est ainsi que nous les femmes, qui assumons tout, nous décrivons lorsque nous sommes submergées par les soins à donner aux jeunes enfants, le poids des petites tâches, l'existence qui nous pousse le soir à tomber d'épuisement sur notre lit.

Au fond de l'entrepôt, je traîne devant les vivaces un peu abîmées à moitié prix et les cageots de bulbes. Une grande partie du terrain qui entoure la maison étant ombragée, je ne sais pas s'il est vraiment possible d'y concevoir un jardin. À la demande d'Olivia, les hommes qui entretiennent sa pelouse ont tracé un chemin à travers les ronces, le long de la colline, entre sa demeure et la mienne. Pour qu'ils puissent se repérer, Ben et Alex ont peint des croix sur les arbres. Bientôt, le sol sera fermement piétiné. Mon fils n'a pas vraiment dit qu'il aimait la maison, ni même qu'il voulait y vivre, mais il a invité Elizabeth à dîner deux fois depuis la fin de sa punition. Alors que je lui ai demandé de laisser la porte ouverte s'ils allaient dans sa chambre, ils restent en général assis dans la véranda fermée, randonnent dans le bois, ou regardent la télé avec moi. L'adolescente est polie, paisible, et se précipite toujours pour mettre la table. Elle n'aime pas utiliser le diminutif d'Alex, qu'elle appelle donc Alexander. Sans comprendre vraiment pourquoi, cela me plaît. Je me demande si Ruby a jamais croisé Elizabeth dans les couloirs du lycée, si Max et elle se sont par hasard retrouvés dans la même classe. Peut-être le saurai-je un jour.

J'ai demandé à Alex s'il voulait visiter une dernière fois l'ancienne maison avant qu'elle ne soit vendue – pour les formalités, j'ai donné au notaire tout pouvoir, ce qui m'évite d'avoir à signer les papiers et d'être confrontée

Tous sans exception

aux acquéreurs affichant sur leur visage la jubilation d'avoir acheté leur future demeure.

— J'y suis allé, m'a-t-il répondu d'un ton neutre. J'ai regardé par les fenêtres, c'est entièrement vide.

Ce soir-là, après le dîner, alors qu'il semblait contempler le jardin par la porte de la cuisine, il m'a interrogée à son tour.

— Est-ce que tu y es retournée ?

— Non, ai-je répliqué. J'en suis incapable. Je me dis que je devrais le faire, mais je n'y arrive pas.

— C'est Nana qui a tout déménagé ?

J'ai opiné de la tête.

— C'est un service inestimable qu'elle m'a rendu. Qu'elle nous a rendu. Je ne sais pas ce que j'aurais fait sans elle.

Il a réfléchi avant de poursuivre :

— La mère de Ben t'aurait aidée. Ou tante Alice. Ou peut-être la mère de Sarah.

— Je n'aurais pas pu m'en occuper.

Il m'a caressé le bras d'un geste emprunté, puis m'a regardée.

— C'est cool, m'man. Tu n'as pas besoin d'y aller. Ce n'est qu'une maison. Un bâtiment, tu sais. Des murs avec un toit.

Sait-il qu'il se dupe lui-même ?

Tulipes blanches et jaunes, jacinthes bleues : j'achète en tout une centaine de bulbes. Je vais creuser des tranchées et les planter par petites poignées, en espérant que les écureuils ne les déterreront pas tous. J'aurais aimé quelques bégonias tubéreux, mais il n'y en a pas. Voilà

Tous sans exception

l'une des seules choses de l'ancienne maison que j'aurais souhaité récupérer : des boutures de buissons et de fleurs. De toute manière, c'est un début. Je choisis deux hortensias à feuilles de chêne : dans le passé j'ai eu de la chance avec cette plante que je poserai dans le coin ensoleillé de la véranda de devant.

Ce matin, j'ai fait le tour de la propriété en l'examinant d'un œil professionnel, afin de décider ce qu'il fallait faire sans attendre. Des tritons traversaient l'allée sur leurs pattes courbes, points-virgules orange sur les taches de soleil qui filtraient à travers les arbres. L'un d'eux paraissait anormalement grand ; en me penchant pour mieux le voir, j'ai constaté qu'il s'agissait d'une feuille, trop tôt roussie et tombée sur le sol. Bientôt viendront l'automne, puis l'hiver. Il neigera, et quoi que je fasse, Noël surgira. Je me sens un peu mieux qu'il y a six mois, si l'on peut dire. Je parviens à écouter mes interlocuteurs plus longtemps avant que mon esprit ne se retire dans son obscure caverne. Globalement, je fais l'effort de moins me fermer, m'ankyloser, me figer ou pleurer. La personne que je suis à l'extérieur – celle qui remercie les vendeurs et charge ses courses dans la voiture sans se faire la remarque que ses provisions ont beaucoup diminué – se maîtrise la plupart du temps. Mais Noël la terrifie, ainsi que le Nouvel An, bien sûr. Si j'étais magicienne, je transformerais novembre en janvier. Je crains sans doute que décembre ne rende dérisoires toutes les petites étapes que j'ai franchies pour que la vie d'Alex redevienne, autant que possible, celle d'avant.

J'ai jusqu'au 1er janvier pour décider si j'achète cette maison. Quand l'agent immobilier a rappelé cette date,

Tous sans exception

j'ai frissonné. Ma mère me disait toujours qu'un frisson était la prémonition d'un moment futur où quelqu'un marcherait sur notre tombe. Je n'attendrai pas le Nouvel An. J'adore ce cottage caché. L'isolement que tout le monde considère comme inquiétant m'enveloppe et rend ma solitude plus naturelle. Alex reste souvent à la maison, mais lorsque je le vois avec Elizabeth, leurs regards, leurs doigts, leurs conversation privées renforcent mon sentiment d'abandon. Je suis veuve. La première fois que cette pensée m'a traversé l'esprit, elle m'a semblé grotesque. Je suis restée une mère parce qu'Alex est allé skier au lieu de rester à la maison. Mais je suis devenue veuve, parce que Glen est allé voir quelle était la cause du vacarme qui nous parvenait d'en bas.

Mon téléphone sonne. C'est le numéro d'Alice qui s'affiche. Je la rappellerai quand j'aurai fini de charger les plantes dans la voiture. Mon amie est ravie de son nouveau travail : elle relit et corrige les manuscrits d'une petite maison d'édition qui publie un roman par mois. Je lui ai parlé en passant de reprendre un travail d'éditrice en free-lance. J'ai le sentiment qu'il faudrait que je m'occupe davantage, au lieu de me contenter d'acheter des chrysanthèmes pour Mme Feeney et de faire la cuisine pour Alex et Elizabeth. Bien sûr, j'assiste à tous les matchs de foot. Depuis qu'il a ramené mon fils en état d'ébriété, l'autre nuit, Terence a du mal à croiser mon regard. Sur les gradins, sa mère m'a affirmé qu'il avait adoré mon poulet tetrazzini. Nous échangeons toutes deux cordialement des mensonges par omission.

— Comment allez-vous ?
— Bien.

Tous sans exception

— Les enfants ?
— Très bien.

Si je lui disais la vérité, cela donnerait : « Comment allez-vous ? J'arrive tout juste à survivre. Les enfants ? Il ne m'en reste qu'un, vous savez, et je ne sais pas vraiment comment il va. » Quand je suis allée chez le médecin, ce dernier m'a demandé si j'avais besoin de quelque chose pour réduire mon anxiété.

— Je ne prends plus d'anxiolytiques.
— C'est une bonne idée, sauf si vous en avez besoin, a-t-il répondu.

Je referme le hayon après avoir chargé un cadran solaire en cuivre que Rickie ancrera dans du béton. Il passe souvent me voir, les bras toujours chargés d'un cadeau inattendu : une brouette, un jambon de cinq kilos, une carte de la région. La dernière fois, il a délimité un carré avec des piquets pour le cadran, et a creusé un trou pour le fixer. Je vais l'installer au fond du jardin, où la lumière filtre à travers les frondaisons. Quand il sera posé, Alex saura avec certitude que j'ai décidé d'acheter la maison, et moi aussi. Alors que je me glisse sur le siège du chauffeur, en me demandant s'il faudrait que je plante quelques bulbes à sa base, une voiture percute la mienne, à l'arrière. Je n'ai pas encore attaché ma ceinture de sécurité, et ma tête va heurter le volant, me faisant voir des étincelles argentées. À peine cette sensation s'est-elle dissipée, qu'un nouvel impact se produit. Les employés de l'entrepôt, accourus à la porte, bouche bée, regardent dans ma direction. Une femme, qui cherchait un répulsif pour les daims pendant que je payais mes achats, se cache derrière une étagère garnie d'ornements de jardin. Au moment du troisième choc, son visage apparaît derrière un écureuil de pierre et un ange. Cette fois, je me suis protégée des deux bras.

Dans le rétroviseur, je reconnais Deborah derrière la réverbération de la lumière sur son pare-brise. D'après ce que je peux voir, elle a abîmé sa voiture plus que la mienne. L'air halluciné, elle mord sa lèvre inférieure. Sous ses cheveux très courts, presque rasés, dont la coupe évoque celle que l'entraîneur de basket exige des lycéens, ses yeux sont écarquillés, comme si elle avait une vision, ou était aveugle. Sa bouche est en mouvement. J'espère que ses vitres sont fermées, et que les badauds ne peuvent entendre ce qu'elle dit, ou crie.

J'ai une envie folle de descendre de la voiture, d'aller vers elle et de lui parler, mais que pourrais-je lui dire. Elle m'écraserait sans hésiter.

Perçoit-elle des bribes de conversation ou des commentaires de ses enfants, comme cela m'arrive parfois ? En ce qui concerne Kiernan, toute la différence est là : jamais je n'entends sa voix, je ne vois que son ombre dans le couloir, ou de dos, en train de s'éloigner du terrain de sport en sautillant. Sans doute est-ce ma façon de le punir pour ce qu'il a fait : Ruby rit à mon oreille, Max lance une remarque, Glen, la tête sur l'oreiller près du mien, me fait une suggestion. Pour moi, Kiernan est mort dans le garage. Il est parti. Parti pour toujours. Ruby m'avait dit qu'il fallait que je choisisse mon camp. Je lui ai obéi.

Je pose la tête sur le volant et attends le choc suivant, qui ne vient pas. Dans mon rétroviseur s'élève un nuage de fumée qui, quand il se dissipe, ne laisse derrière lui

Tous sans exception

qu'une puanteur de caoutchouc brûlé et le bruit d'une voiture qui roule bruyamment, le châssis apparemment faussé. Quand je descends de mon véhicule, le jeune homme qui dirige la jardinerie s'exclame :
— Dois-je appeler la police ?
Je regarde l'arrière de ma voiture. Le hayon devra être remplacé et le cadran solaire est cassé en deux.
— Non, ce n'est pas la peine, réponds-je d'un ton las.
— Elle est rentrée volontairement dans votre voiture ! s'écrie la femme derrière l'étagère. Je peux témoigner devant la police qu'elle l'a fait exprès.
— Merci. Tout va bien.
En rentrant, je m'arrête dans un garage pour une estimation des dégâts. J'explique au mécanicien que j'ai laissé la voiture au parking du supermarché et que je l'ai retrouvée dans cet état en sortant du magasin.
— Eh bien, les gens n'ont aucun scrupule, de nos jours, déclare-t-il.
Dès que je rentre, j'appelle Alice et lui raconte ce qui s'est passé.
— Est-ce que je suis folle ? Que pouvais-je faire ? je ne me sentais pas capable de la jeter aux loups de cette manière. Peut-être appréhendais-je ce qu'elle pouvait dire de moi ? Je veux que les gens cessent de me regarder comme si j'étais transparente. Ce n'est pas tout. Je comprends pourquoi elle a agi ainsi. Je sais ce que signifie être fou de chagrin – vouloir blâmer, frapper, hurler. À sa place, peut-être agirais-je exactement de la même manière. Peut-être même ferais-je quelque chose de pire.
— Tu as de la chance qu'elle n'ait abîmé que la voiture, réplique Alice.

Tous sans exception

— Tu aurais appelé la police ?
Alice reste silencieuse un long moment. Enfin, elle parle du ton qu'elle utilisait quand nous étions allongées l'une à côté de l'autre, en première année, tandis que je souffrais du mal du pays. Elle m'alimentait en barres chocolatées, jusqu'à ce que la taie d'oreiller soit irrécupérable.
— Non, j'aurais réagi exactement de la même façon.
Je sais qu'elle pense à Liam.
— Elle n'a plus rien, rien, dis-je la voix brisée.
— Et tu as Alex.
Glen ne voulait pas qu'il aille skier : « Nous ne connaissons pas vraiment ces gens, avait-il argué. Ni quel genre de parents ils sont. »
« Ils ont l'air sympathique », avais-je objecté. Je me souviens clairement qu'il avait secoué la tête.
— Et j'ai Alex, renchéris-je.
Après avoir déchargé les plantes, je transporte le cadran solaire dans la grange. Il va se transformer en l'un de ces objets que je verrai de temps en temps, que je n'utiliserai jamais mais ne jetterai jamais non plus. Ma tête arrache une toile d'araignée tissée dans l'encadrement de la porte. Alors qu'elle se referme sur mon visage comme un linceul, mes doigts cherchent à agripper les morceaux de soie poisseuse. L'un d'eux contient un petit insecte qui se débat encore. Avec un mouvement de recul, je le jette sur le sol.

Tout à coup, je rentre dans la maison en courant, soulève le récepteur du téléphone et du fond de ma mémoire, de l'endroit où gisent des dates d'anniversaire et des adresses à demi oubliées, j'exhume un numéro que je n'ai pas composé depuis des années.

Tous sans exception

— Allô, fait une voix éteinte.
L'espace d'un instant, j'ai l'impression de m'être trompée.
— Allô ?
Maintenant, je la reconnais. J'inspire profondément, malgré le petit morceau de toile d'araignée qui reste collé sur ma lèvre inférieure.
— Deborah ? dis-je. Ne t'avise plus jamais de t'approcher de moi.
Et je raccroche.

32

Il nous arrive quelquefois d'éprouver des moments inattendus d'intense bien-être en dépit de nous-mêmes – les personnes qui méditent et pratiquent le yoga pensent qu'on peut les provoquer –, avant que ne reviennent à notre esprit les raisons pour lesquelles nous ne devrions pas nous abandonner à la sensation de plaisir. Une brise légère, un soleil qui nous réchauffe, un chant d'oiseau : nos sens nous parlent avant que notre bon sens ne nous adresse un message différent. Si seulement nous pouvions être plus souvent des créatures du corps !

J'assiste à un match de foot. Alex vient de marquer un but, et après avoir reçu de joyeuses bourrades de ses équipiers, il a pris le temps de me faire un signe de la main. Comme à la télé : salut, m'man ! En sautant sur place, je souris, toute à l'instant présent. Je m'accorde ce répit.

Tous sans exception

Parfois, Alex va bien, parfois non. Certains de nos dîners retentissent de conversations, d'autres se déroulent dans le silence. Du bord du terrain, un photographe du journal local prend des clichés. En ce tiède après-midi d'octobre, où l'été l'emporte sur l'automne, le visage d'Alex est luisant de sueur. Il tient le ballon. Si l'homme a du talent, le portrait sera remarquable.
Je porte une robe large et un long cardigan (« Tu vas mettre ça ? » demande Ruby. « La ferme », répond Max.). Mes cheveux ont besoin d'une coupe. Voilà ce qui m'occupera jeudi : j'irai chez le coiffeur.
— Quel but ! s'écrie une voix derrière moi.
C'est Nancy. Elle pose un baiser léger sur ma joue. C'est ainsi que notre relation va évoluer. Quand je me brouillais avec Alice, celle-ci mettait toujours fin à notre désaccord à l'aide de ce qu'elle appelait une palabre. Elle attaquait, je parais, je pleurais, elle aussi. Chacune d'entre nous reconnaissait ses erreurs, même si nous étions convaincues du contraire, nous nous serrions dans les bras l'une de l'autre, et la situation redevenait normale. Nancy n'agira pas ainsi. Elle va m'adresser la parole en public, puis m'appeler au téléphone, et enfin m'inviter à dîner. D'une certaine manière, nous redeviendrons amies puisque Sarah nous réunira toujours. Pourtant, il y aura une barrière entre elle et moi, des ombres croisées jetées sur tout ce que nous dirons et ferons.

Fred, revenu de la fac pour le week-end, l'accompagne. Il m'étreint. De la poche intérieure de sa veste, il sort une lettre signée de José, qui a passé l'été à cueillir des tomates dans le New Jersey, et qui charge le jeune homme de me dire qu'il a prié pour moi et pour Alex. Sa fille aînée est inscrite au tableau d'honneur.

Tous sans exception

— C'est formidable, dis-je en tendant la main. Puis-je la lire ?

— Elle est en espagnol.

— Tu as donc fini par leur dire que tu parlais leur langue ?

— Je crois qu'ils l'ont toujours su. Peut-être ont-ils remarqué mon expression quand ils disaient certaines choses, et deviné que j'avais compris.

— Que dit-il exactement ?

Fred retourne la feuille de papier.

— Il dit que sa femme a trouvé un travail en Pennsylvanie et qu'ils laissent les filles à leur grand-mère, au Mexique.

— C'est triste.

— Un tas de Mexicains le font. Avec tout ce qu'ils doivent payer... La plus jeune a... On lui a retiré quelque chose. À la gorge, peut-être ? Je ne sais pas comment ça s'appelle.

— Les amygdales. On lui a retiré les amygdales.

— Peut-être. Je ne connaissais pas ce mot.

Elizabeth et Allison arrivent lentement, avec l'air un peu timide des filles qui approchent les mères des garçons qu'elles aiment bien. Ruby n'a jamais eu cette expression, mais elle a connu la mère de Kiernan presque toute sa vie.

— Il a marqué un but ! m'exclamé-je.

— Diable ! s'écrie Elizabeth.

J'aime sa façon d'utiliser des expressions démodées. Elle dit souvent « Ciel ! »

— Nous avons eu une réunion pour le Tibet libre, explique Allison.

— Oh ! Ruby y participait.

Tous sans exception

Elizabeth observe Alex qui est trop occupé à courir pour la remarquer.
— Dis-lui qu'il a très bien joué, il ne saura pas que tu as manqué une grande partie du match, reprends-je.
Elle paraît choquée. Sans doute est-elle encore assez jeune pour croire que l'honnêteté est une attitude incontournable.
Les filles disparaissent comme par enchantement. Nancy s'entretient avec la mère du meilleur ami de son plus jeune garçon. Un jeune homme séduisant arborant des lunettes de soleil et une chemise bleue vient vers moi, un large sourire sur le visage.
— Je pensais bien tomber sur vous, avoue-t-il gentiment.
Quand il tourne la tête pour regarder les joueurs, je reconnais le Dr Vagelos.
— Avez-vous l'habitude d'assister aux manifestations sportives de vos patients ?
— Seulement si ce sont des sportifs brillants.
L'autre équipe prend le ballon, puis marque un but. Alors qu'Alex donne un coup de pied dans l'herbe, son entraîneur lui dit quelque chose. Il tourne la tête vers moi, son visage s'illumine et il opine de la tête avec enthousiasme.
— Cool, l'entends-je presque s'exclamer.
Soudain, je comprends qu'il regarde l'homme près de moi.
— Il vous a invité ? dis-je.
— Serais-je ici s'il ne l'avait pas fait ?
Nous regardons le match en silence pendant quelques minutes, jusqu'à ce que mon compagnon jette un coup

Tous sans exception

d'œil à sa montre. Nancy nous fixe, puis détourne les yeux quand je croise son regard. Je me demande si elle sait qui il est.

— Il faut que j'y aille, explique-t-il. Je lui dirai à quel point je l'ai admiré quand je le verrai demain. Nous avons une séance à 18 h 30. Pourriez-vous venir ?

— Moi ?

Il hoche la tête. Ses lunettes très sombres m'empêchent de voir ses yeux.

— D'un commun accord, Alex et moi pensons qu'il serait bon d'avoir une séance tous les trois. Il a besoin de parler de certaines choses qu'il veut vous exprimer dans mon cabinet.

En se penchant un peu plus près, il ajoute :

— Je sais que c'est une requête inattendue, peut-être même malvenue, mais je pense réellement que ce serait utile. Si vous êtes occupée demain, cela peut attendre une semaine ou deux.

— Je ne suis pas occupée. Je ne le suis jamais.

— Parfait.

Il me serre la main, puis fait signe à Alex, qui lui retourne son salut.

— Je te vois ce soir à 18 h 30, dis-je à Alex le lendemain matin, quand il part pour le lycée.

Il me répond d'un hochement de tête.

J'arrive la première. Le cabinet n'a pas changé, mais les deux chaises côte à côte devant le bureau se font maintenant face. Je m'assieds sur l'une d'elles.

— C'est un grand joueur de foot, n'est-ce pas ? déclare le docteur, au moment où la sonnette retentit.

Tous sans exception

Il ouvre la porte. L'odeur de mon fils me révèle qu'il ne s'est pas douché après l'entraînement – sans doute n'en a-t-il pas eu le temps. Le Dr Vagelos, semaine après semaine, exerce son métier dans l'odeur blette d'un adolescent non lavé.

— J'étais en train de dire que vous êtes un grand joueur de foot, répète le médecin, ce qui fait rougir mon fils.

— Hier était un bon jour.

Le journal va de nouveau le consacrer joueur de la semaine. Mon cœur fait un bond quand je pense à Max, venant ici avec l'article de journal. J'essaie de sentir sa présence dans la pièce, puis m'efforce de me concentrer sur Alex. Je perds déjà pied. Le docteur déclare que mon enfant veut me dire certaines choses et, à cause de ma rêverie, j'ai raté la moitié de son entrée en matière. Je t'aime, je t'aime, me dis-je pour me forcer à prêter attention au présent.

Les genoux d'Alex touchent les miens. Des cernes sombres s'étendent sous ses yeux. Il me semble qu'il passe des heures à faire ses devoirs.

— Pourquoi ne pas aller droit au but ? propose le Dr Vagelos.

— C'est ma faute, laisse échapper Alex.

La phrase sonne comme si elle avait été répétée longuement devant un miroir, ou écrite sans relâche : C'est ma faute c'est ma faute c'est ma faute.

— Que veux-tu dire, chéri ?

— Ce qui est arrivé. C'est ma faute. Je savais que Kiernan vivait chez nous. Un soir que j'étais sorti, je suis allé derrière le garage, pour... pour faire pipi, voilà la vérité. Il était là, sur le seuil de la porte de derrière, celle qu'on n'utilisait jamais.

Tous sans exception

Il a besoin de reprendre sa respiration. Je hoche la tête. Le docteur, qui garde un visage impassible, a déjà dû entendre ce récit.

— Je lui ai demandé : « Mec, qu'est-ce qui se passe ? » Il m'a répondu qu'il était venu voir Max, qu'il lui avait apporté un livre, mais je savais que ce n'était pas vrai, parce que c'était un soir de semaine et que Ruby était à la maison. Je la voyais dans sa chambre. Et j'ai dit « Ouah, il est vraiment tard », ou quelque chose d'idiot de ce genre, et il a précisé qu'il allait repartir, mais quand j'ai regardé par la fenêtre de la cuisine, je l'ai vu rentrer dans le garage. J'ai demandé à Max : « Mec, est-ce que Kiernan crèche dans le garage ? » Et il m'a répondu : « Sois cool. » Alors je n'ai rien dit.

— Max était au courant aussi ?

Alex opine du chef.

— Si tu l'avais su, tu l'aurais obligé à partir et alors, tu vois bien, tout, tout...

Il lève les bras devant lui, les mains en forme de coupe, comme s'il attendait que quelqu'un lui lance le ballon. Il est de nouveau à bout de souffle.

— Oh chéri, dis-je doucement. Cela n'aurait probablement fait aucune différence. Il aurait pu venir à la maison, d'où qu'il habite. Ce n'est pas ta faute ; ce n'est la faute de personne.

— Tu le crois vraiment ?

Je lui adresse un signe affirmatif de la tête. Je veux qu'il se sente mieux, qu'il ne sente plus rien.

— C'est des conneries, m'man ! s'exclame-t-il. C'est la faute de Kiernan. C'est lui le responsable. Comment a-t-il pu nous faire ça ? Il dormait chez nous, il mangeait avec

Tous sans exception

nous. Nous étions tous si gentils avec lui. Comment a-t-il pu faire ça ?
— Je ne sais pas. Je n'arrive pas à le comprendre.
— Tu vois, ça aussi c'est mauvais. J'imagine la scène, c'est terrible, comme dans un film d'horreur. Parce que je n'étais pas là. Je skiais et je regardais des films idiots avec Colin. Tu sais ce que les gens disent... que quand on est jumeau on sent quand l'autre a des ennuis ? Au moment où c'est arrivé, je regardais un film idiot avec Colin. Tout au moins, je crois. J'ai essayé de me repérer, et je crois que c'est arrivé à ce moment-là.
— Tu étais loin, chéri.
— C'est encore pire. Je n'ai rien vu, alors peut-être que j'imagine des choses encore pires.
— Je sais.
— Mais toi, tu étais là. Au moins, tu sais ce qui s'est passé.
— Je n'étais pas là, Alex. Je dormais.
Je me tourne vers le Dr Vagelos, qui me fixe fermement. Ses yeux sont remplis d'une telle tristesse, d'une telle empathie, que je baisse les miens, ne pouvant non plus croiser le regard d'Alex.
— Je me suis rendormie après que ton père est descendu. Je n'ai rien entendu.
— Vraiment ?
— Vraiment. Je n'ai rien entendu. Je n'ai rien vu de plus que toi. Je n'ai pas su ce qui était arrivé avant de me réveiller à l'hôpital et ne sais que ce qu'on m'a raconté. Même à ce moment-là, j'avais presque l'impression que ça arrivait à quelqu'un d'autre.
— Est-ce que c'est pour ça que tu ne pleures jamais ?

Tous sans exception

— Pardon ?
— Tu ne pleures jamais, m'accuse Alex d'une voix sauvage.

Aucun de mes enfants n'a utilisé ce ton avec moi jusqu'à présent.

— Je n'ai jamais vu une larme sur ta figure, poursuit-il. Pas une seule. Au camp, on aurait dit que tu étais sur le point de craquer, je ne sais pas pourquoi, mais tu ne l'as pas fait.
— Je ne voulais pas te perturber.

Quand je vois son visage, je comprends que c'est la dernière chose qu'il voulait entendre.

— Comment oses-tu dire ça ? rugit-il. Comment pourrais-je ne pas être perturbé ? Perturbé, quel mot stupide ! Perturbé ?

Il se frappe la poitrine avec une violence telle, que je me demande si ses coups vont laisser une trace.

— Est-ce que tu comprends ce que je peux ressentir ? reprend-il.
— Je ne veux pas que tu te sentes mal.
— Tu ne peux pas contrôler mes sentiments. Tu ne peux pas contrôler le sentiment affreux que j'éprouve.
— Je comprends, dis-je en hochant la tête.
— Pourquoi ne pleures-tu jamais ? C'est ça que je veux savoir. Tu agis comme si rien n'était arrivé. On a une nouvelle maison, de nouveaux meubles, et on fait comme si tout allait parfaitement bien. Est-ce qu'il t'arrive de penser à eux ? Est-ce qu'ils te manquent ? Tu ne prononces même jamais leur nom !

Tremblante, luttant pour respirer, je dois avoir l'air d'une folle. Soudain, je me mets à gémir, la tête dans mes

Tous sans exception

mains. Alex écarte son genou et recule de dégoût. Je suffoque, lève la tête, puis la baisse de nouveau, craignant de m'évanouir. Incapable d'endiguer le flux, je sanglote longuement, peut-être pour toutes les fois où je me suis efforcée de ne pas lui montrer mon chagrin, où je montais dans la voiture pour conduire sans but, où je fermais la porte de ma chambre pour qu'il n'assiste pas à mon désespoir. Au bout de quelques minutes, je tends une main muette et sens qu'on y presse un mouchoir en papier. Finalement, avec un frisson, je me mouche et relève la tête.

— Alex, est-ce cela que vous attendiez ? demande le Dr Vagelos.

Nous tournons tous les deux les yeux vers Alex. Il est horrifié. Sur son visage coulent lentement des larmes, qu'il essuie du plat de la main.

— Je crois que ce qui s'est passé, dit le Dr Vagelos, c'est que vous avez essayé d'être forte pour le bien d'Alex, et qu'Alex a essayé d'être fort pour votre bien. À cause de cela, vous avez tous deux sous-estimé la profondeur du chagrin de l'autre. Et vous n'avez pas pleuré ensemble.

— Nous n'en avons jamais discuté, dis-je. Je pensais attendre le bon endroit et le bon moment pour le faire. Mais il n'existe aucun bon endroit, aucun bon moment.

— Pourtant, c'est ce dont Alex a besoin.

— Je parle à Max, s'écrie soudain Alex, comme s'il avait aussi répété cette phrase. Je me cache sous les couvertures pour que tu ne m'entendes pas, et je lui parle le soir.

— Oh, chéri...

J'essaie de refouler de nouvelles larmes en pressant très fort la main sur ma bouche.

Tous sans exception

— Moi aussi je leur parle. Je leur parle tout le temps.
— Je ne parle pas de choses importantes. Je lui dis : « Mec, cette fille que tu aimais bien, elle est devenue vraiment mignonne pendant l'été. » Ou bien : « Mon vieux, tu verrais comment j'ai ramassé ce gamin qui croit qu'il est un génie des maths dans ma classe ! » Ou encore : « Mec, je suis dans la mouise avec m'man, j'ai vraiment dépassé les bornes l'autre nuit. »
— Tu parles de choses ordinaires.
— Juste de choses ordinaires. Quelquefois, je pense que je suis cinglé, complètement cinglé. J'en ai parlé à Elizabeth, qui m'a dit que c'était tout à fait normal et qu'elle en ferait autant à ma place.
— C'est tout à fait normal. Je le fais tout le temps.
— C'est vrai ?
— Oui.
— Est-ce que Max te répond ?
— Ils le font tous. Ils me parlent tous.
— C'est tellement cool, affirme mon fils tristement.

Je me demande si c'est Max, Ruby ou son père qu'il aimerait entendre.

Le docteur sourit légèrement.

— Alex, je vous ai dit que je voulais avoir un peu de temps pour parler à votre mère seule. Voulez-vous attendre à côté ? Et souhaiteriez-vous que nous répétions l'expérience d'aujourd'hui ?

Mon fils hoche la tête en même temps que moi, puis se frotte le visage.

— Est-ce que je peux aller chez Elizabeth ? demande-t-il.

Il écrit l'adresse directement sur mon avant-bras. Ses doigts sont vigoureux et tièdes. Sans réfléchir, je prends sa

Tous sans exception

main dans la mienne, pose un baiser dans sa paume et referme ses doigts dessus. Je veux lui dire qu'il m'a sauvé la vie, qu'il m'a donné une raison de tenir, mais je sais que cet aveu est trop lourd à porter pour un jeune garçon.

— Je t'aime du plus profond de mon cœur, lui dis-je.

Il se penche et m'embrasse sur le crâne.

— Je t'aime aussi.

Quand il est sorti, je pleure quelques minutes encore. Le Dr Vagelos patiente. C'est sans doute ce qu'il fait le plus.

— Je me suis trompée sur tout, dis-je finalement. Il pensait que je m'en moquais.

— Je ne crois pas que cela soit vrai. Il sait combien vous l'aimez, et combien vous aimiez son père, son frère et sa sœur. Mais il avait besoin de votre autorisation pour faire accéder sa peine au niveau suivant. Il faut qu'il se permette de ressentir de la rage et du chagrin. Votre mère lui a dit qu'il fallait qu'il soit fort et prenne soin de vous. Son grand-père paternel lui a répété qu'il était l'homme de la maison. C'est un fardeau très lourd. Il ne sort pas parce qu'il craint que quelqu'un entre par effraction et préfère s'assurer qu'il ne vous arrive rien.

— Oh mon Dieu ! Mon beau-père insiste pour que j'installe une alarme.

— Je ne pense pas que cela change grand-chose. Nous travaillons sur sa peur et son sentiment de culpabilité, mais il faut qu'il puisse exprimer plus ouvertement sa souffrance. Il a besoin de la partager avec vous et que vous partagiez la vôtre avec lui. En partie bien sûr.

— Il ne s'est jamais montré très émotif.

— Est-ce que cela vous a gênée ?

Tous sans exception

— Au contraire, cela rendait les choses plus faciles.
— Plus faciles pour qui ?
Je secoue la tête. Suis-je étrangère à moi-même ?
— Avez-vous des enfants ? dis-je.
— Expliquez-moi pourquoi c'est important.
— Parfois... parfois certains enfants réclament plus de nous. Ou pas forcément plus, mais quelque chose de différent. Je suis désolée, je m'exprime mal.
— Il y a des enfants à qui les parents donnent plus.
— Je ne l'aurais pas dit comme ça.
Il sourit. Une fois de plus, je crois lire sur ses traits une tristesse mêlée de sympathie, mais peut-être est-ce un effet de mon imagination.
— Permettez-moi de reformuler ma pensée, dit-il. Certains enfants reçoivent plus d'attention, parce qu'ils semblent en avoir besoin. Par ailleurs, il y a des enfants qui donnent l'impression qu'ils sont capables de se débrouiller seuls de façon si efficace, qu'ils semblent avoir besoin de moins de sollicitude.
— Parlez-vous d'après votre expérience personnelle ?
Me souvenant tout à coup de son frère, j'ajoute :
— Oh, je suis vraiment désolée, je faisais allusion à vos enfants.
— Pas de problème. L'un des avantages de votre présence, c'est que vous pouvez dire ici des choses que vous ne diriez nulle part ailleurs.
— Mes enfants parlaient souvent de qui était le chouchou.
— Que concluaient-ils ?
— Que c'était ma fille, Ruby.
— Avaient-ils raison ?

Tous sans exception

— Quelle différence cela fait-il ?
— Je ne sais pas, c'est vous qui en parlez.
— Je pensais qu'Alex se débrouillait bien.
— Alex se débrouille bien, vu le contexte. Mais vous ne pouviez pas croire qu'il n'avait pas de problèmes, étant donné ce qui s'est passé.
— Non, je voulais juste le croire. Je voulais que quelqu'un sorte vivant, indemne de cette situation. J'imagine que c'était une sorte de pensée magique. Parfois, il paraît en colère. Parfois, il parle à peine. Il est rentré soûl l'autre nuit.
— Vous me semblez décrire un ado de quinze ans.
— Pensez-vous qu'il soit dépressif ? Croyez-vous qu'il va commencer à se droguer, à boire tout le temps et à se rendre intéressant ? Seigneur, je déteste cette expression. La psy de Ruby l'utilisait tout le temps.

Je me dis qu'il a l'air d'être trop jeune pour avoir des enfants et me demande s'il s'occupe de son frère et si ses parents sont âgés. Peut-être même sont-ils morts ? Nous nous asseyons en compagnie d'autres gens, auxquels nous nous confions en imaginant leur vie, alors que nous ne savons rien à leur propos.

— Se rendre intéressant est selon moi un terme accrocheur qui ne signifie pas grand-chose. Je ne peux pas deviner ce qui va arriver à Alex dans un an, deux ans, vingt ans. Aucun de vous deux ne le peut non plus. Ce que je sais, et vous aussi, c'est que ces événements l'accompagneront toute sa vie.
— Je sais. C'est tout ce que je sais. J'aimerais deviner ce qui va se passer.
— Le pouvons-nous jamais ?

Tous sans exception

Je lève brusquement les yeux.

— Non, mais je croyais le pouvoir. C'est là que je me trompais le plus. Je me faisais du souci pour eux tout le temps – *in utero*, bébés, puis plus grands. Prises électriques, piscines, piqûres de guêpe. Je m'inquiétais pour tout. Savez-vous ce que j'ai compris maintenant ? Que je ne prenais pas cette inquiétude au sérieux. C'était un hobby, ou un jeu de l'esprit. Je n'ai jamais cru que quelque chose de vraiment mauvais pouvait leur arriver. C'était toutes les bonnes choses qui semblaient réelles à mes yeux – la fac qu'ils allaient choisir, le lieu où ils allaient vivre, le nom que me donneraient mes petits-enfants.

— Qu'avez-vous décidé ?

— À quel propos ?

— Comment voulez-vous que vos petits-enfants vous appellent ?

— Pourquoi cette question ?

— Parce qu'elle garde toute son importance.

Je ferme les yeux et pense : « Je m'en moque, je m'en moque : Grand-mère, Mamie, Mémé. » Je me vois serrant dans mes bras un petit garçon qui se tortille et qui me repousse en s'écriant : « Arrête, Mamie ! » À cette pensée, je sens une poussée à l'intérieur de moi, une pulsion de vie, comme lorsque j'étais enceinte. Je me sentais tellement vide au cours des mois d'insomnie qui suivaient l'accouchement, les mains pressées sur mon ventre flasque, comme si mon état naturel consistait à avoir sous la peau un organisme vivant.

— Vous savez ce que je pense ? dis-je en pleurant. Je pense que toutes les peurs que nous avons – orages, arai-

Tous sans exception

gnées ou montagnes russes – se résument à la peur de mourir. Toutes, sans exception.
Le Dr Vagelos se tourne vers son bureau, prend une carte et me la tend. Elle porte le nom d'une femme.
— Elle est excellente et se spécialise un peu dans l'accueil de personnes qui ont subi un grand traumatisme. Ce pourrait être pour vous l'étape suivante. Vous avez dit que vous vouliez que quelqu'un sorte vivant de cette épreuve. Si c'est seulement Alex, ce ne sera pas suffisant.
Je mets la carte dans ma poche en hochant la tête.
— Je ne sais pas si je peux vivre ainsi. Pensez-vous que ce soit possible ?
— N'ayant jamais eu de patient dans votre situation auparavant, je suppose qu'il est honnête de vous répondre que je n'en sais rien.
— Mais qu'en pensez-vous ?
— Je pense que vous n'avez pas le choix. Vous avez un fils, que vous aimez profondément. Il a besoin de vivre sa vie. D'avoir une bonne vie, une vie épanouie.
— Comment serait-ce possible ?
— Quelle est l'alternative ?
— Et moi ? dis-je.
— Que voulez-vous dire ?
— Je n'en sais rien.
— C'est un bon début, conclut-il.

33

C'est samedi. Dans la cuisine, Alex et Elizabeth préparent des cookies aux flocons d'avoine. Allison était là, mais elle a dû retourner chez elle afin de retrouver sa sœur qui rentre de la fac pour Thanksgiving. Dans trois heures, Alex se rendra à son entraînement. Je l'y conduirai, puis déposerai Elizabeth chez elle. Elle vit en ville, dans l'une de ces maisons étroites de bois, avec un carré de jardin devant et un autre derrière. La première fois que je m'y suis rendue pour aller chercher mon fils, le soir de notre premier rendez-vous commun avec le Dr Vagelos, j'ai aussitôt reconnu la femme qui a ouvert sa porte en grand pour m'accueillir : une des infirmières qui s'étaient occupées de moi à l'hôpital.

— J'ai beaucoup entendu parler de vous, a-t-elle déclaré.

Elizabeth et sa mère se joindront à nous pour Thanksgiving ; le père de l'adolescente – qui est fille unique – vit

Tous sans exception

à Phoenix. Je pense qu'elles apprécieront de célébrer cette fête à la maison. Mon beau-père et les frères de Glen seront là. Tous dormiront dans des sacs de couchage étalés sur le sol du cottage d'Olivia. Alice et Liam viendront également, accompagnés de Nate, ainsi que ma mère et Stan. Ils logeront ici, à l'étage. En tout, nous serons vingt. Nous installerons dix personnes autour de la table de la salle à manger, et dix autres autour d'une vieille porte posée sur des tréteaux – apportés par Rickie et John –, et dissimulée sous une nappe. Alex et moi accueillons avec soulagement la distraction que l'organisation des réjouissances suscite. Le reste du temps, il nous arrive de devoir faire un effort pour parler de sujets que nous abordons avec hésitation : Kiernan, ce qui s'est passé dans notre maison au Nouvel An, ce que l'absence terrible des êtres que nous aimons représente pour nous. Hier, en effectuant une randonnée dans le bois, nous avons parlé de Max et de la période qu'il traversait l'année dernière.

— J'aurais dû me montrer beaucoup plus patient envers lui, a avoué Alex tristement. J'ai été très dur. J'aurais dû lui parler davantage, plus gentiment, de sa dépression.

— C'était difficile pour tout le monde. Ton père avait du mal à y faire face aussi.

— Ça l'aurait aidé à aller mieux.

— Ton père ou Max ?

— Les deux. Est-ce que tu crois que le Dr Vagelos aurait réussi à guérir Max ? Max m'avait dit qu'il était vraiment cool. C'est la raison pour laquelle je suis allé le voir. Au début, je voulais juste lui dire ça, et puis je voulais être sûr que Max allait mieux. Après, j'ai décidé de lui

parler aussi. Je ne pensais pas que ça prendrait aussi longtemps, que je devrais y aller aussi souvent. Ça va peut-être durer des années.
— Est-ce que tu te sens mieux après l'avoir vu ?
Béni soit cet homme ! S'il m'a appris une chose, c'est à poser des questions.
— Oui, très souvent. Tout au moins, j'ai l'impression de comprendre des choses que je ne comprenais pas avant.
— J'ai eu cette sensation aussi.
— Tu as toujours tout compris. Tous les trois nous trouvions terrifiant que tu devines toujours ce que nous étions en train de penser, ou allions penser.
— Je faisais juste semblant. Non, ce n'est pas vrai. Souvent, je le savais. Je faisais de gros efforts pour ça.
— C'est certain.
Je me suis mise à pleurer, puis j'ai essuyé mes yeux avec une grimace.
— Chaque fois que je pleure maintenant, je crains que tu ne penses que c'est à cause de ce que tu viens de dire.
— C'est ce qui se passe de temps en temps, mais ça va.
Je mets une autre bûche dans le feu.
— Il nous faut trois œufs, indique Elizabeth, dans la cuisine.
Elle murmure plus bas quelque chose qui fait rire Alex. La cheminée du salon est une merveille. Elle chauffe tout le rez-de-chaussée avec une telle efficacité, qu'il m'arrive d'ouvrir les fenêtres. La chaleur se répand alors dans une petite partie de la véranda. Je tire mon vieux rocking-chair, m'enveloppe dans le plaid qui recouvre habituellement le canapé et tends l'oreille vers les bruits de la nature. Le chat, sur mes genoux, pétrit la couverture.

Tous sans exception

Ce dernier est sorti du bois à Halloween, quand nous rangions après le départ de nos hôtes. Mon fils avait insisté pour que nous donnions cette fête, même s'il s'agissait d'une version moins spectaculaire que d'habitude. « En mémoire de Max », avait-il précisé. Il ramassait avec Elizabeth des bonbons de piatas dans le jardin de derrière, quand tous deux ont vu l'animal s'avancer, tel un invité tardif, les yeux à demi fermés sur un regard sceptique. Ils ont décidé de le baptiser « Jack la citrouille », réduit à « Jack » tout court. Nous avions tous peur que quelqu'un ne vienne le réclamer, mais jusqu'à présent, il est à nous. Dès que Ginger s'approche trop près de lui, il crache ; toutefois, lorsqu'elle dort, il s'installe non loin d'elle les pattes rentrées, tel un parallélépipède de fourrure noir et blanc.

Grâce à Rickie et John, qui sont venus casser du bois sur une vieille souche d'arbre, nous avons une énorme provision de bûches. Ils les ont empilées sur un côté de la maison qui s'orne maintenant d'une paroi d'orme, de peuplier et de chêne. Le reste est rangé dans la grange. Je suis montée au grenier et j'ai parcouru les cartons du regard. L'un d'eux porte la mention, « films domestiques ». Pourrai-je l'ouvrir un jour ? Pourrai-je jamais les regarder tous les trois traverser le séjour, caresser la chienne et me sourire, même si ce n'est que sur un écran de télévision ?

Quelque part, se trouvent les urnes. Je soupçonne ma mère de les avoir entreposées tout au fond, afin que je ne tombe pas sur elles avant très très longtemps.

Une voiture remonte l'allée. Rachel et Sarah en descendent. Alors que j'ouvre vivement la porte, elles se précipitent vers moi et me serrent fort, si fort que j'ai l'impression que je pourrais tomber. Mais elles me retiennent et me soulèvent comme si l'enfant c'était moi.

— J'adore cet endroit ! s'écrie Rachel.

À l'intérieur, Sarah tend les mains vers le feu et Rachel m'offre deux pots de confiture de canneberge artisanale achetés au marché. Toujours mince, elle paraît différente – moins timide et en retrait. Peut-être y a-t-il une place plus grande pour elle dans le cercle enchanté, maintenant qu'elles ne sont plus que deux. Ruby serait heureuse de la voir ainsi.

— Tu sembles très en forme, dis-je.
— J'adore étudier.

Elle a découvert l'histoire de l'art. Sarah, elle, s'intéresse à l'économie : elle n'est plus certaine que la compétition de natation vaille tant de peine.

— Nous devons nous lever à 6 heures, et nous nous retrouvons toujours avec d'autres nageurs.

Vêtue d'un jean et d'une blouse paysanne, elle porte maintenant les cheveux longs et s'habille un peu comme Ruby.

— Comment va Eric, dis-je.
— Bien, je crois.

Apparemment, je me trompais en supposant que l'avenir de Sarah était tout tracé. Mais, il y a un an, n'étais-je pas totalement dans l'erreur ?

— Où est Alex ? demande Sarah.

Lorsqu'elles entrent en courant dans la cuisine, des cris s'élèvent, ponctués par la voix grondante de mon fils.

Tous sans exception

Je crois entendre Max s'écrier « Pitié pour mes oreilles ! » comme il le faisait souvent au milieu des cris perçants des filles.
— Pitié pour mes oreilles ! s'exclame Alex avec les yeux brillants, quand je pénètre dans la pièce.
— Tant pis, ce sont mes amies préférées.
C'est ce que Ruby disait toujours. Les deux visiteuses me regardent, s'efforçant de réprimer leur émotion. Puis elles la surmontent et plantent les doigts dans la pâte à biscuit. Quand Alex donne un petit coup de cuillère en bois sur la main de Sarah, Elizabeth, en retrait, sourit timidement.
— Nous sommes tout à fait désolées pour toi, lui dit Rachel d'un ton pénétré.
Les yeux de l'adolescente s'écarquillent.
— Pourquoi ? demande-t-elle.
— Parce que tu te retrouves avec ce loser !
Sarah et elle répètent ce mot plusieurs fois en formant la lettre « L » avec leur pouce et leur index, qu'elles tentent de poser sur le front d'Alex.
— C'est évident, vous êtes toutes les deux complètement barjos, décrète-t-il.
Nous nous asseyons dans le salon. Rachel reconnaît le fauteuil de notre ancien séjour et en frotte affectueusement l'accoudoir. Elles sont venues directement du lycée, où les nageuses ont interrompu leur entraînement pour convaincre Sarah de ne pas abandonner.
— Sauf cette salope d'Amanda, remarque Rachel.
— Hé, les filles, surveillez votre langage ! dis-je.
— J'ai hâte d'aller à la fac afin de pouvoir jurer toute la journée, déclare Alex.

Tous sans exception

Je frissonne dans la maison chaude, que j'imagine privée de sa présence.

Bientôt, ils ont faim. Nous retournons dans la cuisine et préparons des sandwichs au fromage grillé. Les filles effleurent distraitement leur bracelet d'amitié en disant à Elizabeth qu'elle va adorer la fac. Groupées autour de moi devant la cuisinière, elles me regardent aplatir le pain avec une spatule. Alex veut du bacon sur sa tranche, Sarah et Elizabeth de la tomate, Rachel, moi... et Ruby aimons le nôtre nature. Tout le monde réclame des pickles doux. En ouvrant le pot Sarah me regarde et, l'espace d'un instant, ses traits illustrent une telle souffrance que je réprime une exclamation. Elle se retourne vers l'évier, pour préserver l'intimité de ses sentiments.

Je sais qu'il y aura toujours des fantômes avec ces jeunes filles. J'achèterai des cadeaux pour leurs diplômes, assisterai à leur mariage, enverrai des présents pour leurs bébés, et irai probablement dîner chez elles. Nous serons toujours accompagnées par le fantôme de Ruby, de la Ruby qui aurait pu être. Je ne la connais pas, et pourtant elle me manque. Le Max qui aurait pu être me manque aussi, ainsi que le Glen d'autrefois.

— Je dîne ici pour Thanksgiving, annonce Elizabeth timidement.

— Tout le monde dîne ici, intervient Alex.

— Pas moi, dit Rachel.

— Tu es invitée ? dis-je aussitôt. Avec ta maman ?

— Non, nous avons des projets. Je pense que les vôtres sont meilleurs, sans parler de la nourriture.

Il paraît que Sandy sort avec le professeur du club de golf. Je sais que l'établissement propose des repas pour

Tous sans exception

Thanksgiving – « Qui diable va dîner dans un club de golf pour Thanksgiving ? » s'écriait toujours Glen. Peut-être iront-elles là-bas ? Nous passerons également Noël ici. Alex propose de décorer l'immense sapin du jardin, bien que je lui aie fait remarquer que nous aurons besoin d'une nacelle et de centaines de guirlandes lumineuses. Le lendemain, nous partirons pour une semaine. En rentrant de notre premier rendez-vous commun avec le Dr Vagelos, nous nous sentions tous deux embarrassés, craignant d'en dire trop, ou de sombrer à nouveau dans le silence.
— Si tu pouvais faire un voyage, où aimerais-tu aller ? ai-je soudain demandé.
— Avec toi ?
J'ai opiné du chef. L'éclairage du tableau de bord faisait ressortir ses yeux. Je ne retrouve presque plus en lui le jeune Alex, mais découvre dans son regard et sa mâchoire un soupçon du jeune Glen. Tout au moins, c'est ce dont je me persuade.
— J'aimerais vraiment aller à Cooperstown, pour visiter le Temple de la Renommée du Base-ball, mais je ne crois pas que ça te plairait, alors il vaut mieux que je le fasse sans toi.
J'attendais, écoutant sa respiration.
— New York, a-t-il répondu finalement.
— New York ?
— Ouais. Il y a un tas d'autres endroits où j'aimerais aller – en Afrique, peut-être, ou en Chine. La Chine, ce serait cool, mais Nate m'a appris qu'il y avait au musée une énorme exposition d'armures que nous n'avons pas vue. Et il y a Ellis Island. Quand je lui ai dit que j'aimerais

Tous sans exception

bien me diriger vers l'histoire, il m'a expliqué que je devais absolument aller à Ellis Island.
— Tu veux devenir historien ? Je dois dire que je ne l'avais pas imaginé !
Je n'ai pas ajouté : « Ton prof d'histoire non plus, si l'on en juge par ton dernier bulletin. » Pourtant, comme s'il m'avait entendue penser, il a répliqué.
— M. Betts est un mauvais professeur. Son cours se borne à nous faire mémoriser une centaine de dates et à nous donner des contrôles. Un jour, je lui ai dit : « Monsieur, est-ce que vous saviez que des millions de gens sont morts en Europe à cause de la grippe espagnole, en 1920 ? » Tout ce qu'il a trouvé à répondre, c'était : « Oui, Alex, ce sujet serait pertinent si nous étudiions l'histoire de l'Europe, mais nous étudions celle des États-Unis. » Comme si on pouvait les séparer !
— Je n'ai jamais entendu parler de cette grippe.
— C'était une terrible épidémie. J'ai vu une émission sur la chaîne Histoire.
— Avec ton père.
— Oui.
Nous irons ensemble à Ellis Island, bien qu'Alice nous répète que nous allons geler sur le ferry. Nous irons au musée, où je laisserai sans doute Alex regarder les armures pendant que je contemplerai les tableaux des Impressionnistes. Au réveillon du Nouvel An, à minuit, se déroule une course de six kilomètres dans Central Park, à laquelle Nate et Alex se sont inscrits. Apparemment, il y aura un feu d'artifice, beaucoup de bruit, du champagne, des déguisements, et une foule joyeuse. « Bonne année ! » souhaiterai-je à des étrangers. Quelque part sur le trajet, je

Tous sans exception

regarderai Alex filer devant moi dans la nuit argentée, dont les réverbères repousseront les ténèbres. Un jour mon fils me demandera : « Tu te souviens de cette course dans Central Park ? » Je hocherai la tête, peut-être même avec un sourire.

Alex bondit hors de sa chaise, par crainte d'être en retard à l'entraînement. Rachel et Sarah retournent en ville : elles vont le déposer. Il se précipite dans l'escalier pour aller chercher son matériel.

— Mon père dit qu'Alex va être nommé « M. Basketball de l'année », déclare Sarah.

— C'est un grand joueur de foot, intervient Elizabeth, qui va chercher sa veste dans la véranda.

— Est-ce que l'une d'entre vous a vu la maman de Kiernan ? je m'enquiers.

— Ma mère l'a vue il y a deux semaines, en train de livrer un gâteau, explique Rachel. Elle pense qu'elle est complètement folle. Il paraît qu'elle va déménager, en Californie ou au Canada. Mais elle est vraiment cinglée.

— Ne dis pas ça, chérie, murmuré-je en la serrant dans mes bras.

Sarah m'étreint aussi.

— Maman dit que vous lui manquez beaucoup, chuchote-t-elle.

Dans ma tête, une voix crie : « Elle sait où j'habite. » Je choisis de l'ignorer.

— Dis-lui qu'elle me manque aussi, beaucoup. Venez vendredi manger des sandwichs à la dinde. Mon amie Alice sera là avec son fils et son petit ami.

— Il est mignon ? demande Rachel.

— Le fils ou le petit ami ?

Tous sans exception

— Vous me piégez toujours avec ce genre de plaisanterie.
— Ils sont tous les deux très mignons.
— Je vais être en retard ! hurle Alex en dévalant bruyamment les marches. Je vais me faire tuer !
Le bruit parvenant de l'intérieur de la voiture qui s'éloigne fait paraître le silence plus profond. Je vais jusqu'au jardin de derrière et m'assieds dans un vieux fauteuil des Adirondacks que j'ai trouvé au fond de la grange. Il n'y en a qu'un, ce qui est bizarre, car ils sont toujours vendus par paire. L'autre a dû être cassé.
Le chat, qui m'a suivie, s'assied maintenant à l'orée du bois, fouettant l'air de sa queue. Ginger se dirige vers lui en trottinant. L'espace d'un instant, les quatre pattes au-dessus de l'herbe terne de l'automne, elle a retrouvé sa jeunesse. Il faut que je commence à cuisiner de quoi accompagner la dinde pour le dîner de Thanksgiving. Je peux déjà m'occuper des patates douces et des oignons à la crème, que mon beau-père adore. Bien qu'elle ne soit pas très bonne pâtissière, ma mère va préparer des petits pains au lait qu'elle apportera le matin de la fête. Olivia, Ted et les garçons viendront nous rejoindre après leur propre dîner, avec des tourtes pour dessert. Mon amie anglaise m'a annoncé qu'ils feront le trajet à pied par le bois.
— Tu nous entendras sûrement arriver avant de nous voir ! a-t-elle remarqué.
Ma mère pense que nous avons tort d'aller à New York.
— Tu ne peux pas toujours fuir la réalité a-t-elle argué.

Tous sans exception

— Ce n'est pas pour toujours.

Tentée d'ajouter « Rien ne dure », je me suis retenue, car je sais qu'elle le sait. Dans le premier tiroir de mon bureau, se trouve la carte que le Dr Vagelos m'a donnée. Peut-être appellerai-je la thérapeute en janvier. Je ne fais plus de projets à long terme.

Dans la grange, attend un carton portant la mention « Décorations de Noël ». Je revois tous ces ornements : le chérubin de plastique enveloppé de houx que j'ai reçu à la naissance de Ruby ; les sucettes en pâte à sel que les jumeaux ont fabriquées au cours préparatoire ; le petit chien en papier mâché que Ruby a acheté lors d'un voyage scolaire à New York ; le dinosaure de céramique de Max ; le ballon de foot en verre d'Alex. Je pourrais acheter de nouveaux objets, vierges de toute histoire, de tout souvenir, mais quelle sorte d'arbre cela donnerait-il ? L'un de ces sapins aux couleurs assorties que je n'ai cessé de critiquer au fil des années, ceux-là même qu'on me chargeait d'installer et de décorer ? Je n'en veux pas, ce qui ne m'empêche pas d'être effrayée à l'idée d'ouvrir ce carton.

« N'aie pas peur, m'man », me souffle Max.

C'est un Max différent, plus sage, qui sait maintenant que la plupart de nos craintes sont insignifiantes et dérisoires, que seul notre amour est incommensurable.

« C'est moi », annonce Ruby, de la façon dont elle le faisait en rentrant à la maison après les cours.

« Qui, moi ? » demandait Glen s'il était déjà là.

Dégingandé, les cheveux en broussaille et les pieds plats, mon Maxie restera jeune à jamais. Il en sera de

Tous sans exception

même pour Ruby, qui gardera ses yeux incandescents et ses mains gracieuses. Glen ne vieillira pas, au contraire de moi. Peut-être un jour serai-je une vieille femme dont le jeune mari se bat avec la ceinture de son pantalon avant de descendre, les mâchoires crispées, au rez-de-chaussée pour mettre fin à un vacarme. Peut-être un jour serai-je une vieille femme avec un fils d'âge mûr, qui dira à son épouse : « Cette maison est beaucoup trop grande pour ma mère, j'aimerais que nous arrivions à la convaincre de déménager dans quelque chose de beaucoup plus petit. »

Sa femme – mon Dieu, pourvu qu'elle soit gentille, qu'elle ne soit pas trop différente de moi, qu'elle soit une bonne mère – répondra : « C'est un endroit qui renferme pour elle beaucoup de souvenirs. »

Ginger grogne, se tourne sur le côté et soupire. Soudain, parce que j'en ai envie et qu'il n'y a personne pour m'entendre, je les appelle, un par un, dans le silence, le silence aussi vaste que le ciel. Quand je prononce leur nom il s'envole, tel un oiseau, au-dessus des arbres et se dissout dans le déclin de l'après-midi. Les oreilles de la chienne tressautent au son des syllabes familières. Peut-être la folie est-elle l'expression de sentiments que l'on ne peut réprimer ?

— Est-ce que tu tiens le coup ? a demandé ma mère quand elle m'a appelée pour me parler du jour où Stan et elle pensaient venir.

— J'essaie.

— Parfait. Que peut-on demander de plus ?

C'est un travail de chaque jour, le seul à ma portée maintenant.

Tous sans exception

Pour Alex.
Pour Ruby.
Pour Max.
Pour Glen.
J'essaie de tenir : telle est ma vie.

CE VOLUME A ÉTÉ COMPOSÉ PAR NORD COMPO
ET ACHEVÉ D'IMPRIMER SUR ROTO-PAGE
PAR L'IMPRIMERIE FLOCH À MAYENNE
POUR LE COMPTE DES ÉDITIONS J.-C. LATTÈS
17, RUE JACOB, 75006 PARIS
EN OCTOBRE 2012

JC Lattès s'engage pour
l'environnement en réduisant
l'empreinte carbone de ses livres.
Celle de cet exemplaire est de :
1,250 g éq. CO$_2$
Rendez-vous sur
www.jclattes-durable.fr

PAPIER À BASE DE
FIBRES CERTIFIÉES

N° d'édition : 01 – N° d'impression : 83271
Dépôt légal : octobre 2012

Imprimé en France